▶ 中文社会科学引文索引（CSSCI）来源集刊

中国现代文学论丛

教育部人文社会科学重点研究基地
南京大学中国新文学研究中心

南京大学出版社

《中国现代文学论丛》编辑部

通讯地址：南京市栖霞区仙林大道 163 号(邮编 210023)

南京大学仙林校区文学院 638 信箱

南京大学中国新文学研究中心

电　　话：(025)89686720　　89684444

传　　真：(025)89686720

E － mail：wxluncong@126.com

目 录

【戏剧影视研究】

【儿童文学研究】

【学术观察】

【Writers and Works】

【Drama, Film and Television Research】

【Children's Literature Study】

【Academic Observation】

新世纪中国文学的语言现状及其思考

高　玉

内容摘要:新世纪以来的中国文学高速发展、众"语"喧哗,在语言方面涌现出了许多值得探究的新现象和新问题,但截至目前,新世纪文学语言研究无论是在宏观层面还是在微观层面均存在着较大的缺陷和不足。对新世纪文学语言进行把脉问诊并激浊扬清,加强新世纪文学语言的文献整理和理论研究,推动新世纪以来中国文学语言的整体研究和个案研究,从而助推当代文学的进一步发展,是新世纪文学语言研究的应有之义。

关键词:新世纪　文学语言　现状　研究　路径

新世纪以来,中国文学蓬勃发展,产生了许多值得深入探究的新现象和新问题。文学是语言的艺术,语言不仅是文学的存在方式,更是文学赖以生存的"母体"和本体。从语言这一本体出发,新世纪中国文学语言有哪些新现象? 新世纪中国文学语言研究情况怎么样? 怎样推进新世纪中国文学语言研究? 本文拟对这些问题进行探讨。

一、纷繁复杂的新世纪中国文学语言

新世纪以来,中国文学蓬勃发展,文学现象、文学形式都与过去有着较大不同。在新世纪,小说、诗歌、散文、戏剧等不同文体,纯文学、通俗文学等不同文学类型呈现出了"发荣"之势,老作家们"老树着花"、年轻作家们华丽出场、文学作品海量出版、发表载体多元化等都让新世纪文学情况变得更加复杂。从语言上来看,新世纪文学也呈现出了非常复杂的面相。

不同代际及不同作家群体的"竞技"、传播媒介的多样化、读者的深度参与、人工智能写作的涌入、市场经济的介入与影响都让新世纪文学呈现出了比以往更为复杂的面貌。王光东说:"新世纪以来的文学创作在社会发生巨大变动的历史进程中,已呈现出了不同于以往历史时期的美学倾向。"①实际上,新世纪文学与过往的不同不仅表现在美学层面上,还牵涉甚广。张未民说:"新世纪文学所构成的复杂而偌大的文学体、文学场域、文学机能、文学生活、文学世界,已不是昔日文学的几种报刊、几个作家、几种思潮、几个流派的观察就可以说清楚。"②从语言上来看,新世纪文学的复杂情况也难免让人产生"千言万言,何若莫言"之感。③ 整体来看,新世纪中国文学语言的复杂在以下几个方面表现得尤为明显:

第一,众"语"喧哗。在新世纪,不少"50后"作家、"60后"作家、"70后"作家、"青春"作家、"80后"作家纷纷推出新作甚至是代表作,而马识途、徐怀中等部分老作家也创作了新作品,并获得了较大的反响。这些不同代际的作家,有的专注于纯文学的创作,一直在纯文学的道路上掘进;有的对"实验"文学情有独钟;有的在新历史小说、官场小说、谍战小说上用力甚勤;有的专注于玄幻小说、盗墓小说、新宫斗小说等类型小说的创作;有的则一直在女性主义文学的创作上耕耘。因代际、创作喜好、创作观念等不同,他们在语言观念、语言表达上也趣舍万殊,差异很大,呈现出了众语喧哗的场面。显然,要想对新世纪不同代际、不同门类、不同观念的作家的语言进行评判并非易事。但整体来看,老作家们因早年受文学体制的影响,发表的阵地主要是期刊,他们的作品不管是出版还是发表都有严格的程序,要经历层层审稿,层层把关,他们新世纪之后的作品的语言也相对比较考究、比较规范。"新作家",特别是"80后"作家及之后的作家、网络作家则不然。他们不像老作家们一样倚重期刊和出版社,在语言上他们更为自由,但缺少了期刊和出版社编辑这些"守门员",他们的作品在语言上呈现出了良莠不齐、野蛮生长的状态,语言上粗鄙糙砺的现象也更突出。整体来看,"老"与"新"、"规范"与"自由"、"典雅"与"粗鄙"等共同构成了新世纪文学语言芜杂而又众语喧哗的局面。

第二,雅俗难辨。在新世纪,传统的通俗文学与纯文学的界线越来越模糊,且随着读者欣赏水平和欣赏能力的提高,传统的通俗文学如武侠小说、言情小说、商战小说、侦探小说等类型小说在语言等方面也向纯文学学习,越来越纯文学化。此外,由于新世纪市场因素的影响,传统的纯文学也注意通俗易懂,注意借鉴俗文学的形式以及技法,比如重情节、重故事、通俗化等。也就是说,在新世纪,通俗文学越来越像纯文学,纯文学越来越像通俗文学。一些艺术性强、在语言上具有探索性的通俗文学已经很难与纯文学区别开来。并且,在新世纪,不论是纯文学还是通俗文学,都产生了

① 王光东:《新世纪文学的几个问题》,《杭州师范大学学报(社会科学版)》2011年第2期。
② 张未民:《开展"新世纪文学"研究》,《文艺争鸣》2006年第1期。
③ 王德威:《千言万语,何若莫言》,《说莫言》,上海书店出版社2013年版,第25页。

很多新兴的文学类型,比如在纯文学领域出现的"非虚构"、麦家的"解密小说"(又或称"特情小说"、"密室小说")等。而通俗小说则产生了很多"类型小说",如仙侠小说、玄幻小说、穿越小说、悬疑小说、架空历史小说、神话小说、盗墓小说、后宫小说、耽美小说、恐怖小说等。这些小说类型有的是古已有之,有的是杂合与衍生,有的则完全是新造。这些通俗文学中的不少作品达到了很高的艺术水准,并不在纯文学之下。这些新兴文学大大丰富了当代文学类型,也为当代文学新的增长提供了多种可能性。新兴文学在语言上与传统文学有很大的不同,有很多新质,如语言不同、话语方式不同、思想观念不同等。从语言上对新世纪的纯文学与通俗文学及由二者衍生出来的新兴文学进行辨析和探究也并非易事,其复杂程度甚至会远超想象。

第三,跨文体及不同文体语言杂糅现象突出。新世纪以来,在作家们的创作中,不同文体如小说、散文、戏剧等文学类型常常出现文体"僭越",即跨文体的现象。相应的,在作家们的作品中也常常出现小说语言、散文语言、戏剧语言跨界、混融、杂糅的现象。新世纪的不少小说中都曾出现过不同文体的语言混融、杂糅的情况。比如,莫言的《蛙》,陈彦的《装台》、《主角》、《喜剧》等小说都具有非常明显的跨"小说—戏剧"文体的特征,这些小说在语言上将小说语言与戏剧语言杂糅,打破两种不同文体语言的界限,让小说文本呈现出了言有尽而意无穷的效果。阿来的长篇小说《瞻对:终于融化的铁疙瘩——一个两百年的康巴传奇》中夹杂了方言土语、文言文、官场用语等,这让整部小说"语言不规范",在语言上看起来极其冗杂,[①]这在一定程度上也是跨文体导致的结果。在散文创作上,引诗体入散文、散文语言诗化、散文语言小说化都比较普遍,正如有学者所说:"当代散文领域中跨文体写作已然是不可阻挡的趋势。散文作为文学创作的入门级文类,它可以是散文家的散文,也可以是诗人的散文、小说家的散文。"[②]贾平凹、莫言、余华等小说家在进行散文及随笔创作;余秋雨、刘亮程等散文家也在跨界创作小说;莫言则跨界进行戏剧创作,创作了多部戏剧;阿来、邱华栋则由诗人"转行"成了小说家。新世纪,在这些"跨界"作家或"创作转向"的作家笔下,跨文体、语言杂糅已是非常突出的特征,而其情况也非常复杂。

第四,语言上带有实验性和创新性的作品不断涌现。在新世纪,不少作家都在努力写作具有创新性的作品,出现了不少尝试新的语言形式和风格、打破传统语言习惯、突破传统语言表现形式的作品。在新世纪,不少作家都在积极地推进语言实验和语言创新。比如,莫言在《檀香刑》中"有意识的大踏步撤退"[③],别开生面地创作出了

---

① 高玉:《〈瞻对〉:一个历史学体式的小说文本》,《文学评论》2014 年第 4 期。
② 翁丽嘉、袁勇麟:《中国当代散文跨文体写作的问题化进程》,《东吴学术》2022 年第 4 期。
③ 莫言:《檀香刑》,上海文艺出版社 2012 年版,第 418 页。

将故乡小戏猫腔与民间说唱艺术相融合的语言；贾平凹在《秦腔》中创造性地开创了一种以"话语流"来写寻常琐碎日子的独特语言；金宇澄在《繁花》中则在叙述语中使用普通话，人物对话中使用沪语方言，巧妙地将两种语言混融，通过"对口语的读改实现了一种崭新的言语方式"①；在"先锋"的道路上一路掘进的残雪的小说常常展现出"读不懂"、"反懂"的特质。② 实际上，残雪在小说语言上的先锋与其对语言的创新正是其作品"反懂"的重要原因。近藤直子说："在残雪的世界中，语言是一个永远难以摸索得到的'东西'，人们随随便便述说随随便便的事情，谁也不知道到什么地方为止是真实，什么地方为止是谎言。"③新世纪，在语言上追求实验性和创新性已非个别作家的行为而是大批作家的自觉实践，而这些都让新世纪文学的语言呈现出更为复杂的面貌。

　　更为复杂的是，在新世纪，很多作家的创作都处在动态变化中，他们的语言也相应地经常发生变化。并且，新世纪以来，同一作家不同作品之间的语言变化有时也非常大。比如，余华在新世纪创作了《兄弟》、《第七天》、《文城》等多部作品，《兄弟》在语言上"追求真实性时不避讳粗俗和粗鄙"④，很有"语言狂欢"的意味；而《第七天》的语言相对比较"冷"，但其在语言上续接过往的同时又颇多延伸；⑤《文城》中，正文部分的语言与《文城补》的语言大异其趣，好像是两个不同作家的语言。再如，阿来小说语言的"诗化"向来为人称道，但在新世纪的《瞻对：终于融化的铁疙瘩——一个两百年的康巴传奇》中，他的小说语言让普通读者难以卒读，但在其后的《蘑菇圈》、《河上柏影》、《三只虫草》、《云中记》、《淘金记》等作品中，他的语言恢复了"诗化"面目，但又有新变。在新世纪纷繁复杂的语言生态下，作家们的变化无疑又让文学语言状况更加复杂。

二、新世纪文学语言研究的局限

　　新世纪至今已经二十多年了，这二十多年里中国文学产生的新现象和新问题吸引了不少研究者，产生了不少成果。其中，也有一些研究者从语言这一维度切入对新世纪文学语言进行研究。但整体来看，关于新世纪文学语言的研究还比较贫乏，存在

① 杨姿：《〈繁花〉现象与中国当代小说的语言建设》，《南京师大学报（社会科学版）》2020 年第 2 期。
② 高玉：《论残雪小说的"读不懂"与文学阅读的"反懂"》，《中国现代文学研究丛刊》2012 年第 6 期。
③ 残雪：《为了报仇写小说》，湖南文艺出版社 2003 年版，第 33 页。
④ 张旭东：《在时间的风暴中叙述——读余华的〈兄弟〉》，《中国现代文学研究丛刊》2021 年第 2 期。
⑤ 高玉：《〈第七天〉的续接与延伸》，《小说评论》2013 年第 5 期。

着不少局限和缺陷。

对新世纪文学的研究在新世纪之前就已展开。1993 年,《当代文坛》第 1 期发表了吴野的《呼之欲出的新世纪文学》,这是目前可见的较早的关于新世纪文学研究的文章。其后,关于新世纪文学的研究日盛。新世纪以后,有关新世纪文学的研究不断涌现。到了今天,应该说,关于新世纪文学的研究已经比较丰富了。纵观现有的研究成果,不难发现,新世纪文学研究已在新世纪纪实小说、新世纪乡土小说、文学出版与新世纪文学生态、新世纪文学的视觉叙事、新世纪文学与数字媒介、新世纪文学老年叙事、新世纪文学与传统文学关系、新世纪文学与数字环境、新世纪文学的理论、新世纪文学的转型、新世纪文学的传播途径、新世纪小说的城乡叙事、新世纪文学的自然灾害书写、新世纪官场小说研究、新世纪网络文学研究等多个领域取得了相当多的研究成果。市面上还有"新世纪文学观察丛书"和"新世纪文学突围丛书"等与新世纪文学研究有关的大型丛书,而关于新世纪文学的博士及硕士学位论文更是数量惊人。在"中国知网"检索,仅标题中带有"新世纪文学"字样的博士及硕士学位论文就有 400余篇。新世纪文学的研究热度与广度由此可见一斑。

新世纪文学研究"如火如荼",但从语言视角出发的新世纪文学研究似乎备受"冷落"。与丰厚的新世纪文学研究相比较,现有新世纪文学语言研究可谓"小打小闹"。新世纪文学研究虽然繁荣已久,但至今还没有关于新世纪文学语言研究的专著。数百篇以新世纪文学为题的博士及硕士学位论文中也几乎没有涉及新世纪文学语言研究的。虽然个别博士及硕士学位论文偶尔会提及新世纪文学语言,但新世纪文学语言并非这些论文研究的重点。更令人惊讶的是,新世纪已经过去二十余年了,但迄今为止,在相对比较宏观的层面上对新世纪文学语言进行探讨的只有贺绍俊的《建立中国当代文学的优雅语言》、施津菊的《新世纪文学的语言流变》、龚海燕的《论新世纪中国文学语言意识的变化》、韩文淑的《新世纪中国作家的母语自觉》、高万云的《理论与方法:新世纪文学语言研究之研究》等数篇文章。与现象复杂、牵涉面甚广的新世纪文学语言现状相比,宏观层面的新世纪文学语言研究可谓匮乏。

新世纪文学语言宏观层面的研究严重不足,而具体的文类等微观层面的新世纪文学语言研究的局限和缺陷也非常明显。新世纪文学语言研究成果有限,在这有限的成果中关于新世纪小说的研究又占了大多数。但是,关于新世纪小说语言的研究也存在着不少问题和缺陷。虽然,现有的新世纪小说语言的研究成果既有像张卫中的《新世纪中国小说语言取向》、房广莹的《新世纪乡土小说的语言向度》、郑丽娜的《论新世纪小说语言创新形态的误区》那样从相对比较宏阔的视域下对新世纪小说语言进行观照的研究,又有如郜元宝、葛红兵的《语言、声音、方块字与小说——从莫言、贾平凹、阎连科、李锐等说开去》、江南的《新时期先锋小说语言的"前景化"》等那样对某一作家群体语言进行探析的研究,也有如赵奎英的《修辞与伦理:莫言〈蛙〉的叙事修辞学解读》、林宁的《论刘震云新世纪小说的修辞策略》那样对单个小说家的语言进行分析的研究。但整体来看,现有关于新世纪小说语言的研究几乎没有涉及"实验性"、"创新性"比较强的小说,新世纪小说语言研究的对象也相对比较传统,较少涉及数量庞大的网络文学作品和新生代作家作品,这不能不说是很大的缺陷。

新世纪小说语言研究难以让人满意,而其他文类的语言的研究则更是"惨烈"。新世纪至今,诞生了非常多的诗人和诗歌。多多、西川、翟永明、臧棣等诗人在新世纪都创获甚多,余秀华的诗更是一度成为热点话题。但是,纵观新世纪诗歌语言的相关研究,目前可见的专门研究新世纪诗歌语言的只有吴投文的《新世纪诗歌语言的整体考察与症候分析》、黄丹的《诗语栖居的隐痛——新世纪诗歌语言浅析》等寥寥几篇。吴投文说:"新世纪的诗歌语言已经发展到一个新的转型关头,尽管由诗人自觉的语言意识所带动的综合性创新已经显示出初步展开的迹象,表明诗歌语言的变革意识已经在一定程度上内化到新世纪诗人的创作中,但部分诗人语言能力的弱化仍然令人担忧,诗歌语言实验的路径和限度似乎仍然处于迷乱之中,在相当多的诗人那里,诗歌语言内在的诗性内涵仍然耗散在过度随意性的挥霍中,这导致新世纪的诗歌语言变革并没有转化为一种整体性的创新效应。"[①]如其所言,新世纪诗歌语言发展已经到了关键时刻,但相关研究几近"缺席",这种情形不免令人担忧。与诗歌相比,新世纪散文、新世纪戏剧语言的研究情况则更是让人担忧。在新世纪,关于散文的研究成果不少,但专门性的新世纪散文语言研究则非常少,关于新世纪戏剧语言的研究则几乎没有。郜元宝曾对学界着眼小说研究不及其余提出过批评,他说:"尽管文学史大量证据反复提醒人们,诗歌、散文、戏剧、报告文学的重要性不容抹杀,尽管目前'网络文学'许多'类型'早已溢出传统文体(包括小说)范畴,但在近数十年形成的正统文学评价体系中,所有这些比起小说还是逊色许多,有时简直不足齿数。现在讲文学基本就是小说,讲作家基本就是小说家。文学=小说,作家=小说家,差不多成了中国文坛不争的事实。"[②]在新世纪文学语言研究上,小说语言研究"一家独大",而其他文类语言研究"缺席"甚至是"真空"的情况未见好转,反而愈演愈烈。

综上,新世纪以来,在小说语言研究等方面虽然产生了一些成果,但新世纪文学语言研究实际上还非常不足。现有的新世纪文学语言研究成果既没有深入探析新世

---

① 　吴投文:《新世纪诗歌语言的整体考察与症候分析》,《文学与文化》2012 年第 3 期。

② 　郜元宝:《小说不是全部》,《解放日报》2013 年 3 月 29 日。

纪以来中国作家的语言风格、中国文学的语言现状，也没有更深入地研究新世纪以来文学语言对作家的思想观念、表达方式、语言风格等方面的影响。并且，现有研究多是从工具层面对新世纪中国文学的语言现状进行，鲜少从思想层面对新世纪文学的语言进行。因此，完全可以说，新世纪中国文学的语言研究虽小有成果，但其缺陷和局限也显而易见。

三、自然而然的新世纪文学语言研究及其路径

文学的语言问题是我长期以来持续关注的问题。2000 年前后，我就开始研究文学与语言之间的关系，但最初我研究的并非新世纪文学的语言问题，而是现代汉语与中国现代文学的关系。从研究现代汉语与现代文学的关系到研究新世纪文学的语言对我而言是一条颇为曲折却又自然而然的路。

现代文学与语言的关系是我研究文学与语言关系的开端。在此后相当长的时间内，我对现代汉语与中国文化的现代转型、语言变革与中国文学的现代转型、五四白话文学理论、近代翻译文学的"古代性"、翻译文学对中国现代文学发生的影响、胡适的白话文理论等进行了考察和研究。在这段时间的研究中，现代汉语与现代文学的关系始终是我研究的核心问题。顺着这个思路往下做，大众语的问题、世界语的问题、晚清白话的问题、语言与文字的问题、语言的诗性的问题、翻译语言的问题、个案作家的语言问题等都有大量的"文章"可以做。但我意识到，这样顺着做可能更多带来的是量的叠加而难有质的突破。在研究现代汉语与现代文学的关系的过程中，我发现现有研究如要做深做透，还必须深入研究与语言相关的文学理论问题，理论研究有可能对现代文学语言问题研究带来更多的突破。于是，我又去做与语言相关的文学理论研究。此后，语言的本质、"现代性"与中国现代文学研究、翻译文学与文学研究、"话语"及"话语研究"的意义、翻译文学的"二重性"、翻译的本质等问题都成为我深入探究的问题。

在研究现代汉语与现代文学关系以及与语言相关的文学研究的过程中，我也时常关注当代文学发展情况。我发现，"新世纪文学"已经成为现当代文学研究者无法回避的问题，于是我写了《"新现代性"："新世纪文学"的理论探究》等文章对新世纪文学进行探讨。而在对残雪、余华、阿来、"80 后"文学进行追踪研究的过程中，我愈发意识到新世纪文学语言是一个复杂的亟待深入探讨的重大课题。于是，在研究现代文学语言问题、理论问题的同时，我有意识地加强对新世纪文学现象和文学问题的研究，并根据新情况与新问题写了《光焰与迷失："80 后"小说的价值与局限》等文章对

新世纪文学进行探讨，其中，文学语言就是我考察新世纪文学的重要维度之一。我在研究中发现，面对新世纪中国文学语言的复杂现状及研究情况，进行专门性的新世纪文学语言很有必要，而以下几个方面的问题更是值得深入探讨，这些探讨不仅有助于改善贫乏的新世纪文学语言研究面貌，还有可能反哺文学创作，为当代文学语言带来新的气象。

（一）文献整理和理论研究。新世纪至今已产生了大量与中国文学语言有关的文献资料，这些资料大多处于零散状态，亟待整理和挖掘。比如，莫言、贾平凹、阿来、韩少功、残雪等作家在新世纪都有非常精彩的关于文学语言的言论，这些言论值得进一步整理及研究。理论研究是文学研究的重要抓手，1990 年之后，现代语言学理论、语言哲学、翻译理论等对中国语言研究带来了深刻影响。在新世纪，这些语言上的新思想、新观念等继续"发酵"，对中国语言文学的研究影响非常大，但相关研究还非常欠缺，也需要进一步深化拓展。

（二）整体性的中国文学语言现象及语言特色研究。新世纪文学语言现状纷繁复杂，现有研究大多是围绕某个问题的局部探讨，鲜有新世纪文学语言的总体性语言特色、群体特色研究。虽然现有研究中不乏对"50 后"作家、"60 后"作家、"70 后"作家、"80 后"作家的语言特色、语言现象的研究，但整体来看，对不同代际作家文学创作语言的总体性研究，对新世纪以来不同代际、不同群体作家的语言研究还几乎是研究中的"无人区"。而对不同群体、不同代际作家的语言进行研究，不仅有利于我们更好地认识新世纪文学，也有助于我们更深入地探析不同作家群体的语言风格，甚至能让我们在研究中正本清源，还原不同作家群体的本来面目。比如，不少人在研究中将"青春 80 后作家"与"正常 80 后作家"统称为"80 后作家"。实际上，以韩寒、郭敬明等为代表的"青春 80 后作家"与以双雪涛、甫跃辉等为代表的"正常 80 后作家"不仅在风格上有差异，在文学创作语言上更是差异巨大。对这两个不同群体的语言特色、语言风格进行探究，对重新审视、评价"80 后文学"意义巨大。而新世纪的"实验文学"，新历史小说、官场小说、谍战小说等新世纪"传统"通俗文学，玄幻小说、盗墓小说、新宫斗小说和"博客"等新兴通俗文学，新世纪女性文学、新世纪女性散文等不同群体的语言特色、语言风格进行探究都值得总体性探究和考察。对这些创作群体的文学语言进行专门研究，不仅能更深入探究新世纪文学的不同特色，也能更深入地对新世纪文学进行全景式的探究。

（三）个案作家的语言研究。新世纪中国文学语言在整体研究、群体研究上比较匮乏，少有人涉足，而在具体的单个作家的研究上实际上也非常不足。纵观现有研究成果，只有莫言、余华、刘震云等少数作家新世纪以来的部分作品的语言特色、语言风格等问题被研究者们较多关注。事实上，莫言、余华、韩少功、贾平凹、刘震云、阿来、苏童、格非、刘醒龙、马原、毕飞宇等小说家新世纪以来的作品在语言上极富个人特色和创新性，值得深入探究；王安忆、迟子建、池莉、林白等女性作家新世纪以来在文学语言创作上的共性以及个性也非常值得探究；多多、西川、翟永明、臧棣、吉狄马加、雷平阳、余秀华等诗人的诗歌语言及刘亮程等散文家的散文语言也都非常值得深入探究。更重要的是，在语言层面对这些作家、诗人在新世纪以前及新世纪之后的文学创作进行比较研究，不仅能分析新世纪以来语言表达之于作家们的艺术意义，剖析研究作家们的语言风格、作品的语言风格，还能够更深入地研究语言如何影响作家们的观念，如何影响作家的表达、思想观念、审美观念、语言风格等，进而更深层次地对新世纪以来的中国文学做出深刻合理的阐释和解读，更好地对新世纪以来的中国文学进行定位和评判。

（四）把脉问诊、揭摽利病的中国文学语言研究。新世纪以来，中国文学的创作实绩非常突出，不同代际的作家在新世纪推出了相当数量的力作，纯文学、通俗文学与新兴文学百花齐放、佳作频出。以网络文学为例，据中国作家协会网络文学中心发布的《2022 中国网络文学蓝皮书》显示，2022 年，仅网络文学就新增作品 300 多万部，全国重点网络文学网站新增注册作者 260 多万人，年度新增签约作者 17 万人，同比增长 12％，这是非常值得关注的文学现象。网络文学的语言等问题也值得深入探讨，但遗憾的是，现在这方面的研究还相当不够。新世纪以来，不少学者都加入新世纪文学的研究阵营中，但整体来看，从语言本体入手，对新世纪文学语言进行"把脉问诊"，并揭摽利病的研究还非常少。文学以语言为载体，优秀的文学作品其语言必然也是优秀的，而拙劣的文学作品大多语言水平不高。新世纪文学无论是数量还是质量上都让人惊喜，但就文学语言来说，新世纪文学中不少作品存在语言粗糙拙劣，用语不规范、不节制，语言过于暴露直白，缺少汉语本有的蕴藉、含蓄、典雅的情况。在一定程度上，语言粗糙、拙劣、用语不规范的作品犹如杂草、毒草，严重影响并限制了当代文学语言的进一步发展，甚至还会给当代文学语言带来难以估量的不良影响及伤害。因此，在研究新世纪文学时，研究者不仅应对作为文学本体的新世纪文学语言进行把脉问诊，对当代文学语言有好说好、有坏说坏、激浊扬清，推出真正优秀，特别是语言上优秀的新世纪文学。在揭摽利病的同时，研究者还应对新世纪文学语言上的"已病"开"开处方"，助其在语言上去除沉疴、正本清源；对新世纪文学的"未病"则防患于未然，阻断不良语言的生发与繁殖。通过治"已病"和治"未病"，防治结合，维护当代文学的语言生态，助推当代文学的健康发展。

综上所述，新世纪文学的语言现状实际上是非常复杂的。虽然一些学者对此做出了相当的研究,但从整体上来看,现有新世纪文学语言的研究成果完全与新世纪语言的发展现状不匹配。新世纪中国文学语言研究需要更深入地将宏观研究与微观研究相结合,将理论探究与文本分析相结合,对新世纪文学语言进行把脉问诊、揿摭利病,助推当代文学语言建设。同时,研究者应当在摸清新世纪中国文学语言发展情况的基础上,既关注小说、纯文学等文学语言发展的重点及中心,亦发掘中国文学语言发展的“边缘”活力,为中国文学语言发展提供真正富有指导性和建设性的意见,为中国文学走向更大的辉煌贡献应尽之力。

［本文系国家社科基金重大项目“语言变革与中国现当代文学发展”(项目批准号:16ZDA190)的阶段性成果］

(作者单位:浙江师范大学人文学院)

论新世纪以来新历史小说的话语雅变

汤凯伟

内容摘要：上世纪八九十年代历史小说的语言是娱乐性的语言。而新世纪通俗历史小说的语言是学术性的语言，更强调论述的严密性，言必有出处，不强调情节的起伏，而注重史实之间的勾连，以历史的实际发展顺序敷衍全文，学术性强。八九十年代历史小说的语言是中国传统通俗小说的拟古语言，而这种拟古语言追求的是形似，给读者一种模糊的历史感觉，实际上还是现代通俗小说的俗语言。而新世纪通俗历史小说语言之雅，根本地在于其对"半文半白"的语言的娴熟运用。八九十年代通俗历史小说语言中传达的是一种传奇史观，更关注一代雄主的形象塑造，展现出强烈的个人崇拜色彩。反观新历史小说，新历史小说的创作者大都是高校科班出身，有的还是历史领域的专门研究者，由俗渐雅的语言背后蕴藏着的是精英史观。

关键词：新世纪　新历史小说　语言　历史观

　　新世纪通俗新历史小说是承继上世纪八九十年代历史小说的脉络发展而来的。上世纪八九十年代，中国文坛涌现了一大批以历史小说创作为主的作家和作品，如二月河的"落霞三部曲"[《康熙大帝》、《雍正皇帝》、《乾隆皇帝》，(1988—1996)]，唐浩明的《曾国藩》(1992)、《杨度》(1995)，凌力的"百年辉煌三部曲"——《少年天子》(1987)、《倾国倾城》(1991)、《暮鼓晨钟》(1993)，徐兴业的《金瓯缺》(1985)，高阳的《红顶商人胡雪岩》(1992)等。上世纪八九十年代的历史小说因其通俗易懂的语言风格和对历史人物命运的传奇性描画而深受大众读者喜爱，并且新时期的商业浪潮和影视剧观看热潮又进一步推动了历史小说的大众化、通俗化。但是进入新世纪之后，新历史小说的创作如熊召政的《张居正》(2003)、《大金王朝》(2015)，孙皓晖的《大秦帝国》(2008)，当年明月的《明朝那些事儿》(2006—2009)，马伯庸的《风起陇西》(2005)、《显微镜下的大明》(2019)等与之前的历史小说有了比较大的变化，这种变化主要体现在语言的由俗渐雅上。

　　近年来，研究历史小说的学者们将观点集中在小说中充满"历史感"的语言上，如汤哲声就很重视历史小说的语言，他认为"历史感的营造，不应当仅仅依靠明确的年代,还应该通过一种别致的语言适度还原历史气氛"①,因此他认为历史小说家要适度运用"拟古化语言"②来增加小说的历史感。吴秀明认为历史小说语言的复杂性就在于"明明反映的是历史生活内容,却要用'历史/现代'形态的语言加以表现"③,因此需要历史小说家利用艺术的自觉加以把握,陈娇华则认为"语言决定着历史小说创作真实性程度及艺术成败"④,可见研究历史小说语言的重要性,但是以往的研究者将历史小说的语言作为一种丰富文本内涵的工具来研究,对历史小说语言背后蕴涵的思想缺少探究,因此新历史小说语言的研究应该与其思想性联系起来,不仅要研究新历史小说语言的某种"历史规定性",也要研究这种规定性背后深厚的思想蕴涵。

一、从娱乐性到学术性

上世纪八九十年代的历史小说和新世纪新历史小说在语言上的区别,本质上是因为前者强调娱乐性,而后者更注重学术性。八九十年代的历史小说如《少年天子》、《康熙大帝》等,作家对战争场面的描写使用传奇的春秋笔法,对朝堂斗争使用阴谋的厚黑写法,对帝王后妃的生活使用浪漫的言情笔法。三种笔法增加了历史小说的可读性,让大众读者能够很轻易地进入小说所设定的语境,因此八九十年代的历史小说读者众多。新世纪新历史小说则对小说的娱乐性进行了很大程度上的压缩,在语言上,它们更强调论述的严密性,言必有出处,不特别强调情节的起伏,而注重史实之间的勾连,以历史的实际发展顺序敷衍全文,学术性很强,却也造成了读者阅读门槛的提高、读者大量流失的局面。

新世纪的历史小说的转型,体现为以小说重构历史话语,"小说"仅仅是载体,其本质是学术历史阐释。《明朝那些事儿》选取 1344—1644 这三百年间统治中国的明朝从兴起到衰亡的历史,在写作过程中,当年明月以史料为基础,以历史事件为勾连,辅以小说笔法将历史绘声绘色地写出来。《明朝那些事儿》是新历史小说中为数不多的畅销书,这不仅是因为当年明月所采用的小说和史实相结合的笔法让历史也具有了一定程度的娱乐性,而且在于作者在历史的严肃性上做的学术探索。以小说第二部"朱棣:逆子还是明君"对朱棣生母之谜探讨的一章为例,当年明月先以《永乐实录》

---

① 汤哲声:《中国当代通俗小说史论》,北京大学出版社 2007 年版,第 288 页。
② 同上书,第 303 页。
③ 吴秀明:《论历史文学独特的语言媒介系统——兼谈 20 世纪现代主义历史文学的语言实验》,《文艺理论研究》2003 年第 2 期。
④ 陈娇华:《试论凌力历史小说语言的诗性特征——兼谈近年来历史小说的语言问题》,《常熟理工学院学报》2009 年第 9 期。

中正史记载的朱棣为马皇后次子为引，引出朱棣修改史书的破绽，第一个破绽为《黄子澄传》中记载："周王，燕王之母弟。"而第二个破绽则在《太祖成穆孙贵妃传》中明确记载周王为庶出亲王，因此按三段论推理，朱棣其实是庶出，并非马皇后所出。考证不仅如此，因为记载朱棣母妃的《南京太常寺志》已经失传，当年明月又找出了曾经看过《国史异考》和《三垣笔记》的古人留下的记载作佐证，这两本书直接指出朱棣的生母是碽妃。由此，通过一系列文献的索引考证，可以证明朱棣修改过史书，同时也说明帝王家之无情。

近年来受到追捧的新历史小说家马伯庸在《显微镜下的大明》中也使用了这种学术性的历史小说写法。《显微镜下的大明》以徽州丝绢案、婺源龙脉保卫案、杨干院律政风云、黄册档案库兴衰、彭县小吏舞弊案、正统年间的四个冤魂案六个历史事件，由小见大，用显微镜探索了明朝的丝绢税赋制度、律法制度以及官场规则等。以"徽州丝绢案"为例，算学天才帅嘉谟在历年向南京承运库缴纳的税粮纪录中发现歙县居然独立承担了每年额外的8780匹"人丁丝绢"税这一不合理的分派，继而怒向应天巡抚和巡按抗议。在抗议过程中，不仅涉及税赋的计算问题，还牵扯到了隆庆朝推行的"一条鞭法"，其中更有明朝清官的象征——海瑞参与其中，推动整个事件的发展。"徽州丝绢案"在马伯庸笔下，成为一个搅动明朝社会的漩涡，书中牵扯的方方面面是记述一件普通的案子所难达到的，也因为如此，《显微镜下的大明》成了一本学术性明显的历史小说。

由此看来，《明朝那些事儿》和《显微镜下的大明》在语言上有十分突出的特点，就是语言的学术性和严密性。当年明月和马伯庸以治史的严谨态度来对待自己笔下的历史人物和事件，在他们看来，这种小说的写作方法介于治史和写小说之间，在体裁上难以限定。当年明月在《明朝那些事儿》的"引子"中曾说："我写文章有个习惯，由于早年读了太多学究书，所以很痛恨那些故作高深的文章，其实历史本身很精彩，所有的历史都可以写的很好看，我希望自己也能做到。"又说："其实我也不知道自己写的算什么体裁，不是小说，不是史书，但在我看来，体裁似乎并不重要。"① 马伯庸在《显微镜下的大明》中也表达了类似的看法，他开门见山地说："这本书不是小说，是历史纪实。"然后，他将这本书的诞生归功于可敬的历史学者，他们有秦庆涛、章亚鹏、李义琼、廖华生、社科院的阿风、南京的吴福林。最后马伯庸总结："我只是站在学者们的肩上，没有他们爬梳史料的努力和解决一个又一个问题的思考，我一个人不可能完

---

① 当年明月：《明朝那些事儿》第一部，浙江人民出版社2011年版，第1页。

成这本书。"① 这两位作家谈到这些文献资料和著名的历史学者其实已经说明了一个问题,当年明月和马伯庸写作新历史小说时历史论文是重要的参考文献,这是八九十年代历史小说娱乐性笔法所遮蔽了的。

当年明月的《明朝那些事儿》和马伯庸的《显微镜下的大明》是新历史小说语言学术化的代表小说,这并不是说其他的新历史小说就不够学术化,其实,与八九十年代历史小说相比,新历史小说带有明显的轻娱乐和传奇而且重学术和真实史实的倾向,孙皓晖的《大秦帝国》、熊召政的《张居正》等都是在收集了大量史实、实地走访了大量的历史古迹、阅读了大量研究文献的基础上,写出的扎实的新历史小说。对新历史小说来说,这是一次重大的变革,也是一次重大的挑战,毕竟学术化的小说对普通读者的吸引力大不如前。

二、模仿历史与重返历史

八九十年代历史小说语言的最初呈现是模仿明清乃至民国时期小说的演义式语言,这种语言多来自民间口语、俚俗,作者行文粗砺,不太注意书面语与口语的转换,因此语言的通俗性比较强。如二月河的《康熙大帝》中康熙在毓庆宫设计除鳌拜这一章,二月河描写打斗场面的语言就和现代武侠小说的语言十分相似:

> 那鳌拜一阵焦躁,"嗤——"的一声将袍服撕去,两手各攥一大把带响哨的飞刀,晃了晃"刷"的一声全甩了出去。只听"叮叮"两声响,几个人忙不迭躲闪,郝老四和另一位侍卫腿上还是中了刀,"扑通"两声倒地。还有一把带着尖啸声的飞刀直刺康熙,魏东亭将臂一举,稳稳接在手中,笑道:"谅你三头六臂,今日也难逃法网!闪开了,我来接这老匹夫的太极掌!"②

读者阅读《康熙大帝》这一段时肯定不陌生,因为二月河使用的语言是中国传统通俗小说的拟古语言,而这种拟古语言追求的是形似,给读者一种模糊的历史感觉,它们只需要一个历史时代作为背景,而小说细节完全靠作者自己的想像填满,实际上还是现代通俗小说的核。八九十年代的历史小说基本使用这一类的语言,从这一点上看,无论是二月河的"帝王系列"还是高阳的"胡雪岩系列"或是凌力的"百年辉煌系列",在语言上非常相似。

新历史小说的语言则与八九十年代历史小说的模仿历史的语言相反,汤哲声在

---

① 马伯庸:《显微镜下的大明》,湖南文艺出版社 2019 年版,第 14 页。
② 二月河:《康熙大帝》卷一,长江文艺出版社 2018 年版,第 318 页。

谈到当代历史小说时特别指出："历史小说是中国当代通俗小说一道亮丽的风景线。它的厚重显示了通俗小说作家的文化素养、文学素养和文字功力。"① 汤哲声所指的厚重不仅指历史小说篇幅厚实,更是指历史小说的文字功力和文字背后体现出来的文化素养、文化自信。一方面,新历史小说语言之雅,根本地在于其对"半文半白"②的语言的娴熟运用。"半文半白"的语言是新历史小说重通俗性又重历史感的明证,具体表征为:其一,在小说中大量引用史书记载的史料如君王法令、臣子奏折、往来书信等,熊召政在《张居正》中大量引用了隆庆、万历皇帝的圣旨,高拱的《陈事五疏》,内阁大臣的票拟,群臣的奏折等,孙皓晖也在《大秦帝国》中大量引用了战国时候的经书典籍,如《商君书》、《农经》、《周礼》、《治秦九论》等,又在书中记录了许多战国时期的民歌民谣,如秦孝公所唱《黄鸟》、禽滑釐所唱的《鬼歌》等。

其二,利用古汉词语进行穿插。新历史小说家们经常使用符合历史时代的称呼、职位来增强历史感如"奴家"、"爱卿"、"首辅"(明代),"百里子"、"禽滑子"、"大良造"、"左庶长"(战国),小说中人物对话文白参半,既追求叙述的畅通,也照顾到了人物的历史身份,显得雅意十足。摘取一段《大秦帝国》中嬴虔和公孙贾的对话就能说明这一点:

> 长长的沉默,石刻悠然道:"右傅别来无恙?"
>
> 灰色影子道:"二十年天各一方,左傅竟有如此耳力,钦佩之极。"
>
> 蒙面石刻道:"君不闻,虎狼穴居,唯恃耳力?"
>
> "左傅公族贵胄,惨状若行尸走肉,令人心寒。"
>
> "右傅一介书生,竟成高明剑士,倒是教老夫欣慰。"
>
> "造化弄人,左傅宁如此老死乎?"
>
> "祸福皆在人为,老夫从不信怪力乱神。"
>
> "果然如此,左傅何自甘沉沦,白头穴居?"
>
> 石刻淡淡漠漠道:"四野无追,何不守株以待?"
>
> 灰色影子猛然扑拜于地:"公子铁志,大事可成。"③

有学者将历史小说独特的媒介语言系统归纳为"现代白话文"减去"现代熟悉的

① 汤哲声:《中国当代通俗小说史论》,北京大学出版社 2007 年版,第 273 页。
② 语出高玉教授 2009 年发表在《西南大学学报(社会科学版)》上的《放宽文学视野评价金庸小说》这篇文章,原文是对金庸武侠小说语言特征的概括,但在新历史小说中同样存在这一语言特点,故引用。
③ 孙皓晖:《大秦帝国·黑色裂变》下卷,上海人民出版社 2019 年版,第 695 页。

特定术语词汇"再加上"过去陌生的特定历史术语词汇"的集合,①《大秦帝国》的语言运用就符合这种特征,如上文中大量使用四字词语,就是为了贴合战国时期典籍中留下的书写习惯,从而更加真实地营造出历史语境。同样的语言意识也出现在熊召政的《大金王朝》中,完颜氏族领导下的女真部落从关外兴起,而这块地方属于东北,所以金国的将士说话都有一股东北味:

> 迪雅把缰绳递到阿骨打手上,反问道:"今天的战斗,你不骑白龙驹还能骑什么?白龙驹在混同江上救过你,尽管它像个野孩子,快得像闪电,但它不会轻易尥蹶子,不会闪着你。"②

与金国将士东北味的语言不一样的是,辽国处于金国和宋朝之间,经过多年与宋朝的文化往来,辽国的权贵们虽然还带着些许野性,但已经受到宋朝文化很大的影响,因此辽国的语言呈现出由关外民族向中原地区文化的过渡的特征,而宋朝作为中原农耕文化的代表,也由于多年的积贫积弱,宋朝文化以柔弱和畸形为特征,三种不同的文化交织在一起,最终是最具有野性的金国灭了辽国,再将弱宋赶到了长江之南。从语言的角度看,是最富有活力的语言对其他处在弱势地位的语言进行的一次入侵,熊召政在语言上的别出心裁,其实揭开了在历史变幻过程中语言历史地位的变迁。

对比八九十年代的历史小说和新世纪的新历史小说的语言,能够明显地发现,八九十年代的历史小说在语言上更显粗糙,即使八九十年代历史小说经常选取离现实最近的王朝——清朝——为背景,它们只是在形式上模仿历史,并未对当时的语言做深入的研究,要知道即使是晚清白话与五四时期的白话也有很大的区别,可以说八九十年代的历史小说以娱乐性牺牲了历史语言的严肃性,而新世纪的新历史小说注意并修正了这一点,相较于模仿历史,它们更愿意贴近历史现场、重返历史。

三、传奇史观与精英史观

上世纪八九十年代的历史小说和新历史小说在语言上还有一个非常明显的不同,不同之处在于《乾隆皇帝》、《康熙大帝》、《少年天子》等通俗历史小说语言中传达的是一种传奇史观,它们通过简易通畅的语言来描写帝王和美人的浪漫故事从而塑

---

① 吴秀明:《论历史文学独特的语言媒介系统——兼谈 20 世纪现代主义历史文学的语言实验》,《文艺理论研究》2003 年第 2 期。
② 熊召政:《大金王朝·北方的王者》,北京十月文艺出版社 2019 年版,第 131 页。

造帝王的多情形象,通过帝王亲征,平定叛乱的故事塑造帝王的英雄形象,通过帝王心术在朝堂上的运用塑造帝王的睿智形象。所以,二月河和凌力等人写的其实是传奇故事,体现出的是一种传奇史观,三种形象集中之下的帝王面貌令人目眩神迷,皇帝靠人格魅力而不是律法规定治理国家,也就是说,八九十年代的历史小说更关注一代雄主的形象塑造,展现出强烈的个人崇拜色彩。

反观新历史小说,由俗渐雅的语言背后蕴藏的是精英史观,新历史小说的创作者大都是高校科班出身,有的还是历史领域的专门研究者,如熊召政是武汉大学中文系毕业,孙皓晖是研究秦史的专家,还出过研究秦史的专著,①写《新宋》的阿越是四川大学历史文化学院的在读博士,写《大清首富》《十三行》的阿菩是历史学的硕士、文艺学的博士,这些专业的历史研究者进入小说创作的领域后,他们的文化素质、文化思想影响着他们使用的语言,精英文化身份决定了他们创作的是一种"精英历史文学"②。这种"精英历史文学"反映的是精英群体特殊的文化心态,这种心态反映在语言的选择上,就表现为新历史小说中对"士"这一古代精英阶层语言的偏好,无论是张居正、曾国藩、李鸿章、左宗棠还是卫鞅、孟子、张仪等人都是"士"中的出类拔萃者,新历史小说创作者或是崇敬先贤的为人处世,或是借先贤的人生际遇抒发自身胸中的块垒,在以"士"精神为核心的精英主义文化思想的影响下,新历史小说作家是与他们小说中的主人公站在同一文化立场上的。因此,为了彰显"士"阶层高雅的文化身份,新历史小说家们必然多选取正面史料,对人物的对话、行为方式、心理剖析更加注重典雅庄重的语言修饰,更倾向于塑造一种文化英雄的历史群像。

不仅如此,新历史小说家与以前的通俗历史小说家的创作在语言上最大的不同,还在于新历史小说家的写作是有一个明确的民族主题思想内蕴其中。孙皓晖和熊召政就是这种典型的作家。孙皓晖在《大秦帝国》的写作中一直秉持一种"大秦帝国是中国文明的正源"③的文明论思想。在孙皓晖看来,我们这个社会"极其类似于春秋时代,万物共酿,六合激荡,天下多元,主流不振,一片礼崩乐坏之象,信念危机处处皆是",因此"我们的人文学界,我们的文学艺术界,需要一种传教士精神,需要一批敢于突破传统,并敢于面对真实的风骨名士,去驱散历史的迷雾,去还原我们的精神,去构筑前进的根基"。④孙皓晖的文明论思想的核心就是崇法贬儒,其实质是对保守思潮和复古主义不满,因此在语言上《大秦帝国》显得刚强果决,有铁骑横扫六合之凌厉。

---

① 如《中国文明正源新论》(上海人民出版社 2012 年版)、《中国原生文明启示录》(中信出版社 2020 年版)等。
② 吴秀明:《当代历史文学生产体制和历史观问题研究》,中国社会科学出版社 2011 年版,第 47 页。
③ 孙皓晖:《大秦帝国·黑色裂变》上卷,上海人民出版社 2019 年版,第 1 页。
④ 孙皓晖:《中国文明正源新论》,上海人民出版社 2012 年版,第 167 页。

孙皓晖呼唤这个时代的文化传教士精神,他在《大秦帝国》的写作中也身体力行地实践了这一点,在《大秦帝国》六卷十一本中,从秦孝公到秦二世,读者不再见到以往熟悉的"暴秦"面目,而是一个国家上至君主下至臣民为了改变积贫积弱的局面,上下一心,秣马厉兵,最终统一中国,建立了中国历史上第一个大一统皇朝的故事,孙皓晖自己也承认"《大秦帝国》是一部精神本位的作品"①。由此可见,《大秦帝国》语言的趋向雅化是有其文明论思想作为背景的,这部小说集中代表了法家的文明中国论,"它表现出对各种伪装成普世主义面目的西方文化的特殊性的强烈不信任和逆反"②,在中华民族文明发生论上,《大秦帝国》无疑给中国文明的生发找到了坚实的起点,在孙皓晖看来,这个时代的思想因为过于芜杂而失却了锋锐之气,亟需蕴含先秦法家变革的激励式语言来给文化注入一针强心剂。

熊召政的《张居正》和《大金王朝》同样有着明确的思想指向性,对历史小说的写作,他认为:"写历史小说最重要的是历史观,是通过你的历史观反映出来你所追求的、坚持的价值观。"③ 历史观就牵涉到熊召政在创作小说时的思想倾向,在《张居正》中,熊召政的历史观可以被归纳为借张居正在隆庆和万历年间所施行的成功的经济改革和吏治整顿措施,来对当下改革开放提供参考助力。④ 因此为了表现张居正的改革思想和改革措施的历史借鉴性,语言必须典雅庄重。《大金王朝》则是熊召政在反对"汉族中心主义"思想的前提下,将金灭宋看作"这是中华民族内部的更替,不是异族入侵","是一个草根的、廉政的、硬朗的民族战胜了腐朽的、没落的、贵族化的统治集团",⑤《大金王朝》给当下提供的思想上的警惕就是需要反腐败、拒绝奢靡、不因活在和平年代而丧失斗志。

新历史小说与八九十年代通俗历史小说在语言上的不同,其实是表现出了新历史小说家创作思想的不同,新历史小说不再以故事的传奇性、历史人物的艳情生活、野史地摊的稗史材料来吸引读者,他们写的是文化历史小说,更多地指涉当下,更多地阐述当时朝代的哲学思想、治国理念,他们的写作不力求畅销,而是力求写出某个特定历史时期的"文化真实"⑥。

————————

① 孙皓晖:《大秦帝国·帝国烽烟》,上海人民出版社 2019 年版,第 450 页。
② 刘复生:《一个国家的诞生——〈大秦帝国〉到底要讲什么》,《小说评论》2018 年第 2 期。
③ 李宇清、刘延霞:《用中国故事展现中国精神——访作家熊召政》,《秘书工作》2016 年第 3 期。
④ 熊召政在接受湖北政协的记者采访时曾说道:"后来我就看了很多有关张居正改革的书籍,我感觉张居正当时改革发动的契机和面临的问题,对今天的改革有很多借鉴意义:第一,改革都从经济领域着手;第二,改革的发动机是反腐,先吏治后改革;第三,改革不动摇国本,维持建国以来的政治体制。"(毛丽萍:《在历史文化中寻找精神家园——访全国政协委员、湖北省文联主席熊召政》,《湖北政协》2018 年第 3 期)
⑤ 李宇清、刘延霞:《用中国故事展现中国精神——访作家熊召政》,《秘书工作》2016 年第 3 期。
⑥ 周新民:《在文化真实中解构中国传统文化》,《湖北大学学报(哲学社会科学版)》2008 年第 5 期。

新世纪以来,写历史小说的作家和学者,是跳脱出"小说"这一体裁的限定来书写"历史",而这些作家和学者,也不仅仅满足于自身的"历史小说家"的身份,而是希望成为历史学、社会学和政治学学者,并有更高的文化追求和价值立场。这就是说,虽借用"小说"这一体裁,但历史言说的核心目的和意义在"小说"之外。新世纪的新历史小说在语言上由俗渐雅,本质上是从模仿历史到重返历史,从娱乐性到学术性,从传奇史观过渡到精英史观的变化。在这种语言变化的背后是文本的文化思想的变化,新世纪作家群的专业化、高学历化给新历史小说的语言提供了雅化的知识基础,使新历史小说的语言自然而然地向纯文学靠拢。

［本文系国家社科基金重大项目"语言变革与中国现当代文学发展"(项目批准号:16ZDA190)的阶段性成果］

(作者单位:浙江师范大学人文学院)

"诗歌就是语言的事业"

——论吉狄马加的诗歌语言观念及其创作实践

孙伟民

内容摘要：吉狄马加是一位在诗歌的语言问题上有着持续深入探索精神的彝族诗人，其自幼便在汉语和彝语两种语言间"游走"，对汉族和彝族两种民族文化之间的异同深有体会，并在此基础上进行着"自己的冒险与创造"。吉狄马加在其诗作中充分书写了彝族文化的深厚、神秘、多元等特质，成功实现了彝族文化和汉族文化的糅合，表现出浓重的音乐性和节奏性。此外，吉狄马加在诗作中也"真正能从很高的层面把握汉语言的真谛"，将现代汉语的灵性与活力展现得淋漓尽致，其诗作的表现力与感染力也因之大大增强。在文本和语言的实验之外，吉狄马加在其诗作中所强调的诗人的"自觉的使命"是其诗作跨越民族及国别之限，从而能够在海内外产生广泛影响的重要原因。

关键词：吉狄马加　诗歌　语言观念　创作实践

在中国当代诗坛，吉狄马加是一位在世界范围内享有盛誉的彝族诗人，其作品已被翻译成三十余种文字在世界近七十个国家出版和传播。在吉狄马加已发表和出版的诗作、对谈和演讲等文字中，"语言"可以说是一个高频词汇，是能够深入理解其诗作的关键。吉狄马加曾旗帜鲜明地表明语言之于诗歌的重要性，他说："诗歌就是语言的事业，每个诗人在写作时都在做一种语言的冒险，离开了语言，离开了语言的创新，诗歌也就不复存在了。"[①] 由此可看出其对诗歌语言问题的重视与思考。同时，语言作为吉狄马加诗学思想的载体，体现出了其成熟的诗学理念和深刻的文学思想。在长期的创作实践中，吉狄马加已建构起独具其个人特色的诗歌语言观念。

一、跨越"母语"之河：语言间的"游走"与"冒险"

吉狄马加是四川大凉山古侯部落吉狄支的后代，其祖籍为位于四川大凉山腹地

---

① 吉狄马加、托马斯·温茨洛瓦：《用语言进行创新仍是诗人的责任和使命——吉狄马加与温茨洛瓦对谈录》，《世界文学》2019 年第 2 期。

的布拖县达基沙洛乡。1961 年 6 月,吉狄马加出生于四川省昭觉县。昭觉是彝族聚居的大县,彝族人在全县人口中占比高达 98%,彝语和汉语在该地混杂通用。吉狄马加写作的特殊性在于他虽然生活和成长于彝语和汉语混杂的语言环境,但他从上小学开始至 1978 年到西南民族学院(现西南民族大学)汉语言文学专业就读,接受的一直是汉语教育。从《木叶声声》《童年梦——写给那遥远的苦难岁月》等诗文开始,吉狄马加就一直使用汉语,而非本民族的语言彝语进行写作,他实则长期"游走"在汉语和彝语这两种语言和文化系统之间。

如很多出生和生活于少数民族聚集区的民族作家或诗人一样,吉狄马加幼年时成长的语言环境与开始创作后所面对的语言环境有巨大的差异,这种差异是生活在少数民族聚集区域和方言区的作家在创作过程中普遍需要面对和克服的问题。在汉语写作占据文学创作绝对主流的中国当下文坛,少数民族作家或诗人坚持使用本民族语言进行创作显得愈发艰难。最主要的原因就是,在我国使用少数民族语言的总人数在全国人口的占比极低。以彝族为例,在全国第六次人口普查中,我国彝族的总人数约为 871.4 万人,在全国总人数占比只有约 0.65%。再者,因发表、出版之囿,少数民族作家或诗人使用本民族语言创作的作品的流通及传播极为有限,其影响也局限于本民族内。以上种种因素使得民族作家或诗人如想要在文坛上获得更大的影响,使用汉语创作成为他们或主动或被动的选择。按照作家余华的话来说,这需要创作者具有"在语言上妥协的才华"①。

少数民族作家或诗人在进行汉语作品创作的过程中,基本都会面临将本民族语言转化为汉语进行表达的过程,而这一过程绝不只是对词汇的简单转化,更多的是思维方式的切换和民族文化的挪移,这无异于一次艰难的再创作,对作家和诗人的文学心态、资源化用及再创作等能力都提出了极大的挑战。在诗歌领域,当少数民族诗人面临写作上的语言障碍时,他们的选择不尽相同。有的民族诗人完全放弃了使用本民族的语言进行写作,或许他们的诗作中偶尔还会出现一些有关本民族的意象碎片,但从其诗作中已很难再看出其民族文化的特质。也有的诗人在遭遇这一写作上的障碍后选择折返而使用本民族语言写作,如哈尼族诗人哥布,他在 20 世纪 80 年代中期凭汉语诗的写作走上文坛,但当他的创作处于上升期时转向了使用本民族的文字哈尼文进行写作。

在常年的诗歌创作实践中,吉狄马加很好地将基于彝族文化系统的思考转化为汉语诗歌的创作,为后来者提供了可资参考的经验。吉狄马加"游走两种语言的交汇

---

① 余华:《〈许三观卖血记〉意大利文版自序》,《许三观卖血记》,作家出版社 2014 年版,第 10 页。

处"，彝族和汉语这两种"伟大的语言"都给予其写作丰富的滋养。对此，吉狄马加表示："作为一个少数民族诗人，我是用汉语进行创作，要创作出优秀的并具有汉语特殊魅力的作品，就必须要求我在语言上进行严格的训练，并真正能从很高的层面把握汉语言的真谛。我的思维常常在彝语和汉语之间交汇，就像两条河流，时刻在穿越我的思想。我非常庆幸的是，如果说我的诗歌是一条小船，这两种伟大的语言，都为这条小船带来过无穷的乐趣和避风的港湾。作为诗人，我要感谢这两种伟大的语言。是因为它们，才给我提供这无限的创造的空间。"① 虽然吉狄马加曾表示汉语和彝语都是其"母语"，其对这两种"母语"皆有着深厚的感情，但毫无疑问的是，彝语和汉语之于吉狄马加创作的意义是完全不同的。从吉狄马加的诗作以及他在不同时期、不同场合的演讲、访谈等材料来看，他对汉语和彝语这两种"母语"的感情实有很大差别。作为一位彝族诗人，吉狄马加对本民族语言彝语有着来自民族记忆深处的深厚感情和无限自豪，"我们彝族的语言词汇十分丰富。它是中国最古老的语言之一，它的历史要比蒙古、藏等民族的语言都久远得多"②。"我是用汉语在写诗，但是越往后走我越发现彝语中的最神秘的部分，开始给我的诗歌带来意想不到的惊奇。"③

在中国的诸多民族中，彝族是一个极具诗性的民族，"彝族不管是表达自己的哲学思想，还是记录自己的日常生活，都习惯用诗歌的形式"④，并有数量惊人的抒情长诗、叙事长诗流传于世，彝族历史上的神话创世史诗就有十余部，"完全可以说彝族是一个诗的民族"⑤。在 1978 年吉狄马加到成都读大学之前，其一直在彝族浓厚的诗歌文化环境之中成长。吉狄马加曾表示："我个人深受彝族原生文化的影响，特别是彝族的创世史诗和古老民歌。诗人需要从原始文化之中汲取营养，这对诗人来说很重要。"⑥ 这种特殊的语言环境和在语言上的选择不仅直接影响了吉狄马加诗歌创作的发生及发展，也对其之后的诗歌语言观念产生了深远影响。最直接的体现便是吉狄马加在其诗作中着力于彝族文化的描写，流露出对悠久且丰厚的彝族文化的无比自信与无限自豪，如"篝火是整个宇宙的/它噼噼啪啪地哼着/唱起了两个世界/都能听

---

① 吉狄马加：《一个彝人的梦想——漫谈我的文学观与阅读生活》，《吉狄马加的诗与文》，人民文学出版社 2007 年版，第 392—393 页。

② ［埃及］泽希拉·比耶利：《古老的土地》，关俐译，《当代文坛》1993 年第 3 期。

③ 阿多尼斯、吉狄马加：《在时代的天空下——阿多尼斯与吉狄马加对话录》，《作家》2019 年第 2 期。

④ 吉狄马加、周新民：《民族之根与世界之眼——接受〈芳草〉杂志特约记者采访》，《与群山一起聆听：吉狄马加诗歌对话集》，江苏凤凰文艺出版社 2018 年版，第 168 页。

⑤ 吉狄马加：《一个彝人的梦想——漫谈我的文学观与阅读生活》，《吉狄马加的诗与文》，人民文学出版社 2007 年版，第 378 页。

⑥ 同上。

懂的歌/里面一串迷人的星火/外面一条神奇的银河"①。

整体来看,吉狄马加在创作上所受到的文化影响主要来自彝族原生文化、汉语文学、外国文学三个方面,这三方面的合力对吉狄马加诗作的语言特点产生了明显的影响。如李骞所言,"在吉狄马加的艺术经验中,始终坚实地存在着'纵向的继承'和'横向的移植'这两个维度。前者指向的是他对本民族的文化记忆,后者指向的则是他对汉语诗学,甚至域外诗学理念的学习和借鉴"②。也诚如立陶宛诗人托马斯·温茨洛瓦所言,吉狄马加的诗歌体现出了"彝族元素在汉语中的渗透"③,这些解读都是非常精准的。

在吉狄马加的诗作中,我们能够真切地感受到处于汉语和彝语两个语言体系和文化系统中的诗人在创作上呈现出的撕裂感。这种撕裂感普遍存在于民族诗人的写作中,吉狄马加的写作也面临如是问题。但随着现代社会的发展,吉狄马加又表现出对以彝语为代表的彝族文化流失的担忧,这无论在其诗作,还是在其于不同场合的演讲中均有体现,这一担忧可以说贯穿了吉狄马加的诗歌创作。早在 1986 年底,吉狄马加在第三届全国青年文学创作会议上就表示:"在现代文明同古老传统的矛盾中,我们灵魂中的阵痛是任何一个所谓文明人永远无法体会得到的。我们的父辈们也常常隐入一种从未有过的迷惘。"吉狄马加清晰地认识到"这种冲突永远持续下去","虽然我们因此也感到忧虑和悲哀,但是我们知道这是人类在发展中所必须经历的。现在我们需要把这种冲突真实地表现在自己的文学中"。④ 这种"阵痛"和"迷惘"在《那是我们的父辈——献给诗人艾梅·塞泽尔》一诗中体现得尤为直接和充分:

> 艾梅·塞泽尔,因为你我想到了我们彝人的先辈和故土,
>
> 想到了一望无际的群山和一条条深沉的河流。
>
> 还有那些瓦板屋。成群的牛羊。睁大眼睛的儿童。
>
> 原谅我,到如今我才知道,在逝去的先辈面前,
>
> 我们的生存智慧已经退化,我们的梦想
>
> 早已消失在所谓文明的天空。
>
> 毕阿史拉则的语言在陌生钢铁和水泥的季节里临界死亡。

① 吉狄马加:《猎人岩》,《初恋的歌》,四川民族出版社 1985 年版,第 18 页。
② 李骞:《论吉狄马加诗歌的人类学价值》,《文学评论》2016 年第 5 期。
③ 吉狄马加、托马斯·温茨洛瓦:《用语言进行创新仍是诗人的责任和使命——吉狄马加与温茨洛瓦对谈录》,《世界文学》2019 年第 2 期。
④ 吉狄马加:《我的诗歌,来自于我所熟悉的那个文化——在第三届全国青年文学创作会议上的演讲》,《吉狄马加演讲集》,四川文艺出版社 2011 年版,第 9 页。

　　而我们离出发的地点已经越来越远。①

　　吉狄马加之所以能够在诗歌创作上取得成功，其主要原因在于其以汉语为载体，将彝族文化的种种质素及身为彝人的感受通过汉语这样的语言形式进行了外化呈现。吉狄马加将本为创作短板的语言障碍成功化解，举重若轻、游刃有余，两种语言文化之间可能出现的隔膜与疏离在其诗作中也并未显现。以至于叙利亚诗人阿多尼斯对吉狄马加说道："你很幸运，因为你能在两种语言之间游走。"② 吉狄马加则表示："我的思维方式常常徘徊在汉语与彝语之间，我的精神游移在两种甚至多种文化的兼容与冲突之间。我想，也正因为这样，才给人类很多优秀文化的创新开拓了无限空间。"③ 吉狄马加以其强大的思辨力及杰出的创作力将汉彝两种民族的文化做了近乎完美的糅合，不仅保留了彝族文化的精髓，还充分体现出了汉语诗歌创作的灵动与活力，其诗作无疑是中国当代诗坛的重要收获。

二、作为语言艺术的诗歌及诗人的"自觉的使命"

　　吉狄马加是一位在诗歌的语言上极有自己的思考、永不满足、持续进行探索的诗人。在吉狄马加看来，诗歌是一门语言的艺术，但"诗歌不是普通的语言，不是告示，而是艺术"④。吉狄马加也是一位对诗歌艺术有着"自觉的使命"的诗人，也正因为这种"自觉的使命"，吉狄马加的诗歌才"打破了狭窄的格局"，具备了优秀诗人的开阔胸襟。⑤ 而这种"自觉的使命"不仅体现于对"新的诗歌语言"的"冒险"和"创新"，还体现于对创作"既具有民族的特点"，又具有"人道主义精神"、"普遍的人类价值"的作品的艺术探求及创作实践中。⑥

　　吉狄马加表示："每一个诗人都会创造一些语言，或者说都会在语言中进行自己的冒险和创造"，"在诗歌的写作过程中，创造一种新的诗歌语言始终是诗人追求的目标"，但何为"新的诗歌语言"，又如何创作"新的诗歌语言"，是包括吉狄马加在内的诗

① 吉狄马加：《那是我们的父辈——献给诗人艾梅·塞泽尔》，《青年文学》2011 年第 12 期。
② 阿多尼斯、吉狄马加：《在时代的天空下——阿多尼斯与吉狄马加对话录》，《作家》2019 年第 2 期。
③ 吉狄马加：《一个彝人的梦想——漫谈我的文学观与阅读生活》，《吉狄马加的诗与文》，人民文学出版社 2007 年版，第 383 页。
④ ［埃及］泽希拉·比耶利：《古老的土地》，关偶译，《当代文坛》1993 年第 3 期。
⑤ 刘启涛：《从"民族的"到"世界的"——论吉狄马加对艾青的传承》，《当代文坛》2015 年第 5 期。
⑥ 吉狄马加：《一个彝人的梦想——漫谈我的文学观与阅读生活》，《吉狄马加的诗与文》，人民文学出版社 2007 年版，第 379 页。

人们所要思考的问题。① 在吉狄马加看来，"诗人如何创造一种新的诗歌语言，就我个人而言，选择一种既能表达自己的思想同时又能让语言获得更大空间的可能一直是我努力和追求的方向，就创造而言这种追求没有开始也没有结束，它永远都在充满未知的路上"②。

吉狄马加在诗歌的语言问题及如何用口语写作表现深沉的思想等问题上有自己独到且深刻的思考。在《中国新诗创作的几次高潮——在中国现代文学馆的演讲》中，吉狄马加指出："研究中国新诗，特别是用口语写作，应该进行很好的探讨。不是从上世纪 80 年代初新时期诗坛才对诗歌的语言问题进行思考，对诗歌语言的作用，我想从'五四'以来就在不断地探索。"此外，吉狄马加诗歌的口语化特点的精神源泉当来自抗日战争时期的中国新诗，他对艾青的口语诗的艺术特色、思想内涵以及对诗歌语言的贡献都进行了充分肯定，他认为"艾青用口语写诗所达到的高度，在今天看来也是极为难得的。《雪落在中国的土地上》《北方》《手推车》，艾青在那个年代已经写出这么好的用口语写的诗，不能不说是一个奇迹！"③"诗作为一种语言的艺术，以艾青为代表的这些诗人，应该说在新诗的语言上，在用口语写出更深沉的思想、表现出更广阔的诗的内容方面，可以说做了可贵的探险，取得了很大的成绩。"④

如果对吉狄马加的诗歌创作经历进行追溯的话，早在创作之初，其诗作就呈现出了明显的口语化倾向。《童年梦——写给那遥远的苦难岁月》是吉狄马加 1982 年时发表的一首组诗，由《锅庄》《猎枪》《天菩萨》三首短诗组成。正如诗作的篇名，这组诗是吉狄马加对自己童年岁月如梦般的回忆，但那"遥远的苦难岁月"并不是其凸显的重点，在这一作品中我们并没有读到太多的苦难，通过作者口语般的叙述感受到诗人对母亲、阿普（祖父）、阿达（父亲）等人物充满浓厚真情的回忆。其中，诗人笔下的母亲形象最为动人，在"鸡叫时迎着风上山去，/上山去……/为我割回一背干蒿草，/让锅庄里燃着的火永远不熄。"⑤ 整首诗的语言极其质朴，感情极为真挚，反映出了吉狄马加早期诗作的典型特点，这也印合了吉狄马加所言的"把诗写得朴素而自然，这是我多年来为之努力的"⑥追求。

---

① 阿多尼斯、吉狄马加：《在时代的天空下——阿多尼斯与吉狄马加对话录》，《作家》2019 年第 2 期。
② 同上。
③ 吉狄马加：《中国新诗创作的几次高潮——在中国现代文学馆的演讲》，《吉狄马加演讲集》，四川文艺出版社 2011 年版，第 33、31 页。
④ 同上书，第 33 页。
⑤ 吉狄马加：《童年梦——写给那遥远的苦难岁月》，《星星》1982 年第 4 期。
⑥ 吉狄马加：《诗坛追星录之同名家对话——与〈星星〉诗刊记者一席谈》，《与群山一起聆听：吉狄马加诗歌对话集》，江苏凤凰文艺出版社 2018 年版，第 5—6 页。

少年时期,吉狄马加阅读了郭沫若的《女神》,"郭沫若的《女神》就是我最早读到的诗歌作品之一……郭沫若的《女神》对我的影响是很大的。当时看了郭沫若的《女神》,就觉得这样狂放的、自由的、浪漫的诗歌,过去是没有见过的,所以读了非常激动"①。在郭沫若《女神》的影响下,吉狄马加的部分诗作的语言也表现出《女神》的某些色彩,"诗人把自己与自然融为一体,把自然人性化、人情化,把自然作为亲人、朋友的倾诉对象,体现了'本体即神、神即自然'的泛神论理念"②。《女神》流露出的泛神论思想与吉狄马加的诗作所流露出的万物有灵、对太阳的崇拜与歌颂等彝族精神文化有诸多共通之处。如吉狄马加的早期名篇《自画像》的诗末,"这一切虽然都包含了我/其实我是千百年来/正义和邪恶的抗争/其实我是千百年来/爱情和梦幻的儿孙/其实我是千百年来/一次没有完的婚礼/其实我是千百年来/一切背叛/一切忠诚/一切生/一切死/呵,世界,请听我回答/我—是—彝—人"③。排比的句式产生的感情强化,以及诗人向世界所发出的"我—是—彝—人"的呐喊,都有着非常明显的《女神》印迹。再如吉狄马加近年的重要作品《不朽者》,其中"我愿意为那群山而去赴死,/数千年来并非只有我一人。""我是世界的一个榫头,/没有我,宇宙的脊椎会发出/吱呀的声响。""我不会在这光明和黑暗的时代,/停止对太阳的歌唱,/因为我的诗都受孕于光。"④ 吉狄马加诗中的这个"我"与郭沫若《女神》中的那个"我"都呈现出情感飞扬、喷薄恣肆等特点,这可视为吉狄马加对郭沫若的精神致敬。

一直以来,作为民族诗人的吉狄马加用汉语进行写作,并且取得了傲人的成绩,但他并没有因此表现出些许的自满。在和阿多尼斯的对谈中,吉狄马加表示:"我希望我诗歌的语言既能闪现出古老神秘的光泽,同样,它又是我在创造中所获得的新的语言的奇迹。"⑤ 就如他自己所言,他一直在进行语言上的不断"冒险"和"创新"。在吉狄马加早年的诗歌创作中,他便大胆且极具创造性地将中西多种文化元素体现于其诗歌创作中。如吉狄马加早年创作的名篇《骑手》前后共有两个版本,第一个版本只有七行,后经改写,扩充至十三行。这首诗篇幅虽短,却有着丰富的解读空间,也体现出吉狄马加在诗歌语言的表现力上的个人探索。在《骑手》一诗中,吉狄马加对骑手周遭的环境描写极为简单,仅只有"头上是太阳/云朵离得远远"两句,但极具画面感。在诗人改动后的《骑手》中,诗人将骑手"在一块岩石上躺下"改为"在一块岩石旁

① 吉狄马加、周新民:《民族之根与世界之眼——接受〈芳草〉杂志特约记者采访》,《与群山一起聆听:吉狄马加诗歌对话集》,江苏凤凰文艺出版社 2018 年版,第 168 页。
② 李骞:《中国现代文学讲稿》,云南人民出版社 2013 年版,第 125 页。
③ 吉狄马加:《自画像(外一首)》,《诗刊》1985 年第 3 期。
④ 吉狄马加:《不朽者》,《十月》2016 年第 6 期。
⑤ 阿多尼斯、吉狄马加:《在时代的天空下——阿多尼斯与吉狄马加对话录》,《作家》2019 年第 2 期。

躺下"休息。从"上"到"旁"一字之改,体现出了诗人对诗歌画面和意境的特别思考。当骑手躺在岩石上,阳光因云朵"离得远远"是直射在骑手身上的,虽然能够产生阴影(这里的阴影未在诗中直接描写,却让读者能够直接感受到),但这阴影与诗中的骑手无关;当骑手躺在岩石旁,阳光因岩石的阻挡而产生的阴影就会与人产生交错,这首诗的光与影与人的关系就随之发生了改变。无论是改动前,还是改动后,吉狄马加对简单到极致的画面勾画以及光与影的瞬间捕捉,都极易让人联想到法国印象派画家莫奈的《干草堆》和毕沙罗的《打果子》等画作。这首诗中最广为流传的名句"他的血管里/响着的却依然是马蹄的声音"①可见超现实主义的某些痕迹。改写后的《骑手》中,诗人添加了如下几句:"他睡着了/是的,他真的睡着了/身下的土地也因为他/而充满了睡意"②,这样的描写更增加了诗作的超现实主义色彩。值得品读的是,《骑手》的开篇为"疯狂地旋转后"改为了"疯狂地/旋转后",骑手为何会骑马"疯狂"旋转?这可在吉狄马加的其他诗作中寻找到答案。

在《一个彝人的梦想》这部诗集中,吉狄马加将《骑手》、《失去的传统》和《被出卖的猎狗》等诗收录在"黄昏的手掌"这一辑中,可看出诗人对逐渐远去的民族记忆的无比怀恋的情感倾向。在和匈牙利诗人拉茨·彼特的一次对话中,吉狄马加表示:"我感到幸运的是,我还能找到并保有这种归属感,也就是你所说的对彝族的归属,特别是像我们这样置身于多种文化冲突中的人,我们祖祖辈辈曾有过的生活方式正在发生剧烈的改变,我的诗歌其实就是在揭示和呈现一个族群的生存境况,当然作为诗歌它永远不是集体行为,它仍然是我作为诗人最为个体的生命体验。"③ 吉狄马加也曾说:"如果作为个体民族的文化,一旦失去了自己对价值的判断,失去了自己文化的主流和'根'性,那么它也会被别的文化所淹没所吞并,这同样是一件令人遗憾、异常可悲的事。"④ 结合吉狄马加其他的诗作来看,我们可以得出这样的认识——吉狄马加想要复归的精神原乡与现实家园虽未彻底失去,但是在现代文明的进逼之下,彝族先人们所生活过的家园已以一种不可逆转的态势失去。所以,诗人笔下的那个骑手只能够通过"疯狂"的"旋转"来发泄内心的苦闷,诗人将如困兽犹斗般的骑手内心的落寞、感伤、压抑与愤懑等情绪表现了出来。而这样的情绪并不只在吉狄马加的诗作中流露,在其他彝族诗人的作品中也有体现。在另一位彝族诗人霁虹的诗作《崇拜英雄

① 吉狄马加:《骑手》,《一个彝人的梦想》,民族出版社 1989 年版,第 32 页。
② 吉狄马加:《骑手》,《吉狄马加自选诗》,云南人民出版社 2017 年版,第 57 页。
③ 吉狄马加、拉茨·彼特:《吉狄马加与拉茨·彼特对话录》,《与群山一起聆听:吉狄马加诗歌对话集》,江苏凤凰文艺出版社 2018 年版,第 215 页。
④ 吉狄马加:《诗坛追星录之同名家对话——与〈星星〉诗刊记者一席谈》,《与群山一起聆听:吉狄马加诗歌对话集》,江苏凤凰文艺出版社 2018 年版,第 6 页。

的人》中,那位"作为英雄的后代"想要亲吻"哺育过祖先的神圣的土地"却"永远找不到他要去的地方"①的骑手与吉狄马加笔下的骑手可以说有着共同的故土怀恋与精神失落。因此,家园的失落更像是民族诗人的共同感受。

吉狄马加的诗歌所呈现出的强烈的音乐性、节奏性也是吉狄马加对汉语诗歌创作的贡献,而对诗歌语言的质感、节奏、韵律的追求以及对诗歌语言的音乐性及节奏性的强调也一直是吉狄马加的诗歌理念。吉狄马加的诗歌之所以呈现出这一特点,与诗人在幼年和少年时期对彝族的史诗和抒情诗的耳濡目染是密切相关的。吉狄马加说:"我们彝族人的传统诗歌特别是史诗,就有很强的音乐性,因为它需要通过吟诵来传承,另外声音的感染力是不可小视的,在这方面实际上我是受到了彝族古典诗歌和民谣的影响……"②如吉狄马加的《达基沙洛故乡》便是一首典型的受到彝族古典诗歌和民谣影响的诗作。该诗十七行中有十四行都以"我承认"开头,而"我承认"三个字在诗中前后一共出现了十五次,每一次的"我承认"都像是密集的鼓点敲击在读者的心头,其语言呈现出浓烈的音乐性和节奏感。诗人通过对有关达基沙洛乡的人和事的回忆来表现内心无限的乡愁,纵使达基沙洛承载着诗人的"痛苦"、"悲哀"、"不幸"、"忧郁"、"血腥"、"单调"、"阴影"、"惆怅"等多种记忆与情绪,但诗人依然表示"我承认这就是生我养我的故土/纵然有一天我到了富丽堂皇的石姆姆哈/我也要哭喊着回到她的怀中"。③ 从这首诗中,我们感受到的是一位生活于繁华都市的游吟诗人内心的无限离愁别绪,诗人通过每一次的"我承认"来达到感情的酝酿与累积,但诗人的诗情并没有因此膨胀或泛滥,而是在一种节制之中完成了一次精神还乡,显得极为动人。

吉狄马加在注重语言的感染力与表现力的同时,也极为注重诗歌的"灵魂"与"精神"的锻塑。对此,吉狄马加曾深刻地指出:"现在许多诗人只注重文本和语言的实验,但是最重要的却是遗忘了灵魂,我不是说文本和语言的实验不重要,而是要说一旦离开了灵魂和精神,诗歌就失去了它存在的全部价值和根基。"④ 联系吉狄马加的诗作以及他的诗学思想来看,其所强调的诗歌的"灵魂"与"精神"即是"人类普遍的价值"。吉狄马加在其诗作中致力于弥合不同民族文化之间的"缝隙","我坚定地相信就每一个民族而言,除了在文化传统本身依然保持其鲜明的特质之外,一个更具有普

---

① 霁虹:《崇拜英雄的人》,《大地的影子》,中国戏剧出版社 2002 年版,第 3—4 页。
② 吉狄马加、王雪瑛:《个体的呼唤、民族的声音与人类的意义——关于吉狄马加诗歌创作的对话》,《文学港》2017 年第 3 期。
③ 吉狄马加:《达基沙洛故乡》,《吉狄马加诗选》,四川文艺出版社 1992 年版,第 116 页。
④ 吉狄马加、王雪瑛:《个体的呼唤、民族的声音与人类的意义——关于吉狄马加诗歌创作的对话》,《文学港》2017 年第 3 期。

遍人类意义的意识终将会成为消除人类间一切壁垒并能使这一理想成为现实的最大的认同"。① 在吉狄马加看来,各民族的人口虽有多寡之别,但民族文化之间实是平等的关系,于大千世界而言都是同等重要、不可取代的,我们对各民族的文化都应心存敬畏。因此,吉狄马加在其诗作中对彝族文化的歌颂与赞美就突破了民族间的"樊篱",而其诗歌借由汉语这一形式产生了普世价值,其诗作也因之具有了吉狄马加所强调的"人类意识"。

吉狄马加是一位颇为典型的学者型诗人,他极具思辨地赋予诗歌以充实的内在,其诗作在表现出彝族深厚、神秘且多元的文化的同时,也充分展现了汉语的灵性与活力,极大丰富了中国当代诗歌的艺术表现力和思想内涵,充分体现出了一位民族诗人对汉语诗歌写作的深刻思考,对于我们理解其诗学思想、探寻民族文学和当代诗歌的发展走向皆有着重要的启示意义。吉狄马加的诗歌中所表现出来的人类意识和普世价值能够唤起不同国家和地区、不同民族的读者的阅读共鸣,这使得其诗作无论在中国诗坛,或是世界诗林中,都具有难以复制和比拟的特异性。我们可以预见,随着吉狄马加在诗歌语言问题上的持续深入思考,其必然会创作出更多跨越民族和地域的更有分量、更具特色的优秀诗作,取得更为丰硕的创作实绩。

[本文系国家社会科学基金重大项目"语言变革与中国现当代文学发展"(项目批准号:16ZDA190)的阶段性成果]

(作者单位:浙江师范大学人文学院)

---

① 吉狄马加:《诗歌:拒绝一切心灵的边界——在 2019 第三届成都国际诗歌周开幕式上的致辞》,《草堂》2019 年第 10 期。

"善良"的隐蔽与显现：论余华小说语言的流变

马　蔚

内容摘要：按照现代语言哲学的观点，语言不仅仅是有形的言词，同时也是无形的道说，而"善良"不仅仅是道德规范，也是本真存在。在余华不同时期的小说创作中，其语言和"善良"之间的关系发生了种种变化。余华的小说创作由温情转向先锋，又由先锋转向写实，再由写实转向狂欢、怪诞、传奇，经历了数次变化。从根本上说这些变化都是语言上的变化，而余华小说语言的种种变化皆由其与道德层面以及存在层面的善良的关系之变化引起。因而有必要在现代语言哲学的观照中，深入探讨余华的小说语言与"善良"之间的关系，并进而在对二者关系变化的揭示中阐述余华小说语言的流变。

关键词：余华　小说语言　善良　语言哲学

从语言的角度研究小说最先使人想到的是小说文体或小说修辞，然而语言不仅仅是文体或修辞，它还有着超文体与超修辞的部分，这些部分在现代语言哲学中已得到了较为充分的研究，然而在文学研究中仍旧处于被忽略的状态，因而有必要借鉴现代语言哲学研究的一些成果来完善文学语言研究。现代语言哲学认为语言既包括有形的言词，也包括无形的道说，而对无形道说的参悟能为文学语言研究提供更为接近语言本质的视角。

本文拟以探讨余华的小说语言与"善良"之间的关系为例，实践现代语言哲学视角下的文学语言研究。余华的小说创作中回响着"善良"的声音，无论初期的《星星》、《竹女》，抑或先锋时期的《十八岁出门远行》、《往事与刑罚》，又或是 20 世纪 90 年代的《活着》、《许三观卖血记》以及新世纪以来的《兄弟》、《第七天》、《文城》，所有这些自行其"是"的作品在某种意义上都可以说是由"善良"写就的。在余华的小说语言和"善良"之间存在着紧密且复杂多变的关系，二者之间的关系在余华小说创作的三个重要时期均发生了显著的变化，这些变化正是余华小说语言流变的深层原因，而其小说语言的流变又是其创作在不同时期发生转变的根本所在，本文将对此展开论述。

一、先锋时期:在语言的实验中接近本真的善良

在余华这里,"文学从来都是未完成的"①,因此永远不构成历史,但批评家们急切地想要将余华的创作充分历史化。每当这一工程将要竣工之时,余华便又有新的作品与表述来将之颠覆。笔者在翻阅了余华比较重要的文学随笔后发现,余华在谈论文学以及自己的创作时极少使用"历史"这个词,他似乎很早就已经在不自觉中消弭了自己的"历史"意识,并用"记忆"取而代之。与历史相比,记忆是属于个人的、主观的,这已经大致指示出了余华创作的主要方向。而余华对于记忆的体悟和思索是极为深入的,已经具有了哲学意味。在他看来,记忆有着和历史完全不同的逻辑,在"记忆的逻辑"中"时间成为了碎片,并且以光的速度来回闪现……始终贯穿着'今天的立场'"。② 从这一表述中可以看到,余华所谓的"记忆"已经越出了心理学范畴,与海德格尔的存在论具有某种相通之处。与存在论类似,这一"记忆的逻辑"同样强调"未完成"以及"敞开",因为即便在时间上属于过去,在记忆中仍可以是未完成的当下,甚至是尚待发生的将来。"过去"在余华这里从未真正过去,它们始终停留在记忆中,随时可以重新"敞开"与上演。

在余华初期的创作中,《"威尼斯"牙齿店》《星星》《鸽子,鸽子》是比较有代表性的,这些作品尤其是《星星》充满了温情和童心,但不免让人觉得清浅。它们在同时代的作品中缺乏辨识度,如果把《星星》与王安忆的《雨,沙沙沙》、莫言的《春夜雨霏霏》以及贾平凹的《满月儿》等同时期的作品放在一块阅读,会发现这些作品虽然在题材、故事、形式上各不相同,但它们有着极强的相似性,造成这一情况的主要原因就在于它们的语言都仅仅是对有形言词的组织,这样的语言是无法使事物得到如其所"是"的显现的,它们内含的善良都仅是道德规范层面的。这种道德层面的善良已经不再是一种寄寓在语言中的存在,而仅仅是对象化了的存在者,对于这种善良无须再去"领会"和"解释",因为它已经凝固和确定。无论是星星的执着、雯雯的期盼,还是少妇的思念以及满儿月儿的进取都指向同一种凝固化了的善良,这样的善良是远离人的本真存在的,因而也是远离真理的,在这些作品中真正的善良实际早已隐遁不见。

从《十八岁出门远行》开始,余华的创作发生了第一次明显的转变。樊星指出,在余华初期较有代表性的《星星》与其先锋时期的代表作《现实一种》之间,"有一道不可

---

① 余华:《荒诞是什么》,《我们生活在巨大的差距里》,北京十月文艺出版社 2015 年版,第 61 页。

② 余华:《〈在细雨中呼喊〉意大利文版自序》,《在细雨中呼喊》,作家出版社 2012 年版,第 5 页。

思议的鸿沟"，而造成这一鸿沟的原因在他看来主要在于时代心态的变迁使"人性恶"替代"温情"成为文学竭力开掘的时代主题。① 这一发现无疑是高屋建瓴的，很有见地，没有局限于作者本身来考察其创作的变化，而是将视角扩大至整个时代，然而这一发现未能更加深入地揭示出时代心态究竟是如何影响余华的创作使其发生"突变"的，因此未能把握住语言在这一转变中所起的根本性与决定性作用。时代心态对于余华创作的影响是以语言的形式进行的，此时的余华聆听到了来自"善良"的声音。余华初期作品中的善良是道德规范层面的善良，从《十八岁出门远行》开始一种起伏不定的战栗感弥漫于余华的小说文本之中，标志着道德规范层面的善良开始在余华小说中解体，而本真存在层面的善良逐渐显现。这一转变发生在语言的道说中，因此与这一转变同步发生的是余华小说语言由对有形言词的组织到对无形道说的聆听的转变，这两种相伴而生的改变可以概括为"决断"的生成。

今天回过头去看，似乎一到先锋时期余华创作的某种阀门便被打开了，大量的鲜血与暴力忽然之间涌入了他的小说文本之中。这些忽然涌入的鲜血与暴力在余华的小说创作中是世界正在融化和解体同时又在凝聚和形成的标志，这里所说的世界"不是各种事物的总和，而必须被理解为任何事物可能存在的条件"②，也就是说鲜血与暴力的密集涌现以改变"事物可能存在的条件"的方式创造着"事物可能存在的条件"。因此，与余华初期的小说作品不同，在他先锋时期的小说作品中，事物终于具备了存在的条件。简单地说，鲜血与暴力的密集出现标志着余华初期那种仅仅作为现成事物的语言已经在血肉横飞的自戕与搏斗中被捣毁，余华的小说语言开始具备了真理性，而这样的语言方足以成为存在的家，事物才得以在其中如其所"是"地显现。

余华曾说"长期以来，我的作品都源于和现实的那一层紧张关系"③，而造成这种紧张关系的根源是语言。首先是方言的问题，余华成长于方言区，因此他曾说与自己朝夕相伴了二十多年的语言成了一大堆错别字，口语和书面语之间的区别像是关上了一扇门，使他的写作没有了道路。其次是经由本真语言通达本真存在的问题，语言大多数时候呈现为闲谈，不仅无益于对本真存在的显现，反而会遮蔽本真存在，只有经由本真语言方能抵达本真存在。方言问题与本真语言问题之间既相互区别又相互联系：由于与方言的亲近，更容易经由方言聆听到本真语言，但这并不是说只能经由方言才能聆听到本真语言，经由书面语同样可以聆听到本真语言。余华在上世纪80年代末对自己先锋时期的创作实践进行理论总结时曾十分笃定地说"我的所有努力

---

① 樊星：《人性恶的证明——余华小说论(1984—1988)》，《当代作家评论》1989年第2期。
② 陈嘉映：《海德格尔哲学概论》，商务印书馆2014年版，第59页。
③ 余华：《〈活着〉中文版自序》，《活着》，作家出版社2012年版，第1页。

都是为了更加接近真实"①，这确实是余华展开语言实验的目的。

当然一个作家的创作无论前后差距如何大，一定有着某些内在的延续。虽然余华初期的作品中很难找到鲜血与暴力，然而却通过其他形式颠覆了一些话语成规，比如在《鸽子，鸽子》里就写到"我仍旧常常到海里去游泳，那是穿着条鲜红的游泳裤去游泳的(游泳裤是用两块红领巾做成的)"②，将有着神圣意味的红领巾拼合成一个少年的泳裤，如此一来原本和红领巾联系着的事物便无法再"是"其所是，可以说它们已经不再存在。然而与鲜血和暴力所带来的毁灭不同，在戏谑中被划开一道口子的世界又迅即重合，使它重合的则是那条红色泳裤，一个新的世界在这条红色泳裤上重新生成，它是鲜艳的、肉感的，洋溢着青春的气息，习习的海风吹拂，美丽的姑娘和淡淡的忧愁也呼之欲出。

二、90年代：在语言的坦途中显示本真的善良

进入90年代，余华的创作发生了第二次明显的转变，余华对此的表述是"一九九一年、一九九二年和一九九五年，我分别出版了《在细雨中呼喊》《活着》和《许三观卖血记》，就是这三部长篇小说引发了关于我写作风格转型的讨论"③，这一表述基本符合事实。而对于此次转变，余华将它的发生归因于记忆，认为转变的原因"其实很简单，一个梦，让一个记忆回来了，然后一切都改变了"④。由此可见记忆对于余华而言所具有的神奇与伟力，然而记忆究竟是什么？为何会具有如此神奇的力量？想要探析记忆的具体内涵，"时间"与"事实"是我们可以借助的重要切入点。

首先是"时间"，在余华的表述中，记忆与时间经常结伴出现，这提示我们余华所说的记忆不仅仅是心理学上的功能或能力，它已经逸出了主体论哲学的范畴，显示出他的思考已经进入存在论的领域。海德格尔存在论对于时间有着特别的关注，其代表性著作《存在与时间》便将时间与存在并列，该书已经写出的第一部分就是为了"解说时间之为存在问题的超越的视野"⑤。海德格尔对于时间的观点通常都非常晦涩难解，但余华在提及记忆与时间时，其观点与海德格尔是相通的，比如余华曾说"现在当我回想起自己以前写下的人物时，我常常觉得他们不是虚构的，而是曾经在我生活中

① 余华：《虚伪的作品》，《没有一条道路是重复的》，作家出版社2012年版，第163页。
② 余华：《鸽子，鸽子》，《青春》1983年第12期。
③ 余华：《一个记忆回来了》，《我们生活在巨大的差距里》，北京十月文艺出版社2015年版，第2页。
④ 同上书，第10页。
⑤ ［德］海德格尔：《存在与时间》，陈嘉映、王庆节合译，生活·读书·新知三联书店2014年版，第48页。

出现过的朋友"①。在这一表述中提到的"曾经"原本并不存在,但是在相对于它而言属于将来的某一刻,我的记忆中诞生了这一"曾经",这也就是海德格尔在《存在与时间》里所说的"曾在以某种方式源自将来"。② 其次是"事实",博尔赫斯在《乌尔里卡》的开头写道"我的故事一定忠于事实,或者至少忠于我个人记忆所及的事实"。余华对此却表示怀疑,他认为博尔赫斯"总是乐意表现出对非现实处理的更多关心"③,也就是说余华并不认为"个人记忆所及的事实"仍旧是事实,相反它已经属于非现实。

余华所说的记忆较为接近海德格尔存在论中的"时间性"这一概念,时间性并不等同于时间,"时间性是源始的、自在自为的'出离自身'本身"④,而且"时间性是一种动态,像礼花一样,它只在绽出中有自身"⑤,这些表述比较晦涩难解,余华曾以十分生动的譬喻表达过大致相同的意思:"不断地拿起电话,然后不断地拨出一个个没有顺序的日期,去倾听电话另一端往事的发言。"⑥ 记忆并非一直敞开在那里的,它需要不断地去接通,每一次电话的接通便是一次绽出,通话结束又恢复到非绽出的状态。因此记忆近似于一种叙述,它需要在语言中敞开。"一个梦,让一个记忆回来了,然后一切都改变了",让一切改变的其实是语言。经历过先锋时期的语言实验之后,余华已经"学会了在标准的汉语里如何左右逢源,驾驭它们如同行走在坦途之上"⑦。结合余华 90 年代的小说创作我们就会发现,余华已经找到了通向本真存在的语言坦途。

一部真正通达本真存在的作品必定有自己的世界,这一世界因存在的辉耀而形成。每一个世界必定有着其"基调",善良便是余华文学世界的"在世基调",而我们能够从余华 90 年代创作的三部长篇小说中获取到的一切均是在善良的"情调"中完成的。若抛开善良这一情调,那么这三部作品中的世界都无法敞开,它们将只能"窄如手掌",而无法"宽如大地"。而一旦我们进入善良的"情调"中,那么这三本薄薄的书我们似乎永远也无法穷尽其内蕴,每一句话都意蕴悠长、咀嚼不尽,每一次阅读都能从中获取到一些全新的事物。

我娘常说,只要人活得高兴,就不怕穷。家珍脱掉了旗袍,也和我一样穿上粗布衣服,她整天累得喘不过气来,还总是笑盈盈的。凤霞是个好孩子,我们从砖瓦的房屋搬到茅屋里去住,她照样高高兴兴,吃起粗粮来也不往外吐。弟弟回来以后她就更

① 余华:《答波士顿广播电台评论员威廉·马克思》,《米兰讲座》,上海文艺出版社 2020 年版,第 105 页。
② [德]海德格尔:《存在与时间》,陈嘉映、王庆节合译,生活·读书·新知三联书店 2014 年版,第 371 页。
③ 余华:《博尔赫斯的现实》,《温暖和百感交集的旅程》,作家出版社 2012 年版,第 31 页。
④ [德]海德格尔:《存在与时间》,陈嘉映、王庆节合译,生活·读书·新知三联书店 2014 年版,第 375 页。
⑤ 陈嘉映:《海德格尔哲学概论》,商务印书馆 2014 年版,第 122 页。
⑥ 余华:《〈在细雨中呼喊〉意大利文版自序》,《在细雨中呼喊》,作家出版社 2012 年版,第 5 页。
⑦ 余华:《〈许三观卖血记〉意大利文版自序》,《许三观卖血记》,作家出版社 2012 年版,第 10 页。

高兴了，再不到田边来陪我，就一心想着去抱弟弟。有庆苦啊，他姐姐还过了四五年好日子，有庆才在城里待了半年，就到我身边来受苦了，我觉得最对不起的就是儿子。①

　　这样一段文字如果从社会历史的角度分析会显得空洞无物，无论是大的社会背景，如 40 年代的乡村如何受到战争的影响，抑或小的物件用品，如旗袍的款式和粗粮的种类，这些作者都没有具体交代。如果从形式主义陌生化的角度分析也显得平平无奇，没有任何一处地方会使我们停下来关注形式本身，它纯然就是农民的口语，质朴无华又明白晓畅，我们很难从中找出任何可以做修辞分析的部分。然而就是这样一段简简单单的文字却基本代表了余华 90 年代创作的三部长篇小说在语言上所具有的全部特色，甚至可以说那三部小说就是由一段又一段这样的文字组成的。正是它们使《在细雨中呼喊》《活着》和《许三观卖血记》充满发掘不尽的意蕴，那么这些意蕴究竟从何而来呢？这些意蕴只在善良的"情调"中方能敞开，余华常说阅读应带着"空白之心"与"赤子之心"，这是因为语言不仅是有形的文字，更是无形的道说，假如不进入作品的"情调"之中，便无法进入作品的世界之中，我们的阅读将一无所获，即便有所收获也与真正的文学无关。

　　经过先锋时期的语言实验，余华的语言具有了真理性，世界在他的语言中生成。《在细雨中呼喊》《活着》和《许三观卖血记》都在语言对善良的显示中生成，而也正因为对于善良的显示，其语言具有了咀嚼不尽的意蕴。

三、新世纪：在语言的新变中重新寻找本真的善良

　　先锋时期余华的创作始终与现实保持着紧张的关系，这一紧张关系根源于语言；而新世纪以来，余华的创作则表现出与虚构之间的紧张关系，这种紧张关系同样根源于语言。

　　新世纪以来，余华似乎突然对虚构失去了信心，认为只有与现实短兵相接并对它发起"正面强攻"才能抵达真实，因此在创作《兄弟》时他铆足了劲头要将《活着》与《许三观卖血记》的叙述方式彻底否定。到了《第七天》，余华的创作与虚构之间的紧张关系虽然已经有所减弱，但依然存在，为此余华不惜以伤害叙述连贯性作为代价在小说中插入许多未经文学化处理的新闻事件。而《文城》的出版则显示着余华的创作与虚构已经达成和解，它以传奇小说的形式涵容着作家重新丰沛起来的想象力与创造力，

---

① 余华：《活着》，作家出版社 2012 年版，第 45 页。

余华大概已经意识到,现实的不一定是本真的,而虚构反而有可能抵达本真,现实与虚构只是表象,重要的是如何抵达真实。若将《兄弟》、《第七天》、《文城》这三部小说放在一块,可以发现它们的传奇性依次增强,从中可以看到余华对于化解自己的创作与虚构之间紧张关系的努力。

在试图化解自己的创作与虚构之间紧张关系的过程中,余华开始深入思考想象与虚构的本质。虚构如果停留在语言游戏的层面,那自然是对于本真存在的背离,但如果虚构来源于对本真语言的聆听,那么虚构反而能摆脱现实的沉沦状态,使本真存在得以显现。来源于对本真语言聆听的虚构会使作者在创作时进入一种不由自主和被给予的状态,余华对自己在创作中体验到的不由自主与被给予状态印象深刻,曾多次对这一神奇的状态进行描述,"我的写作……只能'听天由命'。……无论是表达一个感受,还是说出一个思考,写作者都是在被选择,而不是选择"[1],以及"这就是我成为一名作家的理由,我对那些故事没有统治权,即便是我自己写下的故事,一旦写完,它就不再属于我,我只是被它们选中来完成这样的工作"[2]。还有"当我的写作进入某种疯狂状态时,我就会感到不是我在写些什么,而是我被指派在写些什么"[3]。余华认为之所以会出现这种状态,用他自己的话说是因为他的"灵魂进入了想象体内",而"想象就是从现实里爆发出来的渴望"。在这一表述中,"灵魂"显然指的是主体的思维,而"想象"则被置于现实之中,是由现实中生发出来的。此处面临着主客体融合的问题——主体的灵魂如何突破自我的局限而抵达现实中的想象并实现对它的认识呢?

从康德一直到海德格尔等哲学家一直在思考如何解决主客体融合的难题,海德格尔为这一问题给出的解决之法是提出"在世界之中存在"。这是存在论的经典表述,海德格尔将它划分为三个环节,即"世界(以及世内存在者)"、"在之中"以及"存在在世界中的那个谁"。若将余华所说的"灵魂进入了想象体内"与海德格尔所说的"在世界之中存在"作一比较,会发现二者有着诸多相通之处。

在海德格尔看来世界是任何事物可能存在的条件,而余华所说的"想象"正是他所认为的虚构所能够成立的依据;在海德格尔看来世界并非全然客观的但也并非主观的,而余华所说的"想象就是从现实里爆发出来的渴望"若从主客观二元对立的视角去看是矛盾的,然而正体现了余华所要在"想象"中取消主客观二元对立的努力,这与海德格尔的观念是相符的。因此不妨说余华所谓的想象即是世界,我的灵魂本就

---

① 余华:《内心之死》,《温暖和百感交集的旅程》,作家出版社 2012 年版,第 84 页。
② 余华:《〈许三观卖血记〉德文版自序》,《许三观卖血记》,作家出版社 2012 年版,第 8 页。
③ 余华:《生与死,死而复生》,《我们生活在巨大的差距里》,北京十月文艺出版社 2015 年版,第 81 页。

在世界之中，无需进入。然而余华使用"进入"一词又是准确的，因为在海德格尔看来，虽然"在世界之中存在"是初始状态，然而这一初始状态却被"沉沦"阻隔了，"此在首先总已从它自身脱落、即从本真的能自己存在脱落而沉沦于'世界'"，[①]因此需要在"畏"的情绪中使本真存在显现。与此类似，虽然"我的灵魂在想象之中存在"是原始状态，但这一状态又处于遮蔽之中，因此需要"进入"。可惜的是，余华对于想象与虚构的思考止步于此，未能进一步思考灵魂"进入"想象的方式，而海德格尔对于"进入"方式的思考则是存在论思想的一大核心，他的这些思考最终凝结为"畏""无"以及"向死而生"等概念之中。虽然余华对于想象与虚构的理性思考未能触及"进入"的方式，但从他的小说创作中我们可以发现他对于想象与虚构的探索仍在继续，这种探索在他的小说中凝结为"寻找"主题。

《第七天》和《文城》都以"寻找"为主题，而据余华自己说"我现在正修改的小说也是在寻找，虽然寻找的故事不一样，寻找的意义也不一样，有一点是一样的，寻找确实成了我写作中重要的故事内驱力，但不是近期，已经完成的《第七天》《文城》和还没有完成的，这些故事已经伴随我多年了"[②]。作者所不停寻找的正是使想象摆脱遮蔽，使灵魂进入想象的方式。这种方式是什么余华还没有办法明确地说出来，仍旧需要在语言中寻找。这种寻找既是小说主题的来源，同时也必然带来语言上的新变，从《兄弟》到《文城》，余华的小说语言越来越具有传奇性便是这种新变的外在表现。《第七天》里的世界是冰冷无力的，《文城》里的世界则是兵荒马乱和天灾频仍的，在这样的世界里主人公杨飞和林祥福依旧坚定地出发去寻找，这本身就显示出一种承担与"决心"。佛家讲"苦海无边，回头是岸"，海德格尔却讲"决心"，认为人应当勇敢地迈入人间并向死而生。那么这种"决心"是如何生成的呢？主人公杨飞和林祥福为何要去寻找？杨飞在死后依旧要寻找抚育自己的养父，林祥福则是携褓褓中的幼女去寻找自己的妻子，很显然他们的寻找仍旧是以善良作为动力的。他们的"决心"来源于善良。海德格尔说"此在在良知中呼唤自己本身"[③]，杨飞与林祥福的寻找即是对良知呼唤的回应。而与对善良的显示一样，对于善良的寻找同样需要在语言中进行，因为"内心并非时时刻刻都是敞开的，它更多的时候倒是封闭起来，于是只有写作、不停地写作才能使内心敞开，才能使自己置身于发现之中，就像日出的光芒照亮了黑暗，灵感这时候才会突然来到"[④]。由此，可以说余华的小说语言与善良的关系又发生了改变，它

① ［德］海德格尔：《存在与时间》，陈嘉映、王庆节合译，生活·读书·新知三联书店 2014 年版，第 204 页。
② 余华：《远离生存记忆的历史书写》，《我只要写作，就是回家》，山东文艺出版社 2022 年版，第 156 页。
③ ［德］海德格尔：《存在与时间》，陈嘉映、王庆节合译，生活·读书·新知三联书店 2014 年版，第 275 页。
④ 余华：《〈活着〉中文版自序》，《活着》，作家出版社 2012 年版，第 1 页。

无法再直接显示善良,也就无法在对善良的显示中使自身生长,它需要去寻找善良,并在对善良的寻找中展开自身。

综上所述,余华的思想与创作表现出明显的存在论影响,这种影响使他的创作注重"敞开"与"未完成"的状态,也使他深入思考"记忆"、"想象"、"虚构"等概念或事物的内涵,进而使他的小说语言流动多变且耐人寻味。

[本文系国家社科基金重大项目"语言变革与中国现当代文学发展"(项目批准号:16ZDA190)的阶段性成果]

(作者单位:浙江师范大学人文学院 浙江师范大学行知学院)

汉语"诗性"问题的回顾与反思

张　翼

内容摘要："汉语诗性"最初作为一个"文学问题"引起了学界持续而广泛的讨论。"诗性"一词进入现代汉语,以及关于"汉语诗性"的讨论,有其特殊的历史语境和域外理论资源。维柯的"诗性智慧"、雅各布逊的"诗性功能"、海德格尔的"诗意栖居"等概念和思想,深度影响着人们对汉语"诗性"的理解与建构。"汉语诗性"存在着古典与现代双重形态,分别以古代汉语与现代汉语的思维方式为基础;在古典诗性的"完备"与现代诗性的"未完成"之间并非绝对的割裂,而仍然存在必然的联系。汉语"诗性"的两种形态,在"抒情"的传统中彼此汇通,对语言诗性的理解和研究不能忽视"人"这一重要维度。

关键词:汉语　诗性　抒情

"汉语诗性"最初是作为一个"文学问题"而非语言学议题,引起了学界持续而广泛的讨论。鲁枢元在 1990 年出版的专著《超越语言:文学言语学刍议》中鲜明地提出了"汉语是一种艺术型的语言,一种诗的语言"[①]的论断。他将汉语言文字比作一株原产于中国的银杏,谓之"活化石",一方面是说中国文字的历史悠久且一以贯之,另一方面则是说汉语所承载的思想文化源远流长,诚如陈寅恪所说:凡解释一字即是作一部文化史。鲁枢元从八个方面缕析了汉语言(包括文字)的诗性资质,[②]他对汉语诗性的论证得到了多数学者的认同,更为细致和深入的探讨层出不穷。例如,《诗探索》从1996 年第 2 期开始设置"'字思维'与中国现代诗学"专栏,共有二十九篇文章后来被收录在谢冕和吴思敬主编的《字思维与中国现代诗学》一书中,以"诗性"为标题的篇目就有三篇。[③]

"诗性"作为一种"事实、概念与问题"[④]进入现代汉语,以及对"汉语诗性"的研究,有其特殊的语境和多种来源。20 世纪 80 年代,中国学界对汉文化特性的讨论尤为热

---

① 鲁枢元:《超越语言:文学言语学刍议》,中国社会科学出版社 1990 年版,第 245 页。

② 同上书,第 229—244 页。

③ 谢冕、吴思敬主编:《字思维与中国现代诗学》,天津社会科学院出版社 2002 年版。

④ 张卫东:《汉语诗性:事实、概念与问题》,《汕头大学学报》2006 年第 2 期。

烈，申小龙等语言学学者提出了"汉语人文性"，1990年代初的文学领域继而出现相关讨论，"汉语诗性"的命题便是这些讨论的一个分支，此后讨论"汉语诗性"的文章也是层出不穷、新见迭出。本文从域外"诗性"概念的梳理出发，进而总结"汉语诗性"的两种形态，最后重返汉语诗性的本土话语，提出汉语诗性的"抒情"本体论。

一、"诗性"概念的域外资源

"诗性"其实并非一个本土概念，1990年代关于"汉语诗性"的探讨，与朱光潜先生在1980年代翻译维柯的《新科学》之间存在着某种密切联系。维柯的《新科学》用了近一半的篇幅来构筑所谓"诗性智慧"（poetic wisdom）。古希腊文"$ποίησις$"（Poiesis，诗）这个词的本义是"制作"或"创造"，"诗性"便意味着某种"技艺性"或"创造性"；"诗性智慧"也就相应的是一种"制作的技艺"或"创造的智慧"。这种智慧在起源时主要发挥创造的功能，而非后来在诗性智慧的基础上发展而来的那种抽象推理的玄学（哲学）智慧。维柯引述亚里士多德的名言"凡是没有先进入感官的东西就不能进入理智"，进而认为"神学诗人们是人类智慧的感官，而哲学家们则是人类智慧的理智"。[①] 在维柯那里，神学诗人们有一种凡俗的神学智慧，由此可以产生一种诗性的逻辑活动，从而发明出各种语言文字来；一种诗性的伦理活动，从而创造出一些英雄人物来；一种诗性的经济活动，从而创造出家族来；一种诗性的政治活动，从而创造出城邦来；此外，还得出研究人的专科：诗性物理学，从而在某种意义上创造出人类自己来。[②]

尤为重要的是，维柯发现"各种语言和文字的起源都有一个原则：原始的诸异教民族，由于一种已经证实过的本性上的必然，都是些用诗性文字来说话的诗人"，他们"用诗性文字来思想，用寓言故事来说话，用象形文字来书写"。[③] 这些"诗性的词句"是诗人丰富想象力的产物，表达最强烈的热情。这些论述无疑为20世纪仍在使用古老象形文字的中国人提供了某种启发。

总体看来，维柯是从人类学角度来看待"诗性智慧"的，作为一种认识世界的特殊方式，原始初民将其运用在思维方式、生命意识和艺术精神等方面。值得注意的是，维柯的"诗性智慧"实可与之后的另一位人类学家列维-布留尔在《原始思维》中提出的神话思维相置换，两人都对这种"诗性"思维颇为推崇。

---

① ［意大利］维柯：《新科学》，朱光潜译，外语教学与研究出版社2018年版，第386页。
② 朱光潜：《维柯的〈新科学〉评价》，《朱光潜美学文集》第3卷，上海文艺出版社1983年版，第570页。
③ ［意大利］维柯：《新科学》，朱光潜译，外语教学与研究出版社2018年版，第65、214页。

布留尔在《原始思维》中说："逻辑思维不能容忍矛盾,只要它发现矛盾,它就为消灭它而斗争",而"原逻辑思维不寻找矛盾,但也不避免矛盾。即使与一个严格符合逻辑定律的概念系统为邻,对它也毫不发生作用或者只有很小的作用"。其实,中国文化精神的闪光恰恰在"矛盾"处,在在呈现出矛盾的魅力,化解而不使强力击碎之,所以布留尔继续道:"逻辑思维永远也不能继承原逻辑思维的全部遗产。那些表现着被强烈感觉和体验的互渗、永远阻碍着揭露逻辑矛盾和实际的不可能性的集体表象,将永远保存下来……生动的内部的互渗感足可以抵消甚至超过智力要求的力量……互渗的实质恰恰在于任何两重性都被抹煞,在于主体违反着矛盾律,既是他自己,同时又是与他互渗的那个存在物。"① 这里,布留尔名之为"原逻辑思维",意在强调原始思维与逻辑思维的可兼容性,二者存在着源流关系和共通之处,原始思维虽然在根源上先于逻辑思维,但在时间上与逻辑思维相伴随,他力图将两者融合起来而非使之割裂。② 布留尔的《原始思维》深受司马迁《史记》的启发,③而 20 世纪另一位思想家荣格也在阅读《周易》后发现了西方人与中国人在思维上存在"因果性原则"与"同步性原则"的分野,④这些都从侧面证明了中国传统文化中存在一股强大的"诗性"力量。

20 世纪的哲学和文学都先后发生了"语言论转向",在西方长期存在的"诗与哲之争"仿佛在语言领域握手言和了,竞相从语言的角度来理解和表现世界,"具体于文学研究来说,不仅是语言'思想本体'转向,也是语言'诗性'转向"⑤。

俄国形式主义者将语言二分为"日常语言"和"文学语言",把"诗"分为狭义与广义,狭义专指作为文体的"诗歌",广义则是"艺术散文",于是文学语言相应地也有"诗歌语言"和"散文语言"之分。他们重点讨论的是诗歌语言,因为语言的规律和创造性在诗歌中表现得尤为显著,而诗歌语言最能反映出文学语言的特质。

在一众形式主义论者中,最引人注目且与本论题直接相关的是雅各布逊的论述。他总结了语言具有"指示、表情(表现)、意动"(传统的语言模式只区分了这三种功能)和"呼应、元语言、诗性"等六种基本功能,其中,语言的诗性功能是语言艺术的核心功能,"纯以话语为目的,为话语本身而集中注意力于话语"⑥。在一个具体的言语实践中,话语主导的是呈现其自身的功能,同时语言的其他功能居于次要地位,那么这种

---

① [法]列维-布留尔:《原始思维》,丁由译,商务印书馆 1997 年版,第 449—450 页。
② 关于"原逻辑思维"的译法所产生的误解以及纠正,参见邓晓芒:《从隐喻看逻辑推理的起源——列维-布留尔〈原始思维〉的启示》,《四川大学学报(哲学社会科学版)》2002 年第 3 期。
③ [法]列维-布留尔:《原始思维》,丁由译,商务印书馆 1997 年版,第 498 页。
④ [瑞士]荣格:《心理学与文学》,冯川等译,生活·读书·新知三联书店 1987 年版,第 248—250 页。
⑤ 高玉:《论汉语的诗性与中国文学的"文学性"》,《当代文坛》2023 年第 2 期。
⑥ [美]雅克布逊:《语言学与诗学》,[俄]波利亚科夫编《结构—符号学文艺学》,佟景韩译,文化艺术出版社 1994 年版,第 181 页。

话语便具有了诗性。语言的诗性"只把语词作为语词,而不把它作为被指称事物的替身或感情的爆发来对待"①实际上就是语言的"自指性"。雅各布逊认为,在诗歌中,语言的功能并不仅限于诗性功能,但诗性功能是第一位的;同时,语言诗性功能也并不仅限于诗歌,它在其他言语活动中也存在。他还指出,一切诗歌作品所内在固有的必要标志,就是把"对等原则"从选择轴"投射"到组合轴。② 这意味着,当选择轴上潜在的词并置于组合轴上时,将会开启一个联想空间,原有句段关系的单一逻辑将被打破,语言由此变得多义、复杂、感性。

总之,在雅各布逊的论说中,文学的"文学性"即语言的"诗性",文学语言乃是一种诗性语言,"自我指涉"是其显著特征。这种从语言的结构和功能层面揭示文学性的观点有其合理性,但它在 20 世纪的接受和发展日益极端起来,"怎么说"最终取代了"说什么",就如同一个人只关心餐桌上碗碟的外观和质地是否精致,对碗里盛着的佳肴却不屑一顾,这也成为形式主义最为人诟病之处。"自我指涉"只是语言"诗性"的一端罢了。

在"诗性"的道路上,海德格尔是重要的路标。海德格尔从 20 世纪 30 年代开始关注语言与存在的关系问题,将二者联系起来的关键是"诗"。他将诗人荷尔德林引为融合了语言、诗性、存在三者的先驱,力图恢复语言的诗性本质,并将这种诗性本质视为逻各斯的本初状态。海德格尔将"诗"区分为广义和狭义两种,广义的诗取古希腊语中该词的本义"创造",狭义的诗则是语言艺术的一个分支,后者是前者诸多"创造"之一种。他说,"诗歌在语言中发生,因为语言保存着诗的原始本质",通过做诗"人诗意地栖居"。③ 诗和诗性被海德格尔提高到了关乎人之存在的哲学层面,"'诗'的研究不再是传统话语分类基础上的文体研究,而是对一种源始的、基础性的语言样式和思维样式的研究。这种语言样式不仅以传统的诗体样式出现,也渗透在各种非诗体的话语中,甚至以哲学的问题样式表达出来"④。于是,"语言是存在之家。人居住在语言的寓所中。思想者和作诗者乃是这个寓所的看护者"⑤。

---

① 转引自[法]托多罗夫:《象征理论》,王国卿译,商务印书馆 2004 年版,第 372 页。
② 赵晓彬:《诗性功能》,金莉、李铁主编《西方文论关键词》第 2 卷,外语教学与研究出版社 2017 年版,第 525 页。
③ [德]海德格尔:《林中路》,孙周兴译,商务印书馆 2020 年版,第 68 页。
④ 余虹:《中国文论与西方诗学》,生活·读书·新知三联书店 1999 年版,第 95 页。
⑤ [德]海德格尔:《路标》,孙周兴译,商务印书馆 2014 年版,第 369 页。

二、"汉语诗性"的双重面相

张世英认为,语言的诗性就是"从说出的东西中暗示未说出的东西的特点"①,这是中国人几千年来一直追求的"言外之意"。一门语言要具有诗性,需要历经一代又一代人的言语实践,这是一个漫长的积淀过程,其中最重要的莫过于"诗"的创作与欣赏。

从中国文学的实践来看,可以大致将汉语的诗性划归两类:一类是古典诗性,它以古代汉语及其思维方式为基础,拥有一套完备的规则,这一类诗性因古代汉语的完成性而被固定下来,在格律、句式等形式层面得以呈现;另一类是现代诗性,它以现代汉语及其思维方式为根基,在取消了古典诗性的种种规约之后,其诗性表征变得似无还有、隐晦艰涩,因现代汉语的未完成性而处于一种开放的状态。

古代汉语一直被认为是一种诗的语言,这是因为它历经了两千多年的言语实践的锤炼,在表意功能、句法体系,尤其是文学表达等方面已经非常成熟和完备,就此而言,古代汉语的诗性可谓完成性的。古典诗性既有较为系统完善的体系建构,又有具体、丰富、灵活的理论话语。《尚书·尧典》、《论语》、《荀子》、《毛诗序》等构建了古典诗歌的发生,赋予诗歌最初的社会功能;《文心雕龙》、《文赋》、《诗品序》等诗学经典归纳了诗的内在文学特征和美学特质;众多的诗话具体而微地剖析了诗歌的风格、格律等纹理。

说古典诗性是"完成"的,并不意味着其生命力的终结。事实上,现代汉语中有许多词汇和短语改造甚至直取自经典文本和历史典故,例如源自《诗经》的"参差"、"窈窕淑女"、"辗转反侧"、"式微"、"切磋"、"琢磨"、"翱翔"等,源自《道德经》的"众妙之门"、"宠辱不惊"、"视而不见"、"上善若水"、"功成身退"、"大音希声"等,源于历史典故的"按图索骥"、"江郎才尽"、"破釜沉舟"、"莫须有"等。② 这些词语和短语仍然频繁地出现在现代汉语的表达中,古代汉语诗性正是以此种样态,作为一种有待被征引的资源,随时准备参与到现代汉语诗性的建构中去,从而形成互文效果,产生多重意蕴。问题的关键,是要意识到它的存在及重要性。③

现代汉语的发生是以反传统的姿态登上历史舞台的,它在形成之初引入的是西方语言的语法体系,从而与发展了两千多年的古代汉语,尤其是与文言相"决裂"。相

---

① 张世英:《语言的诗性与诗的语言》,《中国人民大学学报》2000 年第 1 期。
② 参见泓峻:《汉语文学的文本形态》,人民出版社 2016 年版,第 147—152 页。
③ 关于这个话题的讨论,参见余凡:《论新世纪文学批评中的本土话语再造》,《社会科学》2018 年第 9 期。

较而言,现代汉语之于日常生活和科学研究领域更为便利,在逻辑性和精确性方面都大大增强;但在文学表达方面,尤其是诗歌领域显出一种力不从心的态势。现代汉语的诗性是未完成的,因为现代汉语本身仍然处于不断变化的过程中,其发展的可能性很大一部分要落在新诗的头上,不仅因为新诗在现代汉语发生之初的先锋作用,还因为诗人天然地担负着寻找、改造乃至新造语词的任务,促使他去完成这一任务的因素,一方面是以期恰切表达的现实需求,另一方面是实现突破的理想愿景。在打破古典诗那些可供仿效的固定模式之后,新诗写作的要求不但没有降低,反而变得更高了,需要诗人更加努力地去探索和建设,以发掘语言无限丰富的艺术可能。

相较于古典诗性体系的完备,现代诗性体系则相对欠缺。究其原因,一方面,相较于古典诗性悠久的历史传统,现代诗性(尤其是新诗)还很稚嫩,很多创作观念、批评范式、美学形态还不甚清晰;另一方面,现代诗性是在中国古典诗性传统和西方诗学传统的双重焦虑下产生的,同时又是 20 世纪中国社会现代转型的一部分。文化基因的混杂性和伴生状态,决定了汉语现代诗性体系的建设是一个艰难、漫长而痛苦的过程,但这并不意味着它就此放弃自身美学体系建设,反而拥有更大的发展潜能。

用古代汉语来进行诗性表达,进入的是文言的体系,从表面的语言特征到深层的思维方式、审美观点、价值取向等方面都是古典型的。而用现代汉语来进行诗性表达,进入的是欧式的体系,在语言特征、思维方式、审美观点、价值取向等方面都是现代型的。古代汉语作为一种非形态语言,其古典诗性更多体现在形式技艺上,表现为古人在语言上"进行一种无休止的美的修饰和追求"[①]:讲究炼字、炼句,追求对仗、格律、意境,寻觅诗眼、典故等。现代汉语作为一种欧化的语言,其现代诗性体现更多体现在内容、思想层面。胡适《文学改良刍议》所列"八事",不但将古人在语言形式上极尽雕琢的追求予以阻断,而且从正面提倡"言之有物",正是从起点处就派发给现代汉语追求内容、思想的任务,现代诗性也由此格外注重内容和思想上的深邃、高远。

古典型诗性表达大多言简意丰,追求意会而轻视言传,语言单位之间的关系颇为随意,有时甚至刻意颠倒。现代型诗性表达重在说明,"意会成分大大减少,文句要表达的意义,包括语法意义都更多地在字面上标示出来。同时还有各种连词、助词的大量增加,语句之间的逻辑关系得到很好的表述"[②]。两者的差异体现在语言特征、思维方式、审美观点、价值取向等方面。例如,在古人眼里,"月"这个意象常常用来表达对故人、故乡、故国的思念,杜甫《月夜忆舍弟》便有"露从今夜白,月是故乡明";而到了

---

① 张卫中:《汉语与汉语文学》,文化艺术出版社 2006 年版,第 18 页。
② 同上书,第 8 页。

鲁迅的《狂人日记》中，一句"今天晚上，很好的月光"，古人的温情已荡然无存，更添了几分肃杀和不祥之兆。这些差异是由古代汉语的感性逻辑和现代汉语的理性逻辑的差异造成的。

三、汉语诗性"抒情"论

海德格尔曾说："诗的本质必得从语言之本质那里获得理解。"[①]中国学者吴承学也认为："中国文字是中国文体的存在方式"，"中国古人既然依照一定的规则来造字，一些与文体相关的文字形态或许透露出文字的原始意义以及初民对早期文体本义的理解"。[②]对应到"诗"这一文体，我们应当对"诗"字的形态作一番考察。

东汉许慎《说文解字》谓："诗，志也。"又谓："志，意也。志者，心之所之也。"再谓："意，志也。从心察言而知意也。"至此，"诗、志、意"三字的释义在许慎这里构成了一个完整的闭环，诗从"言"、志从"心"、意"从心察言"，可见三者的共通之处在于心与言以及二者的关系。不难看出，许慎的解释很大程度上受到《毛诗序》的影响："诗者，志之所之也。在心为志，发言为诗。"后又补充道："情动于中而形于言，言之不足，故嗟叹之；嗟叹之不足，故永歌之；永歌之不足，不知手之舞之足之蹈之也。"这段话重点虽落在诗与音乐和舞蹈的关系上，仍然不难看出，诗的源头在心中的情感。杨树达曾在《释诗》一文中如此证成许慎之说："诗"字"从言，寺声"或"从言，㞢声"，"志"字"从心，㞢声"，而"㞢、志、寺，古音无二"，因此"诗"即"志"也。后世的论述大多由此而来，较为形象化的说法当属白居易《与元九书》所言："诗者，根情，苗言，华声，实义。"把诗比作一株植物，蕴于心中的情感如同深埋地下的根系，说出的言辞是其枝叶，听到的声音是其花朵，领悟的义理是其果实。

经过上述一番考察，我们可以看到，在中国人的认识里，"诗"是关于"言"与"心"之关系的一种文体，因而本质上是情志的抒发。在许慎的基础上，身为现代诗人和学者的闻一多又有所发挥。闻一多认为，"㞢"字"从止下一，象人足停止在地上"，"本训停止"；"志"字的本义即是"停在心上"，"藏在心里"，故而"志"字有三种意思：记忆、记录、怀抱。[③]闻一多的"发挥"创举在于不落许慎之窠臼，把"志"看作会意字而非形声字。我们是否也可以把"诗"看作会意字，将"寺"解作"廷也。有法度者也"，进而"诗"要言之有法度，方可登堂入室，乃至居于庙堂？如此解释，似乎有把"诗"引向修辞层

---

① ［德］海德格尔：《荷尔德林诗的阐释》，孙周兴译，商务印书馆 2014 年版，第 46 页。
② 吴承学：《中国早期文体观念的发生》，香港三联书店 2019 年版，第 70 页。
③ 闻一多：《闻一多全集》第 1 册，生活·读书·新知三联书店 1982 年版，第 185 页。

面的危险,因为如果把"诗"这一文体的特质归结为修辞技艺,则会抹平它与其他文体的区别,尤其是现代诗的本质将会在泛化中走向消解。

古人在研读《诗经》的过程中总结出了风、赋、比、兴、雅、颂等"六义",孔颖达《毛诗正义》认为"赋比兴是诗之所用,风雅颂是诗之成形"。这里的"用"与"形",可解作言辞层面的修辞技法与诗歌呈现出来的整体倾向之间的关系,前者为末,后者为本,而诗歌的整体倾向,又与诗人当时的内在情志相契合。

中国诗的发展从一开始就以抒情言志为指归,而在西方文学史上,"抒情诗"一跃成为诗歌模式之典范要到浪漫主义时期。众所周知,中国文学的西传肇始于18世纪,《诗经》中有八首被译入欧洲语言;而批评家弗莱将18世纪称为"情感时代"(age of sensibility)也并非偶然,他从这一时期的诗歌中见出一种内省的转向,[①]二者之间存在着尚待探究的密切关联。

19世纪以来的西方现代主义诗论,尤其是象征主义诗论,艾略特的"非个人化"、"客观对应物"理论和庞德的"意象派"诗论,更多地从中国古典诗歌中汲取了养分,从而拓宽了西方诗歌发展的道路。尤其是"一战"之后,长期主导西方文学传统的"史诗性"结构松动,取而代之的是"'纯抒情'或'抒情—史诗'元素的自由组合"[②]。而这些诗歌、诗论和诗人自20世纪以来被大量译介到汉语中来,它们之所以能在20世纪的中国引起很大反响,其中一个重要的方面便是它们与汉语诗性共享着"抒情"这一本质因素。与此同时,译介行动以及译介的诗歌、诗论对现代汉语的发生都产生了不小的影响,中国现代文学(主要是新诗)由此成为中国古典文学(古典诗)和西方现代文学(抒情诗)的一个交汇地带。

20世纪中国发生的新文学运动,其最大特征是"在旧文学中占据主导地位的抒情性——为了审美目的而创作的散文,以及戏剧,都具有一种特殊的抒情品质——现在被史诗性所取代,因为连现代话剧也更接近叙事,而不是抒情"[③]。普实克从语言学层面为中国古典文学的抒情性主导倾向寻找证据,他发现汉语具有"单音节成词、母音充足而辅音简单、以声调辨义、语法关系由语序或变换质词显示"[④]等特质,使得汉语宜于创作抒情诗而非史诗式文学。

语言学家洪堡特曾说:"一个民族的精神特性和语言这两个方面的关系极为密

① Northrop Frye, "Towards Defining an Age of Sensibility," *ELH*, vol.23, no.2, 1956, pp.144-152.
② 转引自陈国球:《中国抒情传统源流》,东方出版中心2021年版,第87页。
③ [捷克]普实克:《〈中国现代文学研究〉导言》,李欧梵编《抒情与史诗:现代中国文学论集》,上海三联书店2010年版,第39页。
④ 转引自陈国球:《中国抒情传统源流》,东方出版中心2021年版,第81页。

切,不论我们从哪个方面入手,都可以从中推导出另一个方面……民族的精神即民族的语言,二者的同一程度超过了任何想象。"① 故而,对"汉语诗性"的考察还可从以汉民族为核心的中国文化精神入手。而事实上,自先秦以来的汉语文学文本都追求"言外之意"、"韵外之致",试图以语言之有限来表达意义之无穷,以言辞之实有去捕捉意境之缥缈,尤其是经过唐代人司空图的提倡,由一种风格或流派而逐渐成为"后世中国以诗歌为代表的抒情文学追求的至高境界",深刻影响了中国人的审美体验和文学观念,乃至成了"汉语文学最具标志性的特征"。②

语言终究是人的创造,虽然语言系统在成型之后有其自身的演变规律,个体的表达受语言系统的制约和支配,但语言系统本身并非静态网络,其演变的力量仍然来自人类社会集体。个体言语实践的力量虽然渺小,却也能够在某个时期汇聚成一种潮流,从而推动语言的发展。由此,"人"是语言研究中的一个重要维度,罔顾这个方面的研究是一种缺失。中国人的情感和心理,对于汉语"诗性"而言是一种本体性力量,语言"诗性"是以人的"抒情"为本体的言语实践。所谓"抒情",并非激情的宣泄,而是表达此在的人生感悟和认识。

[本文系国家社科基金重大项目"语言变革与中国现当代文学发展"(项目批准号:16ZDA190)的阶段性成果]

(作者单位:浙江师范大学人文学院)

---

① [德]洪堡特:《论人类语言结构的差异及其对人类精神发展的影响》,姚小平译,商务印书馆1999年版,第47页。
② 泓峻:《汉语文学的文本形态》,人民出版社2016年版,第174、183页。

海德格尔存在论视域下的小说语言研究

陈绍鹏

内容摘要:小说语言是日常语言、逻辑语言和本真语言的混合体,日常语言和逻辑语言主要承担着小说表达和交流的功能,而本真语言里则寓居着小说的精神内涵。已有的小说语言研究大都关注的是小说语言中的日常语言和逻辑语言,忽视了本真语言。在文学精神日益凋敝的今天,对小说语言的研究应当努力克服形而上学的方法,进入存在论视域。在海德格尔存在论视域下,本真语言自己说话并为事物命名,因此不是隐含作者在写作,而是本真语言在写作。本真语言始终归于无形,要接近本真语言,需要抛开品味、鉴赏或是归纳、总结等惯常方法,转而采取一种参悟式的阅读方法。日常语言、逻辑语言与本真语言之间有着一种能动的辩证关系,它们之间相得益彰、浑然天成的关系造就最理想的小说语言。

关键词:海德格尔 存在论 小说语言 本真语言 参悟式阅读

有学者认为应当重提"文学性研究",并且保持"文学"定义的开放性,在批评与研究时努力回到文学本身。[①] 这样一种"文学性研究"内含着克服形而上学的努力,试图将已经被固化为种种存在物的"文学"还原为作为存在的"文学"。而作为存在的"文学"其实就是"诗",即语言本身。这样的文学不再是各种技术的堆积,而是精神的辉耀。在这一意义上,本文将要进行的小说语言研究正是一种较为专门的"文学性研究"。之所以选择以小说语言而非诗歌语言作为研究对象,是因为在技术驱逐精神与诗歌的时代,小说一如米兰·昆德拉所言或许仍旧能够抵挡人们"对存在的遗忘"并"永恒地'照亮世界'"。[②] 小说要履行这一使命,最为关键的是它的语言不能丧失其本真的诗性,蜕化为不再闪耀的现成事物。但已有的小说语言研究大都囿于形而上学的视域内,只关注承担着表达与交流功能的日常语言和逻辑语言,忽略了作为精神内涵寓所的本真语言,这就容易导致小说语言的蜕化。本文将在海德格尔存在论视域

---

① 张清华:《为何要重提"文学性研究"》,《当代文坛》2023 年第 1 期。

② 〔捷克〕米兰·昆德拉:《受到诋毁的塞万提斯遗产》,《小说的艺术》,董强译,上海译文出版社 2011 年版,第 6 页。

下对包括本真语言在内的小说语言整体展开研究,这一研究需要回答如下问题:本真语言在小说中究竟占据着怎样的位置? 读者在阅读作品时应当如何把握或接近小说的本真语言? 在小说中,日常语言、逻辑语言和本真语言之间是一种什么样的关系? 什么样的语言才是最理想的小说语言?

一、作为小说根源的本真语言

莫言曾讲述了自己人生中一次十分奇特的经验:在军艺一堂美术欣赏课上看到一张石雕像的照片后便念念不忘,"每当回忆起这尊雕像,就感到莫名的激动,就感到跃跃欲试的创作的冲动,就仿佛捏住了艺术创作的根本"。究竟是怎样的一尊雕像具有如此非凡的力量呢? "乍一看这雕像又粗糙又丑陋:两只硕大的乳房宛若两只水罐,还有丰肥的腹与臀,雕像的面部模糊不清。但她立在那儿简直是稳如泰山。"就是在这样一尊雕塑中"有一种东西,像气像水又像火焰",让莫言激动、冲动并且给他自信。莫言后来领悟到"感动着我令我冲动给我力量的是一种庄严的朴素。这实际上也是伟大艺术的魂魄"①。经由莫言的这些表述不难推断出他在观看那张石雕像的照片时经验了本真语言。海德格尔的存在论十分看重对于本真语言的经验,而经验本真语言就是让"语言自己说话(Die Sprache spricht)",语言自己说话才能说出从未被说出的东西。本真语言虽无形却深藏着丰富性,所有深思熟虑的言谈都不是日常语言或逻辑语言可以指导的。莫言所感受到的那种"庄严的朴素"正是本真语言所馈赠于他的一种从未被说出的东西,因而能够"触动我们最内在的此在",激发我们旺盛的创作欲和创造力。

本真语言不是语文学、语义分析或语言知识意义上的那种语言,本真语言的"本质自身似乎从不形诸言词,从来拒绝在我们关于语言的议论中形成本质的语言。这种守身自在恰恰是语言的本质存在。所以,所要作的恰恰不是关于语言有所议论,而是要经验语言"②。本真语言之所以守身自在,是因为如果依循笛卡尔"我思故我在"的思维理路将作为人的"我"放置在主体的位置上,那么任何"一种关于语言的言说几乎不可避免地把语言弄成一个对象"。③ 无论我们怎么强调语言的本体性地位也无济于事,仍旧无法避免将语言对象化这种情况的发生。而一旦对象化,本真语言也便失

---

① 莫言:《〈丰乳肥臀〉解》,《光明日报》1995 年 11 月 22 日。
② 陈嘉映:《海德格尔哲学概论》,生活·读书·新知三联书店 2005 年版,第 309 页。
③ 〔德〕海德格尔:《从一次关于语言的对话而来》,《在通向语言的途中》,孙周兴译,商务印书馆 2015 年版,第 141 页。

去了其本真性质。因此本真语言只能"在守身自在中言说",也即无法在形而上学中找到一种本质化了的语言去定义本真语言,毋宁说本真语言是一种"吁请",吁请我们去思去聆听去经验。而纯粹的"吁请"是不用担心被形而上学所凝固的,因为被吁请的我们能在思与听与经验中赢获什么全然在于本真语言于守身自在中言说什么、给予什么。莫言在对本真语言的经验中被给予的便是"庄严的朴素",因此正如莫言所说,《丰乳肥臀》这整部小说的创作"就是为了重新寻找这庄严的朴素,就是为了追寻一下人类的根本"。① 在这一意义上可以说,"庄严的朴素"正是《丰乳肥臀》的精神内涵,也是整部小说的升华。我们羞于谈论精神内涵,将"升华"视为只堪哂笑的迂阔,这都是我们时常忽略本真语言而导致精神世界萎弱的标志。

　　而我们时常忽略本真语言的主要原因在于,我们一直没有正确把握小说与现实的关系。在通常的理解中,人是主体,现实则是能够完全独立于人而存在的对象,因而小说是作为主体的人用来认识和反映作为对象的现实的媒介,作为媒介的小说自然只须借助日常语言和逻辑语言便能完成认识和反映现实的功能。在这样一套解释系统中很显然并没有给本真语言留出位置。而在海德格尔看来,相较于理性主义所强调的作为主体的人,真正重要的是领会存在,人不过是存在者中的一种,并且人的存在有着"不可压缩的'被给定性'(givenness)"②,因此海德格尔把人称为此在(Dasein)。"我们是从这样一个现实之内作为主体而出现的:它从不可能充分地对象化,它同时包括'主体'与'对象'双方,它的意义不可穷尽,它构成着我们一如我们构成着它。"③ 也就是说,现实本就部分地由主体构成,而这种构成则是在语词和语言之中发生的,因为"在语词和语言中,事物第一次生成并且恰才是那事物"④,这正是海德格尔存在论的要义之一,事物之所以"存在"(being),之所以"是"(being)其所是,都是因为语词和语言的关联作用,假如没有这起关联作用的语词和语言,那么事物整体,以及"世界",连同作为诗人的"我"都将一道沉入晦暗之中。而能把物拥入存在并使其"是"其所是的只有本真语言,也只有本真语言才是小说真正的根源,用莫言的话说就是"庄严朴素的创作者不接受任何'艺术原则'的指导,不被任何清规戒律束缚。他们是最不讲'道德'的最道德者。他们是大河源头最清纯的水"⑤。所谓的"艺术原则"、清规戒律以及"道德"都是已经失去了与事物的真实联系的闲谈、口号和习惯,是

① 莫言:《〈丰乳肥臀〉解》,《光明日报》1995 年 11 月 22 日。
② [英]特里·伊格尔顿:《二十世纪西方文学理论》,伍晓明译,北京大学出版社 2018 年版,第 64 页。
③ 同上书,第 65 页。
④ [德]海德格尔:《形而上学导论》,熊伟、王庆节译,商务印书馆 2017 年版,第 17 页。
⑤ 莫言:《〈丰乳肥臀〉解》,《光明日报》1995 年 11 月 22 日。

已经不再闪耀的现成事物，真正有创造性的小说创作必须回到"人类的根本"，回到本真语言之中。

　　像莫言这样经验过本真语言的作家大都有过不是自己而是语言在写作的体验，余华就曾说过"无论是表达一个感受，还是说出一个思考，写作者都是在被选择，而不是选择"①，以及"这就是我成为一名作家的理由，我对那些故事没有统治权，即便是我自己写下的故事，一旦写完，它就不再属于我，我只是被它们选中来完成这样的工作"②。这是因为"语言作为一个系统，它是一个民族无数代人积累下来的，代代相传，它对于具体的人、具体的时代、具体的群体具有先在性。语言就像一种无形的网，人就生活在网内，语言的网构成了人的本体，人不可能脱离这一网而生存"③。在这一意义上可以说，进行写作的确实不是作家这个人，而是存在。

　　海德格尔曾在《诗歌中的语言》一文中说，"特拉克所有优秀诗作中都回响着一个未曾明言但却贯穿始终的声音：离去。'离去'作为特拉克诗作中隐晦不明却又支配着特拉克诗歌歌唱的声音，显然不能归结为特拉克个人主体的声音，而是特拉克作为伟大的诗人所听到并传达出来的声音。"海德格尔说这种声音是特拉克所处时代的"天命"（天之言说或存在之言说），按此天命说，人必须离开自己异化的躯体，必须离开这个异化的世界才能获得新生。特拉克全部优秀的诗作都是对此"离去"之天命的应和或"跟着说"。因此，在终极意义上看，不是特拉克在写诗，而是天命（存在）在写诗。④ 特拉克听到并传达的声音是"离去"，余华听到并传达的则是"善良"，他书里的主人公无论时世如何艰难，都要保持善良与高尚，张炜听到并传达的则是"浪漫"，他笔下的人物无论世界多么物质和现实，最终都要皈依浪漫、归隐田园。"善良"既能写出《活着》《许三观卖血记》，也能写出《兄弟》、《第七天》、《文城》，但它既写不出《古船》、《九月寓言》，也写不出《你在高原》和《河湾》，"浪漫"才能写出它们。余华的"善良"、张炜的"浪漫"都和特拉克的"离去"一样，是存在之言说，正是本真语言写出了这些各行其"是"的作品。

---

① 余华：《内心之死》，《温暖和百感交集的旅程》，上海文艺出版社 2004 年版，第 91 页。
② 余华：《〈许三观卖血记〉德文版自序》，《许三观卖血记》，作家出版社 2012 年版，第 8 页。
③ 高玉：《现代汉语与中国现代文学》，上海交通大学出版社 2021 年版，第 27—28 页。
④ 该引文是余虹对海德格尔《诗歌中的语言》一文观点的概括，见朱立元主编《当代西方文艺理论》，华东师范大学出版社 2014 年版，第 110 页，另见［德］海德格尔《诗歌中的语言》，《在通向语言的途中》，孙周兴译，商务印书馆 2015 年版，第 29—85 页。

二、参悟式阅读

米兰·昆德拉曾自信地宣称:"事实上,海德格尔在《存在与时间》中分析的所有关于存在的重大主题(他认为在此之前的欧洲哲学都将它们忽视了),在四个世纪的欧洲小说中都已被揭示、显明、澄清。一部接一部的小说,以小说特有的方式,以小说特有的逻辑,发现了存在的不同方面。"① 海德格尔认为"语言是存在的家",但很少谈及小说,因此我们无法直接得知他对于小说与存在之间关系的看法。他最为看重的艺术方式是诗,而他所说的"诗"几乎无所不包,与本真语言互相归属互相规定,共同作为一切艺术方式的根源。由此我们可以推测,在一个精神与诗歌被技术驱逐的时代,小说取代诗歌成为存在的家,海德格尔对此或许并不会反对。

米兰·昆德拉所言的确令人振奋,然而我们又不得不带着几分沮丧地承认,时至今日为数不少的小说家与批评家似乎已经不再注重对小说本真语言的经验,不再去追索小说语言的本质和根源,而仅仅满足于对小说语言中的现成事物做种种形式主义的雕镂与斧凿,抑或对其进行种种实证主义式的解剖与分析,这就使得风格、文体、修辞、韵律替代小说语言本身成为我们创作或研究的对象。如果小说曾抵挡"对存在的遗忘",想要"永恒地'照亮世界'",②那么今日小说创作与批评的情形则让我们看到小说一旦具有了存在者的形态便也同时具有了蜕化为不再闪耀的现成事物的危险。这不是说我们对风格、文体、修辞、韵律的研究不重要,但如果忽略了本真语言,那种能够揭示、显明、澄清存在的小说就将不再出现,而我们面对那些已经揭示、显明、澄清了存在的小说也将无法真正理解。

要接近本真语言,需要抛开品味、鉴赏或是归纳、总结等惯常方法,转而采取一种参悟式的阅读方法。"参悟"一词容易让我们想起参禅悟道,而要抵近本真语言,其途径正是像先哲们那样去参悟,要拨去语言的外壳,抵达内核。

韩少功作品的本真语言是"野",而说韩少功的语言很"野",并不是说他的语言在细节上、风格上、修辞上、韵律上脱离常轨,而是说他的所有语言均由"野"演化而来,因而哪怕拆散了来看,它们在风格、修辞等方面与其他人的语言可能并无太大差别,然而总起来看,你却能从中读出或者说参悟出一股"野"的味和劲来,而韩少功的作品真正吸引我们的,正是这股"野"味和"野"劲。韩少功将目光投向尚未被已经僵化了

---

① [捷克]米兰·昆德拉:《受到诋毁的塞万提斯遗产》,《小说的艺术》,董强译,上海译文出版社 2011 年版,第 5 页。
② 同上书,第6页。

的官方"白话"所侵袭的村言俗俚，希望从中参悟到充满勃勃生机的本真语言，就在这个过程中，一种可以被命名为"野"的本真语言就逐渐成了他的关键词，他对于雅训的事物总有一种抵触，总是想要去到荒郊野外。与此相应，韩少功小说的文体就像自由生长的野草一样，杂乱无章却又自具形态。我们愿意去细品韩少功的语言和文字，一定是因为我们已经被他语言中弥散的那股"野"味和"野"劲给击中心灵了。如果我们讨厌那股"野"的味和劲，那么无论韩少功在语言的韵律、风格与修辞上花费多么大的力气，我们也会觉得不对胃口，心生厌烦。

刘震云在参悟本真语言的过程中，"真实"逐渐成了他的关键词。刘震云非常看重"真实"，他认为"童年时代对于作家是一个宝藏，因为童年时的生活首先是自然生长，社会对它的要求不高。一旦和社会结合，社会就显出它的苛刻与功利性。功利性的生活没有一时一刻不带有或多或少的虚假"①。他也时常说到"真实"的对立面——"虚假"，而虚假也分很多种，有的无关对错，比如"世界上没有一个人说的不是假话，这种假不是对错那种假，而是对真相的无意识增减"②。有的则与对错有关，比如"在生活中，许多道理也是假的，可天天有人按真的说，时间长了就成真的了；大家明明知道这道理是假的，做事还得按照假的来，装得还像真的"③。他曾深刻剖析了虚假产生的原因，"几千年来，中国统治者是反对创新的，认为创造是洪水猛兽，很可怕，而赞同模仿。在政治、经济、文化等领域都是如此。语言习惯、生活模式不能动，动了就是大逆不道，使这个古老民族僵化了，安于模仿。……善于模仿发展到极致就是作假"④。

刘震云的写作大都由对"真实"的参悟而得来，这从他的《我不是潘金莲》和陈源斌的《万家诉讼》之间的差别中即可看得出来。在本真语言层面，《我不是潘金莲》所依循是"真"，而《万家诉讼》（《秋菊打官司》的小说原著）所依循的则是"正"。《万家诉讼》里的何碧秋之所以要告村长，是为了个"体统"，按她自己说的就是"村长管一村人，就像一大家子，当家的管下人，打、骂，都可以的。可他要人的命，就不合体统了"⑤。她不是因为自己被欺负而要申诉，而是因为觉得自己遇到的事不合体统才要申诉，因此何碧秋很像是鲁迅《离婚》中的爱姑，爱姑闹来闹去，也不为别的，就为了个"体统"，就像她在众人面前做戏般哭诉的那样，她觉得"我是三茶六礼定来的，花轿抬来的呵！婆家不能说把我休了就把我休了"，为了这个"体统"，她甚至不惜"拼出一条

① 刘震云：《整体的故乡与故乡的具体》，《文艺争鸣》1992 年第 1 期。
② 周罡、刘震云：《在虚拟与真实间沉思——刘震云访谈录》，《小说评论》2002 年第 3 期。
③ 刘震云：《一日三秋》，花城出版社 2021 年版，第 290 页。
④ 周罡、刘震云：《在虚拟与真实间沉思——刘震云访谈录》，《小说评论》2002 年第 3 期。
⑤ 陈源斌：《万家诉讼》，《中国作家》1991 年第 3 期。

命,大家家败人亡"。① 何碧秋与爱姑所要捍卫的都是一个"体统",也即"正",而《我不是潘金莲》中的李雪莲则是想把假的折腾成真的,为的是个"真"。"真"与"正"的区别在于感情的有无,"真"是指向人的,而"正"某种意义上指向的则是超人的、非人的。在"真"的影响之下,刘震云的小说文体表现为一句假话牵出另一句假话,最后缠绞成一副解不开的九连环,能解开它的只有"真","真"的言说,哪怕只有一句,也能顶一万句。

三、小说语言的评价标准

小说不该仅仅只是各种技巧的堆积,它应当始终是精神的辉耀,小说家和批评家应当努力让小说语言再次成为存在的寓所,如此方能使种种足以照亮一处世界的存在回到小说之中。无论是小说的创作抑或对它的阅读、研究都不能遗忘存在。这就意味着对小说本真语言和有形语言关系的认识不能停留于形而上学语言观的视域下,应当在存在论视域观照下有所更新。

本真语言是有形语言的根源,它们的关系就好比身体与生命的关系。人是由四肢五脏组成的,却又比四肢五脏多出来一些东西,多出来的东西看不见摸不着,它便是生命,本真语言便如生命寓于躯壳中那样寓于有形语言之内。从人的躯壳中抽去生命,似乎什么也没有减少,然而实际上等于是什么也没留下,因为真正的"人"已经消失了。同样,从有形语言中抽走本真语言,也等于什么都不剩。生命与人是一体的,而人却又不仅仅是生命,可以从不同的方面去认识,与此类似,本真语言与小说是一体的,而小说同样不仅仅是本真语言,可以从不同的方面去解读。但无论如何,人离不开生命,小说同样离不开本真语言。

第一,如果抛开了对本真语言的参悟,在创作时就容易受社会上一般流行观念的影响和控制,使得作品出现概念化、公式化和标语口号化的弊病,这种情况在"十七年"文学与"1966—1976"年代的文学中表现得十分明显。

第二,如果放弃了对本真语言的探索,作品就只能沦为错综复杂的能指链条,缺乏必要的深度和意义。一些先锋派作家正是因为忽略了本真语言,才会误以为小说都是散乱的能指。孙甘露的《信使之函》是先锋小说的代表作,有着很强的实验性。"孙甘露通过这种极端的写作,显示出了他对旧有小说规范最彻底的反叛"②,它的独

---

① 鲁迅:《离婚》,《鲁迅全集》第 2 卷,人民文学出版社 2005 年版,第 154 页。

② 孙绍振:《小说内外——小说与现实》,《小说评论》1994 年第 3 期。

特与大胆突破作为一种文学现象在文学史上理应获得足够的重视。然而今天回过头去看,由于完全从语言中抽掉了本真语言的层面,因而这一类的作品始终会给人一种仅仅是"语言自身的滚动与增殖"①的印象,即便我们认同它的探索与开创意义,仍旧会觉得它是难以为继的,会觉得它"使自身陷入空前的危险地带"②。

第三,因为本真语言起着决定性的作用,所以有些作家的语言即便在有形语言层面是稚拙甚至是粗糙的,然而在本真语言层面仍旧可以是极精深微妙的。张炜曾在一次讲座中提到这样一种现象——"时常听到有人这样议论和评说:看某某作家多么有才能啊,多么会讲故事、多么富有想象力啊,可惜语言粗糙了一些……"③这是有可能的,中国的萧军、美国的德莱赛都是这样的作家。而在中国当代作家中,路遥的语言在有形语言层面算不得精美,然而他的《人生》与《平凡的世界》却能深深地打动一代又一代的读者,并且逐渐确立了其在文学史上的地位,④其"在文学史叙述中的从无到有、从略到详是同一文学史修订与版本变迁中最为普遍的一种情况"⑤,原因正在于他的小说在本真语言层面是精深的。

有形语言也能反过来影响和限制本真语言,在一定的限度内,本真语言越精深则有形语言越优美,鲁迅的《野草》堪称此种情况的典范。而一旦超过某个限度,一味追求本真语言的精深则会导致有形语言的过分朴拙、晦涩甚或粗糙,这在一些以思想性著称的作家中表现得十分明显;而若一味追求有形语言的精美也将有害于本真语言的深邃,容易使语言变得华丽而空洞。由一批年少成名的"80后"创作的青春文学有着较为普遍的因过分追求有形的精美致使变得空洞无物的倾向,比如郭敬明的《爵迹》,这部小说中堆砌了极为华丽繁复的词藻,结果是"欲求典雅,反成堆砌,最终流于俗恶的涂饰"⑥。过分追求有形语言的华丽、精致,使得它在本真语言层面变得空洞无物,它的"所谓奇幻,乃是损而又损,将世界极端简化,无政,无教,无俗世生活",郜元宝不无严厉地指出,郭敬明是在"抽空并进而玩弄灵魂",⑦而被郭敬明抽空的正是本真语言。

---

① 孙绍振:《小说内外——小说与现实》,《小说评论》1994 年第 3 期。
② 王一川:《自为语言与文人自语——当代先锋文学对语言本身的追寻》,《南方文坛》1997 年第 2 期。
③ 张炜:《小说坊八讲》,湖南文艺出版社 2013 年版,第 17 页。
④ 关于路遥的文学史地位的问题一直有学者关注和讨论,形成了某种"路遥现象"或《平凡的世界》现象,相关文章主要有李建军:《文学写作的诸问题》,《南方文坛》2002 年第 6 期;贺仲明:《〈平凡的世界〉现象"透析》,《文艺争鸣》2005 年第 4 期;汪德宁:《"路遥现象"的当代启示》,《文艺理论与批评》2007 年第 4 期;赵学勇:《再议被文学史遮蔽的路遥》,《小说评论》2013 年第 1 期;王仁宝:《"当代文学史"版本变迁视野中的路遥叙述》,《江苏社会科学》2020 年第 3 期。
⑤ 王仁宝:《"当代文学史"版本变迁视野中的路遥叙述》,《江苏社会科学》2020 年第 3 期。
⑥ 郜元宝:《灵魂的玩法——从郭敬明〈爵迹〉谈起》,《文艺争鸣》2010 年第 11 期。
⑦ 同上。

既然小说的本真语言和有形语言之间有着能动的、辩证的关系，那么如何评价小说语言就不能再仅仅局限于单一的维度，而应当更加多元，但多元不意味着放弃标准，既然要评价就必然得依循标准，只是应当使评价的标准变得更为全面合理。在评价小说语言时，以下这些维度都是应当考量的：

一、有形语言是否精美。因为评价的是文学语言，所以自然和评价哲学语言或历史语言不同，有形语言应当受到极大的重视。

二、本真语言是否精深。在评价小说语言时，如果只关注有形语言层面，那么就如同盲人摸象，永远也说不清所以然。

三、有形语言与本真语言是否相得益彰、浑然天成。既然在评价小说语言时，有形语言和本真语言皆不可偏废，那么二者结合得相得益彰、浑然天成就是在评价文学语言时的重要维度。那些因为本真语言不济而致使有形语言不精或是因为有形语言过奢而致使本真语言衰微的情况都不是理想的小说语言。

综上所述，小说语言由日常语言、逻辑语言和本真语言构成，本真语言是小说语言的根源。要接近本真语言，需要采取一种参悟式的阅读方法；而在对小说语言进行评价时应当充分认识到本真语言所起的重要作用。

［本文系国家社科基金重大项目"语言变革与中国现当代文学发展"（项目批准号：16ZDA190)的阶段性成果］

（作者单位：浙江师范大学人文学院）

雍措藏地散文写作的策略与指向

王良博　金宏宇

内容摘要:雍措以"凹村"为写作原点的系列散文可被视为新一代作家打破过往藏地散文模式化写作的参考文本。除去早期以乡土亲情为主的原乡书写,她积极转型,以探求心灵痕迹为旨归的"内向型写作"体现了藏地散文写作形式的个性化。同时,她始于凹村又不止于凹村,将个体经验升华为集体体验,探求人的存在之思,观照人民现实命运,创新宣扬藏族文化,使得散文的精神向度尤为开阔。对雍措"凹村"模式的探讨不仅可以拓展民族文学书写的新路径,更可为当下主流散文写作提供经验借鉴。

关键词:雍措　散文　藏地　凹村　内向型写作

引　言

　　"80后"作家雍措是"康定七箭"作家群中最年轻的一员,也是文坛颇受关注的散文写作新生力量。2016年,她凭散文集《凹村》获得第十一届全国少数民族文学创作"骏马奖",2021年又获得第三届"三毛散文奖"。其散文集《凹村》、《风过凹村》集中通过叙写凹村生活经验,实现了散文形式的创新,也体现了散文写作的新态势。在为包括《凹村》等作品在内的康巴作家群书系写的序言中,著名作家阿来对"康巴文学"的创作提出了一些新期待:一是在向来缺乏"人"的康巴文学中增添属于本地人的自我表达,二是在地域经验的自我表达中,应更关注于普遍性的开掘与建构。① 总结其观点,目前康巴文学乃至整个藏族文学应完成的任务包括三方面:既要填补"人"的空缺,又要包含本民族的地域经验,同时还要完成对文学普遍性的建构。笔者在对雍措的写作历程进行梳理及作品比较后发现,她一直试图在"凹村"写作中找到一条打破过往藏族文学写作模式化的新路径。内容上,她由外在的乡村经验书写转而探求自我心灵的痕迹,填补了"人"的空白,与之相应的"内向型写作"则实现了散文形式的个

---

① 雍措:《凹村》,作家出版社2015年版,第2页。

性化。同时,她以对人类存在的思考、现实命运的关注、藏地文化的创造性宣扬实现了散文精神的丰实,由此文体探索与思想深度相融合、民族表达与共通体验兼顾,暗合了阿来对康巴文学的期待。

目前对于雍措散文的研究多集中于其乡土书写、物叙事、魔幻性写作等方面,对于"凹村"的虚构性、魔幻性写作的精神旨归却鲜少探讨。更重要的是,在作者明确表明要扩展藏族文学的书写维度后,截止到当下的最新创作,其散文内容更加丰富。由此,对其考察不能仅仅置于藏地散文这单一维度内,还应扩大视野,于更广阔的散文潮流中思索其创新性。本文在对其乡土书写的研究已较为充分的前提下,以"凹"为出发点,结合主流散文写作,将其文体特点、精神向度统筹起来考察,以期探索出新一代藏族作家由边缘走向中心的新路径、民族书写的新方式,为藏族文学更好地于世界文化中彰显民族精神提供经验借鉴。

一、"内向型写作"的生成

自雍措于 2016 年获得少数民族骏马奖后,她至今仍延续着以"凹村"为主题的创作。与其他作家散文中地名、人名多为实写不同,"凹村"并不是一个真实的地名,而是雍措以故乡的鱼通为原型,于真实之上虚构的一个文化区域。这意味着,"凹村"一方面承载着作者真实的乡村生活经验,另一方面,其虚构性又使其得以成为作者理想的精神空间,蕴有更深的内涵。

雍措以"凹"为关键词的书写模式的生成与她的成长经历息息相关。首先,"凹"字的灵感来源于鱼通独特的地理环境。鱼通地处大山凹陷的地方,其四面都是高山险峰,这种"一线天"的地理环境正好与"凹"字的形体结构相呼应,促成了雍措对世界最原始的认识。其次,由于幼时的经历,"凹"字的封闭性正好给予雍措一种安全感与自由感,提供了向内发掘的契机。小时候的雍措被外出干活的父母关在家里,只能通过楼顶窗户看外面的她"再一次感觉到了世界的狭小"[①]。逼仄的空间给予她安全感的同时,也让她不得不最大化地发挥想象力,因此"凹"字更"符合她对一种理想空间的向往,一种仿佛无路可退,其实有更多出口的感觉"[②]。最后,从小长在鱼通的雍措参加工作后一度被分配到了甘孜州南部一个更为偏远的小学校。从小处于边缘的成长经验使得雍措的散文一直聚焦于自己熟悉的乡土,也使其创作一直处于"向内"的

---

① 何建:《雍措专访:最早的孤独来自于一扇窗》,《读者报》2021 年 5 月 6 日。

② 同上。

状态,即专注于生长之地凹村,专注于内心体验。

因此,"凹"很好地概括了雍措散文写作的两个阶段:她早期的散文以纪实笔法述说凹村往事,将童年经历、人伦亲情、风土人情铺陈于纸上,情感真挚动人。2018 年,雍措在创作谈《文学创作的拘谨与自由》中,提到了藏族文学再创造的问题。此时的她明确意识到"独特的民俗民风、特有的语言表达以及宗教的渗透只是赐予了藏族作家一条区别于大众的小路。至于小路怎么走才走好走得精彩又是一次格式化的再创造"①。可以看出,雍措已经不再满足于常规表达,开始有意识地扩展其他创作维度。她近期的创作,更呈现出质的变化,具体表现则为"内向型写作"的生成。

2018 年,为了创作系列散文,雍措一个人去了一个村庄,住进了一个朋友为她提供的老房子。她这样描述自己的那段经历:

第一天去,我只做了收拾屋子的事情,朋友家老屋已经很久没人住了。第二天,我在村子里转了一圈,村子是一座非常古老的村子,石房、荒路、枯树、裂墙,树上有几只乌鸦叫,每家每户的门都用一把铁链锁着。没遇见一个人。我一个人坐在一棵老树下读一本小说,晚上开始写我的散文。第三天,我又在村子里转了一圈,同样没遇见一个人……②

雍措反复提及自己是孤身一人,满目所见皆为荒芜,处于无人与她交流的状态。因此她的创作并不是受重大事件的刺激,而是在长久的独处后生发出来的感想。这种写作方式明显异于梅卓、马丽华的游走—文化再现模式,呈现为一种"内向型写作"。"所谓内向,自是与外向相对,既区别于始终占据当代文学主流地位的现实主义传统,又区别于时下流行的非虚构与社科类读物,是指以自我的体验、感受、想象与思想营造文本,以内向探索作为主要驱动力的写作模式。"③ 可以看到,比起《凹村》平易近人的诉说,《风过凹村》中的新篇目及近期写就的散文更多采用个人呓语的方式来表达日常哲思,颇具形而上学之感。

在"内向型写作"中,雍措的情绪从来都不是外放的,其散文结构也往往由个人的思绪、情感的流动而构成。为了更好地解读这种"向内"性,可引入兴盛于 20 世纪 90 年代末的"新散文"进行对照理解。"新散文"旨在探索散文写作的多重可能性,其倡导者祝勇在《散文:无法回避的革命》中为已经丧失独立性的散文提出了新的七项理论建设指标:(一)长度,"新散文"应不限散文篇幅短小的戒律,尽情表达内心体验。

---

① 雍措:《文学创作的拘谨与自由》,《贡嘎山》(汉文版)2018 年第 1 期。
② 雍措:《我想说的,可能并不是我能说的》,《滇池》2019 年第 12 期。
③ 李静:《"内向型写作"的媒介优势与困境——以陈春成〈夜晚的潜水艇〉为个案》,《中国现代文学研究丛刊》2022 年第 8 期。

（二）虚构，"新散文"文本应容许想象与虚构，以"真诚原则"代替"真实原则"。
（三）叙事，"新散文"应积极借鉴小说手法，采取多元化叙述。（四）材料，应选择带
有个人经验和情感的材料进行书写。（五）审美，尽量摒弃以追求美感为目标的公共
语言，以"审丑"的方式书写抵达真正的审美。（六）语感，恢复语言的活力，打破固定
搭配。（七）立场，"新散文"的主题应去中心化，可以无主题也可以多主题。①

　　"新散文"对散文个性化的追求、对其他文体要素的吸收、对想象与虚构的接纳、主
题的含混与多义性对理解雍措的"内向型写作"具有直接启示意义。首先，她在虚构"凹
村"的基础上，再次重置身份，虚构了一个叙述主体"我"。在散文写作中，由于其文体对
纪实性的要求，"我"通常即指作者本人。但雍措常将"我"设置为一个农民，抑或村里的
一位闲人，以凹村人的视角记录所思所想，营造一种持久的在场感与亲历感。真实作者
与叙述者的不同，提供了多重层面的阅读视野，增加了散文的现代感。而以第一人称
"我"为主的叙述视角往往牵动着构成文本主要内容的情绪与感受，自我的主观投射强
烈，更易与读者拉近距离。此时叙述者的身份虽是虚构，情感的流露却是真实的。

　　其次，从《一片暗的生长》《越来越薄的等》《我要给名声写封信》等篇目标题就
可看出，相对于之前描绘的具体事物，雍措的叙述对象逐渐抽象，更多地表现为她个
人的心象。"梦""路""荒芜"是雍措常涉及的意象。以"荒芜"为例，在之前的乡土
书写部分，由于高山恶劣的气候条件，"荒芜"指代着未开垦的土地。而到了后续篇目
《还有一个人在荒芜中帮自己活着》《有些荒是故意荒在那里的》中，雍措则将土地的
荒抽象化，用以表明心灵的荒芜与孤寂。雍措曾谈到幼时村里分地的经历。父母为
没有分到地的她在荒坡另开了一片，却让她感觉到与别人格格不入。父亲早逝后，母
亲用又黑又重的语气宣布从此父亲的地就归属于她，更让她感觉到一种深重的孤
独。② 种种心象虽是虚构，却来自作者对自我经历与生命体验的深刻挖掘，象征意味
极浓。这种个体意义极重的个人意象代替了之前马丽华、梅卓藏地散文中诸如冈仁
波齐等神山圣水为代表的公共意象，增加了散文的个人性。

　　最后，"内向型写作"最大的特点在于语言充分的感觉化。在之前的藏地散文中，
以追求清晰准确为目标的说明性叙述语言占主流，由此造成了写作的模式化。雍措
向内探求自我的感受，使得语言更加情绪化与内心化，让散文真正成为自己的表达。
如她写"暗"："暗会生长。暗生长的时候，我的耳边能听见隐隐的'哧哧'声，那声音轻
轻的，像在躲着我。"③ "生长"需调动视觉，"哧哧声"则需听觉，多感官的集合使得

---

① 祝勇：《散文叛徒》，上海人民出版社 2010 年版，第 23—40 页。
② 何建：《雍措专访：最早的孤独来自于一扇窗》，《读者报》2021 年 5 月 6 日。
③ 雍措：《风过凹村》，青海人民出版社 2021 年版，第 23 页。

"暗"被充分物化,背后真正潜藏着的则是"我"恐惧"暗"的内心感受。而为了多层次地表现主体对心灵的触摸感受,在叙述技巧上,雍措积极融入小说技法,将象征、隐喻、陌生化等手法运用其中,以多元化的叙事贴近内心。魔幻现实主义是藏族小说中常用到的叙事模式,也是雍措在后期散文创作中愈益突出的修辞技术。为了表现农耕文明边地乡村的封闭、狭小与稳定,在《很多东西长着长着就像凹村的人了》一文中,雍措采用变形、荒诞等现代派手法来营构一个魔幻世界:达噶和他的老牦牛越来越相似,"我"家柿子的果实叶子也逐渐长成"我们"家的方脸,凹村的动物、植物和人长得越来越像,逐渐形成另一个凹村。很明显,种种违背事实逻辑的离奇现象并不是客观实在,而是由魔力无穷的想象构建而成的主观世界,是她心中神奇凹村的缩影。现实反映与神奇描写相结合,雍措在现实世界与幻景世界的叠加中让读者获得一种似真实又不似真实的艺术体验。

叙述主体的虚构、意象的抽象、语言充分的感觉化及小说技法的使用,使得雍措的"内向型写作"打破了虚构、非虚构的界限,在散文小说化的跨文体写作实验中,让散文充分贴近内心,实现了个性化表达,因此雍措散文得以成为藏族文学谱系中少见地放大"自我"感受的一类。同时,与其他以纪实笔法来表现事实和现实的藏地散文相比,此种写作策略为读者提供了广阔的想象空间,规避了散文创作的固定化与平庸化,实现了散文写作形式的创新。

二、存在之思的全面呈现

雍措曾表明,在有关凹村的文字中,她更想呈现一种向内的命运。[①] 通观她的创作,这种"向内"不仅仅表现为专注于自小长大的乡土,也不仅仅停留于对自我内心体验的触摸,而是由"我"及"他人",通过对个人生存状态的思考延展到对人类普遍面对的生存困境的关注,并尝试给出解决方案,以此集中探求存在的意义。

雍措后期的散文主观色彩强烈,她以想象为手段,尽情显现自己的心像世界,其向内探索的最终旨归是人类的精神母题:人存在的意义。雍措对人存在处境的探索是多层次的。首先,是对自我生存状态的关注。在《那样就再好不过了》中,雍措以多年的农民身份,用大量篇幅反思叩问自己多年来忙碌的意义:"地,没因为我忙,而多出来一块儿;房子,没因为我忙,而变得不那么破旧;那口生锈的老铁锅,没因为我忙,

---

[①] 何建:《雍措专访:最早的孤独来自于一扇窗》,《读者报》2021 年 5 月 6 日。

就多让我吃上几顿好饭……"①此时的"我"是叙述主体,"我"通过游走之所见不断地思考自身的存在意义。雍措还多次写到了身体与意志相悖离的情境,如"我正和别人说话……那一句句钻出我嘴角的话,并不是我心里想说的话。我想说的话被那一句句跑偏的话压着,压得我喘不过气"②。又如"我不知道是让我踩了三十多年的凹村的地在故意推我踩下去的脚,还是我的脚故意在我的身体上作怪"③。话语、土地、人体的各部分都有着自身的意志,它们各自分离。对此"我"充分理解却无法控制,人不再占有绝对掌控的权力。

其次,是对他人生存状态的关注。在新发表的《七个消失的故事》中,雍措同样写到了凹村人松尕对自身的无法控制。感觉到内心的光正在缓慢丢失的松尕"每天眼睛一睁开,脚就不停地想让他往外走,即使他的身子不想动,脚也一个劲儿地扯着身子"④。对此"他心里明白,却什么都做不了"⑤。雍措将叙述人称由第一人称转为第三人称,以全知视角述说松尕对生命的无力感。"我"和"松尕"虽是不同主体,实质上面对的却是人类的普遍困境,即人类主体性的丢失。由"我"及"他"再到凹村的其他人,个体体验背后显露的是时代症候。由此,上文中"我"对自身状态的反思与诘问则可以延展到当下社会每个人都忙于生存的时代处境,整个文本意图指向的是人类应该生存还是生活的两难命题。而"灵肉分离"的现象更多体现的则是现实世界对人的异化,是现代社会人无法自主、逐渐丢失主体性的无奈,更是人与人难以沟通的隔膜。身体异化最终导向的是工具理性对人生存状态的压制。

最后,是对人们应该如何而活的思考。雍措在《七个消失的故事》里集中写了发生在凹村的一系列的消失:降泽骑着天上的云从凹村消失;不知名的植物裹挟着企图修理它的凹村人消失于地下;措姆和松尕在凹村的生活痕迹一点点变少;坚称自己前世是只鸟的贡布从悬崖上飞了下去;被女人抛弃的索朗去到西坡守墓;离开凹村的"他"在四十年后又回来;一生用力活着的人突然死去……表面上,雍措讲的是人、动物、植物的消失,但深入文本即会发现,雍措以各种象征、隐喻、变形为手段,实质书写着的是生命力的消失、信任的消失、感觉的消失、生存意志的消失、文字的消失……表面平静的生活之下,凹村人正在无法察觉中丢失着自己。雍措以敏锐的洞察力察觉到凹村人熟悉甚至麻木的日常背后实质蕴藏着的巨大变动,因此想通过种种消失重

---

① 雍措:《风过凹村》,青海人民出版社 2021 年版,第 3 页。
② 同上书,第 19 页。
③ 同上书,第 18 页。
④ 雍措:《七个消失的故事》,《天涯》2022 年第 5 期。
⑤ 同上。

唤人们各种意识的觉醒,重建正在溃乱的精神秩序,从而找到"过去的自己"①。

雍措在文末这样提到自己的写作主旨:"文字的消失是一种缓慢的消失。作为这些文字的主人,我希望我写的文字能在这个世界多存活一段时间,它们是我用大力气留下的产物,我也想为它们在这世间争取些什么……我们都是为活而活着的人。"② 可喜的是,雍措的文字确实为读者带来了很好的疗愈作用:在社会运转充满不确定的当下,人们精神尤为焦虑,感受世界的各种知觉渐趋麻木。雍措想象力十足的文字背后暴露的正是当下人类普遍面对的精神困境,读者由此可以在与文本的不断共鸣中寻找到情感的共同体,从而舒缓压力与情绪。同时,她将个体经验升华为共通的集体体验,并希图重新唤醒人们对生活的激情,为深陷精神沼泽的人们提供了出口。

三、人民立场的逐渐明晰

雍措的种种存在之思源于其对人类共通精神体验的内向探求,而当这种种玄思以自由的想象力、奇幻的表达来包裹时,往往会掩盖作者在现实层面对凹村命运的关注。雍措在谈到散文集《凹村》的命名时,曾表明虽然其原型是时济村,但"还囊括整个大渡河流域的村村落落,是高原农村文化的小小缩影"③。凹村何以代表高原农村?高原农村在新时代下的现实境遇到底如何? 雍措以凹村为起点,但又不局限于凹村一隅,体现了更为广博的现实关怀与清晰的人民立场。

21 世纪以来,乡村现代化建设已经进行到振兴阶段,传统的农业生产生活方式不可避免地要受到冲击,无论是外在的自然生态,还是内在的文化生态,都会不同程度地有所流失。对此有学者认为雍措并没有写乡愁,由于今天的大渡河鱼通峡谷与前工业时代的大渡河鱼通峡谷差别并不大,因此她写的并不是对某种正在或已经失去的东西的怀念或惋惜。④ 但如果从一个较长的时间维度对雍措的散文创作进行审视,就会发现她在多篇的散文和小说中,都设置了一个"守村人"的角色,并一直以一种隐晦的态度反复书写着"离乡"与"归来"的主题。因此,在雍措的笔下,确实存在对乡村消逝的怅惘。

《凹村》(2015)中的《凹村杨二》一文以守村人"杨二"和离乡者"我"的交流勾连起

---

① 雍措:《七个消失的故事》,《天涯》2022 年第 5 期。
② 同上。
③ 张杰:《雍措:用散文深情书写家乡》,《华西都市报》2016 年 9 月 9 日。
④ 欧阳美书:《自然神性辉光下的凹村世界——雍措散文集〈凹村〉解读》,《阿来研究》2020 年第 1 期(第 12 辑)。

离乡者在城市与乡村之间流离的心态。生活在凹村的杨二成了"我"离家后知晓凹村信息的唯一渠道。随着杨二的死亡,回到凹村的"我"突然意识到自己已成了凹村的外人。而回到城市的"我满以为,在我离开的时间里,这座城市,会想念我,单位会因为我的离开,而无法运转,我临街的房屋会孤单。一切都错了,他们没有我,依然活得逍遥,或许更清净些"①。城市的冷漠让人的价值开始迷失,雍措借此表达了生活于都市的乡村人哪里都不属于的边缘心态,同时也反思了城市化进程对人的生存状态的改变。雍措的这种城市生活体验在藏地散文中不能说新鲜,但与藏族女作家白玛娜珍笔下城市与乡村强烈的二元对立相比,则显得更客观,符合实际。

　　《风过凹村》(2021)中的《谁偷走了凹村》一文则以象征隐晦的笔法描述了凹村日益老龄化,逐渐消亡的历程。"凹村处于一片老气中。村子刚生下来的娃,仿佛已经就是一位老人了。"② 即使是象征着希望的新生儿在凹村也死气沉沉,无法挽救衰颓的乡村。老鼠逐渐占领人的生存空间,凹村的阳光也开始变薄,百年老树有一天毫无预警地倒下……"我"逐渐意识到有一把藏在暗处的刀在割着凹村,而凹村最后的归宿则是去往西坡这块坟地,即走向死亡。对于村庄的消逝,雍措全程未采用纪实笔法,而是以虚构的形式表现种种衰颓之像。"新生儿"、"老鼠"、"西坡"等意象以象征、隐喻的形式暗示了凹村逐渐没落的现实,而"我"只能与凹村人一道,挤在"去西坡的人群中"③。凹村人被动接受村庄老去的现实正是一个现代人的悲剧所在,也是当下无数老村正在面临空心化的普遍困境。

　　2021年雍措发表《在还没有大亮起来的夜里》。在该文中,她继续动用丰富的想象来呈现外出者归乡后产生的身份认同危机。在外打拼的人们住不惯城市,只能回到凹村,但又害怕被别人认为自己混得不好,只能用外面四面八方的话来伪装自己。四面八方的口音让"凹村成了别人的村子"④,反而让一直呆在凹村的"我"成了外人。语言是人们形成身份认同的重要指标,凹村人用外面的话来彰显自身身份,表明在他们的价值体系中外面的世界已优于故乡。现代性以先进的工业文明调动人的欲望,摧毁传统社会的从容稳定,使人的价值产生混乱。因此,无论是回到凹村感到一切都陌生的离乡者"我",还是看人来来往往的守村者"我",都在互相审视中品味到了对彼此的不认同,凹村成为一种不被理解的哀伤。当故乡再也无法安置自己,人们感到相同的孤寂,雍措以不同视角建构着的则是同一种乡愁。

---

① 雍措:《凹村》,作家出版社 2015 年版,第 59 页。
② 雍措:《风过凹村》,青海人民出版社 2021 年版,第 141 页。
③ 同上书,第 145 页。
④ 雍措:《在还没有大亮起来的夜里》,《清明》2021 年第 2 期。

　　以上三文主题上互为补充和映衬，构成了一个大的隐喻，即新时代背景下乡村到底该去向何处。在 2021 年国家统计局发布的农民工检测调查报告中，在我国 7.6 亿农村户籍人口中，有大约 2.9 亿人进城务工为工业化城镇化提供劳动力支撑。① 这数量巨大的农民工群体，一旦无法适应城市快节奏的生活，又或是无法在城市寻到一份谋生的工作，只能返乡继续务农。对此，雍措提出了外出者返乡后如何融入家乡的命题。在现代国家工业化的进程中，凹村人就是无数外出返乡人的写照。坚守凹村与返乡的人之间的彼此不认同也正是现代社会人们精神隔阂的缩影。

　　当然，以上篇章雍措都以丰富的想象力为支撑，以充沛的感官修辞为外衣，并没有非常直白地表达自己的现实关怀。作为一个对生活有着深刻洞察的创作者，雍措一直关注着个体命运与人类困境，其人民立场因此也逐渐明晰。在 2021 年中国作协第十次全国代表大会上，习近平总书记给文艺工作者提出了"心系民族复兴伟业"、"坚守人民立场"、"坚持守正创新"、"讲好中国故事"、"坚持弘扬正道"等五点希望。② 雍措对此也表态称她要将写作重点聚焦于如何写出反映时代、贴近时代的好作品，逃离自己的异想空间，走进生活，扎根到人民中。③ 她的表态马上在之后的习作中得到验证：2022 年 9 月 5 日四川甘孜州发生地震，9 月 10 日"巴金文学院"微信公众号就推出了雍措题为《"危险"的隐喻》的防疫抗震散文。秉持着"以笔为援，共克时艰"的精神，雍措在这篇散文中真实记录了四川人民种种抗震救援的努力。目前文坛的散文创作，太多的散文缺乏现实感、时代性、政治意识，因此也违背了"文学当随时代"的基本准则。关注社会重大问题，尤其是对人类命运有所思考，成为散文观念创新的要义所在。④ 雍措以上种种努力都反映出积极介入当下的倾向，这种以民众心为心、以民族魂为魂、以生活之理为理、以实践之道为道的写作较好地彰显了新时代文学所倡导的"人民性"，也实现了散文观念的创新。

　　雍措不止一次说过凹村具有辐射性，它可以是民族的，更可以是世界的。作为一个被作者处理过的文化区域，它并不存在于真实世界，但其承载的凹村经验真实地引发了人类情感的共鸣，如对亲人逝去的哀痛、对乡村衰败的无奈。因此，凹村"可以是藏地的任何一个村落，也可以是中国的任何一个村落"⑤，凹村的命运由此与工业文明下每一个正在消亡的村庄相连。此时的民族生命体验已超越成为人类生命体验，凹

① 《光明日报》2022 年 3 月 25 日第 3 版。
② 习近平：《在中国文联十一大、中国作协十大开幕式上的讲话》，《人民日报》2021 年 12 月 25 日。
③ 兰色拉姆：《骄傲！我州作家达真、雍措亮相中国作家协会第十次全国代表大会》，《甘孜日报》2021 年 12 月 16 日。
④ 王兆胜：《散文创新与观念的突破》，《美文》2019 年第 12 期。
⑤ 何建：《雍措专访：最早的孤独来自于一扇窗》，《读者报》2021 年 5 月 6 日。

村所承担的社会关怀辐射到世界范围,藏地散文完成了对文学普遍性的开拓。

四、藏村文化的创造性表达

2016 年,雍措《凹村》中的部分篇目在《北方文学》刊载时,《从凹村寄出的信》题目更改为《藏地凹村——给幺幺的信》。由"凹村"到"藏地凹村",雍措对地域的补充强调展现了她宣扬民族文化的主动性。而将散文集《风过凹村》(2021)与《凹村》(2015)进行版本比对,会发现共有 25 篇重合。这些重合的篇目除去部分标题有改动,结尾也稍作改动外,两者之间最大的版本变化在于雍措将《凹村》篇目中人物的汉语名字都改为了民族色彩浓郁的藏族名,如将"张三"改为"扎西","杨二"改为"尼玛"。此种改动透露出后期创作时的雍措显然意识到"凹村"内容的共通性会使得读者难以确认其书写背后的真正族别,因此有意想要用带有民族色彩的名字彰显民族身份。但对于创新自觉意识明显的年轻作家,雍措面对的更重要的命题是在藏族文化与汉语写作的有效嫁接中,打破过往民族书写的模式化,对藏族文化进行个性化表达。

雍措对藏族文化的个性化宣扬首先在于将"万物有灵"的宗教信仰融入自然写作,通过对自然的复魅表现藏地和谐的生态关系。苯教是藏族的原始宗教,其教义认为山、水、湖、河每一种自然物都有自己的神灵,并守护着一方水土。由于藏地环境复杂、藏民认知水平较低,由此形成了自然崇拜与"万物有灵"的观念。在过往的藏族文学中,这种以"崇拜"为核心的自然观常常沦为作家笔下的神秘风景,成为他们吸引外族读者的一大卖点。对此,阿来就极为警惕将边地风情书写成奇异的乡土志,而忽略对生命的坚韧与情感深厚的表达。① 另外,在现代社会强调理性与科学的背景下,自然逐渐沦为满足人类物质需求的客体,丧失了主体性,因此,还有部分作家试图通过对自然的无限复魅来恢复人对自然的敬畏。

康巴地区受苯教影响较深,不同的是,雍措打破了对神山圣水的"崇拜"模式,她赋予凹村最平常的风、最寻常的坡以灵魂,与它们平等沟通,表达出"众生平等"的自然观。生态学意义上的"复魅"即指恢复自然的生命属性,反对工具理性主义对自然的纯粹利用,重建生命文化。以"万物有神灵"为核心的精神崇拜体系使得人类对自然充满敬畏,客观上促成了生态伦理道德的形成,但其成立的根本在于人对自然无条件顺从这一先决条件,并带有一定的唯心、迷信色彩。而"众生有灵且平等"的自然观

---

① 阿来:《文学更重要之点在人生况味》,人民文学出版社 2016 年版,第 2 页。

则将人类与自然视为同等地位,既不过分畏惧自然,也不盲目夸大人的主观能动性,是人与自然相处的理想状态。因此,在凹村,人们对动植物表现出非同一般的亲厚。残疾人唐爪子大部分时间都和猪在一起,对猪的宠溺比对孩子更甚;和"我"一起长大的老黄牛丢了,"我的神志一直恍惚,像是丢了自己"①。动物与人互相依赖,自然的灵性与人类的感性相交织,共同营造了农耕文明世界的温馨与美好。

值得一提的是,藏族灵魂不灭、生死轮回的观念还潜在影响了雍措的思维方式与写作方式。以凹村的风为例,它不仅有年龄,"春天的风长得嫩,不省事。听见人夸它,心里欢,它觉得人把它当亲人,它更应该对人好"②。还有性格,它"高兴的时候从左坡来,不高兴的时候从右坡来,特别憋屈的时候,从硬板子山来"③。雍措以拟人的手法赋予风以"人性",使之成为有感情的主体。甚至,有时自然不仅有着自己的意志,还左右着人类意志。如"我看见那几个人被一条回家的小路牵着往前走,小路弯下去的地方,他们也跟着弯下去,小路在某个拐角藏起自己时,他们也跟着藏起自己"④。不是人主导物,而是由物主导人,种种反经验、反套路、反逻辑的叙事不经意造成了陌生化的效果,恢复了对自然蓬勃生命力的表达,摒弃了人类中心主义。因此,雍措的物化写作不仅仅受拉美魔幻现实主义的影响,同时也是深受本土民族信仰影响的结果。

其次是对民风民俗的宣扬。在其早期的民族书写中,雍措主要以对往昔乡村生活的回忆来表现独特的地域文化。如在《听年》中,雍措分别记叙了杀年猪、做爆米花、抢头水、唱过年谣等习俗,描绘出极具康巴风情的人文风俗画。整体来讲,这部分纪实书写与其他作家的乡村书写并无太大差异。而在后期创作中,她放弃了这种以描绘文化图腾、宗教仪轨、生活习俗等极具表征性的文化符号来宣扬民族文化的方式,而是将康巴民俗作为文本意义的生成要素,以潜在方式彰显。例如,雍措常写到"房子",她由"一座房子的荒,总会想到一个人的荒"⑤,"门最知道一个家里的人在外面的情况,如果外面的人稍稍把生活过得好点儿,门不会气一个扔下它几十年不管的主人,它会帮着外面的主人好好地看好 个家"⑥。凹村的门不仅有着灵魂,还与主人的心意相通,门与人的特殊勾连让读者眼前一亮。但这种勾连并不是凭空产生的。在雍措生活的鱼通,有着非常悠久的房名文化。在文化学与人类学的意义上,房名即

---

① 雍措:《凹村》,作家出版社 2015 年版,第 180 页。
② 雍措:《风过凹村》,青海人民出版社 2021 年版,第 110 页。
③ 同上书,第 159 页。
④ 雍措:《黑来的时候》,《青海湖》2022 年第 3 期。
⑤ 雍措:《风过凹村》,青海人民出版社 2021 年版,第 13 页。
⑥ 同上书,第 15 页。

指鱼通人居住房屋的名字,它比个人的名字更重要。人名只与某人自身相关,而根据实际居住地的房名则使占有者取得某种社会及经济地位。① 房名不仅是社会家族血缘认同的凭证,也是"鱼通"人的"根",反映着人的社会地位。② 雍措巧妙地将房名的社会作用抽象化为人与家乡连结的纽带,以门的好坏来窥见主人的生活状态,民俗文化潜在参与了文本意义的建构。

最后,雍措还将藏语思维与汉语写作进行了有效嫁接,使得读者在各种陌生化的阅读体验中感受到藏族文学独有的灵气。在阅读时,常常会发现雍措的语言并不太符合常见的汉语逻辑,如一句话中前后两个分句主语不一致、词性混用等。藏语蕴含着丰富的想象力,因此"每句话都有那样形象的比喻、修饰、夸张","直述胸臆不加修饰的话",反而不受欢迎。③ 雍措以比喻、拟人、夸张等手法摆脱世俗逻辑,获得了叙述的自由,其浪漫的想象力与丰富的修辞叠加,使得她的乡村叙事呈诗化倾向。如她形容凹村人在傍晚呼唤家人回家的喊声"像某人扔出去的套子,经常会捕到很多东西回来"④。

从构词来讲,藏语藻饰词常以借物喻物的手法生动地展现所描述事物固有的特性,其中一类藏语藻饰词常以事物特性的表达或特性的联系形成所指称的概念意义,因此其感性认识与抽象思维兼具。⑤ 此种藏语式的思维模式从雍措后期散文的标题即可看出。"一片暗的生长"将形容词名词化,"暗"在视觉上直观给人以"黑暗",此处却被物化;"生长"则表示持续性的生长动态,二者的结合在感官上给人以一片阴影鬼魅式悄无声息增长的感觉。而与文章具体内容相联系,这片暗的生长则指代着每个人成长过程中都有的无法言说的灰色情绪与内心不断扩大的阴暗面。由此借物喻物,文本核心概念的意义由形象思维与逻辑思维共同作用生成。同时,由于雍措所在的鱼通地处藏彝走廊,处于汉藏杂居地,因此她同样可以熟练运用汉语,通过对常见用语经验的颠覆,实现语言运用的创新。如"他是在飘向我家的一股浓烟中长大的,是我每天的喊声把他喊成了一个大人"⑥。一个人的成长应该是自主的,但雍措将喊声视为邓珠成长的原动力,常见逻辑的颠覆造成了陌生化效果,让读者拥有了新奇的审美体验。

很显然,相较于以地域风貌、文化习俗等内容为主要表现对象的典型民族书写,

---

① 〔美〕巴伯若·尼姆里·阿吉兹:《藏边人家》,翟胜德译,西藏人民出版社 1987 年版,第 131 页。
② 噢耀·扎西攀超、林俊华:《鱼通藏族房名考察》,《四川民族学院学报》第 28 卷第 5 期。
③ 参见周毛草:《藏语藻饰词中的形象思维与逻辑思维》,《民族研究》2000 年第 2 期。
④ 雍措:《夜·达瓦泽波》,《翠苑》2017 年第 3 期。
⑤ 周毛草:《藏语藻饰词中的形象思维与逻辑思维》,《民族研究》2000 年第 2 期。
⑥ 雍措:《风过凹村》,青海人民出版社 2021 年版,第 5 页。

雍措将宗教信仰、民风民俗、藏语思维内化为文本肌理,使得散文突破了既有的审美格局,呈现出令人耳目一新的美学特质,给读者留下的审美体验是更为深远、悠长的。同时,这种将藏族精神内化的书写方式从根本上避免了民族文化本质主义的弊端,实现了藏文化的创造性转化,也对汉语写作进行了有益补充。

结　语

在目前的少数民族文学创作中,以追求本族文化特色书写最大化的写作仍占大多数。民族书写如何摆脱模式化,获得读者共鸣,谋求更多的文化生存发展空间,雍措散文起到了很好的参考作用。

"新散文"之所以在掀起散文个性化写作的浪潮后又逐渐趋于没落,问题就在于写作者一味地沉溺于私人经验的表达,以及过于专注写作形式而忽略了精神的丰实。雍措以贴近内心为目的的"内向型写作"成功进行了形式的探索。可贵的是,她并没有沉迷于叙述的新颖,而是将个体经验升华为集体经验,探求到人本体存在感的危机。同时,她以凹村现实命运为切口,积极介入现实、关注当下,人民立场逐渐清晰。最后,她将"藏地凹村"的民族特色以潜在的方式铺陈于文本,对康巴文化的创造性表现使其民族书写更显新颖与独特,突破了既有的藏地散文审美格局。雍措散文内容的多层次也很好地回答了时下散文创作遇到的一些最集中的问题:如何看待散文的真实与虚构、散文的边界以及散文与时代的关系。由于作者本人就很迷恋跨文体写作,"凹村"从一开始就是一个虚构概念。雍措的得当之处在于其人物塑造、故事情节描写、细节刻画并不多,即使时有虚构,却并没有造成混淆之感,其落脚点还是围绕个体生命、社会现实。因此,其"虚构"是手法,客观上增加了散文的可读性,潜在扩大了散文的受众;其"真实"又是内核,指向的是社会与时代。雍措的"凹村模式"表明,彰显民族风貌与走向文化中心并不矛盾,创新运用民族文化资源,勇敢进行破体写作,仍然是民族书写可以继续开拓的新路径。

(作者单位:武汉大学文学院)

风景的轨迹与"实践中"的民族文化

——论 80 年代中期云南少数民族文学中的"地方"与"国家"关系

葛毓宸

内容摘要: 自 1985 年《边疆文艺》更名《大西南文学》以来,云南少数民族文学文本中,开始普遍出现带有文化和现代化意味的风景描写,并在文本内部以代际冲突的形式,展开纠缠与抗辩。但青睐现代化的少数民族青年,并未放弃父辈所看重的文化传统,而是在"恋地"情感中,尝试寻找与父辈、与传统文化和解及弥合其中裂隙的方法。在此,云南少数民族文学文本中的"地方",不仅兼有文化传统和现代化憧憬的空间维度,亦在与时代语境的紧密关联中,具有立足"现在时刻"来思考民族文化更新、变易方向的时间性内涵。这种正在"实践中"的民族文化,既有别于民族文化的"寻根",亦在中华民族的整体性视野中,阐明了一种"地方"与"国家"互动的方式。

关键词: 云南少数民族文学　风景　民族文化

与 20 世纪 50 年代末 60 年代初,"云南的民族新文学,出现了一个令人欣喜的'黄金时代'"相比,1976 年之后的民族文学创作复兴,"尽管民族文学的新作频频问世……但轰动全国的名篇却寥若晨星"。[1] 此种"衰落"的迹象,除了与李广田、刘澎德等作家的故去,以及白桦、公刘、徐怀中等一大批作家内迁和新一批的本土作家尚未完全成熟,所造成的青黄不接有关。[2] 更重要的是,"寻根"思潮对"文化"的强调,为少数民族作家的"自觉"提供了新的思路。于是着力反映特定民族文化、民族性格、民族心理结构的文本蔚然成风,亦形成新的文本评判指标和审美期待。在此过程中,由于云南少数民族文学起步较晚,在很长一段时间内仍带有鲜明的政治刻痕,因此既不符合"文化"的期待,亦难在不断变化的主流文学思潮中脱颖而出。

需要注意的是,"文化"自身有复杂的内涵,但在谈论少数民族文学时,"文化"往往以长期受自然地理因素影响的"地域文化"面目出现。有评论者指出,对民族性的

---

① 李丛中:《过去的脚印与今后的步伐——对建国三十五年来云南民族文学经验和问题的探讨》,《民族文学研究》1985 年第 1 期。

② 参见周锦铭:《从"客卿文学"到"本土文学"——对云南当代民族文学和地域文学发展的一种宏观把握》,《民族文学研究》1993 年第 2 期。

讨论,存在以"地域性置换民族性"的"误区"。该误区不仅造成"民族性"在"地域性"的偏狭和均质中被"窄化",同时对"地域性"中"自然因素"的期待,也无形中削弱了"地域"作为一个可以含纳多种层次文化,且具有交流、融合功能的空间的丰富可能。[①]近年来,有关"地域"的概念,在历经了几次理论的震荡和实践的扩展后,已经向"区域"转变。[②] 这说明在一个交通发达、信息通畅、人员流动频繁的国家内部,自然地理因素的决定性影响逐渐让位于人为因素对地方的建构。与之相应的,是对地方之文化的思考,或许更应该从日益频繁的文化交往处入手,考察文化"在地"的碰撞、融合等实践和生成过程。基于此,"风景"作为兼具现实中"各种不同视点的融合",及承载"生存需要"和"道德和美学天性"的梦想栖居地,恰为我们提供了一个有效考察"人类如何学习和认知"地方的角度。[③]

一、风景的轨迹:从同构到二分

　　1985 年,更名后的《边疆文艺》,分别于一、二期连续发表了云南省两位哈尼族青年作者的中篇小说《红河水从这里流过》和《火之谷》。随着佤族作家董秀英的《马桑部落的三代女人》在第七期发表,《大西南文学》扉页的《改刊致读者》中所提及的"使刊物呈现一个新面貌",以更及时地将"改革者们在前进道路上的脚印"报告给读者的期待,[④]逐渐得以落实。批评家晓雪很快就注意到了三部小说"不同程度地体现了民族特色和时代精神的结合的,因而也不同程度地体现了民族特点在我们时代光照下的生动性、丰富性和新的色彩,或多或少地写出了新时代和新思想在民族生活以及民族心理上留下的投影和烙印"[⑤]。若把视线稍微向前移置,就会发现晓雪的评价标准正延续自 1980 年召开的"全国少数民族文学创作会议"(以下简称"会议")。"会议"强调"时代精神和民族特色相结合"是"新时期"少数民族文学的发展方向,其中,"民族特色"被阐释为"民族生活的全部内容"和表现典型的"民族性格"及"民族情感",[⑥]进而在题材上追求"多与展"。但由于"提高民族文化,发展民族经济"和促进"各民族间、各民族内部、各民族作家的团结和加强祖国的统一"的"时代精神"目标明确,[⑦]因

① 参见朱林:《民族性与地域性——关于文学民族性认识的一个"误区"》,《文艺争鸣》2020 年第 4 期。
② 参见《文学评论》杂志社于 2002 年第 4 期发表的"区域文化与文学学术研讨会"相关内容,及 2006 年山东召开的"地域文化与文学学术研讨会"相关内容。
③ ［美］段义孚:《风景断想》,张箭飞、邓瑗瑷译,《长江学术》2012 年第 3 期。
④ 《大西南文学》编辑部:《改刊致读者》,《大西南文学》1985 年第 1 期。
⑤ 晓雪:《三个第一,可喜可贺——读三个少数民族作者的三部中篇处女作》,《大西南文学》1985 年第 9 期。
⑥ 陈荒煤:《关于发展少数民族文学创作的几个问题》,《作家通讯》1980 年第 3 期。
⑦ 乌兰夫:《乌兰夫同志在全国少数民族文学创作评奖发奖大会上的讲话》,《作家通讯》1982 年第 1 期。

此，少数民族文学的"民族特色"实以"时代精神"为前提和先导，其展开亦带有明显的"规划性"色彩。

随后在 1981 年底举办的"全国少数民族文学创作评奖"颁奖大会，是将上述"结合"原则落实于具体文学创作，以鼓励的方式，引导和确立"典范性"文本的过程。以云南省获奖少数民族作品为例，其题材包括：以知识分子视角展现少数民族女性的善良纯真及边地的温和与包容（张长《空谷兰》）；以公职人员的眼光聚焦民族地区遭遇的"灾难"及新时期的复苏（张长《希望的绿叶》）；以革命亲历者或英雄后辈的眼光展现西南地区解放和国防不易（李乔《一个担架兵的经历》）；以少数民族青年的热情冲动来展现"四化"的号召力（普飞《山路崎岖》）等。虽然上述文本以不同题材反映"全部生活"的内容，但只要考察其结尾，无论是《空谷兰》中主人公在"归林的鸟儿在山谷里啼鸣，调皮的小鱼秧儿在河面蹦跳"①，晚霞绯红的时刻，决计永驻边疆村寨；还是《希望的绿叶》中"看交错的枝柯，枝柯；浓密的绿叶，绿叶；听它们在春风中飒飒，在春雨中沙沙。当然还有红色，但不是野火，是孩子的红领巾，是希望，是一种赤诚热烈的希望"②编织生态恢复和地方希望的美好怀想，所呈现的风景均带有浪漫的乐观和愉悦的情感。

与上述对未来的期待相匹配的，是小说中往往也设置诸如"春雷一声"、"大地回春"等关键性转折。诸多文本内部情节的结构性相似，昭示了当时作家在处理"现实"和"理想"时遵循"文学反映生活，必然要反映我们的理想——生活已经、正在并将要怎样发展"③的认知逻辑。于是无论现实中存在何种复杂的矛盾，也不管矛盾是否得以解决，"总有一天要往前走的！"④那种带有浪漫主义色彩和愉悦情感的"未来感"，都贯穿于新时期最初的云南少数民族文学文本中。由此，"风景"所衔接的转折，及最终描绘的图景，不仅是文本内部"民族团结和睦"和"民族地方前景光明"，同时也告别和拒绝"文革"文学，并对"新的历史时代"满怀憧憬的情感。在此意义上，民族解放历史、民族政策的恢复和民族区域建设等不同题材的差异，都带有了寻找"新时期"起点和终点的意味，进而被纳入以"新时期"为名的"时间性神话"中。但随之而来的问题是，"由支配性的历史进化论和目的论逻辑而产生的对时间的敏感"和对"理想"的热

① 张长（白族）：《空谷兰》，《全国少数民族文学创作获奖作品丛书：短篇小说集》，人民文学出版社 1983 年版，第 79 页。
② 张长（白族）：《希望的绿叶》，《全国少数民族文学创作获奖作品丛书：短篇小说集》，人民文学出版社 1983 年版，第 140 页。
③ 陈荒煤：《关于发展少数民族文学创作的几个问题》，《作家通讯》1980 年第 3 期。
④ 普飞（彝族）：《山路崎岖》，《全国少数民族文学创作获奖作品丛书：短篇小说集》，人民文学出版社 1983 年版，第 442 页。

望与认同，①会不会在忽略现实严峻摩擦的过程中显露出其单薄，又是否会因为过剩的理想主义，弱化、压缩甚至遮蔽与"时代精神"相互错位的"民族特色"？

在此，"新时期"被少数民族作家接纳为一种"'常识'的历史想象"②，还来不及思索，就汇入"伤痕文学"、"反思文学"的大潮中，极速地向前涌进。但正如季红真所指出的，"新时期文学在'伤痕''反思''改革'等具有轰动效应的大潮之外，从一开始就潜动着一股更平缓、更深沉的潜流"③。这股潜流经由"杭州会议"的牵动，以"寻根文学"之名，成为 1985 年前后文学创作"更新的开始"。④ 于是，当我们回溯少数民族文学"评奖"中那些获奖作品时，就能更清晰地指认出在一批成于也困于"时代精神"的作品之外，亦出现了诸如《骑手为什么歌唱母亲》、《刀朗青年》、《遮荫树》等将民族文化作为"民族特色"的重要部分予以表达的文学作品。沿此脉络，在 80 年代中期，云南少数民族文学文本中风景的文化意味和与之相呼应的现代化意味越发普遍，进而展现出更为复杂的人心向背。

从《红河水从这里流过》开始，以节庆仪式为代表的民间风俗开始被反复书写，出现在《要一百头牛作聘礼的姑娘》、《寨头有棵龙宝树》、《刀杆怨》、《荒原的古树》等一系列作品中。可以想象，在"空气在旋转，篝火的熊熊火舌也在旋转着升腾。……男女之间臀部的激烈的碰撞发出嘭嘭嘭嘭的响声，有力的脚板踩得场坝震荡摇晃，尘土卷着漩涡飞扬"⑤和"围着烛光'长明灯'摆放的是糯米粑粑捏出的遮帕麻射落假太阳的弯弓，遮咪玛留传给祖辈们的刀锄，还有芭蕉叶上的黄米饭，五脏六腑俱全的熟鸡，熟猪头猪脚猪尾巴（有头有尾以表白祭祀的诚心），再摆上水酒、茶叶、刀杆烟"⑥的风景中，现实生活被引入带有狂欢意味的古老庆祝活动，和带有神圣意味的祭祀活动当中。在此，传统不仅在身体力行的实践中"复活"，并关联族群历史与记忆，同时向本民族文化的回归，亦将滚滚向前的时间带回古朴的循环当中，进而走入"日子甜甜蜜蜜，筋骨都泡得软酥酥"⑦的舒适体验中。

与之相对的，是算盘、电影、的确良、录音机、汽艇等一系列现代化符号，这些符号经由"公路"、"上学"渗入传统把持的乡土社会，成为掀起波澜的扰动性力量。在《红

---

① 贺桂梅：《"新启蒙"知识档案：80 年代中国文化研究》，北京大学出版社 2021 年版，第 17 页。

② 同上书。

③ 季红真：《历史的命题与时代抉择中的艺术嬗变——论"寻根文学"的发生与意义》，《当代作家评论》1989 年第 1 期。

④ 李洁非：《寻根文学：更新的开始（1984—1985）》，《当代作家评论》1995 年第 4 期。

⑤ 亚笙（纳西族）：《要一百头牛作聘礼的姑娘》，《大西南文学》1987 年第 10 期。

⑥ 曹先强（阿昌族）：《寨头有棵龙宝树》，《大西南文学》1987 年第 10 期。

⑦ 亚笙（纳西族）：《要一百头牛作聘礼的姑娘》，《大西南文学》1987 年第 10 期。

河水从这里流过》中，主人公驾驶的"汽艇"成为赶超"竹排"和淌过古老红河的工具，在极具动感的超越中，沙坝湾的地理发现涌动着开发的激情和对未来的热望，并以资源和物产的丰饶予以展现："大沙坝突然在她脚下放射出迷人的光彩：满山的牛群象河里的石头一样多；果园里的荔枝芒果挂满枝头；蕉林里一串串香蕉堆成山；一塘又一塘的鱼儿跳来跳去……"①需要注意的是，与地方丰饶物产的写实相比，以交易山货的方式所展开的贸易，其色泽之质朴与拘谨，其实与录音机、电影所传递的现代化生活方式中物质主义之斑斓相距甚远。这种不稳定、模糊的现代化图景，强化了云南少数民族作家眼光所包含着的明显地理因素，即由于远离政治、经济、文化中心，"山外的声音"在翻山越岭而来的过程中被层层削弱，导致了现代化影响渗透的乏力。

二、代际冲突与"恋地"的青年

上述两种风景，无论是基于对传统文化的依恋，还是希望用传统的方式，追求现代物质享受的愿望，都显示出"从对于社会政治的关注转向对于深层的文化心理结构的发现"的"内转"②倾向，进而也突破了西南少数民族文学在 1980 年代初期，最初所展现的颇具同构性的壁垒。但由于地理单元相对封闭，位于"新时期"天平两端的"现代化风景"与"文化风景"并不完全协调，更多时候是在二者的短兵相接中，形成了一种普遍的冲突模式。当现代化嘹亮的"噪音"突然刺穿包裹于群山胎衣中的耳朵时，日常生活中传统的延续与割裂的辩难，在父辈与子辈的价值观差异之间，映射出更为复杂的人心向背。

在《山外的声音》中，"卖熊肉"这一行为，在文化传统的视野中，被视作对山间"共享"风俗和同胞情谊的"背叛"。因此当儿子、儿媳将猎获的熊肉带到市场时，父辈与子辈眼中所见风景截然不同。对公公蛮大来说，是"发现屋地上堆着一堆未经洗刷的熊肠子，几只绿头苍蝇，循着开门声，嗡地一下惊飞起来"的一片狼藉和晴天霹雳，而对儿媳石花来说，则是镇上的街场"万头攒动，熙熙攘攘，叫买卖的吆喝声、欢笑声，象似金沙江峡谷里的涛声"③的热闹喧嚣。从视觉的直接刺激出发，两种截然不同的场景描绘，唤起了与之相应的心理状态——一边是父辈因孩子违背祖训而愤怒和羞愧，一边则是子辈在对物质生活的憧憬中心怀愉悦。这并非《山外的声音》的独特创造，而是更广泛地出现在西南少数民族文学文本中。如《野女》中父亲在目睹了女儿因收

---

① 艾扎(哈尼族)：《红河水从这里流过》，《大西南文学》1985 年第 1 期。
② 旷新年：《"寻根文学"的指向》，《文艺评论》2005 年第 6 期。
③ 木丽春(纳西族)：《山外的声音》，《大西南文学》1986 年第 9 期。

购多依果与邻居发生争执，及年轻人"毫无顾忌地吃他们的，喝他们的，谈他们做生意的打算"①的"游手好闲"时，父亲的"愤怒"终至决裂亲情的地步。在此，父辈与子辈之间矛盾的爆发点正在于是否要转变经年累月的生活方式，走向"山外"。

而无论山里、山外的内外之辨如何缠绕与分歧，价值观的抗辩如何激烈，对云南的地方感受都有一致的底色。在《红河水从这里流过》、《熟透了的山坡》、《山岚》等小说所依托的山河相间的地理环境中，吟唱"大山是我们的父亲，峡谷是我们的母亲"②的依恋"土地"的人，也正困于"哀牢山太深了，我们哈尼人走不出去了"③的封闭、焦虑与困惑中。群山环绕的"包围圈"形成了西南少数民族闭塞、封闭的基本地理感知，即使是资源丰富的河谷地带，这种封闭感也依然存在。由此所生，展开的关乎生存的体验，无论《山岚》中雾气弥漫，生计脆弱贫穷的山区的荒凉之景，还是《红河水从这里流过》中河湾处冲积平原堆积的未被开发的丰饶沃土，都在"封闭"的前提下展开，成为西南地理感受的底层。

在由大地延伸至天空的封闭地理环境中，纵向延伸和循环往复，构成了父辈对西部空间想象的传统方式。该空间不仅如《荒原的古树》、《寨头有棵龙宝树》中，所有人匍匐在荒原上，想象翻涌的浓雾中高居苍天的"神灵"；同时也在日升月落，年复一年中固守着生养自己的土地，形成颇为凝滞且稳固的时间感受。而对子辈来说，凭借"读书"或"贸易"的契机，空间得以横向展开，譬如《马桑部落的三代女人》、《火之谷》、《熟透了的山坡》、《野女》中的主人公因"读书"而走向山外，获得开阔的视野；《要一百头牛作聘礼的姑娘》、《红河水从这里流过》中的"山里人"则由于贸易的需要，在与山外人交流的过程中，人心易变。正是在少数民族青年萌生向外探索和接触的热情与动力，与父辈的摇头叹息和无可奈何之间，传统价值中务实且保守、自足但自闭的一面，和以流动、交换为代表的现代价值观发生了激烈的碰撞。

上述围绕集体"分享"的"传统"中是否应该接受以追求个人利益和财富价值的"现代"观念或生活方式的抗辩结构所展开的文本，在呈现出"风景"冲突的同时，也提供了协调摩擦，及背后由空间想象方式导出的两种充满张力的情感状态。在《要一百头牛作聘礼的姑娘》的结尾，抛出"求婚难题"的嘎珠最终以傈僳族传统的成婚方式，嫁给了在当地小学教书的知识青年浩学文；《寨头有棵龙宝树》中"辈分很大"的老爷子也在"叛逆"孙子拿到柑桔的供销合同时，痛饮了比平时多一倍的酒。于是，如果说担心村里的姑娘"飞向山外"预示着保守与开放的姿态是产生矛盾的根由，那么经由

---

① 朗确（爱伲族）：《野女》，《大西南文学》1986 年第 9 期。
② 存文学（哈尼族）：《熟透了的山坡》，《大西南文学》1986 年第 9 期。
③ 同上。

对知识/文化的尊重和"先富帮带后富"的共同致富理念的向往,其实构成了留在"地方"、发展"地方"的转喻,进而形成联络情感和地方认同,起到缓解冲突的作用。在此意义上,西南少数民族作家不仅极力呈现了"风景"间的摩擦,同时也让身处风景交界地带,最早想象"现代化",特别是致富情景的少数民族青年,肩负起了弥合"新与旧"、"传统与现代"之间的责任。

段义孚认为,"风景"在"鼓励我们去梦想"一个地方应该如何时,充当了"出发点的作用",但它能持续引起我们的兴趣,并非源于一种纯粹的理想,而是"因为它具有我们能看到并触摸到的构成"①。基于此,上述带有理想化色彩的弥合方式,仍须置于现实中获得某种超越文本的现实意义。在 20 世纪 80 年代以经济建设为中心的总体规划中,"允许一部分人先富起来"的观念催生了"梯度发展"的经济方案。但在全国经济"一盘棋"的背景下,西部的研究者、学者认为"只让东部受益,是会有问题的",因此对该理论提出疑问,并促成了"京津沪地区的学者和西南三省的学者汇集于贵阳进行面对面交流和论争"。② 其中,"富饶且贫困"的西南地区,不仅蕴含着待开发的丰富资源,也意味着文化的多元和活力。③ 进而,在对现代化与文化互动问题的再思考之下,少数民族地区的传统文化不应再成为以经济发展为核心的现代化之路上的阻碍,反而应视作对以单一经济指标衡量现代化的补充。由此观之,或许正是缘于现实中经济和文化关系的讨论,云南自身资源的"富饶",被视作解决当地人"贫困"的有效途径,进而也促使云南少数民族作家笔下的地方性文化表达得以有限的"自觉",和走向"山外"、"市场"的冲动并举的文本状态。正是在此意义上,"云南"的情感表达、地方意识与国家整体意识联结在一起,成为建构国家完整意识的重要组成部分,并获得其自身的意义。

三、整体性视野下的民族文化实践

经由对云南少数民族文学文本中风景的梳理,以及将风景兼容理想与现实的属性,视为链接文本与现实的中介,风景获得了以更为宏观的视野反思"地方"与"国家"之间关系的可能。某种程度上来看,1980 年代中后期一批更为人熟知的少数民族文学,诸如扎西达娃带有"魔幻"色彩的《系在皮绳扣上的魂》,表现出强烈抒情韵味的张承志的《北方的河》、《金牧场》,乌热尔图书写兴安岭猎民林间生活的《琥珀色的篝

---

① ［美］段义孚:《风景断想》,张箭飞、邓瑗瑗译,《长江学术》2012 年第 3 期。
② 徐新建:《西南视野:地方与世界》,《思想战线》2009 年第 3 期。
③ 参阅王小强、白南风:《富饶的贫困——中国落后地区的经济考察》,四川人民出版社 1986 年版。

火》,其共同特征在于以极具独特性的笔调,对区别于汉族文学、其他民族文学的文化习俗、精神状态、思维方式加以描绘,不仅从内容上为由来已久的现实主义主潮注入了新的民族性活力,某些时候还转化成一种独特的创作技法,为文学进路的探索提供借鉴,因而迅速成为文学史关注的对象,继而被定型和经典化,形成了少数民族文学新的典范。

上述作家在 1990 年代得到了更为清晰的指认。关纪新依据少数民族作家和本民族文化关系的亲疏,将作家粗略地划分为"本源派生—文化自恋"、"借腹怀胎—认祖归宗"、"游离本源—文化他附"三类。借助此划分,无论是"本源派生型"的乌热尔图对带有"萨满教观念形态"的民族文化进行表达,还是"认祖归宗型"的张承志、扎西达娃在"表象模糊"的民族文化形态中,"寻根溯源地重新找到民族文化的原生形态"①。少数民族作家在处理民族文化时,同时将其引入受自然地理环境因素影响的"地域文化",及对本民族历史阶段的回溯当中,由此在时间、空间两个维度上对"文化原初美"和"人性原初美"之"原点"的探索,就带有了唤醒珍贵文化记忆的冲动。在国内开展"非物质文化遗产"保护以及全球化时代文化多元主义的双重加持下,此种冲动转变为一套评判少数民族文学价值的潜在共识。

在此共识下,挖掘民族文化的叙事行为,被冠以诸如魔幻现实主义、人口极少数民族的文学写作、双语写作、文学民族志等命名,在近几十年的发展中,走向一种"人类学"意义上的"深描"。这种"深描"具有展现原生文化的优势,但以文学作为文化之镜,亦容易将"深描"导向地方文化保守主义,而成为一种劣势。近年来,随着地理区隔被交通、网络、旅行打破,更为普遍的现象是少数民族作家不再是本民族唯一的"代言人"。民族及民族文化的表达权,更多地转移到进入民族聚居区的"他者"中,并以不同的媒介形式加以感知、留存、带走和展示。在此,"他者"对民族文化的言说,由于浮于表面,在很大程度上是对业已固定的民族文化符号的重复,而这些文化又因为被储存于"原点"处,而丧失了与现实沟通的能力,极易陷入被任意曲解和碎片化的阐释中。这不仅有将少数民族文化奇观化、猎奇化的风险,更为重要的是,因为民族文化看似自说自话的处境,进一步加剧了少数民族文化在中华民族整体文化格局中的边缘和游离状态,更加丧失超越本民族文化的可能。

正是出于对民族文化各自为营的警惕,少数民族文学中对时空维度的处理仍须加以反思,特别是要在深入文化内部和勾连文化外部之间建立整体性视野。在此,与返回"原点"的民族文化不同,杨义在世纪之交所做的"重绘中国文学地图"的努力,企

---

① 关纪新:《少数民族作家与民族文化传统的关联》,《民族文学研究》1994 年第 1 期。

图将少数民族文学纳入中华民族文学的整体范畴中，从而展现出中国文学"领土的完整性和民族的多样性，以及在多样互动和整体发展中显示出来的全部的、显著的特征"①。以"多部族和民族"在以各种形式的相互交融中"最终形成的一个血肉相连，有机共生的伟大的民族共同体"为前提，少数民族文明与汉族文明，在中华民族发展过程中有着"共生性、互化性和内在的有机性"的关联显然是题中之义。这种关联导致在互动互化的动力学系统中，少数民族文明时而以自身的"野性"对中心进行冲击，但这种冲击又很快融化进中华民族文化的整体包容中，故而形成以汉族文明为向心的文化凝聚力和以少数民族文明为补充的"边缘的活力"的中心—地方形态。在此形态下，两种文明都偏离既定的发展路线，在彼此的文化形态中或隐或显地呈现出对方的"痕迹"，其中相互交融的部分内化为"内在化类型"文化，需要详加辨析和比较方可探其原貌和形变；而彼此排斥的部分，则清晰地保留着"外在化类型"文化的差异性，两种文化共同作用，形成中华民族"多元一体"、"多样存异"的文化统一体。

通过将少数民族纳入中华民族的整体进程中，少数民族文学的书写也自然地转向少数民族融入中华民族过程的书写，进而敞开了民族与国家间的关联。在《恋地情结》一书中，段义孚开宗明义地强调"感知、态度和价值观"②在建构和认知风景过程中的重要意义，并将其视为个体或集体意义上的"广泛且有效地定义人类对物质环境的所有情感纽带"的"恋地情结"。③"恋地情结"颇具开放性的阐释空间，在强调崭新的观念可以对"地方"进行改造的同时，也创造了一个"现在时刻"——该时刻夹杂在过去和未来之间，同时呈现出对未来理想栖居地的憧憬和对过去积淀深厚文化的回顾，且由于有现实的地方作为可改造的对象，"过去"和"未来"都进行了协调的努力。进而，上文所列云南少数民族文学文本，虽然大部分有着相对简单的情节构架，谈不上立体丰满的人物塑造，甚至由于起步较晚，缺乏训练，而将本民族的民族文化、区域文化景观化、符号化，以至于造成接受时的误解的诸多弊端，但因为在与现实更密切的联系中，记录了云南少数民族在融入国家倡导的现代化道路的"缓进"状态，才更能体现出少数民族文学在"文化寻根"脉络之外，或许可以称为"文化实践"的另一种痕迹。

正如贺桂梅从韩少功的"荆楚"、贾平凹的"商州"、李杭育的"葛川江"中，发现了"寻根文学"所寻之根（楚文化、秦汉文化、吴越文化），是以"不同地方、区域的文化的空间差异"显示"作为整体的'文化中国'时间变迁的痕迹"，④以填补华夏文化空白的

---

① 杨义：《重绘中国文学地图与中国文学的民族学、地理学问题》，《文学评论》2005年第3期。
② ［美］段义孚：《恋地情结：环境感知、态度和价值观研究》，志丞、流苏译，商务印书馆2019年版，第1页。
③ 同上书，第140页。
④ 贺桂梅：《"新启蒙"知识档案：80年代中国文化研究》，北京大学出版社2021年版，第241页。

雄心和设计。云南少数民族文学中所表现出的"此时此刻"的时间坐标意涵,虽以传统和现代的冲突为框架,但真正讲述的是"地方"大方地包容了带有不同情感态度、价值观念的人。于是在不同风景的重叠、交流、接触中,80 年代中期云南少数民族文学位于"封闭与开放的交叉点上,在传统民族文化、外域文化、汉族文化与现代意识的撞击点上"①,蕴含了更为丰富的历史可能性。在此意义上,"地方"真正成为"情感"的载体,并具有联结各民族的可能性。就像《红河水从这里流过》中,汉族"筑路工人"兼职"放映员"的都郎与懵懂但好奇的傣族姑娘一样,都是在现代都市和边疆传统的空间和时间两个层面上的"边缘人",他们并非被双边的文化集体排斥而抱团取暖,而更像是黏合两种文化沟通障碍的桥梁纽带。因此,无论小说中所述的青梅竹马的纯情,还是与汉族青年间的友谊,都可以看作和合关系的具体想象。当外来者决心"留下"时,伴随流动的停止,区域的形成经历了一次冲击和转换,"在地性"与认同感相伴而生,新的民族共同体形象也被赋予了具象。

(作者单位:南京师范大学文学院)

---

① 李丛中:《云南民族文学在寻找自己的位置》,《大西南文学》1986 年第 9 期。

私塾经验:鲁迅的思想镜像与文学表达

李燕君

内容摘要:鲁迅接受了 10 年私塾教育,他对这段经历既有温情的回忆,又有深切的反思。鲁迅在结束私塾生活之后又接受了新式教育,两相对照,新式教育成为私塾之镜,私塾生活成为他反思传统文化、建构现代思想的重要资源。鲁迅主要反思了传统私塾教育的"静"与"恩",提出了"动"与"爱"的现代思想。鲁迅的文学创作也渗透着他独特的私塾经验,且生成为个人化的文学表达。

关键词:私塾经验　鲁迅思想　文学创作

鲁迅在"走异路"、接触西学之前,接受了长达 10 年的私塾教育,他由此拥有一套完备的传统文化知识,但并未成为私塾教育的拥趸。鲁迅与弟弟周建人在辛亥革命后多次给县议长写信,①要求开办新式小学。鲁迅认为教育"甚关国民前途"②,私塾教育已无法承担"造成人民"的重任,强调开办小学之事不可缓。私塾教育借助经书内容、"棍棒"方式使学生从行为到心灵都沉静下来,将"知恩—报恩"观念嵌套在传统伦理秩序与封建等级制度之中,使学童失去反抗和独立思考能力,成为驯良的奴隶。新式教育对新文学运动的影响已无须赘述,需要强调的是,私塾教育也同样值得关注和讨论。对鲁迅而言,私塾教育的课程内容对他的文学选择和人生选择产生了影响,③私塾经验也作为鲁迅个人化的思想情感,成为现代思想的镜像,影响着其文学表达,并由此创造了一个丰富的文学世界。

一、静与恩:鲁迅的私塾经验

晚清儿童的私塾生活,从鲁迅小说《怀旧》里可窥一隅。掷石会被先生训斥,彼辈纳凉之时苦思属对,进出书斋不可跳跃,日日读书不能玩乐。真实的私塾生活如

---

① 周建人:《回忆大哥鲁迅》,上海教育出版社 2001 年版,第 28 页。

② 鲁迅:《111100 致张琴孙》,《鲁迅全集》第 11 卷,人民文学出版社 2005 年版,第 350 页。

③ 刘幸:《鲁迅与私塾教育的隐性冲突》,《中国现代文学研究丛刊》2016 年第 9 期。

一潭死水，从早到晚只能读经作文，不仅大小便不自由，就连儿童的情绪也在管束之内："私塾的先生，一向就不许孩子愤怒，悲哀，也不许高兴。"① 鲁迅在私塾度过了童年和少年时期，他 6 岁入私塾，启蒙老师是秀才周玉田老人，随后在周庚铭、周子京处短暂地学习过一段时间，1892 年师从三味书屋的寿镜吾老先生，至 1897 年完成与举业相关的各门功课，其私塾经历方告结束。鲁迅在私塾内外有不同的表现，他在私塾"自视甚高，风度矜贵"，不与同学"嬉戏谑浪"，但在皇甫庄避难期间，他与农村小朋友一起掘蚯蚓、钓虾、放牛以及划船，玩儿"破洋山"和"弹地毛"的游戏，儿童天性得到释放。据老人回忆，"小倌人"鲁迅虽是城里人，却很"武相"。② 鲁迅在农村的表现发生这样大的变化，除了没有父亲管束的原因，更与远离严苛的私塾环境有关。

私塾生活让鲁迅首先感受到的是"寂静"、"沉静"的教育。这种"静"的教育从"禁"行与"静"心两个方面着手，"禁"行主要体现在私塾的日常规范和棍棒教育。学童没有自由活动时间，热心游戏被视为不务正业，制作玩具被视为玩物丧志。鲁迅被送到私塾后，对于不能常到百草园玩耍感到困惑，一度以为这是因为捣乱或玩耍而受到的惩罚。幼年鲁迅被迫远离广阔的自然天地，对百草园的告别充满哀伤。即便在三味书屋后面的小园子里，鲁迅也不能尽情玩耍，时间稍久，先生便呵斥叫回，命令他继续读书。私塾中的"禁止"教育深刻内化于学童的意识之中，受此影响，少年时期的鲁迅才会视风筝为"没出息孩子所做的玩艺"，将小兄弟对风筝的喜爱看作"笑柄"，愤怒地破坏风筝。

除了日常规范之外，私塾还辅以棍棒令儿童"禁"行。有些塾师体罚学生尤为厉害，如用做腊鸭的法子惩治学生，或用门缝夹学生的耳朵。③ 周作人还用一首儿歌来表明私塾儿童的"深可同情"：

> 大学大学，
> 屁股打得烂落！
> 中庸中庸，
> 屁股打得好种葱！④

接受过晚清私塾教育的其他知识分子也深受打罚之苦，蒋梦麟在自传中回忆自己曾吃过塾师的"栗子"，头皮上起几个大疙瘩。郭沫若更是难以忘却挨打的经

---

① 鲁迅：《"论语一年"——借此又谈萧伯纳》，《鲁迅全集》第 4 卷，人民文学出版社 2005 年版，第 585 页。
② 薛绥之主编：《鲁迅生平史料汇编》第 1 辑，天津人民出版社 1981 年版，第 167 页。
③ 周作人：《书房》，《周作人散文全集》第 13 卷，广西师范大学出版社 2009 年版，第 157—158 页。
④ 周作人：《父亲的病（上）》，《周作人散文全集》第 13 卷，广西师范大学出版社 2009 年版，第 163—164 页。

历,他在散文《铁盔》、自传《少年时代》以及儿童剧《广寒宫》中痛斥塾师的打罚行为。即便是最温和的三味书屋,也有戒尺和罚跪的规则。虽然鲁迅未曾受过先生的打罚,但他对塾师的打罚行为深恶痛绝,还因看不惯塾师"矮癞胡"对学生的残暴体罚,带领其他学童去其所在的私塾捣乱,折断"撒尿签"、扔掉笔墨纸砚进行报复。

"禁"行更需静心,私塾教育还通过阅读古书让学童"静"心。鲁迅在私塾读到的第一本书是《鉴略》,桌上除了习字的描红格和对字的课本之外,"不许有别的书"①,鲁迅喜欢描摹旧小说的绣像画,要是寿老先生看见,就会拿去撕掉。周作人的情形大致相似,"终日念四书五经"②,为科举做准备。《从百草园到三味书屋》有一段私塾儿童放声读书的描写:"有念'仁远乎哉我欲仁斯仁至矣'的,有念'笑人齿缺狗窦大开'的,有念'上九潜龙勿用'的。"③ 这三句话分别出自《论语》、《幼学琼林》、《易经》,主要宣传儒家正统思想,强调师道尊严。此外还要诵记"夸着'读书人'的光荣"的《神童诗》。④ 这些内容强调修身养性,潜移默化地影响着学童的心性,要使他们因循守旧,不要盲动叛逆。在鲁迅的记忆里,"儒生在私塾里揣摩高头讲章"⑤,与天下无涉,与人生无关。

其次,鲁迅在私塾还接受了知恩教育。一方面,它通过指定读物宣扬父母恩情,强化孝道。学生在私塾只能读充斥着孝道的四书五经,即便鲁迅和自己的同窗小友把《三字经》"读得要枯燥而死了",也不能看其他的书。鲁迅在《我们现在怎样做父亲》中提及林琴南作乐府"劝孝",其中有一篇《母送儿》的文章,内容便是儿因学堂教师不教孝道而理直气壮地退了学。在中国,做官是私塾教育的主要目的,孝道又与做官联系紧密,"汉有举孝,唐有孝悌力田科,清末也还有孝廉方正,都能换到官做。父恩谕之于先,皇恩施之于后"⑥,因此宣扬孝道、提倡报恩成为私塾教育的主要内容。另一方面,古代的"师"是礼法秩序中的重要一环,师与父、君相并为"三本",师恩与父恩、君恩乃同一结构之不同表征。"中国人重报恩,历来供奉天地君亲师的牌位"⑦,鲁迅曾自言其家正屋也供着这样一块牌位。这种恩情教化不仅弥漫在家庭生活中,还体现在私塾仪式上。鲁迅开蒙时需对书房匾牌和梅花鹿拜礼,第一次拜孔子,第二次

---

① 鲁迅:《随便翻翻》,《鲁迅全集》第 6 卷,人民文学出版社 2005 年版,第 140 页。
② 周作人:《古文》,《周作人散文全集》第 9 卷,广西师范大学出版社 2009 年版,第 188 页。
③ 鲁迅:《从百草园到三味书屋》,《鲁迅全集》第 2 卷,人民文学出版社 2005 年版,第 290 页。
④ 鲁迅:《我们怎样教育儿童的?》,《鲁迅全集》第 5 卷,人民文学出版社 2005 年版,第 271 页。
⑤ 鲁迅:《名人和名言》,《鲁迅全集》第 6 卷,人民文学出版社 2005 年版,第 375 页。
⑥ 鲁迅:《我们现在怎样做父亲》,《鲁迅全集》第 1 卷,人民文学出版社 2005 年版,第 142 页。
⑦ 周作人:《小杂感》,《周作人散文全集》第 3 卷,广西师范大学出版社 2009 年版,第 397 页。

拜先生,这个仪式正是恩情文化的赓续,两次拜礼既象征师恩,又象征君主之恩。这就不难理解,师范学堂在晚清开设之后,老先生们为何仍然抱持"师何以还须受教"①的傲慢态度了。

私塾教育通过日常规范、身体惩戒、书籍阅读与恩情培养规训着个体思想和情感,将学童桎梏在传统伦理等级秩序之中。蒋介石于 1930 年代试图复兴儒学以强化专制统治,最重要的举措便是恢复私塾教育模式。戴季陶、何键以及陈济棠等人提倡尊孔读经和学习文言,在某种程度上也是对私塾教育经验的鉴取。鲁迅对此反应极为强烈:"读经,作文言,磕头,打屁股,正是现在必定兴盛的事,当和其主人一同倒毙。"② 私塾经验让鲁迅记忆深刻,使他快速地对相关事件作出回应,愤激之情溢于言表。

二、动与爱:鲁迅的思想镜像

鲁迅曾通过儿童照相这一生活现象,揭示出一个重要问题。一个孩子在日本照相馆里满脸"顽皮",在中国照相馆里却是"拘谨"、"驯良"。③ 孩子照相时的"动""静"之别,实为所受教育和精神状态之异。在鲁迅看来,教育将中国孩子变得死静、驯良和屡弱,在这里显然有着他的私塾经验,"童年的情形,便是将来的命运"④,由此,他对"静"的教育进行了反思与批判,寄希望于后辈的"行动"和爱。在鲁迅眼里,"反抗"是打破"静"实现"动"的重要方式。如"牢狱"般的私塾剥夺了学童的自由,他们潜藏着"造反"的冲动,如短暂逃学,或者"暗祝先生生瘟病"⑤。鲁迅在私塾期间也有过两次反抗,除对塾师"矮癞胡"实施报复之外,还向欺负学童的武秀才示威。学童这种幼稚的"报复"难以改变"矮癞胡"和武秀才所持有的私塾教育观念,正如先觉者万难破毁的"铁屋子",但"报复"作为一种反抗的意识已在童年鲁迅心中潜滋暗长,成为其"立意在反抗,指归在动作"的思想根底。塾师意欲压制学童天性,鲁迅却偏要青年"敢说,敢笑,敢哭,敢怒,敢骂,敢打"⑥,鼓励他们敢于反抗强权和不公。鲁迅对青年的反抗寄予很大的希望,并作《希望》以警醒青年们的"消沉"。

"中国书"让人沉静,这种沉静弥漫着"僵尸"的毒气,会带来两个后果。第一个后

---

① 鲁迅:《随感录二十五》,《鲁迅全集》第 1 卷,人民文学出版社 2005 年版,第 312 页。

② 鲁迅:《340609 致曹聚仁》,《鲁迅全集》第 13 卷,人民文学出版社 2005 年版,第 145 页。

③ 鲁迅:《从孩子的照相说起》,《鲁迅全集》第 6 卷,人民文学出版社 2005 年版,第 83—84 页。

④ 鲁迅:《上海的儿童》,《鲁迅全集》第 4 卷,人民文学出版社 2005 年版,第 581 页。

⑤ 徐志摩:《雨后虹》,《徐志摩全集》第 1 卷,天津人民出版社 2005 年版,第 159 页。

⑥ 鲁迅:《忽然想到(五)》,《鲁迅全集》第 3 卷,人民文学出版社 2005 年版,第 45 页。

果是窄化个体生存发展的路径。鲁迅在《青年必读书》中提出青年应该少看或不看中国书,在他看来,最要紧的是"行",不看中国书才能突破"静"的束缚,产生"行"的可能。虽然此观点隐含鲁迅对胡适引领"国故"风潮的针对性批判,以及对梁启超以"传统德性乐感"救西方物质文明之弊的潜在回应,但鲁迅自认为这番话是"用许多苦痛换来的真话"①。这个"痛苦"指向鲁迅的私塾经验,"读书应试是正路"②,其他营生只是偏路,虽然鲁迅选择了"走异路",但是更多的童生只能选择在科举考试中耗费一生。第二个后果是固化人生价值观念,使人耽于修身,远离现实。鲁迅"从小就受着古书和师傅的教训"③,以为劳苦大众和书中所写的一样,像花鸟一样"安乐",直到他去了农村才知道农民所受的压迫和痛苦。由此,他还主张"不看中国书",这招来人们的非议,引发了一场论战。

鲁迅否定了古训所教的生活法——"教人不要动"④。鲁迅认为活人是要动的,"动"是人的生存发展与个体价值的需要。一方面,鲁迅希望青年人重视生存与温饱,积极寻找其他出路,文章里也经常出现"路"的意象,认为青年的"前面还有道路在"⑤。另一方面,鲁迅抱着"为人生"的理念,希望青年不要看古书,多和现实接触,因为古书中很有些避世的安慰,对意志消沉的青年来说是一种极大的蛊惑。这样,反抗现实和不读中国书所引发的"行"动和"心"动便有打破一潭死寂的古老中国的希望,使萎缩麻木的人复生为"活"的人。

鲁迅还主张"爱"的理念。他在《我们现在怎样做父亲》中指出,"圣贤书"中"恩"的说教抹杀了天性之爱。值得注意的是,塾师作为"圣贤书"的教授者与宣传者,也难逃"吃人"罪责。鲁迅敏锐地察觉到这一点,《狂人日记》认为结成一伙"吃人"的,除了"父子兄弟夫妇朋友"之外,还有"师生"。在中国文化传统中,师于生也有恩,但这种感恩不同于父母对于子女的生育之恩,也不同于现代之师对生的悉心教导与平等关爱,而是源于一种伦理秩序与等级制度。中国在汉武帝统治时期奠定了君师一体的治理范式,自宋以后,儒家学者致力于将"师"纳入与"君""亲"对等的礼法秩序中,师与天地君亲并立为五。此后的师便代表父、象征君,对生拥有"一日为师终身为父"的伦理之恩与"代官化民"的君臣之恩。"恩"赋予师对生的支配权,生则必须服从师以报恩,鲁迅在提到"天地君亲师"的牌位时便暗讽这是"必须绝对尊敬和服从的五

① 鲁迅:《写在〈坟〉后面》,《鲁迅全集》第1卷,人民文学出版社2005年版,第302页。
② 鲁迅:《〈呐喊〉自序》,《鲁迅全集》第1卷,人民文学出版社2005年版,第437页。
③ 鲁迅:《英译本〈短篇小说选集〉自序》,《鲁迅全集》第7卷,人民文学出版社2005年版,第411页。
④ 鲁迅:《北京通信》,《鲁迅全集》第3卷,人民文学出版社2005年版,第55页。
⑤ 鲁迅:《灯下漫笔》,《鲁迅全集》第1卷,人民文学出版社2005年版,第225页。

位"①。师生关系对应着"长幼尊卑"的伦理秩序和"统治—被统治"的政治结构。如此，鲁迅称孔子是"权势者的留声机"，而以孔子为先圣的塾师实则成为威权者的化身，就连先生对待儿童的方式与皇帝对待奴隶的方式也如出一辙："私塾的先生，一向就不许孩子愤怒，悲哀，也不许高兴。皇帝不肯笑，奴隶是不准笑的。他们会笑，就怕他们也会哭，会怒，会闹起来。"② 传统社会试图以"恩威"钩连住人与人之间的关系，但鲁迅质疑这种"钩连"，认为"独有'爱'是真的"。③

为打破"恩威"之间的钩连，鲁迅首先否定了师生关系中的伦理化倾向，对青年报以天性的爱。杨荫榆在《致全体学生公启》中提出"学校犹家庭"，要求尊长者爱家属，幼稚者体贴尊长。鲁迅嘲讽道：

> 原来我虽然在学校教书，也等于在杨家坐馆，而这阴惨惨的气味，便是从"冷板凳"里出来的。……这家族人员——校长和学生——的关系是怎样的，母女，还是婆媳呢？

> 这一年她们的家务简直没有完，媳妇儿们不佩服婆婆做校长了，婆婆可是不歇手。这是她的家庭，怎么肯放手呢？无足怪的。④

上述引文中的"坐馆"与后述引文中的"西宾"分别是对塾师的俗称与敬称，"冷板凳"是对塾师的戏谑之词。师生关系的伦理化倾向强调师权的合法性，使师权带有君权的色彩，建立了森严的尊卑关系。鲁迅对此议论："古之师道，实在也太尊，我对此颇有反感。"⑤ 更重要的是，这种伦理倾向和尊卑关系加强了师对生的控制，剥夺了个体的独立性和人身权利。国立北京女子师范大学本应是一所权责明确的现代化学校，但对师生伦理关系的强调使其复归为传统私塾范式，校务成为"家务"，师生成为父子、母女，甚至是婆媳，模糊了责任与权利的划分，学生没有反抗的权利，更没有反抗的资格。鲁迅痛斥："举目四顾，只有媳妇儿们和西宾，砖墙带着门和窗门，而并没有半个负有答复的责任的生物！"⑥这不仅是对女师大风波的愠怒，更是对现代学校以纲常伦理治校的愤懑。

鲁迅希望摆脱这种伦理制约关系，而出于对青年的提携与保护，保持天性的爱。鲁迅对青年施以帮助，但他并不希望青年"感激"："我希望你向前进取，不要记着这些

① 鲁迅：《我的第一个师父》，《鲁迅全集》第6卷，人民文学出版社2005年版，第598页。
② 鲁迅：《"论语一年"——借此又谈萧伯纳》，《鲁迅全集》第4卷，人民文学出版社2005年版，第585页。
③ 鲁迅：《我们现在怎样做父亲》，《鲁迅全集》第1卷，人民文学出版社2005年版，第142页。
④ 鲁迅：《"碰壁"之后》，《鲁迅全集》第3卷，人民文学出版社2005年版，第73页。
⑤ 鲁迅：《330618致曹聚仁书》，《鲁迅全集》第12卷，人民文学出版社2005年版，第405页。
⑥ 鲁迅：《"碰壁"之后》，《鲁迅全集》第3卷，人民文学出版社2005年版，第76页。

小事情。"① 这种"义务的,利他的,牺牲的"做法与鲁迅所认可的"觉醒的父母"保持了一致性。鲁迅不仅实践着这种天性的爱,而且在文学创作中表现对背叛天性之爱的愤怒。《颓败线的颤动》中的老母亲走向荒野,举手向天,发出无言的复仇。这种情绪只有在"爱与憎发生激烈的矛盾斗争时"②才会出现。鲁迅在文中将自己喻为寡母而不是父亲,这是因为寡母没有读过"圣贤书",没有受到"'圣人之徒'作践",她能躲过"名教的斧钺",蒙孽出天性的爱。

鲁迅还质疑"导师"身份及其权威,对青年报以平等的爱。鲁迅对"导师"的否定是对"正人君子"们的反击,同时,他也担心"站在歧路"的自己以及其他"自以为识路者",会将青年"引入危途",所以他始终不认同导师身份。其实,鲁迅的这种判断来自私塾经验,他说:"我们那时有什么可看呢,只要略有图画的本子,就要被塾师,就是当时的'引导青年的前辈'禁止,呵斥,甚而至于打手心。"③ 青年对导师的信奉与寻求使鲁迅产生忧虑,在鲁迅看来,塾师是最早的一批"引导青年的前辈",然而他们不允许学生有看书的自由,用身体惩戒来昭示师的绝对权威,他们的引导给后辈留下的仅是一个"悲哀的吊唁"。1920 年代各方势力以"导师"的名义牵引青年,导师在知识与社会地位上的权威对于青年是一种束缚与控制,鲁迅反对这种权力控制关系,重视师生人格上的平等与独立,希望青年解放自我,寻找朋友,而不是导师:"青年又何须寻那挂着金字招牌的导师呢? 不如寻朋友,联合起来,同向着似乎可以生存的方向走。"④ 鲁迅对"恩"的否定是对长者本位的反动,而"爱"则出自"幼者本位"思想,这一思想的形成不仅受到外部思潮的影响,更是一个"内发"的过程,⑤建立在独特而深切的个人经验之上。长者不仅包括家族中的父辈,还包括塾师这一父权制的建构者与维护者。因此,鲁迅对导师身份的拒绝,对青年的帮助,可以说是将"爱"作为一种理想来实践的结果。

三、私塾经验的文学表达

私塾教育曾经作为中国传统教育的"毛细血管",联系着中国的家庭、家族和家乡士绅的培养,分布于广大的乡村城镇。幼年鲁迅受教于多位私塾先生,成年后又与曾

---

① 鲁迅:《250408 致赵其文》,《鲁迅全集》第 11 卷,人民文学出版社 2005 年版,第 472 页。
② 冯雪峰:《论野草》,《冯雪峰论文集》下,人民出版社 1981 年版,第 375 页。
③ 鲁迅:《二十四孝图》,《鲁迅全集》第 2 卷,人民文学出版社 2005 年版,第 259 页。
④ 鲁迅:《导师》,《鲁迅全集》第 3 卷,人民文学出版社 2005 年版,第 59 页。
⑤ 董炳月:《幼者本位:从伦理到美学——鲁迅思想与文学再认识》,《齐鲁学刊》2019 年第 2 期。

为塾师的远亲阮和孙往来频繁,其好友范爱农也以塾师为业。鲁迅将这些私塾经验融入文学创作,并成为其独特的文学表达。

鲁迅的第一篇文言小说《怀旧》塑造了"秃先生"的塾师形象,集合了传统塾师"庸俗恶劣"的特点,[①]他晚年已经忘却《怀旧》的题目和笔名,唯一记得"内容是讲私塾里的事情的"[②]。小说展示了私塾生活的沉静压抑,从儿童视角书写塾师形象,"予"眼中的秃先生不仅有着"秃头"、"模糊臃肿"的丑陋外表,而且其讲书神态也夸张可厌。这是一个有违师道的发现,师的尊严与威望在"予"的观察中被消解。在"予"的内心世界里,还有着与成人完全背离的想法,塾师的惩罚在成人眼中是严师出高徒的好方法,但在"予"看来,是秃先生的"报仇"。"予"甚至希望"秃先生病耳,死尤善",还幻想长毛来,"能以秃先生头掷李媪怀中者,余可日日灌蚁穴,弗读《论语》矣"[③]。《怀旧》主要表现"予"的主观感受,在"书斋苦读——长毛且至,废读返家——上学噩梦"的情节发展中,突出"予"的"厌倦——快活——恐惧"等情绪变化。可以看出,这篇小说是鲁迅对私塾经验的创构,融入了"自我"经验。他没有为孩子诅咒塾师的大不韪想法作解释,取消了成人的价值标准,不做善恶判断,这是对儿童自然天性的肯定,展现出对塾师的反抗姿态。

五四时期,鲁迅写下了《孔乙己》、《白光》,由塾师形象本身,转而关注私塾教育中的个体,他以一种悲悯态度书写了"破落大人家的子弟和穷读书人"的"末路"[④]。陈子展曾对《孔乙己》写过两篇评论文章,鲁迅由陈文想到了中国儿童的教育问题,他说:"看见了讲到'孔乙己',就想起中国一向怎样教育儿童来。"[⑤] 在鲁迅看来,私塾教育使读书人抱持"万般皆下品,唯有读书高"的尊严意识,陷溺于经书科举而失去现实生存能力,孔乙己和陈士成都是这种教育下的典型代表。孔乙己始终站着喝酒而穿长衫,因读书人身份而自持"师"的姿态,还用"君子固穷"的古训掩饰偷书行为的窘迫。孔乙己看重"茴"的四种写法,把这种知识看作安身立命的根本,但这些知识既不能帮他谋生,也无法使他获得师道尊严,他的自视甚高与店里其他所有人对他的鄙夷和嘲笑形成鲜明对比。《白光》中的陈士成屡次落榜,本该天真的学童却在这种教育下显出功利心,送晚课时"脸上都显出小觑他的神色"[⑥]。落榜的现实和学童的态度使陈士成感到"悲惨",发出"这回又完了"的绝望呼声,最终发疯并落水而亡。这个结局仿佛

① 周作人:《秃先生是谁》,《周作人散文全集》第10卷,广西师范大学出版社2009年版,第722页。
② 鲁迅:《340506致杨霁云》,《鲁迅全集》第13卷,人民文学出版社2005年版,第93页。
③ 鲁迅:《怀旧》,《鲁迅全集》第7卷,人民文学出版社2005年版,第230页。
④ 周作人:《孔乙己》,《周作人散文全集》第12卷,广西师范大学出版社2009年版,第189页。
⑤ 鲁迅:《我们怎样教育儿童的?》,《鲁迅全集》第5卷,人民文学出版社2005年版,第271页。
⑥ 鲁迅:《白光》,《鲁迅全集》第1卷,人民文学出版社2005年版,第571页。

也预示了那群拖着小辫子的学童的明天。陈士成的原型是周子京，他曾经做过鲁迅的塾师，一生仿佛只有"教书、掘藏以及发狂"三件大事，当他所依恃的科考之梦破灭之后，他的精神与肉体也走向崩溃与灭亡。王瑶在论及鲁迅作品与中国古典文学的联系时，也认为鲁迅对《儒林外史》的看重与对"孔乙己"、"陈士成"的刻画，都出自他自己的深刻感受，因为"他自己亲自受过这样的教育"①。

　　与孔乙己、陈士成旧式文人不同，《在酒楼上》中的吕纬甫是一个重返私塾的新式知识分子。陈士成曾经议论改革中国的方法，拔城隍庙神像的胡子，积极地为自己和中国寻找出路，是所谓"先觉者"中的一员，然而他最后竟去做了一个塾师："模模胡胡的过了新年，仍旧教我的'子曰诗云'去。"这引来"我"的吃惊与质疑："我实在料不到你倒去教这类的书……"曾是改革者的吕纬甫选择了这样一个本应随着改革消亡的旧的生存方式，如蝇子一样飞了一圈又回到原点，"梦醒了无路可以走"的现实，寄寓着"先觉者"的溃败与回归。鲁迅曾在杂文中对教"子曰诗云"的前辈先生有过讽刺："何况一个人先须自己活着，又要驼了前辈先生活着；活着的时候，又须恭听前辈先生的折衷：早上打拱，晚上握手；上午'声光化电'，下午'子曰诗云'。"② 文中讽刺的是"本领要新，思想要旧"的折衷做法，即一边学习现代课程，一边仍以尊孔读经为主，这种心态和举动成为新思想广泛渗透的阻力。后来，鲁迅写下了《白光》，似乎对教"子曰诗云"的折衷做法多了一份理解和同情，因为文化惯性之强大，现实处境之艰难，新式知识分子为了生存只能去迎合，吕纬甫不得不采取折衷的方式以换取生存物质，"他们的老子要他们读这些；我是别人，几乎不可"③改变。

　　此外，私塾经验还赋予了鲁迅一种比较视野。鲁迅的《从百草园到三味书屋》和《藤野先生》描写了鲁迅的两位恩师，两篇文章的写作间隔不过两天，但鲁迅的情感态度大相径庭。寿老先生初见很"和蔼"，但当鲁迅询问"怪哉"虫时面有怒色。在鲁迅的语词间流露出懊丧和委婉的讽刺，在他看来，作为"渊博的宿儒"的寿先生"决不至于不知道，所谓不知道者，乃是不愿意说"。④ 与之不同的是，鲁迅却珍藏着藤野先生改过的讲义，把他的相片挂在自己书桌对面，称赞其性格是"伟大的"，毫不吝言地说"在我所认为我师的之中，他是最使我感激，给我鼓励的一个"⑤。其实在日常生活中，鲁迅与寿老先生的往来更加密切，寿老先生为鲁迅生病的父亲找过药引，鲁迅告假回

① 王瑶：《论鲁迅作品与中国古典文学的历史联系》，《中国现代文学史论集》，北京大学出版社1998年版，第20页。
② 鲁迅：《随感录四十八》，《鲁迅全集》第1卷，人民文学出版社2005年版，第352—353页。
③ 鲁迅：《在酒楼上》，《鲁迅全集》第2卷，人民文学出版社2005年版，第33页。
④ 鲁迅：《从百草园到三味书屋》，《鲁迅全集》第2卷，人民文学出版社2005年版，第289—290页。
⑤ 鲁迅：《藤野先生》，《鲁迅全集》第2卷，人民文学出版社2005年版，第318页。

乡时拜望过寿老先生，平日也一直保持着信件往来。但寿老先生并未进入鲁迅的精神世界，没有像藤野先生一样给鲁迅"增加勇气"，以痛击"正人君子"之流，让鲁迅时时记起的仍是藤野先生。

鲁迅在接受异质教育之后，敏锐地感知到两者的不同，藤野先生给予鲁迅的是平等之爱，这种平等之爱既是老师对学生的平等，又是强国子民对弱国子民的平等。藤野先生关心鲁迅的学习进度，并不因为中国是弱国而怀疑鲁迅的学习能力，也不因为鲁迅是学生而看轻他擅自修改的解剖图，肯定了其画法的美观，还进行了仔细的修改。此外，这种平等之爱使藤野先生不自恃老师的尊高，而是秉持严谨的科学态度，向学生提出困惑，请教问题，他想详细地知道小脚的裹法和足骨的畸形程度。虽然中国有"不耻下问"的古训，但师道尊严不允许学童处处表现好奇，老师也不可能处处展现自己的好奇和困惑，即便是拥有正直品性和渊博学识的寿老先生，也无法正视并尊重儿童的心理需求，对儿童的好奇心报以冷淡态度。在某种意义上，师道尊严的伦理秩序对师生都是一种约束，学生是可悲的，老师也有可同情之处。藤野先生的关爱既是"父爱"的补偿，也给予了鲁迅直面人生的力量，这或许是以寿老先生为代表的塾师群体所缺失的东西。

私塾经验既是鲁迅的文学书写对象，也是其现实生活的潜在参照。鲁迅的《阿长与〈山海经〉》写阿长喜欢议人长短，还谋害隐鼠，令人生厌，但当她买来被私塾禁看的《山海经》时，鲁迅的态度迅速发生转变，对她的"伟大神力"充满敬意。如果没有私塾的森严禁令，鲁迅对阿长购买《山海经》的举动也很难发生"震悚"反应。鲁迅对阿长的敬佩和赞颂隐含着他对私塾教育的贬抑和否定。私塾经验伴随了鲁迅的一生，当他快走到生命终点时，写下了《我的第一个师父》。寺院里的龙师父不教一点佛门规矩，对徒弟还很和气，不同于规矩繁多的私塾以及严守尊卑的塾师。私塾有"决不能抗议"的冰冷规则，而寺院没有，但鲁迅面对龙师父也"决不想到抗议"①。作品以"师父"而非"师傅"命名，由此可看出鲁迅对龙师父心存"一日为师终身为父"的敬重，龙师父对徒弟有一种父对子的天性之爱，这种在纲常伦理之外的爱是鲁迅一生所求、毕生所看重的。

鲁迅曾自谦地说，他对教育没有很深的了解，实际上，他对教育拥有独特的经验和深刻的体悟，他认为"倘有人作一部历史，将中国历来教育儿童的方法，用书，作一个明确的记录，给人明白我们的古人以至我们，是怎样的被熏陶下来的"②，那么这便

---

① 鲁迅：《我的第一个师父》，《鲁迅全集》第 6 卷，人民文学出版社 2005 年版，第 598 页。
② 鲁迅：《我们怎样教育儿童的？》，《鲁迅全集》第 5 卷，人民文学出版社 2005 年版，第 271—272 页。

是一件极有功德的事。在某种意义上,鲁迅对私塾经验的认知和文学创作,也完全可视作一种儿童教育的"记录"。鲁迅通过对私塾教育的反思,建构了"爱"和"动"的现代思想,他借助私塾经验的文学创作,塑造了秃头先生、孔乙己、陈士成、吕纬甫等先生形象,表达了鲁迅对私塾先生命运的关注和思考,他们作为被历史所遗弃的群体,也是可悲悯、可同情的。

（作者单位:西南大学文学院）

从"不避俗字"到"力避文言"：胡适白话书写中的自我审查研究

褚金勇

内容摘要：作为五四启蒙运动的重要组成部分，以白话代文言的白话文运动是以语言的形式展示新文化的民主自由。胡适以倡导"不避俗字俗语"的白话文著称于世，但在理论倡导与写作实践中，存在着"力避文言"的自我书写审查。本文拟对五四时期白话文学创作中"力避文言"的偏至理念进行专题探讨，深入分析胡适在白话书写的理论实践中存在的自我审查的问题，剖析这种"力避文言"的自我审查对五四时期乃至整个 20 世纪文学创作所产生的影响。

关键词：胡适　白话书写　文白之争　自我审查

众所周知，五四文学革命以倡导"不避俗字俗语"的白话文著称于世。作为理论倡导者的胡适以"不避俗字俗语"来为白话文运动开山辟路，但他在白话书写实践中从古文写作"书必文言"的极端走向了白话书写"力避文言"的极端。在《力山遗集》里，潘力山记下了这样一个历史细节："我在京时，适之先生曾向我说：'示恩'两字，想不出相当的俗字来，想了许久，才想出'见好'两字。"随后，他评论道："我以为刘申叔先生遇着一个常用的字，总要找一个生字来替换，自然不对；反转过来，胡适之先生遇着一个稍文点字定要找个俗字来替换，也可以不必。"[1] 如果说潘力山是五四白话文运动中的外缘人对白话倡导者的批评，那么来自白话文同人内部的钱玄同的批判则面向了部分白话文书写的群体，同时也呼应了潘力山"力避文言"的质疑："现在有些人拿起笔来做白话文章，常常提心吊胆，觉得某句太像文言，某字不是白话中所常用的，总非将彼等避去不可；于是对于像文言的句子，必须逐字直译为白话，弄成一句'盘空生硬'的白话，对于白话中不常用的字，必须找一个常用的字来替代，弄得字义似是而非。"[2] 由潘力山和钱玄的批评可以推见，"力避文言"的白话书写理念已经不只是倡导者胡适的一己实践，而且引领了一批白话文赞同者的群体书写。然而，对于这一问题，学界尚没有关注讨论。有鉴于此，本文拟对五四时期白话文学书写中"力

---

① 潘力山：《论文》，《力山遗集》，上海法学院 1932 年发行，第 374 页。
② 钱玄同：《三国演义序》，《三国演义》，文化出版社 1991 年版，第 13 页。

避文言"的偏至理念进行专题探讨,深入分析胡适在白话书写的理论实践中存在的"自我审查"的问题,并且剖析这种"力避文言"的自我审查对五四时期文学创作所产生的影响。

一、自我审查:从"不避俗字"到"力避文言"

阅读历史文献,我们会发现胡适在白话书写中存在着从"不避俗字"到"力避文言"的"自我审查"问题。所谓"自我审查",依据学者的解释是指"在没有明确外部审查机制、压力和要求的情况下,从业者和媒介组织自身对新闻生产进行的自我施压、自我监管或自我控制"①。当然,在学者解释中的"自我审查"往往限定于媒体从业人员为了规避风险而进行的自我审查,其内容也主要限定于政治敏感类问题的审查,而本文援引该概念来观照胡适的白话书写行为,却发现胡适的"自我审查"有着别样的心理。

(一)"不避俗字":胡适的白话书写主张

众所周知,五四白话文运动改变了中国人的现代书写语言,而这场书写改革运动是以胡适的《文学改良刍议》为开端的。在这篇理论文章中,胡适提出了包含"不避俗字俗语"在内的文学改良"八事"原则:"一曰须言之有物,二曰不摹仿古人,三曰须讲求文法,四曰不作无病之呻吟,五曰务去滥调套语,六曰不用典,七曰不讲对仗,八曰不避俗字俗语。"② 胡适认为在文学书写中古代的文言并不足以为现代生活表情达意,有时需以日常生活使用的俗字俗语来表达更加生动活泼。也正因为如此,胡适将"不避俗字俗语"作为其白话文理论的重要组成部分。胡适通过梳理历史,历数文学史中"不避俗字俗语"的案例,如佛经的白话翻译、唐宋的白话诗词、宋代的白话语录,尤其是近三百年来出现的《水浒传》、《西游记》、《三国演义》、《红楼梦》等白话小说,这些皆是俗字俗语可以进入文学创作的明证,而且胡适认为当言文接近时,文学创作就会繁荣,言文远离便会导致文学的僵化。胡适断言:"以今历史进化的眼光观之,则白话文学之为中国文学之正宗,又为将来文学必用之利器,可断言也。"③ 正是秉持着文学创作"不避俗字俗语"的理念,胡适认为施耐庵、曹雪芹的价值超过归有光、姚鼐等

---

① 　张志安、陶建杰:《网络新闻从业者的自我审查研究》,《新闻大学》2011 年第 3 期。
② 　胡适:《尝试集》,人民文学出版社 1984 年版,第 150 页。
③ 　胡适:《文学改良刍议》,《新青年》1917 年 1 月 1 日第 2 卷第 5 号。

人，并且自称以后的创作要以施耐庵、曹雪芹等人的文学创作为典范。

胡适曾在《白话解》中如是描写五四白话文中的"白话"之义："白话的'白'，是戏台上'说白'的白，是俗语'土白'的白。故白话即俗话。"① 胡适的白话诗理论也体现了"不避俗字俗语"的理念："我到北京以后所做的诗，认定一个主义：若要做真正的白话诗，若要充分采用白话的字，白话的文法和白话的自然音节，非做长短不一的白话诗不可。这种主张，可以叫做'诗体大的解放'。诗体的大解放就是把从前一切束缚自由的枷锁镣铐，一切打破；有什么话，说什么话；话怎么说，就怎么说。这样方才有真正白话诗，方才可以表现白话的文学可能性。"② 林纾在阅读了《新青年》杂志宣扬白话文学的相关文章后，嘲笑白话文"鄙俚浅陋"、"不值一哂"，将之称为"引车卖浆之徒所操之语"。③ 学衡派的梅光迪也曾指出："夫文学革新，须洗去旧日腔套，务去陈言，固矣。然此非尽屏古人所用之字，而另以俗语白话代之之谓也。……足下以俗语白话为向来文学上不用之字，骤以入文，似觉新奇而美，实则无永久之价值。"④ 尽管面对各界的批评声音，但胡适对自己"不避俗语"的白话书写无怨无悔，并在《新青年》杂志之上和北京大学师生之中大力倡导。

（二）"力避文言"：胡适的自我书写审查

胡适主张"不避俗字俗语"的白话书写，但是其开始并没有"力避文言"的"自我审查"，其白话诗歌创作偶有文言出现，且有不少诗歌使用了古体诗的格式。作为倡导白话的旗手，胡适白话文学写作却并不能彻底地身体力行，这就引起了同人的批评。1917 年 7 月 2 日，钱玄同致信胡适，对其白话文学书写的不彻底性进行了不留情面的批评："玄同对于先生之白话诗窃以为未能脱尽文言窠臼。"⑤ 胡适接到信并没有责怨同壕战友的批评，而是谦虚地回信，讲述自己的白话书写的心路历程，进而承诺以后写作要始终坚持"力避文言"的理念。他说："此等诤言（未能脱尽文言窠臼——引者注），最不易得。吾于去年（民国五年）夏秋初作白话诗之时，实力屏文言，不杂一字。如《朋友》、《他》、《尝试篇》之类皆是。其后忽变易宗旨，以为文言中有许多字尽可输入白话诗中。故今年所作诗词，往往不避文言。……但是先生 10 月 31 日来书所言，也极有道理。……所以我在北京所作的白话诗，都不用文言了。"⑥ 从胡适的讲述可

---

① 胡适、钱玄同：《通信》，《新青年》1918 年 1 月 15 日第 4 卷第 1 号。
② 胡适：《尝试集·自序》，《胡适学术文集·新文学运动》，中华书局 1993 年版，第 381 页。
③ 林纾：《致蔡鹤卿太史书》，《公言报》1919 年 3 月 18 日。
④ 耿云志主编：《胡适遗稿及秘藏书信》第 33 册，黄山社 1994 年版，第 439 页。
⑤ 胡适：《尝试集·尝试后集》，贵州教育出版社 2014 年版，第 164 页。
⑥ 钱玄同、胡适：《通信》，《新青年》1918 年 1 月 15 日第 4 卷第 1 号。

以发现,关于白话书写应否回避文言的问题,胡适自己也有过思想的变化,但最后还是听从同人的劝告,表示遵从"力屏文言,不杂一字"的理念。这一表态,不但是胡适对自己"不避俗字俗语"白话书写主张的切实践行,也是对战友钱玄同"未能脱尽文言窠臼"批评的友好回应。

追溯胡适白话理论的渊源,其实他早年在留学日记中便曾表明"力避文言"的心曲:"吾岂好立异以为高哉?徒以'心所谓是,不敢不为。'吾志决矣。吾自此以后,不更作文言诗词。吾之《去国集》乃是吾绝笔的文言韵文也。"[1] 后来胡适在白话文学创作中时刻以曹雪芹、施耐庵等白话文学家为标杆,坚持以"俗字俗语"代"文言字眼"。这种白话写作的"自我审查"要求自己一旦遇到文言字词,第一反应是回避,第二反应是在字典里面寻找可以代替"文言"词语的"白话"说法。他在《建设的文学革命论》中的一段话将"力避文言"的书写心理暴露无遗:"《字典》说'这'字该读'鱼彦反',我们偏读它做'者个'的者字。《字典》说'么'字是'细小',我们偏把它用作'什么'、'那么'的么字。字典说'没'字是'沉也'、'尽也',我们偏用它做'无有'的'无'字解。《字典》说'的'字存许多意义,我们偏把它用来代文言的'之'字、'者'字、'所'字和'徐徐尔,纵纵尔'的'尔'字。"[2] 胡适孜孜以求地实践其"力避文言"的书写策略,作为时代的领潮人不久便造成全国性的影响。甲寅派的章士钊对五四以来"不避俗字俗语"的书写氛围加以痛斥,从一个侧面印证了胡适"力避文言"的理念在全国范围内的影响:"今之贤豪长者,图开文运,披沙拣金,百无所择,而惟白话文学是揭,如饮狂泉,举国若一,胥是道也。"而跟随"力避文言"之白话文风的人皆"以适之为大帝,绩溪为上京","一味于胡氏《文存》中求文章义法,于《尝试集》中求诗歌律令……以致酿成今日的底他它吗呢吧咧之文变"。[3] 从"之乎者也矣焉哉"到"的底他它吗呢吧咧",五四知识界的书写语言已经在胡适"力避文言"的倡导下发生了天翻地覆的变化。

二、存典立范:胡适白话书写中的"导师"意识

挖掘胡适白话写作中的"自我审查"心理,我们要从胡适的"白话开创者"的心态去分析。胡适之所以切断晚清以来白话文发展的线索,隐去北洋政府的推动之力,将

---

① 胡适:《胡适留学日记》,岳麓书社 2000 年版,第 694 页。
② 胡适:《建设的文学革命论》,《新青年》1918 年 4 月 15 日第 4 卷第 4 号。
③ 章士钊:《评新文化运动》,《新闻报》1923 年 8 月 21、22 日。

白话文的推广归于一己之功，也是因为其"创业导师"意识。① 在五四白话文运动中，尽管胡适也谦虚地抱着"尝试"的态度从事白话创作，但是他又时刻以白话写作的"导师"身份出现，希望自己的白话写作成为供他人学习模仿的"典范"。

（一）导师情结：逼上梁山的"白话闯将"

描述白话文运动的发生发展，胡适喜欢以"逼上梁山"的个人叙事呈现，凸显自我的价值贡献，其实这与其性格中的"导师"意识息息相关。对胡适而言，白话文学的创作并非单纯的文本写作实践，也是自我"导师"身份的展现。胡适曾经回忆自己幼年之时的经历，便为我们描述了一个"小老师"的形象："无论在什么地方，我总是文绉绉的。所以家乡老辈都说我'像个先生样子'，遂叫我做'糜先生'。"② 可见，胡适从小便有"导师"情结，而这种导师情结要求其处处表现出一定的典范意识。具体到白话文学的创作，胡适要求自己的写作实践要完全践行自己的白话文主张，成就白话文学的典范文本，供世人学习垂范。当然这种存典立范的书写心理有时也会造就胡适"本我"与"超我"的认知不协调。胡适希望将白话文塑造为全民通用的语言，但他本身是一个温文尔雅、自由包容的人，倡导"同乎我者未必是，异乎我者未必非"的观念。因此，即使倡导白话文，也不会轻易以霸道口气迫人就范。同时在其客观包容的理念支配下，他未尝没有认识到文言存在的价值，也未尝没有认识到自己"力避文言"的偏至之处。但是因为自己的"白话闯将"身份，他想要塑造白话文典范的书写心理，他不能"我口说我心"暴露自己的理性认知，而要"我手写我口"践行自己的白话主张。

作为一个"白话闯将"，胡适需要以大刀阔斧、披荆斩棘的魄力开创自己的白话事业；但作为"白话导师"，他又需要保持宽容理性的态度示人，以平实说理的方式保持导师的风度。这是胡适个人在外人面前的日常生活呈现，虽然不乏真实元素，但也有表演的成分。当然他的行为表现的"前台"和心灵活动的"后台"有着微妙的紧张。这微妙的紧张不足为外人道，却被学过西洋看手纹法的郑莱（莱）看了出来，胡适在日记中记下郑莱（莱）对其性格的分析，并默认了这种分析："因为我行的事，做的文章，表面上都像是偏重理性知识方面的，其实我自己知道很不如此。我是一个富于感情和想象力的人，但我不屑表示我的感情，又颇使想象力略成系统。……我没有嗜好则已，若有嗜好，必沉溺很深。我自知可以大好色，可以大赌。我对于那种比较严重的

① 褚金勇：《启蒙的抑或政治的——解读"五四"白话文传播的历史密码》，《郑州大学学报（哲学社会科学版）》2012年第2期。
② 胡适：《四十自述》，上海书店影印亚东1939年版，第53—54页。

生活，如做书读诗，也容易成嗜好，大概也是因为我有这个容易沉溺的弱点，有时我自己觉得也是一点长处。我最恨的是平凡，是中庸。"① 百年之后，学界同人时常以"深刻的片面"评价五四白话文运动，而当时的胡适也讨厌自己处处小心，害怕造成"全面的平庸"。与胡适有过交往的人大都认为胡适对自己要求严格，非常"爱惜羽毛"。② 当然，关于"爱惜羽毛"的说法大多是就胡适的政治言论而发，其实这个词也可以用来分析胡适白话文创作中的"自我表率"意识。胡适在日记中也曾夫子自道："有人说我们'爱惜羽毛'，钧任（罗文干）有一次说得好：'我们若不爱惜羽毛，今天还有我们说话的余地吗？'"③所谓"爱惜羽毛"，指的就是做人行事，只有对自身严格要求，才能让别人郑重视之。在胡适看来，知识分子进行政治评论，应时刻保持洁身自好的姿态；而在白话文创作中，"爱惜羽毛"的胡适也要严格要求自己，不敢将白话文章轻易示人，而希望认真经营，以"力避文言"的理念为白话文章的书写存典立范。

（二）身体力行：白话书写的自我表率

作为白话文运动的导师，胡适有责任投入精力来用心经营白话文写作，以创作出供世人模仿学习的具有典范性的白话文章。正因如此，胡适在书写之中，导师情结和典范意识成为悬在他头顶的精神灯塔，由此无需他人，他自己内心中总有一双眼睛在盯着自己一字一句的行文，是否能够被别人找出可供攻击的问题，是否能够引领当世的白话书写。他在白话文创作中时时进行着自我审查，听到来自友人的批评也谦虚接受。钱玄同针对胡适《尝试集》中存在的大量的文言旧诗痕迹进行了梳理批评："《月》第一首后二句，是文非话；《月》第三首及《江上》一首，完全是文言……又先生近作之白话词，鄙意亦嫌太文。"随后，钱玄同又给胡适提出自己的建议："现在我们着手改革的初期，应该尽量用白话去作才是，倘若稍怀顾忌，对于'文'的一部分不能完全舍去，那么，便不免存留旧污，于进行方面，很有阻碍。"④ 作为一个白话文的开创者，胡适对于友人友好的批评并没有反感，而是时刻保持虚心接受的态度。他回信说："我极以这话为然。所以在北京所作的白话诗，都不用文言了。"⑤ 胡适的谦虚谨慎源于自己为白话文章的书写存典立范的意识。由于这份意识，他不但时刻保持"自我审查"意识，还主动邀请钱玄同、鲁迅、周作人等对其《尝试集》中的白话诗进行"他者审

① 胡适：《1921 年 8 月 26 日》，《胡适日记全集》3，安徽教育出版社 2001 年版，第 294—295 页。
② 唐德刚：《胡适杂忆》，华文出版社 1990 年版，第 45 页。
③ 胡适：《胡适全集》第 29 卷，安徽教育出版社 2003 年版，第 633—634 页。
④ 胡适：《尝试集·尝试后集》，贵州教育出版社 2014 年版，第 164 页。
⑤ 胡适、钱玄同：《通信》，《新青年》1918 年 1 月 15 日第 4 卷第 1 号。

查"。

　　然而，现在我们看到的经过"自我审查"和"他者审查"后的《尝试集》依旧保留了很多"未能脱尽文言窠臼"的诗歌作品，匪夷所思。正如当时人阅读《尝试集》的观感："不过我对于适之的诗，也有小小不满意的地方：就是其中有几首还是用'词'的句调；有几首诗因为被'五言'的字数所拘，似乎不能和语言恰合；至于所用的文字，有几处似乎还嫌太文。"[①] 作为白话新诗的继承者，朱湘评价白话导师胡适的诗歌也对其"文言"、"旧诗"的遗迹不甚满意："胡君适的《尝试集》，共分四编；第四编《去国集》同第一编都是旧诗词，我们不谈。我们现在要谈的是第二、第三两编，就是这两编也不完全是新诗……第二编里的《鸽子》、《大雪里的红叶》、《如梦令》、《奔丧到家》、《小诗》同第三编里的《我们三个朋友》、《希望》、《晨星篇》都是整篇的或一半的是旧诗词，这都是我们谈的时候所要略去的。"[②] 作为白话的开创者，胡适的自我审查和同人对他的期待都无法容忍其"文言"、"旧诗"的存在，但是作为开创者胡适又难做出尽善尽美的白话新诗。于是胡适转变"自我审查"的思路，强调起"历史兴趣"来，他说："这本书含有点历史的兴趣。我做白话诗，比较的可算早，但是我的诗变化最迟缓……从那些很接近旧诗的诗变到很自由的新诗，——这一个过渡时期在我的诗里最容易看得出。"[③]由此可见，胡适已经从"力避文言"退而求其次，希望这混杂着文言/白话、新诗/旧诗的《尝试集》能够做一个从文言到白话、从旧体诗到白话诗的历史见证。

三、从偏至到自然：文言与白话的自然呈现

　　承上所论，胡适的白话文创作理念从"不避俗字"的书写革命走向了"力避文言"的书写偏至。这种白话书写的偏至理念源自他自小形成的"导师"情结，他希望自己能够建构完美纯粹的白话理论，同时也希望自己能够以一己创作完成白话从理论到实践的落地生根，并创作出可供世人模仿学习的白话典范。但需要指出的是，胡适这种"力避文言"的书写理念有违其白话文运动倡导的"回归自然"的原则。如果说古代文章"力避俗字"是一种有违自然的书写偏至，那么胡适白话文创作中的"力避文言"也是有违自然的书写偏至。如果要纠正此一偏至，需要重新找回"回归自然"的书写理念。

---

① 胡适：《尝试集·尝试后集》，贵州教育出版社 2014 年版，第 164 页。
② 方铭主编：《朱湘全集 散文卷》，安徽文艺出版社 2017 年版，第 173 页。
③ 胡适：《尝试集》增订四版，人民文学出版社 1984 年版，第 185 页。

（一）理论偏至：文学革命中的"变态"心理

从"不避俗语"的白话主张到"力避文言"的书写偏至，胡适的白话写作理论变得更加彻底，也更加偏激。如果说"不避俗语"是对当时一统天下的文言世界的"革命"，那么"力避文言"已经变成了遵从自然书写的文学法则的"反动"。当然这种理论偏至乃是文学革命特定时期的"变态"心理所致。在文学革命中，四平八稳的理论并没有号召力和冲击力，遵从"温良恭俭让"的学者风范只会导致一事无成。正如后来被胡适推举为白话书写第一人的毛泽东所言："革命不是请客吃饭，不是做文章，不是绘画绣花，不能那样雅致，那样从容不迫、文质彬彬，那样温良恭俭让。"① 谈起从文言到白话的语言革命，其实早在 1916 年 12 月 10 日，与胡适同在一个战壕的李大钊就曾说："吾今持论，稍嫌过激。盖尝窃窥吾国思想界之消沉，非大声疾呼以扬布自我解放之说，不足以挽积重难返之势。"② 文学革命之中，陈独秀也曾以"不容讨论"向胡适建言："改良文学之声已起于国中，赞成反对者各居其半。鄙意容纳异议，自由讨论，固为学术发达之原则。独主改良中国文学，当以白话为文学正宗之说。其是非甚明，必不容反对者有讨论之余地，必以吾辈所主张者为绝对之是，而不容他人之匡正也。"③ 李大钊、陈独秀等友人的"革命理念"也慢慢影响了胡适，他也开始认为以"温良恭俭让"的态度进行白话文运动太过中庸，开始批判起"调和论"存在的严重问题。他说："调和是人类懒病的天然趋势。……我们走了一百里路，大多数人也许勉强走三四十里。我们若讲调和，只走五十里，他们就一步都不走了。"④ 而胡适作为"白话导师"的这份理念偏至，也深深影响了当时的知识群体，使得知识界的书写理念在逃离"力避俗字"的虎穴之后又掉进"力避文言"的狼窝。这让一直"跟着少年奔跑"的梁启超也开始对当时的白话书写不满起来："有一派新进青年，主张白话为唯一的新文学，极端排斥文言，这种偏激之论，也和那些老先生不相上下。"⑤ 刘勰在《文心雕龙》中有言曰："自晋来用字，率从简易，时并习易，人谁取难？今一字诡异，则群句震惊，三人弗识，则将成字妖矣。"而五四之后知识界的文学创作也出现了"一字诡异，则群句震惊，三人弗识，则将成字妖"的情形，作家文人渐渐感觉到白话文势力的迫压，不敢轻易将文言、旧诗等书写作品发表示人。叶公超就曾指出有些人"因为酷爱'新'的热情高于

① 毛泽东：《湖南农民运动考察报告》，《毛泽东选集》第 1 卷，人民出版社 1967 年版，第 18 页。
② 李大钊：《李大钊文集》上册，人民出版社 1984 年版，第 247 页。
③ 陈独秀：《通信》，《新青年》1917 年 5 月 1 日第 3 卷第 3 号。
④ 胡适：《胡适文存》第 4 卷，亚东图书馆 1926 年第 9 版，第 161—162 页。
⑤ 梁启超：《晚清两大家诗钞题辞》，《饮冰室合集·文集》第 15 册卷 43，中华书局 1989 年版，第 74—75 页。

一切，竟对于旧诗产生一种类乎仇视的态度，至少是认为新诗应当极力避开旧诗的一切"①。汪静之也曾表达过这样的书写心理："我当时把写白话新诗当作创作，是正经工作，偶然写一首绝句或小令词，只当作游戏——写新诗要留稿保存，写旧体诗词不留稿，不准备保存，更不发表。"② 郭沫若也描述文学界"不敢发表旧诗"的现象："我过去闹闹旧诗是挨过骂的，有时候不敢发表旧诗，在编集子时把旧诗都剔出来成为'集外'。我们的洋气太盛，看不起土东西，这是'五四'以来形成的一种风气。"③

（二）尊奉自然：文学创作中的"常态"模式

对于胡适倡导的从"不避俗字"到"力避文言"的白话书写理念，在《新青年》杂志发表之初就有读者来信质疑："盖文字只为物，本以适用为唯一目的。'俗字俗语'虽有时可以达文理上之所不能达，然果用之太滥，则不免于烦琐。"④ 诗人朱湘针对胡适创作的《尝试集》曾经不客气地指出："我们看过了这十七首诗之后，有一种特异的现象引起我们的注意，便是胡君'了'字的'韵尾'用得那么多。这十七首诗里面，竟用了三十三个'了'字的韵尾（有一处是三个'了'字成一联）。不用说'了'字与另一字合成的组同一个同样的组协韵时是多么刺耳，就是退一步说，不刺耳；甚至再退一步说，好；但是同数用得这么多，也未免令人发生一种作者艺术力的薄弱的感觉了。'内容粗浅，艺术幼稚'，这是我试加在《尝试集》上的八个字。"⑤ 学衡派从文学艺术的自然原理上进行了驳斥，指出胡适等人"只知有历史的观念，而不知有艺术之道理"。他们认为："吾国文字，表西来之思想，既达且雅，以见文字之效用，实系于作者之才力。苟能运用得宜，则吾国文字，自可适时达意，固无须更张其一定之文法，摧残其优美之形质也。"⑥ 如何选择文言或者白话，其实都需要遵从自然审美原则。吴芳吉指出：在文学创作中，"文中一语一字之取舍，必以修辞之理衡之，又非强定条例，谓俗语俗字之避不避也"⑦。"文学亦天演之事，是非取舍，悉当任其自然，岂在哓哓之争辩为哉。"⑧ 客观说来，五四时期以"力避文言"的极端做法倡导白话文学，在特殊时期有着话语选择的合理性。但也不得不承认这触碰了文学创作遵从自然的艺术原理。

---

① 叶公超：《论新诗》，《中国现代诗论》上编，花城出版社 1985 年版，第 320 页。
② 汪静之："自序"，《六美缘——诗因缘与爱因缘》，北京十月文艺出版社 1996 年版，第 11 页。
③ 郭沫若：《就当前诗歌中的主要问题答〈诗刊〉社问》，《诗刊》1959 年第 1 期。
④ 余元濬：《读胡适先生〈文学改良刍议〉》，《新青年》1917 年 5 月 1 日第 3 卷第 3 号。
⑤ 方铭主编：《朱湘全集 散文卷》，安徽文艺出版社 2017 年版，第 173 页。
⑥ 《学衡派杂志简章》，《学衡》1922 年第 1 期。
⑦ 吴芳吉：《再论吾人眼中之新旧文学观》，《学衡》1923 年 9 月第 21 期。
⑧ 吴芳吉：《三论吾人眼中之新旧文学观》，《学衡》1924 年 7 月第 31 期。

随文择字的自然书写是文学创作的常态。即使胡适倡导白话文时有自己的偏见，但内心也有对文学遵从自然的理论认知。胡适文学理论中诸如"诗体大解放"、"作诗如作文"、"作诗如说话"、"自然的音节"等都流布着文学遵从自然的创作理念。胡适曾经指出："五七言诗是不合语言之自然的，因为我们说话决不能句句是五字或七字。""句法太整齐了，就不合语言的自然，不能不有截长补短的毛病，不能不时时牺牲白话的字和白话的文法，来牵就五七言的句法。""一切语言文字的作用在于达意表情。达意达得妙，表情表得好，便是文学。"① 与胡适处于同一战队的钱玄同尽管之前批评胡适"未能脱尽文言窠臼"，但也知道"文遵自然"的书写法则："一文之中，有骈有散，悉由自然。凡作一文，欲其句句相对，与欲其句句不相对者，皆妄也。"② 周作人认为"以口语为基本，再加上欧化语、古文、方言等分子，杂糅调和，适宜地或吝啬地安排起来，有知识与趣味的两重的统制，才可以造出有雅致的俗语文来"③。鲁迅也以自己的写作实践来说明文学写作需要遵从自然的艺术原理："我做完之后，总要看两遍，自己觉得拗口的，就增删几个字，一定要它读得顺口；没有相宜的白话，宁可引古语，希望总有人会懂，只有自己懂得或连自己也不懂的生造出来的字句，是不大用的。"④ 梁启超也曾指出文学的好坏取决于意境和材料，而不是以文言和白话作为标准："就实质方面论，若真有好意境好资料，用白话也做得出好诗，用文言也做得出好诗。如其不然，文言诚属可厌，白话还加倍可厌。"⑤ 在朋友和对手两面批评夹击的影响之下，胡适的"力避文言"的观念也有了新的转变。作为白话文运动旗手，胡适在《国语的进化》中对文言字词能否进入白话书写做了一定程度的让步，他说："文言里的字，除了一些完全死了的字以外，都可尽量收入。复音的文言字，如法律、国民、方法、科学、教育……自不消说了。"⑥ 由此可见，胡适已经对"力避文言"的思想有所修正，表达了"不避文言"的书写理念，尽管他说的这些所谓"文言"已经与我们现在使用的"白话"无异。

结　语

作为五四启蒙运动的重要组成部分，以白话代文言的白话文运动是以语言的形

① 胡适：《建设的文学革命论》，《新青年》1918 年 4 月 15 日第 4 卷第 4 号。
② 钱玄同：《通信》，《新青年》1917 年 2 月 1 日第 2 卷第 6 号。
③ 周作人：《〈燕知草〉跋》，《知堂序跋》，岳麓书社 1987 年版，第 317 页。
④ 鲁迅：《我怎么做起小说来》，《鲁迅全集》第 4 卷，人民文学出版社 2005 年版，第 526—527 页。
⑤ 梁启超：《晚清两大家诗钞题辞》，《饮冰室合集·文集》第 15 册卷 43，中华书局 1989 年版，第 74—75 页。
⑥ 胡适：《国语的进化》，《新青年》1920 年 2 月 1 日第 7 卷第 3 号。

式展示新文化的民主自由。但是，从"不避俗字"的书写革命到"力避文言"的书写偏至，胡适倡导的白话文运动走向了自己的反面，是值得我们深思的。当然，本文将此一问题进行专论，也认识到"力避文言"只能存在于理念上，在创作上真正做到"力避文言"是很难的。而且文言和白话并没有清晰的界限，胡适自己对于文白之别也是一笔糊涂账，曾经将"法律、国民、方法、科学、教育"等字也纳入文言范围。[①] 同时需要指出，虽然"力避文言"在实践上很难行得通，但是五四之后的很多现代文人作家在创作中始终忌讳谈"文言"、"旧诗"等字眼，而这便是"力避文言"的书写理念下造成的"自我审查"心理使然。

［本文系 2021 年度河南省哲学社会科学规划项目（2021BXW019）、2023 年度郑州大学人文社会科学优秀青年科研团队培育计划（2023－QNTD－06）阶段性成果］

（作者单位：郑州大学新闻与传播学院 郑州大学文化产业研究中心）

---

① 胡适：《国语的进化》，《新青年》1920 年 2 月 1 日第 7 卷第 3 号。

另类"自叙"的诞生

——郁达夫杭州时期的山水书写与游记转向

汤艺君

内容摘要:1933—1935年,迁居杭州的郁达夫开始集中撰写山水游记,实现了题材、文体和风格的同步转向。知山识水的写作模式在一定程度上折射出郁达夫杭州时期对于山水体悟的隔膜。游记中频繁出现的"闲笔"与"牢骚"反映了郁达夫的自证焦虑,见证了郁达夫杭州时期自我认同的混乱。通过文体分工,郁达夫的"自叙"理想在形式自觉中实现了另一种曲折的突围,完成了对早先不拘形迹、率性真挚的青年郁达夫的持守与超克。对郁达夫而言,"自叙"远非纯粹的文学手法,还是通往真和美的一种人生的方式。

关键词:郁达夫　自叙　山水游记　杭州时期

1933—1935年,迁居杭州的郁达夫进入山水游记的创作高峰,获得文学史家的普遍盛赞:"若论写山水游记,郁达夫应该可以稳坐首位。"① 不少研究者将郁达夫移家杭州的游山玩水视为走上了一条"从入世甚深到后来的出世甚远"②的路,形容他"像是一个飘逸的隐者,或懒散的名士"③,"写读书游记以自娱"④。郁达夫的山水游记,被普遍树立为现代中国归园田居、逍遥山水、舞文弄墨的典范。这种阅读印象的产生,与郁达夫清丽雅致的文笔特色,以及读者聚焦于山水的游记接受有关。然而,细察文本不难发现,郁达夫的山水游记之美,并不同于传统中国山水文学情满意溢、澄怀观道的意境之美,而是在"艺术上达到了炉火纯青的地步"⑤。实际上,在郁达夫的写作中,还有许多作品,将创作的重心落在人事与史事上。"难见山水"的游记,使郁达夫的山水书写一方面为优美繁复的知识包围,另一方面也表现出与山水自然不

---

① 陈子善:《梅川序跋》,文汇出版社2020年版,第227页。
② 罗成琰:《郁达夫与中国文人传统》,《湖南师范大学社会科学学报》1989年第3期。
③ 曾华鹏、范伯群:《郁达夫评传》,南京大学出版社2012年版,第185页。
④ 夏志清:《中国现代小说史》,刘绍铭等译,香港中文大学出版社2001年版,第94页。
⑤ 温儒敏:《略论郁达夫的散文》,《读书》1982年第3期。

那么亲切的隔膜感。吴晓东、倪伟从"拟像的风景"①的角度注意到郁达夫山水游记中超越山水、联结外部世界的丰富性,提示读者注意到郁达夫山水游记中的权力话语,也引导人进一步追问:杭州时期,面对自然这个颇具古典审美意蕴的题材,郁达夫究竟是如何在文学中处理其山水体认与社会感受之间的关系的?

长期以来,郁达夫作品的"自叙传"特性,经由种种自证与他证的支持,已在学界达成普遍共识,成为研究者反观郁达夫其人的重要依据。郁达夫留给世人的整体印象大抵离不开"强烈的主观色彩"、"感伤的抒情倾向"等关键词。② 近些年风景学的流行,使越来越多研究者意识到山水书写与作者"内面"的紧密关联。倘若我们视山水游记为郁达夫"自叙"的表达,那么郁达夫知山识水的写作方式,以及游记中种种不够自然的闲笔与牢骚,似乎都在提醒我们注意,在"大胆的自我暴露"③以外,郁达夫的"自叙",其实还存在另一种曲折的表达方式。换言之,郁达夫式的"自叙"理想,有其独特的精神结构与文学路径。

一、知山识水:郁达夫的游记转向

以小说创作著称文坛的郁达夫在 30 年代逐渐进入小说创作的沉寂期。标志性的浪漫颓废风格与缠绵感伤的笔调随着郁达夫"不动一动笔,不写一写字,而可以生活过去"④的愿望声明,逐渐消失在读者视野。1933 年,郁达夫举家移居至杭州。此后,他开始专门撰写山水游记,集中创造出一批现代中国的山水文学,与先前的散作合并,结成《浙东景物纪略》、《屐痕处处》、《达夫游记》三部标志明确的游记集。先前小说里作为文本背景存在的山水一跃成为现代散文的主角。读者对于这些游记,盛赞不断。《屐痕处处》出版之初即被出版社推荐为"今年'小品年'之上选"⑤。后来的文学史家也常常举郁达夫为现代中国山水游记的代表。

郁达夫的艺术才华毋庸置疑。值得注意的是,读者在印象式、整体性把握郁达夫山水游记的同时,似乎也对郁达夫感知、表达山水的装置,以及创作山水游记的过程,缺少必要的观察和思考。吴晓东敏锐地捕捉到了郁达夫游记写作中"先入为主"的问

---

① 参见吴晓东:《郁达夫与中国现代"风景的发现"》,《中国现代文学研究丛刊》2012 年第 10 期;倪伟:《刻画江山,铭写自我——郁达夫 1930 年代游记新论》,《中国现代文学研究丛刊》2023 年第 7 期。
② 许子东:《郁达夫新论》,华东师范大学出版社 2014 年版,第 1 页。
③ 郭沫若:《论郁达夫》,《书报精华》1946 年 5 月 20 日第 17 期。
④ 郁达夫:《新年试笔(其六)》,《文学》1934 年 1 月 1 日第 2 卷第 1 期。
⑤ 《郁达夫著〈屐痕处处〉》,《现代》1934 年 8 月 1 日第 5 卷第 4 期。

题："人文化的负载如果过重，山水中的历史沉疴难免会使风景丧失掉风景的本意。"① 细察郁达夫的山水游记，文本内真正描写、体悟山水的内容并不总是占据主导，很多时候，山水更像是存在于文本中，被积极标出而缺少实指的"折痕"。刻意书写游山玩水的紧张与郁达夫后来提倡的"不必要有学识，有鉴赏力"、"只教天良不泯，本性尚存"、"但凭我们的直觉"②的山水及自然景物欣赏法并不十分一致，还在一定程度上造成了文本中风景与知识串联的涣散感。这尤其可以通过与传统中国山水文学的对比呈现出来。

传统中国的山水游记热衷描写人与自然其乐融融的相处状态。文人通过登高临水，外观山水、内察深情，将山水化为"幽人玄览"的寄托。"山水有可行者，有可望者，有可游者，有可居者。"③ 行、望、游、居的行为使人与自然进入一种双向的互动关系中。对游记作者而言，高山溪流、花草树木，都是值得惊叹、欣赏的美之所在，游记就是模山范水、浪游记快、写景传情。由是，山水游记也形成了"澄怀观道"的境界旨趣。"澄怀"意味着人的忘我，"观道"则表明"观看"的对象要从实指之"山水"滑向更具形而上意义的"道"的层面。进而，关于山水的审美越来越多地追求虚实相长。就郁达夫而言，他写山水，不独聚焦在山水本身。人事、史事优先，知性主导、感性收束，是其山水游记的主要特点。

1616 年，徐霞客花费六日工夫游赏白岳山，作《游白岳山日记》。徐霞客将对白岳山风景的还原作为文本主体内容，记录了白岳山不同景观的自然形貌、地理分布以及叙述者本人身处其间的感受，包含了非常细腻具体的描写性片段。他把感官重心放置在对外部风景的观察和联想上，人与山水整体上处于相融相谐的状态。1934 年，郁达夫驱车游赏齐云、白岳山，作《游白岳齐云之记》以为纪念。同以"游白岳山"为主题，作为风景的"山水"在郁达夫游记中的比重大大降低，比起俯察山水，郁达夫更乐于分享游玩过程中的趣事与史事。作者回述了他在齐云、白岳为期一日、寻胜访古的经历。文中，他一边观看风景，一边参照志书，将对自然景观的体察与对知识的联想和摄入联系在一起，又不断贯穿历史传说故事和个人行旅经验，"游白云齐岳"同时也是"识白云齐岳"，志书知识成为作者的旅行导览，海瑞和张天禄的传说脱离白岳齐云的风景，成为作者撰写《游白岳齐云之记》的自由发挥。在郁达夫的笔下，山水更像是容纳游玩之乐的容器，知识性和趣味性元素填充其中，使风景从自然的空间存在变成人造的题材对象。作者以观山看水之名行游山玩水之趣，理想中性情导向的"感

① 　吴晓东：《郁达夫与中国现代"风景的发现"》，《中国现代文学研究丛刊》2012 年第 10 期。
② 　郁达夫：《山水及自然景物的欣赏》，《申报每周增刊》1936 年第 1 卷第 3 期。
③ 　[宋]郭思：《林泉高致》，天津人民出版社 2018 年版，第 17 页。

山悟水"之作,实际上化为了知识层叠的"知山识水"之作。

"知山识水"的构想进一步演化为笔法上对流动风景的聚焦捕捉,以及对充满限制感的"局内人"视角的持守。作者的任务是快速记录一幕幕从眼前穿过的静的风景画。《浙东景物纪略》记游方岩,先写方岩方位,然后讲方岩的旅馆,再谈胡公庙的典故,其次才是方岩的山。郁达夫描写方岩的山,使用了非常理性的笔法:

> 方岩附近的山,都是绝壁陡起,高二三百丈,面积周围三五里至六七里不等。而峰顶与峰脚,面积无大差异,形状或方或圆,绝似硕大的撑天圆柱。峰岩顶上,又都是平地,林木丛丛,簇生如发。峰的腰际,只是一层一层的沙石岩壁,可望而不可登。间有瀑布奔流,奇树突现,自朝至暮,因日光风雨之移易,形状景象,也千变万化,捉摸不定。山之伟观到此大约是可以说得已臻极顶了罢?[①]

郁达夫写山,山的形状、高度、面积、周边地形以及景物的四时变迁均在平实简练的描写中呈现出来。其对于山岩轮廓的描摹颇具整体性与印象性。峰顶、峰腰、瀑布似乎分别构成了独立的画面,作者所做的正是连缀不同画面的工作。至于每一个画面的生成,大抵建立在视觉匆忙丈量的基础上。作者的笔法是科学的,观察缺少自然主义式的精准的透视感;描写的内容是印象的,效果不同于印象派在捕捉瞬间感受时形成的对于光影、色调的丰富体验;视点是流动的,思绪并没有伴随视点的移动而飞扬起来。尽管郁达夫在段尾感叹"山之伟观到此大约是可以说得已臻极顶",但对于"伟观"究竟如何"伟",似乎缺乏深究细察的耐心。"圣人含道映物,贤者澄怀味象;至于山水,质有而趣灵。"[②] 古代山水文艺的建构,背后常有"道"为基底,表里相映,然后成趣。郁达夫的山水游记,看似写山写水,实际却在一定程度上缺乏使人深度品析山水的韵味。山水与其说是在文字的反复标出中得到发现,倒不如说是隐遁于画面的频繁切换中。

山水的"折叠"根本上是一种"在而不属于"的游离状态,即人与自然面对面,但人并不能真正意识到自然的存在、发现自然的美好。这进一步造成了游记里山水呈现在某些时刻的隔膜与空洞感。郁达夫曾不乏幽默地描写了人对于山水难以融入的问题:"我们爬了半天,滑跌了几次,手里各捏了两把冷汗,几乎喘息到回不过气来,才到了洞口;到洞一望,方觉悟到这一次爬山的真不值得。"[③] 甚至调侃"好事的文人,把五泄的奇岩怪石,一座座都加上了一个名目,什么石佛岩啦,檀香窟啦,朝阳峰,碧玉峰,

---

① 郁达夫:《浙东景物纪略》,《屐痕处处》,现代书局 1934 年版,第 36—37 页。
② 宗炳:《画山水序》,[西晋]陆机《晋唐五代画论译注》,刘斯奋校注,上海书画出版社 2021 年版,第 18 页。
③ 郁达夫:《杭江小历纪程》,《屐痕处处》,现代书局 1934 年版,第 8 页。

滴翠峰,童子峰,老人峰,狮子峰,卓笔峰,天柱峰,棋盘峰……峰啦,多到七十二峰,二十五岩,一洞,三谷,十石,等等,真像是小学生的加法算学课本"[1]。尽管同处一篇文本,人与山水更像是两个独立的意象系统,并没有实现深度融合。"游玩"超越"山水"成为游记真正的主角。"山水折叠"使郁达夫的作品变成"难见山水的游记"。

《故都的秋》是郁达夫以北方的秋天为主题创作的现代山水游记。与前述"视而不见"的创作状态相比,《故都的秋》在内容上极尽景物描写之能事,通过细描北方的秋槐、秋树、秋雨,对比南方的草木风景,突出了北方特有的"秋味",直观上似乎构成了一篇风景主导的山水游记。有意思的是,散文虽以"故都的秋"为名,正文仅仅在开头介绍写作背景时出现过一次"故都"二字,"北国"反而是郁达夫更常引于文本内的表达。统观全文,作者除了在开篇表示想饱尝"故都的秋味"[2],"北国"一共出现了七次,"北国的秋"出现了三次。回到 30 年代语境重审此文不对题的创作现象,民国时期,作为词汇的、具有特定含义的"北国"与"故都"均是伴随社会流变自然出现的新的语言现象。

20 年代中后期,"北国"渐渐流传开来,成为不少知识人对应于江南、表达北方地理位置的空间指涉词。通过"江南"与"北国"的对照,在审美风貌的参差中凸显北方的自然特质,似乎已经形成约定俗成语言逻辑和写景惯例,并进入了郁达夫的风景描写世界。"不逢北国之秋,已将近十余年了。在南方每年到了秋天,总要想起陶然亭的芦花,钓鱼台的柳影,西山的虫唱,玉泉的夜月,潭柘寺的钟声。"[3]《故都的秋》以"北国的秋"为主题描写北方秋色,实际上却在对比江南与北方秋色的不同。恰恰因为江南"草木凋得慢,空气来得润,天的颜色显得淡"[4],才让人觉得北国的秋"特别地来得清,来得静,来得悲凉"[5]。"故都"是一个存在已久,随着国民政府定都南京以后开始广为流传的旧词。国民党将"北京"更名为"北平"后,"北平在政治上地位,遂由首都一降而为县城"[6]。"故都"随之成为时人指称北平的新词,用以区别于作为"新都"的南京。不过,北平的政治地位虽然下降,文化中心的地位犹在,"故都"因而也成为许多文化人热衷引用的表达,时常和昔盛今衰、苍凉衰颓的历史记忆及情感色彩联系在一起,作为典型的人造术语,带有强烈的人文色彩。30 年代,以"故都"之名创作的描写性文章,大都离不开对北平名胜古迹和历史问题的强调。

---

[1] 郁达夫:《杭江小历纪程》,《屐痕处处》,现代书局 1934 年版,第 8—9 页。

[2] 郁达夫:《故都的秋》,《当代文学》1934 年 9 月 1 日第 1 卷第 3 期。

[3] 同上。

[4] 同上。

[5] 同上。

[6] 《故都兴废在此一举》,《国闻周报》1930 年 12 月 8 日第 7 卷第 48 期。

以此为背景反观郁达夫《故都的秋》，标题以"故都"代替"北国"的做法，一定程度上流露出一种极为强势的姿态。人的主观意志凌驾于自然风景之上，山水是人自由选择、剪裁、形容的对象。人不是在"澄怀"的状态里追求与自然共造新境，获取超越人和山水的"道"的反哺，感受人与自然的和谐共存，而是以充盈的内在直面山水，同时调动知识和感受系统，赋予山水个性化的意义。自然是被"物化"的等待人游玩、认识的对象，不是平等与人互动的"伙伴"。在这里，积极的自叙意志宣告了主体的在场，也见证了山水的隐遁。那么，郁达夫究竟试图叙述一个怎样的自我？

二、公开的"私语"：郁达夫的自证焦虑

事实上，郁达夫热衷风景描写，并不是杭州时期才流露出的趣味取向。早在《沉沦》时期，他的大量小说创作，已经表现出了对于风景的特别敏感与个性体验。研究者论及郁达夫创作的"自叙传"特征，很难不注意到他的自然书写："在郁达夫初期创作里已经显露出他描写自然景物的基本方式，即以作品中的主人公的主观印象为媒介表现自然景物。当主人公描绘他身临其境的环境时，他是把环境引起他的感觉、观念和他固有的感情融合在真实的客观景物之中。"[①] 这样情景交融、物我合一的体验，被郁达夫形容为对"大自然的迷恋"[②]。青年时代的感伤颓废很容易移情至自然风景，外化为唯美浪漫的山水书写。

然而，比起小说里山水描写的感性四溢，游记里的山水描写显然建立在另一种感知和表述模型的基础上。从感山悟水到知山识水的风景书写，同步反映了一条从自我表达到自我说明的"自叙"进路。郁达夫的山水游记，一方面允许主体意志放肆介入，以至于压抑了山水的原生形貌，使山水难得近观或玄想，另一方面也通过大面积的知识性叙述，驱逐了文本激情洋溢或感伤弥漫的可能性。主体身处山水自然之中，感受力、沟通力、联想力却陷入僵局，难以通过启发性灵、敞开身心与大自然尽情沟通，山水游记因而成为各种背景信息、视觉意象、历史知识的叠加物，整体保持着相对平和理性的收敛状态。这既不同于郁达夫《沉沦》时期业已确立的浪漫奔放的抒情风格，也缺少传统山水文学常见的或超逸或玄远或幽静的韵味，主体意识显示出一种混沌的姿态。

不少研究者将郁达夫杭州时期的游山玩水视为对中国隐士传统、名士气质的回

---

① ［捷克］安娜·多勒扎诺娃：《郁达夫创作方法的特点》，陈子善、王自立编《郁达夫研究资料》，生活·读书·新知三联书店 1985 年版，第 602 页。
② 郁达夫：《忏余独白》，《北斗》1931 年 12 月 20 日第 1 卷第 4 期。

返。1933年9月，面对小报的"逃归"指控，郁达夫无奈中"缀成四十字，聊代万言书"："背脊驼如此，牢骚发渐幽。避嫌逃故里，装病过新秋。未老权当老，言愁始欲愁。看他经国者，叱咤几时休。"① 暗示自己迁居杭州的几个关键原因——病废、避嫌、伤乱，塑造了一个极富传统中国失意文士色彩的个人形象，传递出浓厚的传统中国文人情结，反映了郁达夫重大义、崇名教、轻利益的人格追求。传统中国追求修齐治平、经国济世的人生理想。在"学而优则仕"、"士不可以不弘毅"、"仁以为己任"等思想的影响下，心怀天下，出入庙堂、忧国忧民，成为传统中国统治制度和教育文化为读书人规划的一条任重道远的人生进路。另一方面，"士农工商"的四民说与圣人君子的人格理想又使传统文人对职业化抱有强烈的轻视。"君子不器"、"君子固穷"的观念联系着一般文人立德立功立言的名教期待。人格追求、经济条件、政治时局纠缠在一起，形成了一套稳定的处世规范："笃行好学，守死善道。危邦不入，乱邦不居。天下有道则见，无道则隐。邦有道，贫且贱焉，耻也；邦无道，富且贵焉，耻也。"② 在这个意义上郁达夫的游山玩水，看似以山水为美进行的纯粹审美活动，实际上并没有真正摆脱儒家思想中根深蒂固的社会关怀意识，更没有彻底进入逍遥无他的自由状态。他的寄情山水，更像是现实碰壁后的无奈选择，是"士志于道"的悲剧，"伤乱"后的"偷安"。

值得注意的是，传统中国追求的"穷则独善其身"在郁达夫身上也并未获得完全的实现与认同。他解释自己的两浙漫游是一种"不得已只好利用双脚，去爬山涉水，聊以寄啸傲于虚空"③的活动。一方面有"啸傲"之心，另一方面也坦诚漫游的"虚空"，可见他的内心并不真正非常享受这样悠游的寄身生活，也没有真正安于杭州的"隐居"。1933—1935年，舆论界对郁达夫保持着持续的关注。《摄影画报》对追踪郁达夫的私生活尤其表现出了高度的热情，先后发表了《郁达夫的诗》、《郁达夫来沪》、《郁达夫拒绝来宾》、《郁达夫在杭》、《郁达夫雅人韵事》等消息。郁达夫不止一次在文章中表达过他对于恶意言论的无奈：

上杭州来蛰居了半年，文章也不做，见客也少见，小心翼翼，默学金人，唯恐祸从口出，要惹是生非。但这半年的谨慎的结果，想不到竟引起了几位杭州的文学青年的怨恨，说我架子太大，说我思想落伍，在九月秋高的那一个月里，连接到了几篇痛骂的文章，一封匿名的私信。④

① 郁达夫：《无题》，《论语》1933年9月16日第25期。
② 杨伯峻：《论语译注》，中华书局1980年版，第82页。
③ 郁达夫：《两浙漫游后记》，《太白》1935年1月5日第1卷第8期。
④ 郁达夫：《二十二年的旅行》，《十日谈》1934年1月1日新年特辑。

养生无物只烟霞,游记居然号作家,一事堪同坡老比,我行稍过浙西涯。①

对行为上选择远离京沪庙堂,以悠游山水的方式模仿古人"归园田居"的郁达夫而言,持续的文学发表行为通过将他暴露于公共视野,真正实现了以退为进,使郁达夫成为一个以"避居"之名活跃于文坛的公众人物。文学发表制度的存在使郁达夫始终保持着媒介在场,原本私人化的隐居体验也变成了他自我形塑的公开表演。郁达夫避居杭州、积极发表文章的行为,看似告别了冲突的漩涡,实际上只是从漩涡中心退守至边缘,将自己从赛场的竞逐者变成围观的啦啦队员。

实际上,尽管继承了传统中国的人格趣味,郁达夫并没有对传统中国的文人理想抱有持续的期望。在《弄弄文笔并不是职业》中,郁达夫非常明确地实现了对于传统文人理想的祛魅:"我们在小的时候,谁也有一种对于文人的盲目崇拜狂,以为真的文章是经国之大业,不朽之盛事! 只教文章写得好,就自然'书中自有颜如玉,书中自有黄金屋'了。所以在中学毕业后的几年之中,老想做一个文人。可以'寄身于翰墨,见意于篇籍;不假良史之辞,不托飞驰之势,而声名自传于后'。"② 在郁达夫的思考和写作中,现代知识人的使命始终是其非常关心的问题。《文人手淫》、《学文学的人》、《中学生向那里走》、《著书与教书》、《大学教育》、《说文人的出路》等系列文章的发表,见证了郁达夫现代知识分子观的建成。

如果要为郁达夫的游山玩水寻找一个精神模型,卢梭大概非常切近郁达夫的情感结构。郁达夫在创作、译介《卢骚传》、《卢骚的思想和他的创作》、《关于卢骚》、《一个孤独漫步者的沉思》的过程中显然寻找到了深度共鸣。在山水游记的创作上,他对于卢梭的追随和模仿,至少表现在两个方面:一是对自然的亲近和热爱,二是大胆的自我表露。"回归自然"是卢梭生平非常重要的主张,郁达夫将其评价为卢梭"留给后世的文学上的最大的影响"③。郁达夫专门翻译过卢梭的《一个孤独漫步者的沉思》。文中卢梭表示,只有"这几个孤独和默想的钟头"能让他"完全是恢复我自己",让他肯定自己就是"造物所造的自然的我"。④ 这样的自然观在浪漫主义思潮下继续生长,被一部分诗人发展为叛离现代文明的标志,对包括郁达夫在内的现代中国知识分子的山水观产生了不同程度的影响。郁达夫会戏称坐车为"二十世纪的堕落的文明"⑤,渴

① 郁达夫:《西游诗纪》,《越国春秋》1935 年 4 月 11 日第 63 期。
② 郁达夫:《弄弄文笔并不是职业》,《学校生活》1935 年 7 月 20 日第 111—112 期。
③ 郁达夫:《卢骚的思想和他的创作》,《北新》1928 年 2 月 1 日第 2 卷第 7 期。
④ [法]卢骚:《一个孤独漫步者的沉思》,郁达夫译,《现代学生》1931 年 12 月 30 日第 1 卷第 4 期。
⑤ 郁达夫:《还乡后记》,《创造日汇刊》,上海书店 1983 年版,第 159 页。

望逃离"二十世纪的堕落的文明"、"都市的沉浊的空气"①。

大胆的自我表露是指卢梭在《忏悔录》、《一个孤独漫步者的沉思》中对于真我内在宇宙的敞开。卢梭试图通过在作品中暴露真我的形式传达自己不羁、锋利的反叛意识。郁达夫一边"避居"杭州,一边"强调"自己不在上海的行径,也未尝不是一种富有自我解构意味的模仿,是对自我真实处境的敞开,同样表达着某种反叛性和对话性。刻意的对话意图和自我意识的同构,使郁达夫高调避居、创作山水游记的行为鲜明地表现出现代知识分子的介入精神和流亡态度,借引萨义德的说法:"知识分子若要像真正的流亡者那样具有边缘性,不被驯化,就得要有不同于寻常的回应:回应的对象是旅人过客,而不是有权有势者;是暂时的、有风险的事,而不是习以为常的事;是创新、实验,而不是以威权方式所赋予的现状。"② "逃归"的郁达夫清醒地意识到纯粹"山水"的"虚空","回应"是郁达夫撰写游记过程中从未放下过的重要使命。

1933 年 12 月,郁达夫在《二十二年的旅行》中特别解释了自己赴浙东旅行的原因,称其为"一段却是不足为外人道的我侬的私语"③。"不足为外人道"却偏要"附写在此",④让"私语"敞开于公共的发表生态中,足见作者焦虑中难以克制的自证和对话冲动。值得注意的是,尽管不断做出自证的举动,杭州时期,郁达夫时常把自己描述在一个走投无路的被动处境中,个人的意识和选择是模糊不明的。作品的"自叙传"特性,看似在文本表层得到了延续,实际则在文本内诸多不和谐的"遮掩"和"闲笔"中通向某种纠结、模糊、游移的自我呈现。

郁达夫的自述显示,他游山玩水、撰写游记的行为,并不纯然是一种主观的积极选择,在很大程度上是面对现实文化生态和自身处境"逃无可逃"的被迫之举,是对现实既依赖又无奈的"牢骚"。在一定意义上,山水游记的内在紧张是郁达夫心理失衡的文学表征,关系到郁达夫自我认同坐标的建构,反映了郁达夫自我认同的混乱。传统文化形塑了郁达夫的人格趣味,现代精神则深入郁达夫的气质内核,两者参差互现,促成了郁达夫的文化选择与文学表达。当然,正如在传统的血脉基因中立身处世的郁达夫并不真正把自己当一个古代文士,接受了西方现代文明洗礼的郁达夫也并没有完全蜕变成一个卢梭式的现代知识分子,更没有过分抬高现代精神的价值。在一定意义上,是对于现代知识人安身立命的真切关怀,使郁达夫在实际的生存体验中更深层地感受到了传统文士趣味、现代精神取向和现代生存制度的冲突。

---

① 郁达夫:《苏州烟雨记》,《创造日汇刊》,上海书店 1983 年版,第 259 页。
② [美]爱德华·W·萨义德:《知识分子论》,单德兴译,生活·读书·新知三联书店 2002 年版,第 57 页。
③ 郁达夫:《二十二年的旅行》,《十日谈》1934 年 1 月 1 日新年特辑。
④ 同上。

三、作为"他叙"的杭州体验

1934 年,郁达夫受约撰写《杭州》,盛赞杭州的山水之余,狠狠批判了杭州的人文空气:

> 意志的薄弱,议论的纷纭;外强中干,喜撑场面;小事机警,大事糊涂;以文雅自夸,以清高自命;只解欢娱,不知振作等等,就是现在的杭州人的特性;这些,虽然是中国一般人的通病,但是看来看去,我总觉得以杭州人为尤甚。①

杭州这座寄寓着郁达夫"叶落归根,人穷返里"思想的城市并没有带给他太多好印象。郁达夫用"枯住"形容自己的杭州体验:"上杭州来蛰居了半年,文章也不做,见客也少见,小心翼翼,默学金人,唯恐祸从口出,要惹是生非。"② 在郁达夫的表述里,"大胆的自我暴露"已经成为过去时,外部世界作为"他叙"对他的个人感受产生了强大的干扰,迁居杭州、游山玩水是对现实半推半就、既悲又喜的一次迎拒。

郁达夫避居杭州、撰写游记的行为首先发生在经济上旅游业快速发展,文化上小品文风行的背景下。南京国民政府时期,"中国的旅游业开始形成并兴起,成为一个新兴的服务行业","江南成为民国最主要的旅游目的地和客源产生地"。③ "旅行足以谴牢骚,旅行足以增阅历,旅行足以饱口腹"④的观念广为流传。旅游业的发展成为地方经济繁荣的重要动力,形成了食、宿、行、游、购、娱相辅相成的立体式产业结构。地方部门与产业意识到旅游的消费红利,也成为地方旅游业发展的重要推手,服务于旅行宣传的广告、文章、活动进而层出不穷。1933 年,郁达夫受杭江铁路车务主任曾荫千氏之托,"去浙东遍游一次,将耳闻目见的景物,详告中外之来浙行旅者"⑤,以支持杭江铁路的通车,丰富当代旅游指南。郁达夫为此特作《浙东景物记》,收录在"杭江铁路导游丛书"中。1934 年,郁达夫应东南五省周览会邀请,去浙西、安徽等地游玩,"膳宿旅费,由建设厅负担,沿路陪伴者,由公路局派往"⑥,进而又创作出《西游日录》,显示了 30 年代旅游业与游记文学、"游记作家"⑦之间的关联。

1934 年,《申报》发布关于郁达夫《屐痕处处》的出版广告:

---

① 郁达夫:《杭州》,《中学生》1934 年 11 月第 49 期。
② 郁达夫:《二十二年的旅行》,《十日谈》1934 年 1 月 1 日新年特辑。
③ 谢贵安、谢盛:《中国旅游史》,武汉大学出版社 2012 年版,第 445 页。
④ 邵钰荪:《旅行小言》,《友声月刊》1928 年 6 月第 6 期。
⑤ 郁达夫:《杭江小历纪程》,《屐痕处处》,现代书局 1934 年版,第 1 页。
⑥ 郁达夫:《西游日录》,《达夫日记集》,北新书局 1935 年版,第 311 页。
⑦ 郁达夫:《〈屐痕处处〉自序》,《屐痕处处》,现代书局 1934 年版,第 2 页。

达夫先生近年来对于文艺作品,极少写作。此次应杭江铁路局通车纪念旅行之邀,更参加杭徽公路旅行,于浙中浙西名胜风景,凭着他清新隽逸的笔锋,纵横豪放的天才,写成这部十万余言的《屐痕处处》,诗情画意,尽在其中。郁先生之散文小品,早已脍炙人口。假使今年真是所谓"小品年"的话,那末,本书之推为上选,丝毫不曾夸大。①

广告中所述"小品年",指的是 1934 年前后,小品散文流行的出版现象,这构成郁达夫身处的另一个文学背景。1934 年,林语堂创办《人间世》,大力推动小品文的刊载,积极进行小品文的理论创建,推崇"以自我为中心,以闲适为格调"②的文章,声称"十四年来中国现代文学唯一之成功,小品文之成功也"③,带动了 30 年代文坛的"小品文热"。作为市场新宠的小品文在文坛的风行,和小品文自身"取材既便,推敲又易,随时随地可得写作的机会"④之特点有关。郁达夫也在这一时期对小品文表达了自觉的关注与好感:"小品文字的所以可爱的地方,就在它的细、清、真的三点","大约描写田园野景,和闲适的自然生活,以及纯粹的情感之类,当以这一种文体为最美而最合"。⑤ 他的山水游记,正是一种典型的小品文创作。旅行所能激活的人的内在情致,与小品文追求的"言志"、"独抒性灵"发生了理想的共鸣。

在现代稿酬制度和文学发表体制的视野下,郁达夫对旅游业与小品文的流连在某种程度上也是一种分享时代红利的活动,显示了郁达夫走出"学而优则仕"的传统生存规范后,为自己积极寻求新出路的努力。郁达夫曾不止一次论及"卖文"、"吃饭"的必要性:"生在这世上,身外的万事,原都可以简去,但身内的一个胃,却怎么也简略不得。要吃饭,在我,就只好写写,此外的技能是没有的。"⑥ 从"仁以为己任"的文士转为职业作家后,吃"文饭"谋生活是一种非常普遍的生存方式。郁达夫为交通旅游部门撰写山水游记,也是为自己挣取生活物资。据《摄影画报》报道:"郁达夫近在杭州,每天还是饮酒赋诗,生活极为悠闲。最近为杭州路局写游记,听说稿费是每千字六元。"⑦

然而,如果从"大义"的角度深究两种背景,不难发现,旅游业的繁兴不仅是一种自然的市场现象,还包含着强烈的意识形态诉求。郁达夫在《杭江小历纪程》中曾提

---

① 《〈屐痕处处〉:郁达夫最近之散文小品集》,《申报》1934 年 7 月 11 日第 3 版。
② 林语堂:《发刊词》,《人间世》1934 年 4 月 5 日第 1 期。
③ 同上。
④ 冯三昧:《小品文三讲》,大光书局 1936 年版,第 24 页。
⑤ 郁达夫:《清新的小品文字》,《现代学生》1933 年 10 月第 3 卷第 1 期。
⑥ 郁达夫:《所谓自传也者》,《人间世》1934 年 5 月 20 日第 16 期。
⑦ 《郁达夫在杭》,《摄影画报》1933 年 12 月 23 日第 9 卷第 46 期。

及铁路局邀约其旅行并撰写游记的目的是"救济 Baedeker 式的旅行指南之干燥"①。旅行指南是伴随旅游业发展出现在现代中国的新兴文类,受欧美影响、由政府主导推出的"举凡沿途名胜以及车务人事等所关,莫不鸿纤毕举,一目了然"②的一种"以导行者"的工具书。30 年代,旅行指南的数目激增,成为交通旅游部门推广地方旅游、建构意识形态认同的重要手段。吸收郁达夫等知名作家参与旅行指南的写作,是发行者想办法提高旅行指南吸引力的方式之一。可是,接受了旅行指南的撰写邀请,也意味着要在纸面上服从发行方的基本立场,要适当地放弃"自叙"的冲动,迎合"他叙"的需要。1933 年 4 月,郁达夫还在对民众的旅游活动大加质疑:"像这一种游历,是有所得的远游,是点缀太平的人事,原也未可厚非。不过中国到了目下的这一个现状,饿骨满郊而烽烟遍地,有闲有产的阶级,该不该这么的浪费,倒还是一个问题。"③ 但是到了 1934 年,当他开始受邀撰写各类游记后,他也开始援引起"四海升平"一类的形容词:"近年来,四海升平,交通大便,像我这样的一堆粪土之墙,也居然成了一个做做游记的专家——最近的京沪杭各新闻纸上,曾有过游记作家这一个名词——于是乎去年秋天,就有了浙东之行,今年春天,又有了浙西安徽之役。"④ 这使郁达夫接受政府邀请,撰写山水游记的文化行为在客观效果上非常容易带有突出的"站队"颜色。

另一方面,30 年代的文学界,分化严重,笔战不断。"文坛"声名败坏,被认为是"'破落户'和'暴发户'所占据"⑤的文人口诛笔伐的空间所在。1934 年前后,小品文正面对着左翼的大力攻击。以《小品文的危机》为代表,鲁迅将《人间世》提倡的小品文形容为"麻醉性"的"小摆设"。"要求者以为可以靠着低诉或微吟,将粗犷的人心,磨得渐渐的平滑。"⑥ 在鲁迅看来,这种想法并不利于创造出真正的"生存的小品文"。茅盾、陈望道、聂绀弩、徐懋庸等左联作家接连发表了诸如《小品文拉杂谈》、《小品文的前途》等一系列文章,结成《小品文和漫画》集,反对论语派提倡的"闲适"、"幽默",主张摆脱名士气的工具论。左翼之外,不少自由作家也对小品文的名士气颇有微词。邵洵美嘲讽小品文有"沾染了绍兴师爷文笔的习气"⑦,《清华暑期周刊》开设"小品文特辑",以"小品文往何处去"代卷首语,表示"为着青年的前途,为着小品文的前途,我

① 郁达夫:《杭江小历纪程》,《屐痕处处》,现代书局 1934 年版,第 1 页。
② 《交通部训令第一七四号》,《交通月刊》1917 年 4 月 1 日第 4 期。
③ 郁达夫:《说春游》,《申报·自由谈》1933 年 4 月 18 日第 3 版。
④ 郁达夫:《〈屐痕处处〉自序》,《屐痕处处》,现代书局 1934 年版,第 1 页。
⑤ 干(鲁迅):《文坛三户》,《文学》1935 年 7 月第 5 卷第 1 号。
⑥ 鲁迅:《小品文的危机》,《鲁迅全集》第 4 卷,人民文学出版社 2005 年版,第 591 页。
⑦ 邵洵美:《关于旅行》,《时代漫画》1935 年 2 月 20 日第 14 期。

们必须扫清这乌烟瘴气的目前小品文坛"①。在文人之间冷箭接连的舆论空气里，郁达夫通过山水游记的创作客观上摆出支持小品文的姿态，也招致了外界的诸多言论攻击。

30 年代，受特定组织邀请游山玩水、撰写游记的活动普遍存在于文学界。然而，郁达夫很难像其他不少作家那样，十分坦然地从事游记创作。尽管不止一次为自己辩白，舆论环境的严峻还是加剧了郁达夫内在的矛盾。传统中国的文士常常把"不为稻粱谋"视为高洁品性的标志。读书人的清高在现代世界的没落尤其可见于鲁迅笔下孔乙己"窃书不为偷书"的冷幽默里。现代知识分子也追求不为资本控制的思想自由，对"乌合之众"保持着绝对的批判和警醒意识。这两种精神气质都与郁达夫的现实经济需要②发生了龃龉，按照叶中强的说法，"在近代文学生产中，人文理想、发表欲望与谋生目的往往夹缠不休"③。他一边游山玩水、大量发表游记，一边自嘲为"替路局办公"的"行旅的灵魂叫卖者"，④一边又不厌其烦地解释自己是怎样迫于无奈："暗地里却也有一点去散散郁闷的下意识在的"⑤，"像我等不要之人，无产之众，要想作一度壮游，也颇非易事。更何况脚力不健，体力不佳，无徐霞客之胆量，无阮步兵之猖狂，若语堂、光旦等辈，则尤非借一点官力不行"⑥。可见郁达夫对于自己的游记转向并不发自内心地感到十分踏实。感性与理性的冲突创造了一个混沌而冲撞的主体，无法生根的热情在更丰富更复杂的杭州现实体验里被放大，加剧了郁达夫内在的焦虑，也导致了"用力过猛"的山水发现。

四、文体分工：形式自觉中的"自叙"突围

有意思的是，杭州时期，郁达夫不仅通过山水游记记叙自己游山玩水的经历，还创造了大量同主题的旧体诗。然而，他在山水游记中刻意收敛的紧张与不调在其旧体诗中并没有留下太多痕迹。旧体诗体量有限，表达的内容和情感也更为集中明确。他的旧体诗更乐于对风景进行纯然的兴会与欣赏："仙峰绝顶望钱塘，凤舞龙飞两乳长。好是夕阳金粉里，众山浓紫大江黄。"⑦ "兴安江水碧悠悠，两岸人家散若舟。几

---

① 桂泉：《小品文往何处去？》，《清华暑期周刊》1933 年第 3—4 期。
② 参见杨小露：《郁达夫的贫穷自述与"哭穷"背后的文化动因》，《文学评论》2021 年第 4 期。
③ 叶中强：《上海社会与文人生活 1843—1945》，上海辞书出版社 2010 年版，第 164 页。
④ 郁达夫：《二十二年的旅行》，《十日谈》1934 年 1 月 1 日新年特辑。
⑤ 同上。
⑥ 郁达夫：《西游日录》，《达夫日记集》，北新书局 1935 年版，第 312 页。
⑦ 郁达夫：《西游诗纪》，《越国春秋》1934 年 4 月 11 日第 63 期。

夜屯溪桥下梦,断肠春色似扬州。"① 路过史迹,他会直接感慨"武帝情深太子贤,分经台上望诸天。自从兵马迎归后,寂寞人间几百年"②。有感于心,也愿意大胆发而为诗:"世事如棋不忍看,雄心散漫白云间。六和塔畔皆青土,卧听潮声坐对山。"③

关于散文和诗歌的特质,郁达夫保持了高度的文体自觉。他意识到文体的演变并不是一个纯粹的艺术事件,还和人的现实生活结构及情感表达的需要有关,故而在文体的实践中充满了主动的选择性。在他看来,诗歌"离不了人的情感的脉动"④,是"内部的真情直接的流露"⑤,是"一种或长或短的旋律运动"⑥。这种特点天然亲近于他个人的感伤秉性与抒情风格,因此成为他杭州时期寄寓内心情感的第一选择。而现代散文原应是"有心有体"、表现个性,但是由于受到经济和政治环境的桎梏,无法完全实现理想的"人性,社会性,与大自然的调和"⑦,于是只好在知识的积累中发挥"智的价值":"能丰润我们的智的生活,能帮助与促进我们对于生的了解与享乐,能增加我们的经验而澄清我们的思路"⑧。在这个意义上,与其说杭州时期的郁达夫压抑了自己的感性,不如说他通过现代散文和旧体诗的文体分工,重置了自我的情感分布。他在山水游记中放逐的感性,最终都流入了旧体诗的世界。旧体诗特有的"无迹可求的那一种弦外之音"⑨的意境感为郁达夫保留了真正寄情山水的刹那可能。

在文学史的普遍叙述中,郁达夫因其浪漫颓废的性欲描写和氛围营造,常常留给人率性自然、不拘形迹的人格印象。"才子"、"名士"、"风流"等标签的加持使人们把大多的眼光投注给了郁达夫大胆暴露、任性使气的内容写作,而对郁达夫创作中的形式意识关注不多。游记转向的郁达夫在书写山水时的"心不在焉"恰为我们重审郁达夫对文学的态度提供了新的切片。通过透视郁达夫面对自叙困境时的文体突围,我们可以进一步思考的是,郁达夫究竟是如何理解自叙和真实,又是如何面对自我与文学的?

郁达夫思想中有极端主观主义的理想。他关于麦克斯·施蒂纳的介绍在一定程度上也折射出了自己早年关于自我的理想:"人性的是'人的'我的分内事,不是神性的,也不是人性的,不是真,善,正义,自由等等,而只是我自己的所有,不是普遍,而

① 郁达夫:《屯溪夜泊》,《东南揽胜》1935 年 3 月。
② 郁达夫:《西游诗纪》,《越国春秋》1934 年 4 月 11 日第 63 期。
③ 郁达夫:《题六和塔》,《郁达夫文集》第 10 卷,花城出版社 1985 年版,第 303 页。
④ 郁达夫:《诗论》,《达夫全集》第 5 卷,北新书局 1929 年版,第 174 页。
⑤ 同上书。
⑥ 同上。
⑦ 郁达夫:《〈中国新文学大系·散文二集〉导言》,良友图书印刷公司 1935 年版,第 9 页。
⑧ 郁达夫:《文学上的智的价值》,《现代学生》1933 年 6 月第 2 卷第 9 期。
⑨ 郁达夫:《谈诗》,《现代》1934 年 11 月 1 日第 6 卷第 1 期。

是——唯一。"① 这个不为外在的一切所左右的自足的"自我"也成为他在艺术王国里捍卫之"真"的具体内容。在他的理想里,艺术应该是一个与国家主义式的专制截然对立的自由地带,"艺术的理想是赤裸裸的天真","没有丝毫虚伪假作在内"。② 艺术之真与自我的实现,在郁达夫的理念里具有同一性。"自叙"是使创作通往真与美的方式:"作家要重经验。没有经验,而凭空想象出来的东西,除非是真有大天才的作家,才能做得成功。像平庸的我辈,想在作品里表现一点力量出来,总要不离开实地的经验,不违背 Realism 的原则才可以。"③ "作家的个性,是无论如何,总须在他的作品里头保留着的。"④ 在坚持真、追求美的意义上,郁达夫理想中的自我与艺术实现了根本的和谐。而"真正的艺术品,既具备了美、真两条件,它的结果也必会影响到善上去。"⑤

　　这样一套圆满自足的文学观念无疑在《沉沦》时期获得了充分的发挥空间和显著的成就。然而,写作《沉沦》时的那个作为"初生牛犊"的懵懵懂懂的郁达夫毕竟不会永驻。守真求美的纯文学理想,面对现代稿酬制度和市场发表体制等"他叙"的挤压,以及郁达夫渐趋中年的人生阅历的积累,不可避免地会遭遇失落的危机。郁达夫以"真"见闻于文坛,"真"是他的骄傲,却也成为他中年"入世"的心理负担。如前文所述,内在于郁达夫山水游记中的种种微妙的冲突和变异均是对郁达夫杭州时期失调心境的折射。那么,"自叙"的理想是否就此终结? 创作上的游记转向一定喻示着郁达夫内在心灵的转轨吗?

　　郁达夫有一个论断,叫"生活的本身,就是一个艺术的活动"⑥。这意味着郁达夫的生活选择和艺术表达已经模糊了彼此的边界。当艺术无法在纯粹虚构的空间完成它的"自叙"使命,生活就会跳出来,成为郁达夫继续表演的舞台。郁达夫面对生活带有一种既是演员又是观众的双重心态。在他看来,"艺术毕竟是不外乎表现,而我们的生活,就是表现的过程,所以就是艺术"⑦。艺术的目的在于为个体提供良好的代言者,满足内在出于"环境不好"、"累于衣食"⑧等原因无法在现实实现的欲求和冲动。这种对生活积极的观察意识在一定程度上也介入了郁达夫的生活选择,解释了他"高调避居"这样充满表演气质的"日常生活艺术化"的姿势。他意识到个人生活的现实

---

① 《MAX STIRNER 的生涯及其哲学》,《创造周报》1923 年 6 月 16 日第 6 号。
② 郁达夫:《艺术与国家》,《创造周报》1923 年 6 月 23 日第 7 期。
③ 郁达夫:《〈达夫代表作〉自序》,春野书店 1928 年版,第 3 页。
④ 郁达夫:《五六年来创作生活的回顾》,《达夫代表作》,春野书店 1928 年版。
⑤ 郁达夫:《小说论》,光华书局 1927 年版,第 37 页。
⑥ 郁达夫:《文学概说》,商务印书馆 1931 年版,第 4 页。
⑦ 同上书。
⑧ 同上书,第 6 页。

需要,也想做一个有承担的知识分子,还想维护好自己的声名,因此只好一边在现实"避居",一边在纸上"高调",以半遮半掩、半推半就的方式缓解自己的身心冲突,表达内心的冲撞。而文本中大量的"闲笔"与"牢骚",以及累叠的文史知识,看似散漫随性的表达,实则都是在为自叙的冲动寻找一种恰当的形式出口。

1935 年,迁居杭州近两年的郁达夫对自己游山玩水、撰写游记的行为坦然了许多。在《龙门山路》《城里的吴山》等游记的开篇,作者不再执着于解释自己游赏写作的私人原因,而是纯粹介绍发达的交通背景,讨论旅游业的兴旺。他的关注点也越来越从过去的历史知识转移到眼前的游赏体验中。《国道飞车记》尤其典型地呈现了一场妙趣横生的"飞车行"。他和友人相偕驱车前往宜兴。途中遇到汽车故障,不得已下车闲逛,又上车疾驰,走马观花看风景,随性所至探幽访奇,最后作成文章,惹得大家哈哈发笑。文章完全以作者游玩的亲身体验为基础,在轻松简洁的笔调中记叙了一次愉快的游玩经历。全篇内容浑然一体,没有任何掉书袋或刻意雕琢的痕迹,折射出一种从容的写作状态。

可以说,对于现代生活和现代文学,郁达夫在一次次真切的成长体验中慢慢学会了接受。"近代人既没有那么的闲适,又没有那么的冲淡,自然做不出古人的诗来了。"①他了解现代人生活的悲喜,努力适应着现代创作的生态,同时也通过旧体诗的创造、游山玩水的爱好养成,为自己建设了趣味的自留地。对于现代世界既依赖又反叛的情结在郁达夫的敏感的心灵中"浓得化不开",看似"闲适"的山水游记反倒成为郁达夫自我重塑、自我疗愈的工具。杭州时期,面对内在的冲突与"他叙"的挤压,郁达夫守真的"自叙"理想最终以文体分工的形式完成了自我的创作表演,实现了个性化的表述突围。真与美的自叙愿景在曲折的形式自觉中得到保留。《沉沦》里的青年,面对理想的失落,试图以呐喊和自杀的方式告别脆弱的人生,表达对于现实世界的反叛。郁达夫却选择以文体分工的途径迎接自己喜怒不形于色、作文欲说还休的无可奈何的中年时代的到来。"我们个人,一方面虽脱不了环境和时代的影响,一方面也是创造环境,创造时代的主力。"② 郁达夫擅长在文学中"自叙"颓废,也时时活在"颓废"的反面,积极生活。他理解人,同情人。他虽少见匕首投枪般的魄力和姿态,却在对生存缝隙的努力探寻中,成为生命之力的真诚守护者。

(作者单位:四川大学文学与新闻学院)

---

① 郁达夫:《谈诗》,《现代》1934 年 11 月第 6 卷第 1 期。

② 郁达夫:《文学概说》,商务印书馆 1931 年版,第 40 页。

湘西情结的书信表达

——以沈从文与大哥沈云麓的通信为例

罗宗宇　楚曦鸣

内容摘要：沈从文浓厚的湘西情结不仅体现在文学创作中，也体现在其书信中。沈从文与大哥沈云麓的通信中流露出鲜明的湘西情结，它具体表现在关注湘西地方政治和经济的发展，强调对湘西民俗文化和民间工艺的传承保护、心系湘西作家培养和 1949 年后意图进行新的湘西题材创作以及对湘西美景、美食和特产的眷恋。

关键词：湘西情结　书信　沈从文　沈云麓

沈从文走出湘西后，除了短暂的返乡之旅，他与大哥的交流主要通过书信。梳理《沈从文全集》书信卷，可以发现沈从文一生写信最多的人一是妻子张兆和，二是大哥沈云麓。[①] 在《沈从文全集》中，沈从文写给大哥沈云麓的第一封信始于 1927 年 9 月 2 日，最后一封信止于 1969 年 9 月中旬，此时距沈云麓 1970 年 4 月 18 日病逝约半年，兄弟间的书信联系前后保持了四十多年。新世纪以来，沈从文书信成为沈从文研究的一个关注点，但目前尚无论文专门研究沈从文与大哥沈云麓的书信。与此同时，就沈从文的湘西情结研究而言，以往多关注沈从文文学创作中的湘西情结，相对忽视了沈从文书信中的湘西情结。事实上，沈从文浓厚的湘西情结不仅体现在他的湘西小说、湘西散文与评论中，也体现在他的书信中。以沈从文写给大哥沈云麓的书信为例，其中就具有鲜明的湘西情结表达。沈从文的湘西情结作为一种深藏心底的感情，具体表现为关注湘西地方政治和经济的发展，强调对湘西民俗文化和民间工艺的传承保护、心系湘西作家培养和 1949 年后意图进行新的湘西题材创作以及对湘西美景、美食和特产的眷恋，这些都体现了沈从文对湘西的执着热爱和思念之情。

---

① 据笔者统计，沈从文一生写给沈云麓的书信共 192 封，其中包括《沈从文全集》书信卷收录的 191 封，外加《湘行书简》最后所收录的沈从文写给沈云六（云麓）的一封信。

一

　　阅读沈从文写给大哥沈云麓的诸多书信,发现其中内容琐碎却时见真情。除常见的兄弟亲情之外,还有沈从文对湘西的情感。兄弟俩的通信谈及有关湘西地方的话题时,沈从文关心得最多的是湘西地方的政治和经济。

　　行伍出身的沈从文走出湘西后,他颇关心地方军阀之间的战事。在《沈从文全集》目前所收的沈从文书信中,最早的两封信均为沈从文致大哥沈云麓的书信,其中一封为 1927 年 11 月下旬致沈云麓的信,其中就关心当时湘西地方战争的动向:"念常德一众,不知如何? 岳州一带,形势紧张,则即欲归想亦非事势所许,因此一来,凡包裹类又寄不通,苦矣哉! ……此间看报,则谓陈玉鏊带兵下行到辰州,同戴师打,戴旋退对河,但旋又占领辰州,陈则退乌宿。一窝人相打,不知为谁来?"①1933 年 11 月,湖南、贵州军政首长何键、王家烈为巩固自己地位,铲除宿敌而联手发动黔战。该战先后打了约三个月,波及黔东、湘西十多个县。11 月 18 日,沈从文在信中关注黔战给湘西的影响,"今日报载黔战又起,且似异常激烈,不知影响湘西者奚似……"②抗日战争爆发后,湘西子弟兵英勇抗战。1937 年 8 月由湘西子弟组成的陆军新编 34 师,在宁波改编为陆军 128 师,沈从文的弟弟沈荃任 764 团团长。沈从文十分关注这支湘西子弟兵部队的情况,在给大哥的信中叮嘱他提醒弟弟要以爱国为重任,不要怕牺牲,"得余(沈从文弟弟沈荃——笔者注)既升新职,位高则责任亦重,处此严重关头,想知所以报国抗敌也。宁波目前似尚不至于更大规模袭击,惟上海战事,我军既已稍退,广东复有被炸事,将来延长时日,为国守土,牺牲自属当然之事"③。1939 年 4 月 20 日,沈从文与大哥在信中谈及抗战形势,认为"敌若受阻,则必转向湘西进窥,常桃先受攻击,炮火之声将日迫家乡,子弟兵正好一露身手,为国效劳,并一洗十年前无用之耻"④,鼓励家乡子弟兵努力抗日,为国效劳,地方情感与国家意识在此统一。

　　沈从文对事关湘西的政治人事变动或者形势变化也非常敏感,在与大哥的通信中总有所议论。例如,1937 年 9 月上旬,湘西又一次爆发"革屯"事件且很快席卷湘西。1937 年 9 月 15 日,沈从文在给沈云麓的信中写道:"得平快信,藉明家乡事一二。

---

① 沈从文:《致沈云麓》,《沈从文全集》第 18 卷,北岳文艺出版社 2002 年版,第 6 页。
② 同上书,第 199 页。
③ 同上书,第 241 页。
④ 同上书,第 357 页。

地方事件,若能因玉公上行,有一办法解决,真为地方造福不小也。"① 一九三七年十一月下旬,何键因"革屯"事件被迫离开湖南,张治中来湘接任。1937 年 11 月 26 日,沈从文在信中写道:"湘省主席换人,也许有点改革。希望这主席对湘西问题多明白一点,我拟写一篇关于湘西的文章,不久可以在报上登出。"② 1939 年 3 月,沈从文又对湘西人事变动进行议论:"见今天报载,玉公得任省委,此后湘西事或较易办也。"③比对沈从文同时期写作的散文集《湘西》,沈从文在书信中对湘西问题进行思考,表达的是对湘西的热爱和湘西人治理湘西的观点。正因为爱湘西之切,他也会反思湘西人闭关自守的不足,并深觉难过。如在 1939 年 3 月 22 日的信中,沈从文明确表示:"想家乡中人,聪明能干处,用不得当,永远自甘闭关自守,自守不成,惟事拖混,对照之下,深觉难过。"④

新中国成立后,沈从文对湘西地方政治经济的关心依然如故。在 1955 年 8 月 31 日给沈云麓的信里,他谈道:"得信,知参加自治州新议会,真应当感谢党的无微不至的照顾,和人民的期望,希望凡事打起精神,总一定要把事情作好为止。"⑤ 同年冬季,他又在信中写道:"听说自治州某草案已完成了,将来如我能回来看看,一定可知道许多许多过去多年来我体会到应该作的事情,现在已超过我的希望百十倍在实现中。"⑥1956 年 4 月,他在给大哥的回信中表示:"看到吉首自治州条例已公布,我高兴得很,回想抗战初写《湘西》时,总想将来社会会对苗族同胞公平些。其实缺少好政治来改革,只是纯粹空想。但政治一好转,就以加倍好的方式来改变一切了。"⑦ 沈从文还表达了回来看自治州发展新貌的想法:"我想如回来看看自治州一切新建设,一定极好。向达他们上次到湘西时,都以为我回来一定可明白许多事情,看出种种新气象。"⑧1956 年 12 月,沈从文于 1949 年后首次回到湘西,亲眼看到湘西的新变化,他禁不住在信中称赞:"这次回来看到州中诸建设,特别是工作干部无不下乡情况,觉得工作态度令人敬佩兴奋。试比比过去数十年种种,真是两种世界!"⑨他在 1959 年的信中也感叹:"自治州和凤凰都大不同于三年前,树了许多新房子,人民公社有办得很好的,

① 沈从文:《致沈云麓》,《沈从文全集》第 18 卷,北岳文艺出版社 2002 年版,第 241 页。
② 同上书,第 271 页。
③ 沈从文:《复沈云麓》,《沈从文全集》第 18 卷,北岳文艺出版社 2002 年版,第 346 页。
④ 同上书,第 352 页。
⑤ 沈从文:《致沈云麓》,《沈从文全集》第 19 卷,北岳文艺出版社 2002 年版,第 427 页。
⑥ 同上书,第 431 页。
⑦ 同上书,第 459 页。
⑧ 沈从文:《致沈云麓》,《沈从文全集》第 20 卷,北岳文艺出版社 2002 年版,第 4 页。
⑨ 同上书,第 128 页。

就是干部不够。"① 他的心和湘西连在一起，1959 年 7 月 4 日，湖南有部分地区发生水灾，他就关心"湘西不知如何，自治州怕的可能是旱灾"②。1964 年湘西秋收甚好，他就在 12 月 18 日的信中关心湘西州的丰收景象，"听人说，今年家乡秋收甚好，桐茶都丰收……谈及家乡种种新事情，好景象！"③

在给大哥的信中，文学家沈从文有时甚至担当起了经济学家的责任，就湘西经济发展表达个人想法，如在 1960 年 3 月给大哥的回信中说："家乡宜养羊牛，但长毛羊还是不宜，因为毛虽可长，雨水过多，羊将受不住。能养肉食羊，找云南黑毛山羊，或易繁殖也。如喂鸭子，四川洋鸭子易生长，肉亦极嫩，惟不习惯养它。四川养兔子也如养鸡一样，别处还少见。有一种澳洲黑鸡，公的肉也极嫩，北京曾吃过，种恐不易得。"④ 沈从文在这封信中为家乡的养殖业出谋划策，希望为促进家乡的经济发展做贡献。类似的想法，他在 1963 年的信中还有表达："家乡果木如苗乡梨子、蛮寨桃李，品种似乎都相当好，如移植得法，都可望成为全国性优良果木，不知自治州方面，曾注意到品种改良和果苗培养没有？"⑤1960 年 11 月，沈从文还谈到了湘西自治州的能源供给问题："家乡本地成问题大致还是燃料，如附近铁路通行，别处的煤或可变更家乡千年来生火方式。如只靠杂木来维持，任何大林区也会伐光的！湘西泸溪中柴林场，因为采伐量大，十年后，也将成另外一种面貌！如柳林岔大水坝作成，湘西或许可全部电化，但大量电料怕三几年内不易满足要求。"⑥

值得注意的是，沈从文对湘西地方政治治理和经济建设的关心，还特别体现在鼓励湘西人尤其是湘西青年积极担当责任、努力工作。在散文《湘西》中，沈从文曾鼓励湘西青年在地方重造的问题上要勇于担当责任。基于同样的想法，1938 年 6 月 10 日，沈从文在信中说："家乡事最要紧者还是年青的学好，一事不能疏忽，一时不能因循，必切实认真，拼命追上前去，凡好的、有益的、需要的，都极力去想办法，或跟着做，或学着做。"⑦ 他对湘西青年寄予厚望，也体现在鼓励弟弟应当有所作为。早在 1933 年 11 月 16 日，他在给弟弟沈荃的信中就劝说弟弟"为地方也应尽些义务……好好的在本地服务数年，或可为本地军人成立一好风气。虽一时若有委屈，亦不计较。且总

① 沈从文：《致沈云麓》，《沈从文全集》第 20 卷，北岳文艺出版社 2002 年版，第 354 页。
② 同上书，第 329 页。
③ 沈从文：《致沈云麓》，《沈从文全集》第 21 卷，北岳文艺出版社 2002 年版，第 432 页。
④ 沈从文：《复沈云麓》，《沈从文全集》第 20 卷，北岳文艺出版社 2002 年版，第 395 页。
⑤ 沈从文：《致沈云麓》，《沈从文全集》第 21 卷，北岳文艺出版社 2002 年版，第 342 页。
⑥ 沈从文：《致沈云麓》，《沈从文全集》第 20 卷，北岳文艺出版社 2002 年版，第 474 页。
⑦ 沈从文：《复沈云麓》，《沈从文全集》第 18 卷，北岳文艺出版社 2002 年版，第 312 页。

希望弟识大体,明利害"①。在 1939 年 5 月 15 日回复大哥的信中,沈从文再次说:"得余即应当留下不他走。家乡将来问题甚严重,能尽一分力处尽一分力,不宜争小气忘大谊! 敌若进犯沿湖各县,湘西政治工作若相当好,将来必可予敌大打击也。"② 沈从文还极力劝说大哥积极为人民服务,无论在什么岗位,努力为湘西建设发展做贡献。1952 年,沈云麓担任了湖南省文物委员会委员,沈从文得知这一消息后在信中叮嘱大哥要为湘西的文物保护做贡献:"早从印远雄处知道您在本县作省文物委员,这才是您一生中真正为人民服务的好机会! 您可作、会作的事太多了。过去种种对年青人的热心,若转用到真正多数人民要求上,知识进步上,文物保卫和发扬上,对地方一定有极多贡献的。国家大事情问题复杂,我们大能理解,至于对地方进步作一切努力,还有许多事可作,您作来一定都是极方便的。"③ 1954 年 1 月,他继续劝说大哥:"几十年来你都没有机会为人民真正作点事,很多长处都埋没了,现在才真正来为地方作事,我们都一致盼望你永远把热心放到对人民、对地方有益——有长远利益工作上去。"④ 1954 年冬,他在信中仍坚持对大哥说:"盼望你体力好,多为地方做点事。总想方设法多作点对人民有益的事。"⑤ 1955 年 5 月,他甚至鼓励大哥向地方领导提意见,"地方上有些见到的问题,能和党政领导说的也应善意说出来,把正确意见提出来。因为对地方有益,明知不说是不成的。有困难,充满热情来为想办法解决才对。要多作对地方有益工作"⑥。1959 年 7 月下旬,沈云麓要参加湘西州政协会议,沈从文对其建议:"我意思你到州上看看,听听,在小组会谈谈地方明日需要多培养些文化干部,对地方一定有用。建议多送些学生出外,也一定有用。因为形势发展快,地方文化已相当落后,不赶不成。"⑦

沈从文不只是劝说弟弟和大哥积极为湘西发展做贡献,在与大哥的通信中,他多次表示自己愿意为湘西州的建设做贡献。早在 1939 年 6 月 7 日的信中,他就说:"将来可能对湘西民训问题,拟一详细而切实提案。"⑧ 1957 年 4 月,他向大哥谈及自己可能回湖南参加自治州纪念礼时说:"还想要为湖南博物馆出点力气,把它搞好些,地方州文化馆也会为出点主意,作些建议的……一定要为家乡作点事情的。"⑨ 1957 年

① 沈从文:《致沈荃》,《沈从文全集》第 18 卷,北岳文艺出版社 2002 年版,第 197 页。
② 沈从文:《复沈云麓》,《沈从文全集》第 18 卷,北岳文艺出版社 2002 年版,第 368 页。
③ 沈从文:《致沈云麓》,《沈从文全集》第 19 卷,北岳文艺出版社 2002 年版,第 100 页。
④ 同上书,第 375 页。
⑤ 沈从文:《复沈云麓》,《沈从文全集》第 19 卷,北岳文艺出版社 2002 年版,第 395 页。
⑥ 同上书,第 421 页。
⑦ 沈从文:《复沈云麓》,《沈从文全集》第 20 卷,北岳文艺出版社 2002 年版,第 343 页。
⑧ 沈从文:《致沈云麓》,《沈从文全集》第 18 卷,北岳文艺出版社 2002 年版,第 374 页。
⑨ 沈从文:《复沈云麓》,《沈从文全集》第 20 卷,北岳文艺出版社 2002 年版,第 141 页。

8月22日,他在信中表示要为地方办学校捐钱,"地方办学校事,我们也想把仅有的几百块钱捐给地方……能为地方作点事我觉得有意义"①。这个捐款的想法后来在1980年代变成了实实在在的行动,而且金额远非信中所说的几百元。

二

深受湘西地方文化影响的沈从文,其创作中有对湘西民俗的多种表现。在与大哥沈云麓的通信中,他对湘西民俗文化和民间工艺非常重视,表现出强烈的湘西非物质文化遗产传承和保护意识。

文学创作受益于湘西民俗文化源泉的沈从文于1937年7月3日要大哥沈云麓注意搜集湘西民俗:"此间有朋友办一周刊,专载各地民俗,有稿费三元或二元千字,已特为兄约好,兄可用白话写点:凤凰:一、关于结婚手续、禁忌种种;二、关于死亡种种;三、关于生男育女种种;四、打禄、扛仙、打波司、还愿、做斋种种;五、出门、过年、动土、打猎、药鱼种种。"② 从信中他给沈云麓提供的名单来看,沈从文当时已对家乡的民俗十分关注。1939年6月6日,沈从文在给沈云麓的书信中谈到了家乡的手工艺品,"沅陵之扣花东西,出国必可成一最易得到国外畅销之物"③。1949年后,沈从文先后在中国历史博物馆和中国社会科学历史研究所工作,主要从事中国古代服饰研究,他曾在多封书信中提到了苗族挑花和刺花,并对湘西少数民族刺绣十分推崇。如在1951年8月给大哥沈云麓的信中,沈从文提道:"这里清华文物馆,由社会系吴泽霖从贵州带来的苗人服装刺绣和工具,展览时即使人大开眼界,以为稀见。刺绣中的花样,且用来作最新的景泰蓝,和出国用的绣花模样,又时髦又大方,其实有些花样极平常,远不如我们乡下的东西。我们苗乡的优秀刺花,稍得指导,提高一步,送到这里博物馆作专室陈列,会影响到很多方面,且可能转用到印染工业上去的苗乡中还有许多事物,都应当放到博物馆当成珍贵艺术品,都还可以转到更新生产创造上去,比过去大画家的作品还重要。这事情也许让我回来一趟住半年,会可以解决许多问题。可为将来民族博物馆找一两间房子有代表性的美术品。将来的湘绣,一定要从苗乡找新花样。"④ 在这封回信中,沈从文强调了家乡苗家刺绣具有重要的艺术价值。1956年4月,他在给大哥的回信中又提及凤凰傩愿戏的保护:"昨天音乐研究所还有

---

① 沈从文:《复沈云麓》,《沈从文全集》第20卷,北岳文艺出版社2002年版,第193页。
② 沈从文:《致沈云麓》,《沈从文全集》第18卷,北岳文艺出版社2002年版,第234页。
③ 同上书,第372页。
④ 沈从文:《致沈云麓》,《沈从文全集》第19卷,北岳文艺出版社2002年版,第101页。

人来说,拟到凤凰收集傩愿戏和其他,我还以为你一定可以热心帮忙,把许多有人民性乐曲用录音的方法记下,成为民族遗产一部分。"① 1955 年 9 月 3 日,他进一步强调苗族文化的传承保护:"地方文物要特别多留心,如苗民起义斗争材料。又旧衣服凡是精美的都要留下,用处太多。苗族的更必须商量县里,把各乡有代表性的好好保留,破旧不妨,好的总得收下,一切好看的刺绣,编织物,形式不同的纺车,各式织机,到搓炮仗的家伙,得收集。苗乡家庭手工业工具也得留心。"②

沈从文还多次在信中强调对苗家刺花的重视和推广,如 1956 年 12 月,他在信中说:"文化事业待展开,旧文物收集已到一定程度,毁去的已成过去,得到的还是要加意爱护。新的工作可能先从刺绣等下手,收千把点。地方能收就收,不能花钱,我们就想办法让故宫、历博或工艺研究所收。同是为国家保存文物。这些民间艺术事实上比普通字画重要得多!"③在 1957 年 9 月的信中,沈从文肯定苗族刺绣的价值并建议生产:"闻刺绣中还是凤凰最好,真是喜事!……如能再生产,外贸公司订货,交回湘西来做一二千床,如好,有的一作上万条!那就太好了"④,"湘西挑花袋子等这次展出,已由《人民中国》杂志介绍,不多久,世界上许多人就都可以看到了"⑤。1959 年 6 月他又提到:"家乡挑花在此小小展出,十分成功,今天或得去为选些送到王府井美术服务部门窗上展二三天,让廿万向王府井逛的市民开开眼!"⑥ 1959 年 11 月,他两次提及湘西苗家的刺绣挑花工艺的商品价值和经济价值,并对湘西人的不自知表示遗憾:"因为家乡织锦挑花织绣,有许多都可转用到其他生产上去,例如改成地毯,就将是第一流作品,送到世界任何一处去也会受欢迎,只有本地人自己一时还不知道!家乡子弟最大吃亏处,即本地好东西应当学值得学的不知道"⑦,"记得三四年前说及家乡挑花土锦艺术价值时,还以为是一种笑话,现在凡是在北京谈工艺美术图案,一说湘西挑花,无人不首肯,其实再过二三年,有可能会用印花法来大量生产推销国外,成为外销品种之一的事情"⑧。1960 年 2 月,他在信中提道:"凡是旧的好土家被、挑花、苗绣、挑织,不怕重复,尽可能保留到公家手中,将来用处多!用处多!全国艺术学校靠它来教学,是必然的趋势,分一分,即不够了。破的也应收,只要花好!千万个新的

① 沈从文:《致沈云麓》,《沈从文全集》第 19 卷,北岳文艺出版社 2002 年版,第 447 页。
② 同上书,第 429 页。
③ 沈从文:《致沈云麓》,《沈从文全集》第 20 卷,北岳文艺出版社 2002 年版,第 128 页。
④ 同上书,第 212—213 页。
⑤ 同上书,第 215 页。
⑥ 同上书,第 322 页。
⑦ 同上书,第 361—362 页。
⑧ 同上书,第 362 页。

出口挑花生产,也要用来参考的!"①如此等等,沈从文在这些信中多次提及并充分肯定苗族刺绣工艺的价值,盼望它得到重视和传承保护。

在沈从文与大哥的通信中,他对湘西文化建设的关心还体现在 1949 年以后仍心系湘西作家培养以及个人意图进行新的湘西题材创作。作为从边城走向世界的著名作家,沈从文在 1949 年以前曾帮助大量的文学青年成长,湘西的刘祖春和柯原就是其中的典型例子。1949 年以后,沈从文的工作岗位远离了文学,但他一直还在心系湘西作家的培养,将湘西作家的培养视作个人的一种责任和义务。1963 年 12 月 12 日,他说"闻今年州上还将开文代大会,戏曲方面易出色,文学方面大致还得想点其他方法来培养作家,时间也得放长一些,才可望有作品。主要还是方法可以研究,照一般使用的培养方式,不易产生作家"②。1964 年 1 月 2 日,又谈到湘西州的作家培养问题:"闻州上年中或要开开文代会,家乡文学方面提高,以我主观估想,大致得从中学里挑趣味广博教员着手……"③与此同时,沈从文自己也意图进行新的湘西题材文学创作。如 1961 年 1 月 11 日,沈从文在致沈云麓的信中,决心收集湘西地方历史材料写一本历史小说,"好好收集一百家乡家中及田、刘诸家材料,和陈玉鋆近四十年材料,特别是近四十年家乡子弟兵在抗日一役种种牺牲材料,我可能还可以利用剩余精力来用家乡事作题材,写一本有历史价值的历史小说"④。1961 年 5 月 15 日,他在信中对大哥说希望整理凤凰县城辛亥革命史料,交给《文史资料》,认为"虽不过一城一县小事,但涉及兄弟民族革命传统,这一次且是合作来对付满清官僚,有意义,也应当记下来"⑤。1961 年 8 月 4 日,在致大哥的信中,沈从文再次表示:"我总还希望坐一次沅水上行船或和下行木筏,因为一定可写许多有意思《新湘行散记》"⑥,表达了自己再写湘西的意愿。

三

在和大哥沈云麓的通信中,沈从文所表现出来的湘西情结还体现在对湘西美景、美食和特产的偏爱眷念。1963 年 10 月 24 日,沈从文在广州写信给大哥,认为家乡这个小县城比号称全国名胜的广东从化要美:"家乡小县城的景色就似乎比从化好看

---

① 沈从文:《致沈云麓》,《沈从文全集》第 20 卷,北岳文艺出版社 2002 年版,第 379 页。
② 沈从文:《致沈云麓》,《沈从文全集》第 21 卷,北岳文艺出版社 2002 年版,第 397—398 页。
③ 同上书,第 412 页。
④ 同上书,第 5 页。
⑤ 同上书,第 50 页。
⑥ 同上书,第 81 页。

些,树石配搭得天然,只是入冬气候远不如这里罢了。我最欢喜倒是沅陵辰溪一带,酉水则王村、保靖、石堤溪、里耶,都真正是画里山河。可惜地方太偏,便淹没了。我到了许多风景区,比起来可都远不如保靖等处山水秀美清壮。"① 由此可见出他对湘西美景的偏爱。

　　湘西美食这些舌尖上的味道,沈从文从童年起就熟悉,走出湘西后,这些美食让他魂牵梦萦难以释怀。例如,湘西腊肉就无数次被沈从文在与大哥的通信中提及。他在1936年12月9日的信中写道:"有腊肉香肠盼望送我们一点点,不必多寄,有一块钱的就够了。"② 1937年11月1日,他写信给沈云麓,要他为梁思成夫妇准备湘西腊肉等特产,"请为购廿斤猪肉做暴腌肉,切成条熏,熏得越快越好……"③"另外还预备点可以在路上吃的菜,譬如保靖的皮蛋,龙山的大头菜,安江的柚子,家作的卤鸡。"④ 1955年1月,沈从文在信中比较四川腊肉和湘西腊肉:"请为作几斤香肠或腊肉,如果过年有它款待客人,会宣传是家乡来的东西! 这里我们不会做,可是也买得出四川腊肉,似不如湖南的好。"⑤ 1963年11月9日,当时在长沙的沈从文写信给大哥谈到湘西腊肉:"长沙腊肉也有点名难副实。到大铺子看看,都是广东式黄黄的,漂漂亮亮的,和我往年回家看到南门外那个熏肉厂出名一样,我疑心有可能即是家乡出品。想买块烟火熏得黑黑的货,可找不到。"⑥ 1964年1月8日,他再次将湘西腊肉和长沙腊肉做比较,扬前而抑后:"上次由长沙回京时,带了几斤从铺子里买来的腊肉,蒸熟后,送上桌子时,大家就已十分满意,事实上比起往年你从家乡寄来的颈项腊肉可相差千里!"⑦

　　湘西腊肉之外,沈从文对湘西茶叶和霉豆腐也念念不忘。在1939年6月7日、1940年2月26日的信中,他夸赞家乡的茶叶极好,拜托大哥多捎点茶叶,"新茶上市,务望你为买去年那种顶细顶好的廿元寄来……上次茶大家印象都太好了,真是给湘西争脸"⑧。1939年3月2日,沈从文在昆明写信给大哥,将家乡的霉豆腐与云南的美食相比,觉得还是家乡的霉豆腐好,"云南出大头菜,已至八毛一斤,火腿则一元余一小罐,两物虽著名国内,若与芸庐霉豆腐香肠比较高低,有目知味者,当一口认定芸庐之物,高过云南名产数倍,独惜知之者少,主人又复不轻以示人,致令昆明二物,永

---

① 沈从文:《致沈云麓》,《沈从文全集》第21卷,北岳文艺出版社2002年版,第375页。
② 沈从文:《致沈云麓》,《沈从文全集》第18卷,北岳文艺出版社2002年版,第228页。
③ 同上书,第259页。
④ 同上书,第259—260页。
⑤ 沈从文:《致沈云麓》,《沈从文全集》第19卷,北岳文艺出版社2002年版,第401页。
⑥ 沈从文:《致沈云麓》,《沈从文全集》第21卷,北岳文艺出版社2002年版,第387页。
⑦ 同上书,第413页。
⑧ 沈从文:《致沈云麓》,《沈从文全集》第18卷,北岳文艺出版社2002年版,第381页。

占虚名"①。1956 年底,沈从文由湘返京,带回了湘西特产菌油和板鸭,1957 年 1 月 9 日,他写信给大哥说:"这几天家中大小和来客(来印和个石先生),都吃过了我从家乡带回的菌油和板鸭,都觉得好,可惜不能带点霉豆腐来。"② 沈从文甚至关注家乡美食的生产出口,"迟些日子具地方性各种口味,终有输出机会,特别是菌油腐乳等个性鲜明的东东西西,容易取得成功。其实家乡罐头厂若还在继续生产,正不妨用部分材料,照本地方法,制成香肠腊肉,再加辣子豆豉用茶油炒好,成罐成罐外运,会得到一定好评"③。在这些对湘西美食和特产的不断惦记中,见出的正是沈从文浓浓的湘西情结与乡愁。

结　语

　　作为一个从湘西走出来且自我认同为"乡下人"的作家,沈从文一直苦苦思念和关注自己的家乡湘西。他在给大哥的书信中始终如一地关注湘西,回忆湘西,为湘西而忧乐,这些都实证了沈从文书信中的湘西情结。由于这种湘西情结,沈从文与大哥的家书在表达兄弟亲情之时,还具有了更为深广的地方情感,实现了亲情与地方情感表达的有机融合。就时间而言,1949 年以前,沈从文与大哥家书中的湘西情结多表现为作为湘西精英代言人的"地方的重造"立场,因而不免带有一种地方主义的色彩。而 1949 年以后,其与大哥的家书中的湘西情结则是沈从文在一种新国家政权认同下的个人日常生活情感表达。当然,沈从文与大哥的通信中的湘西情结有时也具有片面性,如在 1930 年 11 月 5 日写给王际真的信中,就曾美化自己家乡的湘西土著部队:"我乡下的兵可不这样,我那地方的兵,近来算湖南最有纪律最好的兵。"④ 相对于日常生活中对湘西美景美食的偏爱,这种偏爱则显然失之偏颇,甚至可以说是一种偏见。这种偏见在沈从文的 1940 年代的散文《一个传奇的本事》中对于家乡子弟兵篁军历史命运的叙述中也可见出,或许这也是沈从文的单纯可爱吧。

(作者单位:湖南大学文学院)

---

①　沈从文:《复沈云麓》,《沈从文全集》第 18 卷,北岳文艺出版社 2002 年版,第 348 页。
②　沈从文:《致沈云麓》,《沈从文全集》第 20 卷,北岳文艺出版社 2002 年版,第 137 页。
③　沈从文:《致沈云麓》,《沈从文全集》第 21 卷,北岳文艺出版社 2002 年版,第 414 页。
④　沈从文:《致王际真》,《沈从文全集》第 18 卷,北岳文艺出版社 2002 年版,第 115 页。

论张爱玲小说中的光影书写

仇玉丹　黄德志

内容摘要:张爱玲小说散布着大量对光影的书写,从不同角度加深了人物、场景的刻画力度,同时为作品增添了浓厚的隐喻与象征意味。通过不同时空场景下光影书写的设置,张爱玲传递着笔下人物的心理情绪,影射着命运走向。光影参与小说叙事活动的多个维度,虚化叙述时间,牵引着情节发展,也成为张爱玲解构人生、揭示人性的生动写照,给读者带来陌生化的审美体验。张爱玲的光影书写渗透着浓厚的个人色彩,并流露出影视化的叙事倾向,形成了个人独特的美学风格。

关键词:张爱玲　光影　意象　叙事

在中国现代文学史上,张爱玲以其奇诡艳异又纤巧细腻的小说创作成为独树一帜的存在,其小说创作显著特征之一便是意象的繁复与丰富。各类意象在她的小说中频频出现,以富有现代色彩的"月亮"为代表,她创造出一系列超越本体的象征符号,为作品增添更深层的内涵与意蕴。意象、叙事研究一直都是张爱玲研究中的热点,张爱玲也素来为中国现代小说家中构造意象的高手。如刘勰在《文心雕龙·神思》所云,"独照之匠,窥意象而运斤:此盖驭文之首术,谋篇之大端"①。以意运象,意象成为审美主体与客观世界的交融点,在创作者的叙事传情乃至谋篇布局中都起着不可或缺的作用。

张爱玲的小说常常出现别有深意的光影描写,为作品营造幽暗苍凉美学风格的同时,也为读者勾勒出一幅影影绰绰、神秘莫测的张氏世界图景。小说中涉及的光影种类多种多样,除去常见的日光、月光、灯光等,还有一系列煤气灶火、玻璃反射等构成的忽明忽暗的光线。一直以来,学界重视对张爱玲小说中纷繁意象的象征寓意剖析,对于光影在人物刻画、叙事演变等方面呈现的意味作用分析则相对较少。如同月亮一样,抑或说月亮本身就作为光影来源的一种,张爱玲笔下的光影是复杂多变,而非一成不变的,在不同的叙事语境中发挥着不尽相同的艺术功用。对张爱玲小说中

---

① 刘勰:《文心雕龙》,浙江古籍出版社 2011 年版,第 103 页。

的各类光影书写进行细读分析,深入探讨不同时空场景下光影描写的设置及其在人物塑造、文本叙事等方面所产生的艺术效果,有助于进一步挖掘张爱玲笔下意象所蕴含的深意及其个性化叙事的特点,丰富其小说意象谱系,深化对作家创作艺术特征及审美内涵的认知。

一、光影塑造的人物与场景

张爱玲以上海、香港等地为背景,创作了一系列特色鲜明的小说,也由此塑造了葛薇龙、白流苏等一批个性丰满的人物形象。在各式人物描写中,她惯用传统写实原则,善于选择和组织独具匠心的艺术细节,去着力展现与刻画人物的某些细部。在塑造各式各样的人物与场景时,无论是外貌、心理的刻画,还是氛围的渲染,她以生动丰富的光影元素串联其中,从而一定程度上避免单调冗杂的平铺直叙,为读者感知形象提供更深层次的艺术体验。

在对人物外形的刻画上,光影无疑成为气质折射的有力衬托。譬如在早期重要代表作《沉香屑·第一炉香》中,张爱玲便通过多次光影点缀突出了姑妈梁太太美艳毒辣的人物形象。该小说讲述的是女学生葛薇龙因求学暂居香港,却在姑妈影响下一步步堕入物质爱情的故事,通篇笔触细腻而尖刻,展现出作者精巧的写作技法与超凡的洞察力。小说中,在女主人公葛薇龙终于下定决心、去找姑妈商谈自己留居香港读书事宜时,首次出场的姑妈便在光影闪烁中扣合着读者的期待视野:“一个娇小个子的西装少妇跨出车来,一身黑,黑草帽檐上垂下绿色的面网,面网上扣着一个指甲大小的绿宝石蜘蛛,在日光中闪闪烁烁,正爬在她腮帮子上,一亮一暗,亮的时候像一颗欲坠未坠的泪珠,暗的时候便像一粒青痣。”[①] 一身黑色装扮暗中契合了梁太太的遗孀身份,更衬托出面网上绿宝石蜘蛛的夺人眼球。闪烁的日光下这绿宝石蜘蛛的投影正爬在梁太太腮帮子上,跟随着光线的折射明暗不定,赋予人物几分难以捉摸的神秘色彩。可怖的蜘蛛与阴森的光影烘托出梁太太阴晴不定的性子与深不可测的气质,强化人物形象特质的同时,也呼应了姑妈逐步引得葛薇龙堕入深渊的暗黑所在,向读者传递出沉闷压抑的人物气场。第一面见得葛薇龙便心生疑虑与忌惮,一番盘算后还是硬着头皮向姑妈表明了此趟的来意。谈及陈年往事,梁太太再次阴阳怪气摇起扇子,此处的光影又摇身一变,在张爱玲的笔下成了“老虎猫的须”,不动声色地暴露出姑妈的贪婪与野心:“她那扇子偏了一偏,扇子里筛入几丝金黄色的阳光,拂过

---

① 《张爱玲全集》第1卷,北京十月文艺出版社2012年版,第5页。

她的嘴边，就像一只老虎猫的须，振振欲飞。"① 这形象大胆的比喻衬上前文葛薇龙见识到的"小型慈禧太后"的架势，只需寥寥几笔，一个老谋深算、不怀好意的姑妈形象跃然纸上。

而光影的变化同时也能够传递人物情绪的波动，张爱玲同样善于以光影来捕捉、呈现人物的心理感受与变化过程，及时传递人物的心理活动。通过光影的映衬，她能够更加准确地揭示人物的内心感受和情感状态，也使得读者更容易产生共情并理解人物的情感变化。小说《多少恨》中，身为家庭教师的女主人公虞家茵追求着平等自由的纯粹爱情，但封建败家父亲的介入让刚刚萌芽的美好感情马上蒙上一层物质阴影。在这位父亲又一次开口索取时，张爱玲巧妙地通过灯光来刻画家茵那一瞬间万念俱灰的心理感受："家茵听到这里，突然掉过身来望着她父亲，她头上那盏灯拉得很低……阴影深得在她脸上无情地刻划着，她像一个早衰的热带女人一般，显得异常憔悴。"② 此处灯影毫不留情笼罩在家茵脸上，正是她内心疲累与厌倦的无声诉说。父亲不怀好意的出现让家茵意识到她和宗豫之间初绽的纯洁爱情面临严峻的考验。灯影让她的脸阴沉着，好像早衰的热带女人的脸，那正是她失神无望的心灵写照。

经典作品《倾城之恋》中的光影描写则更为直观地展现了男女主人公的内心活动乃至"博弈"。当白流苏初来香港、与范柳原在回去的路上散步时，二人始终处在一片朦胧昏暗的氛围中，而白流苏先是在黑暗里"看"到了那红得不可收拾的野火花，直觉地知道了它是红得不能再红了，继而又看到了这棵风中摇摆的"影树"："叶子像凤尾草，一阵风过，那轻纤的黑色剪影零零落落颤动着，耳边恍惚听见一串小小的音符，不成腔，像檐前铁马的叮当。"③ 树的黑色剪影竟然发出了声音，像檐前铁马的叮当。事实上在夜色的黑暗中，流苏是没有办法看清野火花的颜色的，黑色剪影碰撞在一起更不可能发出声音。这一段景物光影描写掺上了白流苏浓烈的个人主观意识，是她此刻心理状态的最佳展现，她此行来香港本身就是与范柳原之间的一场情感博弈，以至于颤动的黑影都像是铁马的叮当，颇有几分战斗号角的气息。这场散步也是二人彼此试探心意、关系递进突破的一个重要转折点，因而流苏在恍惚中竟然能听见影子碰撞的声音，这里对影的形、声、色综合进行描写，再次将各种感官印象打通，成为烘托人物心理的有效手段。

而随着情节推进，故事发展后半篇范柳原与白流苏互相表明心迹，此处光影交杂堆叠，月光与镜影两种冷调朦胧的光影反射交错在一起，营造出冰冷凄清、火光四溅

---

① 《张爱玲全集》第1卷，北京十月文艺出版社2012年版，第11页。
② 《张爱玲全集》第2卷，北京十月文艺出版社2012年版，第270页。
③ 《张爱玲全集》第1卷，北京十月文艺出版社2012年版，第179页。

的另一个世界,渲染出的多重意境令人读来称奇。"十一月尾的纤月,仅仅是一钩白色,像玻璃窗上的霜花。然而海上毕竟有点月意,映到窗子里来,那薄薄的光就照亮了镜子。……他们似乎是跌到镜子里面,另一个昏昏的世界里去,凉的凉,烫的烫,野火花直烧上身来。"[①] 十一月尾白色的纤月,海上一点微弱的月意,都影射着二人刚刚萌芽还很缥缈的爱情。虽然只有那么一点,然而经过镜子、经过无常世事的反射,毕竟是能笼罩住两个人,给二人蒙上一层情感的清辉的。内心复杂朦胧的情感喷薄而出,二人终于挣开世俗的念头,一齐跌进了另一个昏昏的世界。此处还延续了野火花的意象,一直在流苏心里惶惶燃烧着的鲜红的野火花,此刻终于是直烧上了自己身来。整个画面光影交错,明暗交织,洋溢着清冷而又热烈的奇妙意味。

小说《茉莉香片》中,在冷漠无爱家庭氛围中长大的聂传庆,同样也是在阴影笼罩下经历了重重心理挣扎,最终对女同学言丹朱产生了变态的迫害摧毁心理。在刻画聂传庆的人物性格时,张爱玲有意将人物放置在黑暗中,无论是死气沉沉的老宅还是只有一线流光在楼梯回旋的穿堂,以及见到有人来就躲至阴暗处的描写,都将聂传庆这一人物的异常心理衬上了浓重暗影。他怀着对言丹朱难以言说的复杂情感,在二人独处时终将内心的变态压抑展露无遗。舞会结束后,言丹朱再次追上有意回避她的聂传庆,二人的对话令人逐渐紧绷,转过弯后的一段场景描写也在光影闪烁间带来一阵扑面而来的阴冷气息。银光四溅、白苍苍的天,一切都是那样苍白而寂寥,冷色调的光影为下文悲剧的酿成铺开了冰冷的气氛,同时也为"定格在屏风上的鸟"这一精妙绝伦的意象渲染出了无生气的氛围。而此处在丹朱身后再次张开的屏风仿佛是某种悲惨而又重复的寓言,丹朱的活泼与母亲冯碧落的凄惨命运形成鲜明对照,有力深化了小说的悲剧内蕴。张爱玲以最为擅长的参差对照的写法,通过光影的变换、铺陈,折射主人公阴冷的性格特征及逐步扭曲的心理活动,于平淡叙述中附着浓烈的绝望,将故事节奏、人物情感推向悲剧高潮,形成了个人美学风格的基础。

二、光影参与的多维叙事

在为大众所熟知的电影艺术中,光影元素本身已经具备着重要的叙事功能。它通过象征、隐喻的方式,在画面中暗示着人物命运的走向,变换间也往往意味着叙事空间的转换。张爱玲正是巧妙利用光影的这种叙事性质,在文本中以光线来牵引故事情节的发展,转换故事发生的时空,过渡衔接叙事,甚至利用光的存在直接在暗中

---

① 《张爱玲全集》第 1 卷,北京十月文艺出版社 2012 年版,第 191 页。

　　重新开辟出一块空间，从而便于进行有所不同的叙述。张爱玲小说中的时间通常是模糊的，时常存在历史时间与自然时间的并提和对立，更多倾向于对她个人概念中"私人时间"的书写与阐述，这也造就其所构筑空间的任意性，而在呈现这样的任意时空时，光影仍是她笔下最得力的借助之一。

　　由于光影交错本身易给人造成恍惚变幻之感，张爱玲巧妙地把握住这样的特征，使其成为自己笔下铺展意识流书写的有力媒介。《创世纪》中潆珠得知自己属意的毛先生私生活混乱，被勒令打电话跟他断绝关系时，她眼前的药房在光影照耀下，是如同尘梦的一番场景："太阳光射进来，阳光里飞着淡蓝的灰尘，如同尘梦，便在当时，已是恍惚得很。"① 光影映照下的恍惚过后，是潆珠大段静寂的内心独白。在这样的如同尘梦的光影照耀中，潆珠回想起她和毛耀球相识以来的点滴，又闪现出童年时期的成长往事，在光影折射间眼前的药房与回忆里《阳关三叠》的古琴声模糊堆叠到一起，一瞬间产生了对人情的无限感慨。小说《鸿鸾禧》的故事末尾，娄太太经历了儿子热闹的婚礼后，也是在一片亮得耀眼的光影间一下忽然想起了从前："娄太太的心与手在那片光上停留了一下。忽然想起她小时候……"②光线形成的强烈反射令人恍惚出神，在她现实虚伪的婚姻与印象中婚事应有的热闹喜悦之间搭起桥梁，为下文回忆的展开提供了自然的契机与过渡。

　　在张爱玲的小说中，类似的表达手法并不少见。实际上，张爱玲笔下的许多光影书写都具有"隔世"的功能，即通过光影的交错去实现时空场景的转换，从而改变叙事的时间与空间。例如在作品《怨女》中，有一段主人公丈夫过世，光阴过渡到十六年后的描写——"绿竹帘子映在梳妆台镜子里，风吹着直动，筛进一条条阳光，满房间老虎纹，来回摇晃着。"③ 也是利用风吹着光影的摇动，将银娣前后十余年的生涯不露痕迹地衔接起来，巧妙实现了叙事时空的过渡转换，自然而不觉突兀，甚至几乎实现了画面的叠映，利用文字达成了电影技法中蒙太奇式转场的画面质感。张爱玲深谙"镜头"与"光影"的叙事之道，在徐舒缓慢的叙述中让场景自然过渡，将前后跨度较大的时空一笔晕染开，有效减少了文本结构上的断裂感。

　　迷蒙的光影总是令人恍惚不定，所以不自觉地生出几分人生如梦的苍凉感。张爱玲笔下的人物也在灯下的光影里陷入了怅然："他看看那灯光下的房间，难道他们的事情，就只能永远在这个房里转来转去，像在一个昏黄的梦里。"④ 不过一刹那，却

---

① 《张爱玲全集》第 2 卷，北京十月文艺出版社 2012 年版，第 188 页。
② 同上书，第 49 页。
③ 《张爱玲全集》第 3 卷，北京十月文艺出版社 2012 年版，第 165 页。
④ 《张爱玲全集》第 2 卷，北京十月文艺出版社 2012 年版，第 289 页。

以为已经是多少年过去。此处昏黄的灯光正应了主人公萧瑟无望的心境,光影构筑出的陈旧空间,令人不知身在何处,更觉浮生若梦、物是人非的惘然。事实上这样的光影书写表达下,流露出的是对现实世界的怀疑与隐身。作者选择刻意忽视人物在场的现实世界,从而转向内心的怅惘与迷茫,在营造时代荒凉感的同时也使人性得以栖息于藏匿之处片刻。

张爱玲笔下的光影还能够实现"流动",去贯穿全篇故事发展,小说中所出现的光影处处与人物心境、故事情节相映照,从而有效推动着整体情节由浅入深、由缓即紧的纵深发展。《第二炉香》便是一个通篇笼罩着蓝光与黑影的幽暗范例,讲述了主人公罗杰安白登在未婚妻愫细对男女之事的无知、所谓上流社会的虚伪下被逼至自杀而亡的故事。在这篇小说中,"小蓝牙齿"意象多次出现,成为故事核心"纯洁的恐怖"的象征,从头到尾散发着幽暗压抑的蓝色光影。

新婚之夜女主人公愫细受到惊吓之后,将夫妻间的私事大肆宣扬,本属于个人范围内的隐私,却因她的"纯洁"被发酵成了荒唐可笑的社会丑闻。从岳母蜜秋儿太太家回来后,在灯光的照射下罗杰已经发现了愫细脸上与她姐姐靡丽笙一样白得发蓝的"小蓝牙齿",但仍旧对二人的关系抱有一丝幻想,"他丢开了那盏灯,灯低低地摇晃着,满屋子里摇晃着他们的庞大的黑影"①。最终还是丢开了灯,丢开了自己潜意识中实际已有所察觉的危险,任由满屋子庞大的黑影笼罩着、覆盖了他们。然而悲剧已逐步发展到无可挽回的地步,"小蓝牙齿,庞大的黑影子在头顶上晃动,指指戳戳……"②香港中等以上的英国社会早已对他指指戳戳、品头论足,那窃窃私语、飞短流长的"小蓝牙齿",带来了更为庞大也更为致命的黑影。在罗杰万念俱灰,预备投向死亡怀抱的夜晚,一切依旧笼罩在凄清的月下光影之中:"海上,山石上,树叶子上,到处都是呜呜咽咽笛子似的清辉:罗杰却只觉得他走到那里,暗到那里。"③月光的清辉已发出笛子似的呜呜咽咽,断续不绝的又更像是人们无休止的议论与流言,而当走投无路的罗杰自身已经笼罩上无法摆脱的黑影、始终处于暗的所在时,读者便明白他黯然的心情与悲剧的结局。"煤气的火光,像一朵硕大的黑心的蓝菊花……只剩下一圈齐整的小蓝牙齿,牙齿也渐渐地隐去了,但是在完全消灭之前,突然向外一扑,伸为一两寸长的尖利的獠牙……"④当煤气的火光、肃杀的月光、"小蓝牙齿"的寒光汇集到一起时,黑影成为最浓郁的成分,彻底吞噬了罗杰的生命。

① 《张爱玲全集》第1卷,北京十月文艺出版社2012年版,第77页。
② 同上书,第79页。
③ 同上书,第89页。
④ 《张爱玲全集》第1卷,北京十月文艺出版社2012年版,第90页。

整个故事自始至终都笼罩在一片蓝黑不定、摇摆闪烁的光影之中。随着不同光影在小说中的交替、频繁出现，张爱玲成功构造出一种令读者紧张的渐强递增的象征氛围，在无形之中对罗杰悲剧的结局做出不动声色的预言。这里的"小蓝牙齿"、庞大黑影，以及呜呜咽咽的月光，实际上形成了更为庞大的光影意象系统，以其内在的连续性展现了故事的悲剧与悲剧的深刻。

除去有意识地利用光影来虚化叙述时间、牵引情节流动外，张爱玲还善于通过光影的投射，来唤醒主人公潜意识、引导读者再次审视未曾发现的一些物象内涵。《第二炉香》中，罗杰先后两次用灯光去投射、照亮愫细的照片与面孔，充分体现出他对现实与情欲的怀疑不定。"强烈的光射在照片的玻璃上，愫细的脸像浮在水面上的一朵白荷花。"[1] 这里看似借光的投射，写出愫细外貌的纯洁无瑕，实则勾勒出这份"纯洁的恐怖"，凸显罗杰内心的不安与怀疑。光影营造出光怪陆离、游移不定的气氛，也照亮了罗杰现实与幻想之间的距离，他与愫细之间终究隔着一层冰冷的玻璃。在光的强烈照射下，罗杰痛苦迷茫的心理被进一步放大，不禁跪在衣橱上用火烫的嘴唇吻着冰冷的玻璃，电光石火间领悟了与愫细之间的真相。当罗杰再次将愫细接回家中，此时的愫细在他眼中已经成为令人难以理解的存在，他甚至直接把光对准了愫细，向她脸上照去。从将光对准照片直到对准愫细本人，可以看出罗杰已经陷入了对现实与自身的巨大怀疑，进入一种接近迷狂的精神状态当中，他甚至不确定眼前的愫细是否真切存在，为下文他的全面崩溃埋下了伏笔。

很多时候，灯光都给小说中的故事发展、人物关系推进增添了朦胧浪漫的气氛，构造出一个新的二维空间，去转向叙述一些日常秩序下不被允许的故事与情感。例如《红玫瑰与白玫瑰》中，男主人公佟振保意识到自己内心对朋友之妻王娇蕊的渴望，即是在光的见证下："灯光之下一见王娇蕊，却把他看呆。……这穿堂在暗黄的灯照里很像一截火车，从异乡开到异乡。火车上的女人是萍水相逢的，但是个可亲的女人。"[2] 此处暗黄的灯照赋予穿堂以时空流转的力量，涵盖了对未来过去皆不可知的恍惚失神感，从而传递出主人公私人的空间感受，让他产生朋友之妻是可以亲近、爱慕的这样违背伦理的念头，在不同的光线下打破了人物的固有状态，带来了真切奇特的艺术效果。

小说中有时也会借助光的照亮来让读者、更让作品主人公去再次审视自己所处的环境。灯光投射所创造出的不同于平时的氛围，很能够照亮人的潜意识，使人重新

---

① 《张爱玲全集》第 1 卷，北京十月文艺出版社 2012 年版，第 72 页。

② 《张爱玲全集》第 2 卷，北京十月文艺出版社 2012 年版，第 68 页。

发现一些内心容易被忽视的感受。《倾城之恋》中的白流苏婚姻破碎后返回娘家度日，被迫忍受着家中兄嫂的蒙骗羞辱、亲生母亲的置若罔闻，昔日熟悉的家庭变得不复记忆中模样，她感到煎熬而幻灭。这时一束灯光落在堂屋里，她再次打量起这个熟悉而又陌生的家："门掩上了，堂屋里暗着，门的上端的玻璃格子里透进两方黄色的灯光，落在青砖地上。……两旁垂着朱红对联，闪着金色寿字团花，一朵花托住一个墨汁淋漓的大字。在微光里，一个个的字都像浮在半空中，离着纸老远。"① 平日不觉异样的白公馆此刻在光影的映衬下，显得格外陈旧而令人压抑。白流苏感觉自己仿佛就是那微光里浮在半空中的一个个字，虚飘着不落实地，离着这个冰冷的家老远。自己也被这腐朽阴暗的氛围时刻逼压着，看不见未来前路的丝毫光亮。此处通过白流苏主体视角的审视对白公馆内室环境所作的一番描写，充分表露出她备感人情冷漠、无所依靠的寒心悲酸，同时也为下文她挣脱家族的束缚积蓄了力量。张爱玲通过一束束在故事发展过程中有意识投射下的光影，更显示出文本叙述中独特的艺术张力。

三、光影的隐喻

光影由于自身所具备的明暗双面特性，历来在很多作品中扮演着隐喻生死与善恶的角色。例如托尔斯泰在刻画安娜之死的场景时，火车撞击的那一刻亮起的是前所未有的光芒万丈，为她照亮所有黑暗后旋即黯淡熄灭。这里的死亡植入了光影的因素，光的熄灭与影的蔓延都传递着安娜悲剧的结局。这恰是映照了张爱玲最为擅长的"参差"对照写法，为其所娴熟运用，光影的明暗变换成为人物命运、生存状态的含蓄影射，不论故事情节发展的关键时刻，抑或人物命运转折的重要关头，总会有或明或暗、或冷或暖的光影笼罩，每次光影的运用也能够深化小说的主题与悲剧性。

在张爱玲进一步纯熟的写作技巧下，利用光影明暗来丰富内涵、展现人性显得更为信手拈来。不同于一般小说中人物肖像描写的写实描摹，张爱玲能够通过整个场景的光线布局，去透视人物的内心世界。在被傅雷称为"文坛最美的收获之一"的作品《金锁记》中，太阳、月亮、灯光等交替昏暗出现，使整体故事情节的推进始终笼罩在一种阴郁恐怖的氛围中。而各类奇诡变异的光影书写，更是从不同侧面展现了曹七巧心理扭曲后的变态人性。"世舫回过头去，只见门口背着光立着一个小身材的老太……门外日色昏黄，楼梯上铺着湖绿花格子漆布地衣，一级一级上去，通入没有光

---

① 《张爱玲全集》第 1 卷，北京十月文艺出版社 2012 年版，第 166 页。

的所在。"① 此处作者有意将曹七巧置身于一个逆光所在，使人看不清她的面庞，并且将她放置在没有光的昏暗阴影之中，暗中契合着人物压抑变态的内心世界。"屋里暗昏昏的，拉上了丝绒窗帘。……除此只有烟灯和烧红的火炉的微光。"② 曹七巧沉迷大烟，这一段对其起居环境的描写也让人产生昏暗逼仄的不适感，她本人几乎就是阴影的集中点，每次现身都会使周遭环境陷入异常昏暗，小说中存在着大量因七巧的存在而光影异常的场景。"隔着玻璃窗望出去，影影绰绰乌云里有个月亮，一搭黑，一搭白，像个戏剧化的狰狞的脸谱。一点，一点，月亮缓缓的从云里出来了，黑云底下透出一线炯炯的光，是面具底下的眼睛。"③ 儿子长白娶亲后，七巧对其仍紧抓不放，因为他是她生命中唯一的男人，她令儿子彻夜给她烧烟，引诱儿子吐露夫妻之间的隐私之事，这一搭黑一搭白的恐怖月亮，随着长白一步步吐露，还缓缓透出一线炯炯的光，仿佛七巧那只变态的眼睛，无时无刻不在窥探摧毁着儿女们的生活。

这令人绝望的光影蔓延到每一处空间，七巧疯狂的灵魂附着到扭曲的月光上，她赋予月光以冰冷死亡的气息，所照之处皆是荒芜凋零一片。紧接着，媳妇芝寿便在这样非人的遭遇下走向了死亡。"遍地的蓝影子，帐顶上也是蓝影子，她的一双脚也在那死寂的影子里。"④ 此处遍地的蓝影子表现出媳妇芝寿的绝望与凄惶，她的内心无比恐惧，然而除了死路无路可逃。蓝影子是七巧变态人性的放大附着，她无休止的变态行为使得芝寿一心寻死，这可怖的光影不会放过任何一个人。《金锁记》中大量令人毛骨悚然、贯穿全篇的阴森光影书写，正是七巧精神疯狂、人性扭曲的表征。

而如同许多小说家喜爱刻画的那样，光明总是象征着希望，张爱玲笔下的人物时常也不例外。如她笔下的主人公在《多少恨》中，就曾发出过这样孩子气的感叹："啊——你看，电灯亮了！刚巧这时候！可见我们的前途一定是光明的。你也应当高兴呀！"⑤当然实际上，这也只是主人公故作天真的自以为，故事的结局仍旧是以悲剧收场。但由此得以窥见，张爱玲对于光亮的希望象征意义也是认同的。但她小说中的人物总是笼罩在巨大的悲剧与阴影之中，哪怕有一丝光亮照着，也是转瞬即逝。由此张爱玲也以光影为切入点，在不动声色中暗示着人物的悲惨命运。

在《第一炉香》这样一个少女为爱沦落的悲情故事中，希望的光亮隐约闪烁，最终却又都走向了熄灭。无论是葛薇龙初次搬来姑妈家时充满诱惑意义的宛如薄荷酒里

---

① 《张爱玲全集》第1卷，北京十月文艺出版社2012年版，第258页。

② 同上书，第241页。

③ 同上书，第246页。

④ 同上书，第247页。

⑤ 《张爱玲全集》第2卷，北京十月文艺出版社2012年版，第275页。

冰块一般闪烁的灯光,还是结局末尾处乔琪乔与薇龙出来赶集,揭穿生存真相后沉默点上的那根烟。窗格子里的灯光最终被浓雾遮蔽,烟头的火花立时谢了,只留下无尽的寒冷与黑暗。那一丝快乐与希望总是短暂的浮光,黑暗与无望才是长久笼罩着葛薇龙的陪伴。不是没有挣扎过,不是没有过逃脱的机会,然而葛薇龙终究是在自己的人性物欲纠缠下,一步步走向了沉没。

同样,《倾城之恋》中决定走出席公馆的白流苏,参与太太们的宴会博得范柳原的青眼有加、遭受到众人的冷嘲热讽后,蹲在阳台上摸黑点蚊香时发出了冷笑,"火红的小小三角旗,在它自己的风中摇摆着,移,移到她手指边,她噗的一声吹灭了它,只剩下一截红艳的小旗杆,旗杆也枯萎了,剩下灰白蜷曲的鬼影子"①。洋火瞬间点亮了这火红的小小三角旗,范柳原也火速点亮了白流苏的爱情。可流苏噗的一声吹灭了它,只剩灰白蜷曲的鬼影子。这也暗示了二人的感情是并不牢靠的,流苏的爱情希望也是稍燃即逝,一如这枯萎的小旗杆般缺乏生气与温度。《金锁记》中的长安,更是从爱情一开始就被母亲曹七巧的变态心理紧紧攫住,注定无法挣脱。在母亲盼咐邀请童世舫来家吃便饭的那顿"鸿门宴"上,她只能躲在楼梯口悄悄听着母亲是如何编排污蔑自己,甚至都没有出来露面的勇气:"长安悄悄地走下楼来,玄色花绣鞋与白丝袜停留在日色昏黄的楼梯上。停了一会,又上去了。一级一级,走进没有光的所在。"②就这样沉重缓慢而又疼痛无奈,长安在曹七巧长期的强力压迫下,几乎顺从而毫无反抗地,一步步迈进了没有光的所在,走进她习以为常的被母亲阴影笼罩的黑暗世界。借着昏黄的日色与长安的绣鞋,此处充满浓厚隐喻意味的光影书写既完成了情节叙述上长安明白自己婚事无望的交待,也传递出象征意义上,长安生命中最后一丝光亮湮没,终究被阴影吞噬的悲惨命运。

与此同时,在特定场景事件下的光影设置,也能恰到好处映射出人物当下的生存状态。《第一炉香》中当葛薇龙与乔琪乔祖露心迹时,出现了这样一段描写:"这时候,太阳忽然出来了,火烫的晒在他们的脸上。……她竭力地在他的黑眼镜里寻找他的眼睛,可是她只看见眼镜里反映的她自己的影子,缩小的,而且惨白的。"③此处乔琪乔墨镜上薇龙的投影,既是真实存在的烈日下的影子,也是薇龙生存状态再形象不过的象征。薇龙因爱而卑微、无望,只能空留一个缩小的影子在乔琪乔的墨镜上,此处作者借影的描写体现葛薇龙希望的萎缩、理想的贬值,而她所竭力找寻的眼睛、找寻的真挚爱情,也终究只能是不存在的泡影。

---

① 《张爱玲全集》第1卷,北京十月文艺出版社2012年版,第171页。
② 同上书,第259页。
③ 同上书,第37页。

《花凋》中的川嫦是一位生活在窒息环境下，却又对爱情充满美好向往的年轻女子。她有一个泼辣强势的母亲，一群热情吵闹的姊妹，以及一个充满着封建遗少气息的没落家庭。这样家庭里的女孩子，除了做"女结婚员"之外别无其他出路，然而川嫦还有着一个痴心妄想的大学梦，她的沉静在家中显得是那样木讷苍白而格格不入。男主人公章云藩与她会面时，只见在客厅昏暗的角落："屋里暗沉沉地，但见川嫦扭着身子伏在沙发扶手上。蓬松的长发，背着灯光，边缘上飞着一重轻暖的金毛衣子，定着一双大眼睛，像云雾里似的，微微发亮。"① 即便是遭受着长期的压迫，川嫦内心仍是抱有美丽幻想的，一双大眼睛即便像是在昏蒙的云雾中，仍是"微微发亮"的。川嫦背着光，一身毛衣边缘在灯下金光闪闪，为她镶上一层圣洁的金边。那微微发亮的眸子在光下对着章先生，不得不说露着几分企求、几分希冀，几分对美好未来的憧憬和向往。然而人物出场即背光的设定，暗示着人物被阴影的笼罩，也透露出男主人公的出现并无可能扭转川嫦生存状态与命运走向的无力结局，由是通过光影布局，完成了对人物生存状态、命运走向的双重映射。

四、张爱玲小说光影书写特征

光本身具有点亮环境的性质，在文本中理应呈现出一些指向希望的象征意味。然而张爱玲笔下的光都泛着冰冷苍凉的基调，影都带着庞大吞噬的色彩。小说中人物生存的希望正如文本中的光一般，几乎都是倏忽短暂、稍纵即逝的。小说创作一直占据着张爱玲生命中无比重要的地位，与此同时也自然浸润着张爱玲生活中的光影感受与体验。深入剖析其一系列异于常人的光影体验和书写有助于进一步理解张爱玲小说创作的审美特征与精神指归。

张爱玲小说里的世界似乎总是影影幢幢、半明半暗的，她的作品中很少出现明亮炽热的色调。与之而来的，便是无穷无尽的暗与影。走进她光影重叠的文学世界，我们能够看到众多繁复的意象纷至沓来，令人目不暇接，冰冷易碎却又流光溢彩。而当拉远距离定观，只能见这些光影闪烁下华丽却了无生气的意象，共同组成了人生苍凉悲怆的图案。

总体说来，张爱玲小说中的光影书写模式都笼罩在层层晦暗中。故事一开始，人物就已经身处在一片阴暗压抑的环境氛围之中，而在人性的扭曲、时代的压迫下产生心理与命运上的自我阴影，随着事件发展、悲剧加深，最终在越来越深的阴影中走向

---

① 《张爱玲全集》第2卷，北京十月文艺出版社2012年版，第25页。

凋零消亡。其间即便有微光三两点,也是迅速消逝,无法改变被阴影吞噬的命运。在她的文本中,哪怕有一丝希望的微光,往往也都被无边的黑暗给包裹着。那一丝光亮也只是注定行将消逝、自我欺骗般的希望,是故事中人物赖以在悲凉处境中生存的一点残存信心与自我慰藉。光的出现终究是短暂虚无,阴影的覆盖才是苍凉永恒。这样的光影模式与张爱玲的美学思想及对人生的理解是有很大关联的,暗合着她悲观苍凉的审美风格及虚无渺茫的精神指归。她笔下的人物多少都在社会的不同层面体会到时代变迁中的惶惑、虚空,充满着对个体命运无法把控的焦灼和恐惧。

张爱玲笔下的人物是长久处在悲剧意识之中的,在他们人性流失殆尽的背后,浮现着人的生存困境与命运困境的无望挣扎。这样的悲剧是永恒却又无从摆脱的,每个人都想用力抓住点什么,然而却都徒劳无功。在时代轰轰烈烈的奔腾下,被抛弃是唯一的宿命,这就构成了张爱玲小说文本中日常生活叙事的基本价值指向。在回应傅雷先生对作品的批评时,张爱玲本人在文章中如此说道:"人是生活于一个时代里的,可是这时代却在影子似地沉没下去,人觉得自己是被抛弃了。"[1] 这里的"影子"、"沉没"、"抛弃"等字眼,无不流露着张爱玲对时间变迁的个人感受。她在小说中反复重现的时代之悲剧和短暂的希望,不断放大直至吞噬的黑影,无非其悲凉无望生命意识的外化。悲观主义情结在张爱玲的作品中无处不在,悄无声息地渗透在每一个琐碎的叙事细节中,再通过卑微庸常的人物灵魂、苍凉绵延的故事氛围,积累起作家对世界、人性的总的悲观感受。

张爱玲的光影书写不仅细腻精巧,更充斥着她独特的个性化体验。阳光作为暖光源,一直以来都作为温暖与生命力的象征,皎洁温馨的圆月在传统文化语境中指向的也往往是浪漫与团聚,而这样的光影色彩在张爱玲的小说中只见苍凉和阴暗,有时甚至幻化出日月颠倒、绿光盈盈的恐怖境地,向读者呈现出扭曲狰狞的异化图景。明亮温暖的光,指向的是爱的理想和希望,而黯淡冰冷的光影重叠,则透露出作者内心无限的缺憾。无论是白流苏泪眼中泛着绿色光棱、"大而模糊"的银色月亮,还是罗杰所看到的一排排泛着白色冷光的"小蓝牙齿",张爱玲小说中的光都泛着冰冷的基调,影都带着庞大吞噬的意味。她笔下的太阳总是昏黄、黯淡的所在,而月亮也惯以阴蓝、绿光等冷色调来呈现,在渲染开苍凉氛围的同时,其背后不可忽视的更是作者本人寂寥的心境与遭遇。自从幼年父母关系不合,张爱玲一直处于一种残缺不全的家庭关系中,有一次与后母发生冲突更是被监禁在空房里,这段经历给她的童年留下了深刻的创伤印记:"我生在里面的这座房屋忽然变成生疏的了,像月光底下的,黑影中

---

[1] 《张爱玲全集》第6卷,北京十月文艺出版社2012年版,第93页。

现出青白的粉墙，片面的，癫狂的。"① 在这样的恐惧记忆下张爱玲开始对周遭的环境陷入陌生化与质疑，家庭再也不是给人以庇护的温馨港湾，而是四处隐伏着杀机的阴冷巢穴。以至于她后来读到一句 Beverley Nichols 关于狂人的诗，"就想到我们家楼板上的蓝色的月光，那静静的杀机"②。根据精神分析理论，童年创伤记忆对于一个人的影响是持续整个成长阶段甚至遗留终生的。也许她对光影那般情有独钟的敏感体验，从那时就已经埋下伏笔。

在早期作品《第一炉香》中，张爱玲便已痛快地倾注了自己对蓝色月亮的印象："整个的山洼子像一只大锅，那月亮便是一团蓝阴阴的火，缓缓地煮着它……"③挥之不去的蓝影子、蓝月亮，这样的光影意象在作者笔下频频出现，借助于冷调色彩的加入以及童年异于常人的体验，张爱玲在文本中创造出一系列扭曲狰狞的光影书写。在对人性描写最为彻底的《金锁记》中，情感的缺失和社会的抛弃使曹七巧作为母亲的人格变态，人性被逐渐扭曲到日月互换、是非颠倒的地步。除去前文提到像"狰狞脸谱"、散发着炯炯监视目光的可怕月亮，以及芝寿寻死时遍地围绕的蓝影子，还数次出现"漆黑天上一个白太阳"般，高悬在夜晚空中如太阳一般的月亮。太阳似的月亮之所以让人恐惧，便在于它的不合常理，当这样的月亮高悬空中，任由谁见了都毛骨悚然。张爱玲对光影的扭曲书写，亦如同她对人生的灰色理解一样，孤寂、恐怖、危惧，有着她个人烙印深刻的身世体验。她带有深刻个性化体验的光影书写酿成了其作品中无所不在的苍凉情绪氛围，时刻散发着阴冷与哀伤。长期的失落者的心态，无论是家族的遗落还是情感的无所依托，都使她眼中的世界染上一层与别人不同的悲凉色彩。

张爱玲的小说经常被形容为如油画一般的精美，画面构思精巧，色泽明艳丰富，具有鲜明的视觉效果。而事实上，她的文字意境远不止一幅画那样简单，她所建构的是一个有着光影变幻、窸窣声响的动态美丽世界。所以说她的文字笔触浸润着电影的质感，如同导演一般运用光影语言，营造出独特的感官空间，有着"纸上电影"的美誉。李欧梵曾评价，不论张爱玲的小说前身是否为电影剧本，读者都似乎能在脑海中看到不少电影场面，也就是说张爱玲的文字是兼具了一种视觉上的魅力的。④ 事实上，张爱玲在剧本创作领域的丰厚成绩已然彰显她深谙视听艺术，而对于光影在小说中的运用更是得心应手。

---

① 《张爱玲全集》第 6 卷，北京十月文艺出版社 2012 年版，第 123 页。
② 同上书。
③ 《张爱玲全集》第 1 卷，北京十月文艺出版社 2012 年版，第 37 页。
④ ［美］李欧梵：《不了情：张爱玲和电影》，《苍凉与世故》，上海三联书店 2008 年版，第 89 页。

总体上来看,20 世纪以来的中国现代小说家至少"深受三种因素的影响:传统的古典小说、西方的现代小说和新兴的电影艺术"①。而传统文论中的诗画关系也在文学现代化的进程中悄然发生着各种转化,各种体裁形式之间开始出现了位移转变。如柳鸣九所指出,"传统的关于不同体裁形式中有不同的美学原则、艺术规律与技巧方法的条律已被打破,空间艺术的造型方法被引进了小说这种时间艺术的部类,在现代小说中出现了绘画化与影视化的艺术现象"②。在此切面上剖析,张爱玲的小说确有流露出某些电影艺术手法的痕迹,存在强烈的影像化叙事倾向。

小说与电影从艺术感知方式上来看似乎大相径庭,一个为语言艺术,而另一个属视听艺术,然而二者在艺术思维上有着共通的相似点,甚至说是异质同构的存在也不为过,都强调以生动可感的形象来承载作品的内蕴。丰富多变的光影与张爱玲笔下的其他色彩、声音等一起,成为其作品指向影视化叙事的一个重要特征。张爱玲本人也是个不折不扣的"影迷",曾在自己的散文中表达过多次对电影的喜爱,也一直活跃在各类影评与剧本的创作中。这些都使她本身累积的电影艺术素养在自觉或不自觉中渗透到小说创作中来,并增添了其作品的丰富内蕴与传奇色彩。"20 世纪中国社会进程最基本、最显著的特征之一,即是异质形态文化艺术的强势渗入及本土文化艺术的积极回应。"③ 而张爱玲小说中的光影书写,恰恰也是融合某些电影表现手法后,对于电影艺术叙事的某种积极回应。

光影书写可以说是张爱玲笔下灵巧生动、使得画面活泼可感的表达方式之一。在巧妙运用光影,为笔下人物"打光"、场景"布光"的基础上,张爱玲得以游刃有余地在客观细致描写人物事件的同时,还能闲庭信步地展现人物的内心世界与生存状态,为小说增添了更为丰富深刻的意蕴。借由作家本人独特的人生体验与深厚的艺术素养,光影成为张爱玲解构人生、揭示人性的有力写照,给读者带来了一系列陌生化的审美体验。

正如王德威所形容,张爱玲能够看到现实中双重或多重视景,似曾相识又恍然若失,既亲切又奇异,既"阴暗"又"明亮"。由是参差对照;轮回衍生出无限华丽蜃影;却难掩鬼魅也似的阴凉。④ 张爱玲笔下的光影是灵活多变的,在人物塑造、叙事演变、命运隐喻等方面都起着不可或缺的重要作用。作者利用光影书写将人物隐藏至深的心

① 刘澍等编著:《张爱玲的光影空间》,世界知识出版社 2008 年版,第 55 页。
② 柳鸣九:《从现代主义到后现代主义》,中国社会科学出版社 1994 年版,第 3 页。
③ 冯勤:《论"影像"化叙事在海派小说中的本土化走向——以新感觉派和张爱玲的小说创作为中心》,《四川大学学报》2013 年第 4 期。
④ 〔美〕王德威:《张爱玲,再生缘——重复、回旋与衍生的叙事学》,《落地的麦子不死——张爱玲与"张派"传人》,山东画报出版社 2004 年版,第 22 页。

理放大,为故事笼罩上一层黯淡的光,奠定小说半阴影的基调,于不动声色中流露悲剧意蕴。抓住张爱玲小说创作中的重重光影闪现,我们也就得以窥见其华丽苍凉的文学与内心世界。

(作者单位:江苏师范大学文学院)

论《王蒙自传》的"自我"重构

温奉桥　常鹏飞

内容摘要:既往研究多侧重"史"的诠释,对《王蒙自传》作为"文"的价值关注不够。事实上,正是经由"自传",王蒙才得以从幕后走向前台,实现对自我的审视与认同、解释与辩护。而政治与文学之间"跨界者"的身份定位,也使其达成了"中道王蒙"的"自我"建构。同时,王蒙"自传",也为考察知识分子如何"再造"自我,以及如何处理文学与政治之间的难题,提供了新的理解与契机。

关键词:《王蒙自传》　自我　文学

一直以来,《王蒙自传》(《半生多事》、《大块文章》、《九命七羊》)都被看作共和国历史的"个人见证史"[①]。究其原因,这显然与王蒙特殊的个人身份和复杂的历史遭际不无关系,但极少有研究者关注《王蒙自传》之王蒙"自我"身份的建构。

问题在于,现有研究多侧重于"史"的诠释,而对作为"文"的《王蒙自传》关注不够。这种历史关怀大于文体分析的思路,也就在无形中将《王蒙自传》看作作家文学创作的"副文本",忽视了自传本身作为一种"文体"的独立价值,更难以充分体认王蒙既是作者、叙述者,又是传主的多重身份。菲力浦·勒热讷认为,"自传首先是一种叙事,它按照时间顺序叙述某个人的历史"[②]。可见,自传并非只是人生经历的秉笔实录,更"是一种自我构建的努力"[③]。因而这里的"某个人"既是表现的客体,更是表现的主体。那么,王蒙为何作传? 如何作传? 又意欲建构何种自我? 就成为一系列需要予以考察的问题。

一、王蒙"自传"的缘起

事实上,《王蒙自传》并不是王蒙最早的自传。早在 1996 年由团结出版社发行的

---

① 郭宝亮:《论〈王蒙自传〉的思想史意义》,《当代作家评论》2009 年第 3 期。

② [法]菲力浦·勒热讷:《自传契约》,杨国政译,北京大学出版社 2013 年版,第 23 页。

③ 同上书,第 77 页。

"当代作家自白系列"即收入其自传性文集《我是王蒙：王蒙自白》，基本涵盖《王蒙自传》所牵涉的各类主题。另外，还有《王蒙自述：我的人生哲学》（2003）等广义上的自传；《淡灰色的眼珠——系列小说〈在伊犁〉》（1984）、《活动变人形》（1987）、"季节系列"（1993—2000）等自传性小说。《王蒙自传》的别致之处，可能并不在于其所负载的史料价值，事实上，"不可也不必夸大其记录历史的功能"①。如此，王蒙又何以在前述众多作品之后仍执着于《王蒙自传》的写作，并多次称其为"自己晚年最看重和最重要的书"②？

　　实际上，早在 1990 年，王蒙就"开始构思，写一部一个人的个人的中华人民共和国编年史"，而"这，就是此后'季节系列'的由来，也是自传三部曲的由来"。③ 可以看到，《王蒙自传》的写作不是一时冲动，而是精心筹划的结果，其与"季节系列"亦各有所指，承载着不同的目的取向。对王蒙来说，小说固然可以发挥虚构的优长，达到纪实性作品难以企及的叙述效果。但"小说家言"的"真实"并不等于历史的"事实"，其在另一个方面也丧失了直陈事实的叙事伦理，难以在文本之外作出明确的现实指涉。与此同时，以往的自传或他传类作品大多不是采用增删剪辑与抽拣汇编，就是在人物塑造上缺少聚焦，导致不仅整体结构缺乏系统性，在历史细节上亦有诸多疏漏，自然难以准确把握王蒙在当代历史中的特殊位置与复杂经验。

　　如果说，"季节系列"是王蒙全景式反映革命知识分子与新中国成长史的集中尝试，那么，《王蒙自传》就是对自身历史的一次清理、审视与重述。回忆"季节系列"的创作，王蒙直言"更多的人是在用事实来说明自己的见地，而不习惯于运用事实来校正见地、'生产'生发生长见地。于是这个也敏感，那个也纷纭，竟然没有几个说得清来路，没有几个人看得明自己的脚印"④。他也正是以此为起点，在"季节系列"回响的"证言"中，经由"自传"再造历史，用以回应以往历史叙述的浑噩与偏误。只不过前者是以钱文等青年的人生命运与心路历程为线索，后者则由王蒙亲自出场。他开始由幕后走向前台，从"半生多事"到"大块文章"再到"九命七羊"，通过三个生命时段的历时叙述，将个人的来路进行勾勒、解释与总结。

　　谈及《王蒙自传》，王蒙亦坦陈："我是中华人民共和国国史的一个见证者，一个参与者，不能说都是处在中心位置，但我仍然是在参与着，在观察着，在见证着，在体验

---

① 郜元宝：《"感时忧国"与"救出自己"——关于〈王蒙自传〉》，《名作欣赏》2008 年第 9 期。
② 肖建国：《关于〈王蒙自传〉》，《花城》2010 年第 6 期。
③ 王蒙：《九命七羊》，《王蒙文集》第 48 卷，人民文学出版社 2020 年版，第 41 页。
④ 同上书，第 124—125 页。

着","我总觉得,我得把我所看到的东西写下来"。① 这里显然指示出三点重要信息:一是"我"以个体的身份参与历史,二是"我"以持续性的状态见证历史,三是"我"带有主体性地记录历史。有基于此,总括王蒙七十余年生命历程的三部自传,才可以说是"真正的自传"。其是王蒙以"自我"为主体,借助"回忆与思想",将"充满偶然与无序"的生活"变得有理有致"②,并予以亲身回忆、真实呈现与整体观照的产物,"《王蒙自传》在相对完整的意义上,感性地体现了王蒙的个性以及精神特征的形成历程"③的同时,也使其与虚构性的小说、片段性的自传与客观化的他传划清了界限。而由于"自传者对人生经历的回忆、选择、组织,对自我的解释,都与对身份的建构有关"④,所以《王蒙自传》无疑既是个人"见证史",更是个体"人格史",其集中呈示出了王蒙对"自我"的想象与建构。

二、王蒙的"诗与真"

众所周知,衡量一部自传的首要标准,在于文本叙述的内容及其外在指涉是否足够真实。身为"入世极深"的历史"局内人",天然的使命感自然驱使王蒙在书写自传时,对"真实"这一命题有着更加自觉的认知。一方面,与新中国缠绕纠葛的人生悲欢与生命沉浮,让他深知真实地记录与讲述这段往事的历史责任。另一方面,对过去那些以"真实"的名义言偏颇之实的历史的不满,以及对自我经验的清理和反思,也带给王蒙自我表现的强烈愿望。因此,尽管他明知陈述某些事件的后果与代价,却仍执着于呈现自我见证的"真实"。这也正如他所说,"自传是在我年逾古稀后写下来的一个留言,我已经顾不得那么多,想说出实话的愿望像火焰一样烧毁着樊篱。我已经为朋友们也是为自己犹豫(其中当然不无庸俗与利己的量度)活埋了几十年的真实,现在,不能再深埋下去了"⑤。这种极度真诚且迫切的诉说欲望,让人很难怀疑自传的真实性。特别是他对童年时期家庭生活的无情暴露与批判,对年少时期参加革命与文学活动时世俗动机的"坦白",对已成公论的某些历史事件充满"傻气"的反驳,都表现出直陈真相的勇气和姿态,进而与读者在自传的"写"和"读"上达成"自传契约"。

自传在本质上也是一种回溯或后设式叙事,旨在通过指涉过去以"今日之我"回

① 王蒙、温奉桥:《人·革命·历史——关于〈王蒙自传〉的访谈》,《山东社会科学》2008 年第 4 期。
② 王蒙:《大块文章》,《王蒙文集》第 47 卷,人民文学出版社 2020 年版,第 27 页。
③ 温奉桥、李萌羽:《论王蒙"自传"》,《文学评论》2008 年第 2 期。
④ 梁庆标:《角力:传记的生命剧场》,广西师范大学出版社 2022 年版,第 192 页。
⑤ 王蒙:《大块文章》,《王蒙文集》第 47 卷,人民文学出版社 2020 年版,第 181 页。

望"昨日之我"。其中，回忆无疑扮演着关键角色。首先，作家回忆的切身性与真实性是自传区隔于虚构类作品的首要表征。其次，回忆本身即一种重构行为。"被回忆的过去永远掺杂着对身份认同的设计，对当下的阐释"①，为重新编织"过去"，"今我"在当下经验与情感的干预下，往往会有意或无意地对记忆采取择取、强化、联结或贬抑、切割、变形等手段。可以说，回忆的属性决定了自传不可避免地只能无限逼近"真实"。但它的价值可能也在于此，经由回忆，作传者得以重识历史，并在反思中重构身份认同。所以《王蒙自传》往往无意对外在历史世变铺排呈现，而是将叙事的视点聚焦于自身，即使牵涉某些历史事件，也大多重在陈述个人身处当中的言行、感受与思考。譬如，对"文革"期间伊犁生活的记述，涉及"文革"场面的描写基本停留在个人目光所及的范围之内，且多以略显调侃的口吻叙述，真正充斥其中的是王蒙的日常生活与内心波动。如红卫兵的偶然冲击、避乱搬家，还有混乱中的恐惧与茫然，以及想要"入世"却只能"逍遥"的心有不甘，从而为王蒙与大多文人同行甘居"边缘"的不同追求作出预示。

与真实性相比，文学性同样是自传至关重要的评价指标，特别对于作家自传，文学性的作用就更加显豁。王蒙反复强调，"在我的自传里完全没有不真实"，"我知道我的方法，我的程序和我的责任"，②这里他一边作出自传书写的真实性承诺，一边则在话语背后指示出可能采取的创作策略。事实上，《王蒙自传》在内容上哪些部分详写，哪些部分略写，在手法上哪些部分进行议论、抗辩，哪些部分引发抒情，都不是"自然而然"的结果，而是在自我身份想象的前提下，有意作出的选择与安排。

最为明显之处，是在各部自传的所占容量上。总的来看，三部自传篇幅大致相当，但在时间分配上大不相同。《半生多事》记录的时间是从 1934 年至 1976 年共 42 年，《大块文章》是自 1976 年到 1988 年共 12 年，《九命七羊》则是由 1988 年到 2007 年共 19 年。尤其是《大块文章》，极其详尽地记述了王蒙从"文革"结束获得"第二次解放"后的人生历程。其间，无论在文学事业还是政治地位上，他都获得了前所未有的攀升，个人价值也得到了全方位的实现，这一时期自然在他的自传中成为足以大书特书的"黄金时代"。《九命七羊》作为收尾之作，尽管时间跨度不算太短，但整体叙事多停留在 1990 年代，新世纪之后的事件多与前者穿插叙述，并且相比前两部的谈史说事，更多停留在个人情感的抒发和思想观点的交锋。如对作家供养问题、"人文精神"论争、"一百个鲁迅"事件、"躲避崇高"问题、介绍郭敬明入作协等往事的历史细节进

---

① ［德］阿莱达·阿斯曼：《回忆空间：文化记忆的形式和变迁》，潘璐译，北京大学出版社 2016 年版，第 85 页。
② 王蒙：《大块文章》，《王蒙文集》第 47 卷，人民文学出版社 2020 年版，第 181 页。

行说明,对来自社会各方话语的误解作出解释,对"八方来难"的蓄意围攻予以抗辩。当然,更有历尽千帆之后,对自我言行的审视与反思。

不难看到,上述"叙事"的策略性安排,不只是作传的"方法"使然,其目的更"在于通过追根溯源、构建某种传统、改写过去以服务于现在而突出现在的人格"①。那么,在这种具有主体性的再现之中,"王蒙"是谁? 扮演什么角色? 又内含何种身份认同?

三、主体"王蒙"的"自我呈现"

在长篇小说《活动变人形》中,王蒙对日本玩具"活动变人形"有过这样一段细致描述,"像是一本书,全是画,头、上身、下身三部分,都可以独立翻动,这样,排列组合,可以组成无数个不同的人形图案"②。某种程度上来看,这里不断"变动"的"人形",也可以说是主体王蒙因应时势变化所生成的不同面相。不管是少共、青年创作者、团干部、老王,还是杂志主编、作协领导、中央委员、文化部部长等,都是王蒙在不同历史时期承担的社会角色,有的甚至是他常提及的人生"拐点"直接造就的结果。因而,经由那些具有症候性的"拐点",便不难窥见王蒙对某种社会身份的有意突显,及其背后所反映的身份想象与认同逻辑。

选择革命,无疑是王蒙人生历程的首要"拐点"。但颇有意味的是,王蒙将走向革命的缘由重点置于童年家庭当中,并对之进行无情的暴露、嘲讽乃至批判。尤其对于父亲王锦第,王蒙将他的崇洋媚外、流于清谈、不切实际,甚至私生活中的隐秘统统进行"揭发"。他对长辈之间的粗暴言行与互相倾轧也毫不避讳,揭露出一段落后野蛮、"如同梦魇"的童年生活。关于对为尊者讳、为亲者讳的中国传统传记准则的背弃,王蒙当然也有其理由:"书写面对的是真相,必须说出的是真相","不论我个人背负着怎样的罪孽,怎样的羞耻和苦痛,我必须诚实和庄严地面对与说出"。③ 这里我们当然完全相信王蒙坦陈真相的勇气,但是换个角度思考,面对充满局限的父辈,是否真的全然没有"同情之理解"的可能? 抑或者,如此种种,何以无法在作家对童年的普遍依恋中被"过滤"或"屏蔽"?

由此联系到王蒙对"以为不必革命","就能秩序井然地过太平日子"④的饱含讥讽,至少可以想见,正是父亲乃至整个家庭内部的那些矛盾与不堪,让他"知道了什么

---

① [法]菲力浦·勒热讷:《自传契约》,杨国政译,北京大学出版社 2013 年版,第 33 页。

② 王蒙:《活动变人形》,《王蒙文集》第 2 卷,人民文学出版社 2020 年版,第 101 页。

③ 王蒙:《半生多事》,《王蒙文集》第 46 卷,人民文学出版社 2020 年版,第 14 页。

④ 同上书,第 15 页。

叫旧社会,什么叫封建",知道了"承受多少痛苦",①也让人们更能理解王蒙为何如此毅然决然、无可避免地走向革命,进而取得对他忤逆父辈、"胡作非为"的宽容与谅解。推究原因,在于被批判的"他者",同时也构成主体在危急时刻超克自我或另辟新路的契机。这样王蒙对父辈乃至童年家庭现实的鞭挞,就可以看作自我身份转变的合理依据,强化了王蒙走向革命道路并成为一名少年布尔什维克的必然性。更为此后王蒙志在充当官员与作家之间的"桥梁",以在政治与文学之间"摆渡"的身份定位埋下伏笔。

　　1976 年"文革"结束,王蒙获得"第二次解放",这成为其人生中另一至关重要的"拐点"。其间,随之而来的不只是外在环境的波动,更是王蒙在文学创作、社会地位与自我追求上的显著变化。首先,他将自己在 20 世纪 80 年代的首要身份定义为作家,对这一时期的记述也大多围绕文坛内外的诸多人事展开。一方面,详细回溯 1980 年代的创作经历,说明《布礼》《蝴蝶》《活动变人形》等经典作品的创作原委,对某些没有得到充分解读的作品进行重提与解释。甚至单辟一节回顾旧作《夜的眼》,不仅谈论小说的写作背景、创作根由,还选取诸多小说片段一一阐述,重新确认这一小说"变数"在伤痕或反伤痕潮流中的特殊价值。此外,为自证即便从政也从未放弃作家身份,王蒙还特地将在"从政"期间的创作年表直接实录于叙述之中,以显示作为文学人坚持创作的本心。另一方面,他还动情追忆胡乔木、周扬、张光年、丁玲、冯牧等文艺界重要人物,对第四次文代会、报告文学《人妖之间》《苦恋》事件、"现代派"风波、第四次作代会等文坛旧事作出深描。

　　其次,王蒙不仅未回避自己的政治身份,更自得于从政所获得的政治、生活与文学资源。为此,他直言"自以为是个好作家的身份认同",会始终阻挡着他"不要太较真于计较于争夺于权与力"②,以突显自己游走于政治与文学之间,实为贴合个人能力和理想追求的自然选择。是故,王蒙笔下的 20 世纪 80 年代,与他人牵涉其时的回忆也开始呈现出颇为不同的样貌。那不再只是一个文学的"黄金时代",也潜藏着不少涌动的暗流与危机。如在第四次文代会上,作家们只兴奋于"不要横加干涉"口号的提出,却未对创作自由的限度问题有所警惕,埋下了此后清除精神污染与反资产阶级自由化的隐患;还有第四次作代会,本意在于号召作家团结与繁荣创作,背后却因文坛高级领导间的关系失衡,造成作家内部的分裂与内斗。显然,这些事实皆反映出了政治与文学之间无法理清的复杂关系。关键更在于,正是政治家与文学人的双重身

①　王蒙:《半生多事》,《王蒙文集》第 46 卷,人民文学出版社 2020 年版,第 15 页。
②　王蒙:《大块文章》,《王蒙文集》第 47 卷,人民文学出版社 2020 年版,第 239 页。

份,预示了王蒙将不可避免地深入其中并有所承担。这也自然可以解释,自传中何以频繁出现具有强烈身份认同色彩的"桥梁"、"界碑"、"橡皮垫"、"桩子"等一系列"中间物"式的语词,并最终导向王蒙在文学人与党员干部之间的"横站"姿态,凸显出他所承担的联结与沟通的重要作用。

综上可知,不同的人生"拐点",既是个人身份的历史性转换,也是主体进行"自我呈现"的关键契机。于是,在自我身份的想象与构建中,王蒙的特殊位置与重要作用随即浮现出来。可问题在于,王蒙借以塑造的理想化形象具体是什么?换言之,"王蒙"究竟是谁?

四、"我究竟是谁?"

关于《王蒙自传》,现有认知大多受困于价值判断或道德评价,往往将其作为介质去传达特定的价值关怀或现实诉求。这就有意或无意地造成了一种认识错位,以致对作为"作者"的王蒙缺乏必要体认,更遑论王蒙的主体建构,及其背后所反映的知识分子如何在文学与政治之间确认自身位置的核心问题。

从自传来看,王蒙坦言,早在 20 世纪 50 年代自己就已敏锐觉察到与团干部同事和作家同行的双重区隔——"我和他们最终也无法完全打成一片。我一上来就夹在当间儿啦"①。在他看来,正是不同于一般"文学青年"的政治化,以及诗化、浪漫化的政治经验,造成了这种错位的认同。紧接着,他又通过《组织部来了个年轻人》的解释与评价,一方面将自己与非黑即白的暴露式特写相区别,以突出自己不走极端的不同风格;另一方面则试图说明自己作为小说作者,在批评者(团干部同事)和赞扬者(青年作家)之间的特殊位置,并借此对随后文坛内部暴露出的矛盾性、复杂性作出预示。在此之后,王蒙亦不时透露自己在文学与政治之间的某种不和谐与不平衡状态。如通过因文遭难,以致被划为右派、"放逐"新疆的历史陈述,表现对失去边界的极端斗争的反思,透露出自身不灭的文学理想与不甘边缘的入世之心。显然,这些叙述不仅构成了读者对王蒙自我想象的"前理解",也为他 20 世纪 80 年代对于自我位置的明确选择留下铺垫。

循此逻辑,王蒙意图集中叙述和深入推进的,自然是"文革"之后自己深度参与的政治风云与文学潮汐。于是,他开始有意强调对过往历史事件的反思,以表现自我身份认同逐渐明确地调整。为此,王蒙明知会招致误解与批评,仍不惜在时过境迁之后

---

① 王蒙:《半生多事》,《王蒙文集》第 46 卷,人民文学出版社 2020 年版,第 148 页。

重提《人妖之间》，大胆作出与既往认知截然不同的评判。至于个中根由，与其说是针对特定作家作品，不如说是强调反省与清理非此即彼的极端思维。与此同时，王蒙也得以凸显自己如何更加自觉地实践身份认同。用他的话来说，就是"做党与广大作家的桥梁，做整肃文艺人时的缓冲橡皮垫，做一个居中的、绝对不脱离作家同行的，也同时是遵守党的纪律顾全国家大局的独一无二的角色，做一个健康、理性、平衡与和谐的因子"①，以保护文艺探索、加强团结繁荣、化解人事矛盾与派别纷争。概而言之，王蒙竭力塑造的是一个既坚守作家本业，又履行领导干部职责，并努力在两者的平衡之中，维护创作环境与社会大局稳定的"桥梁"角色。

更为关键的是，在展现"桥梁"角色带来"中心感"、"使命感"的同时，王蒙并不回避因此遭受的两面夹攻、左右尴尬的危险。相反，他还不无深情地陈述这一身份认同致使自己进退失据、难以为继的痛苦过程，并不禁发出"我很特殊，很幸福也很悲哀。这是命运，却有时得不到历史与人的理解与认可"的感慨。② 正由于此，王蒙得以进一步突显被伤害、被误解的苦闷，以及渴望获得理解的自辩。比如，他花费大量篇幅谈论创作"季节系列"的前前后后，陈述小说对还原历史真相、记录革命知识分子心路历程的重要价值，同时为小说推出之后的遇冷表示无奈与遗憾，对来自各方话语的误解乃至曲解作出抗辩。再者，回忆"人文精神"论争时，王蒙详尽说明了提出判断的历史背景、理论来源、对话对象等，论证自己警惕重振"人文精神"的合理性。另外，王蒙还集中回顾了"世俗化问题"、"不争论问题"、"知识分子的使命问题"等，借以反思自我位置渐居边缘、屡被左右两方误解的复杂原因。可以看到，王蒙正是通过勾勒自己在文学与政治之间的命运轨迹、情感波动与观念变化，展现出了"桥梁"定位失效的真正根由。

值得注意的是，面对来自外界的某些不实之论，王蒙疾呼是"你们先定了性定了位，是你们的性与位，而不是王某的性与位，然后，你们认为他不合格"③，因而重新把握"王某"的"性与位"，无疑构成了王蒙重塑自我的外在动因。可见，自传不仅是作传者塑造理想身份认同的"自我"书写，更是内在"自我"与外在"他者"的对话。也正是在这一过程当中，王蒙一方面完成了内在自我的审视与重构，另一方面实现了面向他者的解释和辩护，并最终在今我与旧我、自我与他者之间达成双向的和解。

总的来看，王蒙对个人身份有着相当清晰的自我认知，"我当过村级、科级、处级、局级、部级的官。再大官，我也是写小说的，再写小说，我也仍然具有相当引人注目的

---

① 王蒙：《大块文章》，《王蒙文集》第 47 卷，人民文学出版社 2020 年版，第 278 页。
② 王蒙：《九命七羊》，《王蒙文集》第 48 卷，人民文学出版社 2020 年版，第 93 页。
③ 王蒙：《大块文章》，《王蒙文集》第 47 卷，人民文学出版社 2020 年版，第 294 页。

干部身份"①。诚然,王蒙从不否认作家之外的其他身份,尤其在作家与干部之间,他对两者的功用皆有所珍视,并对此作出细致解释:"认同世界的复杂性与多元性。认同世界的矛盾性与辩证性。认同每一种具体认识的相对性。认同历史的变动是由合力构成,而合力的方向是沿着平行四边形的对角线——即中道——前进的。"② 这一"中道原则"无疑代表了王蒙意图构造的认知逻辑与思维观念。不但使他在政治和文学之间锚定了自我位置,达成一种"在"却不完全"属于"的存在样态,亦与任何单一的身份认同造成明确区隔。然而,不容忽视的是,"自传中的自我是一种想象性的自我,它出现的目的是要把不确定的东西变成固定的东西"③,这样王蒙借助"叙事"进行"自我呈现"的努力,便具有了强烈的形象表征与身份指向——塑造一个秉持平衡、多元、和谐等中和性原则的主体形象——"中道王蒙"。

究其原因,王蒙试图解决的,是如何在文学与政治之间完成身份定位的问题。只是他可能不再为自己设置一个单一的社会身份,而更重视在多变的身份之中寻求一个不变的身份之"道",也就是建构一个"活动变人形"式的身份逻辑。这个"道"或者"逻辑",具体体现在比官员"多了一厘米的艺术气质与包容肚量",比作家同行"多了一厘米政治上的考量或者冒一点讲是成熟"④。由此王蒙对主体身份的自我定位,尽管趋向否认极端性的"中间状态",但绝不是孤立被动的"边缘人",而是具有极强主体性的"跨界者"。⑤ 不过,问题也在于,在这里的"王蒙"与"他者"的"王蒙"乃至"真实"的"王蒙"之间,亦构造了一个富有张力的空间。恰如王蒙所说,"回忆决定了身份","回忆决定了谁是谁",⑥因而他将个人"神话化"的"叙述"实践,也为考察知识分子如何"想象"与"再造"自我,以及如何处理文学与政治之间的难题,提供了新的理解与契机。

(作者单位:中国海洋大学文学与新闻传播学院)

---

① 王蒙:《九命七羊》,《王蒙文集》第 48 卷,人民文学出版社 2020 年版,第 93 页。
② 王蒙:《我的人生哲学》,《王蒙文集》第 45 卷,人民文学出版社 2020 年版,第 200 页。
③ 杨正润:《自传死亡了吗?——关于英美学术界的一场争论》,《当代外国文学》2001 年第 4 期。
④ 王蒙:《大块文章》,《王蒙文集》第 47 卷,人民文学出版社 2020 年版,第 225 页。
⑤ 参见孙先科:《一个历史"跨界者"的形象"代言"——王蒙"自传性小说"中的自传形象与"代际"书写》,《文学评论》2018 年第 2 期。
⑥ 王蒙:《回眸琐记》,《文艺研究》2001 年第 4 期。

创伤叙事、意识流与精神反思

——论毕飞宇《欢迎来到人间》的当下知识分子书写

田振华

内容摘要: 毕飞宇的长篇小说新作《欢迎来到人间》,第一次真正意义上做到了对当下时代现实的正面强攻。作品塑造了一系列在全球化时代颇具"现代性"的当下知识分子人物形象。作者对主人公自救和救他的书写中,通过意识流等现代手法的使用,将主人公的心灵和精神创伤——揭示出来。作者让我们看到大时代中现代人复杂精神世界的同时,也透过知识分子个体的爱与痛的书写,展现对当下时代的隐忧和人性的反思。

关键词:《欢迎来到人间》 创伤叙事 意识流 精神反思 知识分子书写

毕飞宇暌违 15 载创作的最新长篇小说《欢迎来到人间》,既延续了他一贯沉稳、扎实的创作风格,又在多方面实现了较大的超越。作为多年来的实力派作家,毕飞宇不是以创作量的丰富而著称,也从不去盲从跟风,更不以华丽的辞藻、语言的堆砌而闻名,他的每一部作品都是经过深思熟虑且具有独特风格和意蕴的创作。他凭借敏锐的感性经验,现实逻辑和文学逻辑的巧妙融合以及精准恰当的语言表达,高超的细节捕捉能力加之思想深度和哲学高度的追求,使自己的作品成为当代文坛独树一帜的存在。这在奠定他独特文学风格的过程中,也使他的作品在当下文坛具有充足的话题意义和阐释空间。《玉米》、《青衣》、《哺乳期的女人》等近乎家喻户晓的中短篇小说,表现出他在超强的感性经验的基础上对女性人物心理和细节的捕捉能力,也让他被文坛誉为最会写女性的男作家。作为苏北走出来的农村少年,他在长篇小说《平原》中通过对"里下河"一带乡村变迁的书写,展现了自我对乡土中国审美变迁的独到思考。他获得"茅盾文学奖"的长篇小说《推拿》则将关注的视角放到弱势打工者群体——盲人按摩师身上,他将自己在聋哑学校的见闻体验,融入对边缘弱势群体内心世界的深切关注上。透过毕飞宇的诸多作品来看,历史和经验构成了他创作最重要的底色,他的作品真正做到了在自我独到的感性经验、严密的叙事逻辑与恰当的语言表达和深邃的哲理之间追求最大程度的平衡。他善于从过往经验中,领悟出具有时代价值、文学价值和哲学价值的思考来。

为什么说他的最新长篇小说《欢迎来到人间》是一次超越之作呢？并不仅仅是因为这部作品是他耗费 15 年的呕心沥血之作。更重要的是，如果说作者在《玉米》《青衣》《平原》《推拿》等作品中，依旧是以自我感性经验加之理性思考进而对历史、乡村等进行文学表达和思考的话，那么《欢迎来到人间》则是作者"自愿'下生活'"①后的一次成功创作，也可以说这一次毕飞宇第一次真正意义上做到了对当下时代现实和人物的正面强攻。这部作品的叙事时间发生在 2003 年的"非典"后，也就是进入新世纪的全球化时代。今天我们回过头来看，这样的大时代对于中国现代化的变迁起到的作用，怎么夸大都不为过。当然这也是一个变动不居的时代，一个不断加速的时代。正如德国社会学家海因里希·盖瑟尔伯格所言："忽然之间，我们发觉自己身处一个仅仅几年前还无法想象的世界。我们该如何理解这些戏剧性的发展，又该如何应对？"②这是我们新时代振聋发聩的现实问题。此外，如果说毕飞宇在过往作品中塑造的一系列鲜活人物，大都可以归结为传统意义上的中国人形象，那么在《欢迎来到人间》中，作者依托这样的大时代，可以说第一次全方位塑造了一系列颇具"现代性"的人物形象。特别是作者通过对大时代中的知识分子形象——外科主治医师傅睿的书写，透过对他的生命历程和精神世界的展现，将其在职业、家庭、婚姻中的一系列现实实践层层展开。围绕着他，他的父母、同事、朋友、患者等诸多现代人的形象呼之欲出。作为医生，傅睿在对病人身体的治疗和精神的疗愈中，给我们呈现了大时代一个富有良知的医生所经历的现实危机和精神苦难。他看似光鲜的外表和职业，却在救他与自救中精神上不断挣扎。他不仅要做一个救死扶伤的医生，还要在良知和仁心的驱使下成为他人精神世界的疗愈者。作者通过意识流手法的使用，在主人公的这种自救和救他中，将主人公内心中的创伤——揭示出来。主人公治愈他人和疗愈自我时所面临的复杂性，既让我们看到大时代中人的复杂精神世界，也让我们看到作者对于当下时代的深刻反思。这种反思也印证在作者自己身上，正如毕飞宇所言："写这个作品，我可以说几乎没有平静过，不停地在迷失，不停地在寻找，不停地在推倒，不停地在重建。对我来讲，它是一个噩梦。"③ 这里可以看出毕飞宇创作这部作品的用力之深，作品完成之后，作者认为自己的人生也重新开始了。作者是透过知识分子个体的爱与痛的书写，展现对时代的隐忧和人性反思的。

---

① 丁帆：《在拯救与自我救赎中徘徊的白衣骑士——毕飞宇长篇小说〈欢迎来到人间〉读札》，《扬子江文学评论》2023 年第 4 期。
② ［德］海因里希·盖瑟尔伯格编：《我们时代的精神状况》，孙柏等译，上海人民出版社 2018 年版，封面文字。
③ 徐鹏远：《毕飞宇：重新回到人间》，《中国新闻周刊》2023 年第 29 期。

一、全球化时代知识分子精神状况

大致从鲁迅的《狂人日记》开始,现代知识分子真正意义上进入了新文学的视野。百年中国文学中,对于知识分子书写的作品数不胜数。鲁迅的《伤逝》,叶圣陶的《潘先生在难中》《倪焕之》,郁达夫的《沉沦》,柔石的《二月》,张天翼的《包氏父子》,钱锺书的《围城》,贾平凹的《废都》,格非的《春尽江南》,阎真的《沧浪之水》《活着之上》,李洱的《应物兄》等现当代文学中关于知识分子书写的经典之作,可以说涉及了知识分子家庭、职业、生活、情感及其价值观的方方面面,将百年中国现代化进程中知识分子的审美变迁予以全景式展现。值得一提的是,绝大多数作家本身就具有知识分子属性,作家创作的背后实际上都带有自我作为知识分子的影子。很多时候作家借助知识分子的书写,实际上是在表达自我的审美和思想追求。不同时代文学中的知识分子形象,其表现形态、价值追求和审美样态,既有其共性又有个性。放眼历史来看,知识分子身上内生的批判性、前卫性、独立性等,成为这一群体区别他群体的优点,而知识分子可能具有的软弱性、妥协性、虚伪性等也成为百年中国文学史中频繁诟病的缺点。

作为农村走出来的作家,毕飞宇过往的小说中,很少有专门关于知识分子题材的创作。这一次,他用长篇的方式,重点塑造了多位知识分子形象。对于他来说,这本就是具有挑战性的写作,而且他塑造的知识分子形象不是他现今仍在担任的教师这一职业形象,而是他不太熟悉的医生这一职业形象,这就给他的写作带来了挑战。之所以他花费15年的时间进行创作,实际上在开始创作之前,他就进行了大量的走访、调研,充分了解和熟悉了这一群体的工作、生活和情感状况后,才进行的创作。"20年前的'非典'时期,毕飞宇几乎花了近一年的时间,泡在南京某一个著名大医院的泌尿科里,具体来说就是蹲守在肾移植手术室内外,老老实实做一个编外的'见习医生'。"[①] 那么,作者为什么选择这样一类自己不太熟悉的群体进行创作呢。这一定有着作者内在的思考。一方面,生老病死是人生之常态,在任何时代医生都是社会中最不可或缺的存在,医生所从事的是救死扶伤的健康事业,本就具有重要的社会价值和意义;另一方面,医生也是一个良心的职业,医者是否有仁心是衡量医生具有道德和伦理的重要尺度,也是折射一个社会精神状况的重要标志。此外,医生与作家有着内

---

① 丁帆:《在拯救与自我救赎中徘徊的白衣骑士——毕飞宇长篇小说〈欢迎来到人间〉读札》,《扬子江文学评论》2023年第4期。

在的关联,如果说医生所从事的是对病人肉体拯救的话,那么文学更大程度上是对人精神世界的疗愈。说到底,医生和作家所从事的都是关于健康的事业。重要的是,作者在这部作品中塑造的知识分子主人公形象——傅睿,在全球化来临的大时代中既承担了医生这一职业,他在行医的过程中追求完美,尽最大的能力让每一位病人都能够得到痊愈,同时他又对自己的朋友、同事等进行精神上的疗愈,特别是他发自内心想把身边那些他认为精神上走向堕落的人拯救回来。从这一意义上,他又承担了作家或文学所具备的精神疗愈功能。但是,在这一身体和精神疗愈的过程中,以傅睿为代表的知识分子在这样的大时代显得那样格格不入,他们经历了身体和精神上的双重压力,焦虑甚至失眠等接踵而至。这就呈现了全球化时代知识分子的复杂,也使得主人公具备了充足的文学价值和阐释空间。作品中主人公傅睿这一知识分子形象因此也就立了起来。同时,这样的主人公形象就与过往或惯常的知识分子形象形成了极大的差别,成为当代文学史上不可多得的形象之一。

傅睿是当代文坛不可多得的具有良知的正面的知识分子形象。他身上几乎找不到明显的缺点,所作所为也都是为他人着想。一般而言,以这样的正面人物形象作为叙事主角的长篇小说,本就不多见,甚至是不太讨好的写作。这是因为,单纯正面人物的书写往往会让读者感到厌倦、虚假。但是在这部作品中,傅睿这一形象始终让我们感觉十分真实。傅睿出身优越,父亲曾是医院高高在上的党委书记。正常来讲,这样的人物往往可以不通过努力,就可以借助父亲的权势和地位过得很好。但傅睿学习努力、专业能力强、做人做事尽善尽美,从来不利用父亲的权威而让自己高高在上,而是与父亲保持着一定的距离。他是清醒的,他是父母心中的好儿子、老婆心中的好丈夫、同事朋友心中的好伙伴、患者心中的好医生。但他在这样的大时代,生活得依旧很累。大时代赋予了他更大的使命和责任,让这位有着道德和良知的知识分子充满了社会责任感,他以自我奉献和牺牲的方式,达成了对他人身体和灵魂的拯救。这样的一位人物形象和他身边的一系列人物形象形成了巨大的反差。他的父亲、同事、朋友虽然都承认他是好人,但是在行为举止和精神世界都与他形成了鲜明的对比。

傅睿的父亲傅博曾是一名新闻记者,也可以说曾是一位优秀的知识分子,因为工作成绩优秀后来得到重用,最终得到了医院党委书记的高位。但是他热爱权势,是典型的以自我为中心的"权力追逐型"利己主义者。傅睿医治的多位病人在手术后相继死去,傅睿因此受到了病人家属的攻击。当傅博得知此事后,最为关心的不是儿子傅睿的安危,而是自己曾经执掌的医院的声誉问题。傅博作为非专业的医生,无法在专业性上给予儿子指导,却在不知具体情况的条件下,以一副丢不掉的官场做派,对儿子进行一番教训。当傅睿说傅博不是医生的时候,作为医院的最高领导者,傅博的身体内部爆炸了。他内心中知道专业医生才是医院的中流砥柱,最后他以"我不是医生,可我拥有医德,还有医生的精神"①搪塞过去,以此来遮掩他的尴尬。傅博的身上保留了传统知识分子虚伪而又利己的弊病。

再看傅睿的师兄弟郭栋,同为高才生,也同为一个医院的医生,二者之间却有着巨大的反差。"傅睿是贵族,带有'世袭'的成分——郭栋则是草莽英雄,全靠自己的'逆袭'。"② 郭栋是一位典型的新时代凤凰男。年轻时靠着自己的努力一路摸爬滚打,现今开上了豪车,住上了别墅,明显一副暴发户的样态。物质和财富成为他最大的追求目标,有了金钱和地位后肉体上也开始出轨,而精神世界则处于一片荒芜的状态。他的老婆东君对他的吃相相当不满,十分看不惯他暴发户的粗俗样态。两对夫妻参加农家乐聚会,话里话外都可以看出郭栋对于傅睿"清高"而又"清贫"的不解和不屑,也有着自我拥有豪车别墅的骄傲。在郭栋看来,豪车别墅才是成功者的标配。但是傅睿并没有表现出对郭栋的羡慕,也没有表现出对郭栋的不屑。他反而能够看淡这一切,继续坚守着自我的追求。相比较二者在物质和精神追求上的反差,二者互为镜像,相互映照。这也可以看出当下这一时代知识分子在价值追求和精神世界上的巨大差异。

此外,作者还塑造了傅睿妻子王敏鹿、培训中结交的银行副行长、房地产商老赵、护士小蔡等人物形象。王敏鹿和傅睿是大学同学,二者的结合成为他人羡慕的婚姻,她崇拜傅睿,但从农村走出来的她一直有一个隐秘的遗憾:总是担心傅睿不要她了。特别是当傅睿在忙碌的工作中近乎丧失了对性的兴趣后,更让王敏鹿产生了对婚姻的危机感,这让她在幸福的婚姻中平添了很多的焦虑和不满。银行副行长作为金融界人士,其所作所为都与金钱有关。老赵和小蔡都是傅睿拯救的对象,他们也都钦佩傅睿,他们从傅睿身上看到了生命之光、人性之光。

可以看出,在全球化、现代化高速行进的大时代,不同的知识分子群体,在职业、生活、家庭和婚姻中,关注的重点不一样,所承担的精神压力也不一样。不同知识分子之间互为映照,形成了当下大时代知识分子复杂的精神群像。造成人物之间形成巨大反差的原因有很多,既有时代的差异又有个体的不同。但毋庸置疑的是,毕飞宇在这部作品中所塑造的都是饱含现代性特征的人物形象。所谓现代性的人物形象,即有着现代人的思想和价值观念、接受了现代的教育和理念的一批人,他们物质充裕、知识丰富、思想观念前卫、独立自主。这既与作者过往作品中的人物形成了巨大

① 毕飞宇:《欢迎来到人间》,《收获》2023 年第 3 期。
② 同上。

的反差,体现了作者对当下知识分子的正面书写,又极大丰富了当代文坛知识分子的形象谱系。

二、当下知识分子的拯救欲望与创伤叙事

新时代的知识分子面对复杂的社会现状,为当下的知识分子叙事提供了现实基础,当然也向当下的知识分子叙事提出了挑战。但是毕飞宇作为一位成熟的作家,其高超的叙事能力,特别是对长篇小说的驾驭能力,使他能够在这种复杂现实面前,处理并拿捏好长篇小说的内部结构、人物及其逻辑之间的内在关系。作品中,作者重点塑造的知识分子主人公形象傅睿,在追求自我价值的过程中,既实现了作为医者拯救他人的愿望,又在救他中实现了对自我的拯救。在这种救他与自救的过程中,作者恰到好处地实现了对当下知识分子的创伤叙事。

知识分子以其具备的专业性知识和对现实的关怀,经常表现出对他人和社会的关注。这是知识分子的使命,也是多数知识分子的内在情感追求。作为外科手术医生,傅睿内心深处怀着对患者和他人的爱。但不可否认的是,任何医生特别是像傅睿这样承担治疗泌尿科疑难重症患者的医生,都不可能将所有的病人治疗康复。作品就从他治疗的七位病人相继去世写起。作为有良知、仁心和追求完美的医生,傅睿不愿意接受这样的事实。特别是在面对第七位病人——一位 15 岁的少女田菲时,更是他一直解不开的心结。傅睿在之前已经保证将她治愈的情况下,最后依然没能保住她的性命。这一结果不仅让田菲的家长无法接受而酿成了医闹事件,而且使得傅睿陷入了深深的自责之中。内心使命感的驱使及其现实的困境,让傅睿更加焦虑起来。这也严重影响了他本就不是很好的睡眠。"傅睿的睡眠从来不是睡眠,而是搏斗。这搏斗紧张、恐怖、持久,不是你死就是我活。"[①] 自此,他更加敬业并陷入了更大的焦虑之中。他对自己的患者更是尽心尽力,自他的患者"丁旷达转入病房的那一刻起,傅睿就陷入了无边的焦虑,他对死有一种根性的恐惧,尤其在自己的手上"[②]。在这种压力之下,傅睿陷入更严重的失眠之中,当进入无法睡眠的深夜,他还会探望自己的病人老赵。傅睿只有在这不断的救他中才能缓解自我内心中的焦虑,同时以此和失眠进行斗争。

如果说傅睿对于患者的拯救更多的是在身体层面,那么他对于身边朋友、同事的

①　毕飞宇:《欢迎来到人间》,《收获》2023 年第 3 期。
②　同上。

拯救则更多地体现在精神和灵魂层面。这里体现最明显的是他对于小蔡的拯救。小蔡本是医院的护士，非常仰慕傅睿，曾在医闹事件中为傅睿充当"挡箭牌"。小蔡的帮助，让傅睿充满感激并开始关注和介入小蔡的情感生活。他想从各个方面帮助小蔡。小蔡曾经有过多次的恋爱经历，曾经对爱情充满了憧憬，也经历了各种恋爱带来的创伤。但后来因为现实的无奈，小蔡经受不住金钱、工作和物质的诱惑，甘愿给年长又有钱的老胡充当小三甚至最后嫁给了他。在傅睿看来，小蔡是一个堕落的、被侮辱和被损害的女性。他想着一定要拯救堕落的小蔡。"傅睿能做的是给田菲置换一只肾，是左肾，——可小蔡需要怎样的移植，傅睿才能把原先的小蔡还给小蔡，傅睿现在还吃不准。"① 傅睿认为，小蔡的"堕落是灵魂的肿瘤或炎症，和心脏无关，和大脑无关"②。傅睿怀着对现代医学的崇高使命说道："医学如果不能从根本上治愈堕落，所谓的现代医学都比不上给宠物洗澡。"③ 虽然"现代医学放弃了灵魂，它选择了止马不前"④，但傅睿没有放弃。傅睿充满了对小蔡灵魂拯救的渴望，一连发出了面对小蔡的几十句呐喊。因为此，傅睿自己也陷入了深深的焦虑和各种猜测之中，甚至落入了注意力不集中和精神错乱的精神创伤之中。傅睿认为小蔡的灵魂已经命悬一线，"如果灵魂可以移植的话，傅睿现在就可以用一把榔头敲开小蔡的脑袋，然后，把自己的灵魂全部贡献出去"⑤。最后傅睿在急不可耐的状态下，选择用极端的方式"治疗"小蔡——飙车让小蔡呕吐。

　　拯救他人既是傅睿医者仁心的体现，是他实现自我人生价值的方式，更是他自我拯救的途径。傅睿的种种表现，某种层面上是他作为知识分子天性的使然。作者通过多人之口，揭示了傅睿这一性格表现的原因。傅睿的母亲说道："傅睿这孩子打小就这样儿，他热衷于额外的承担，他满足于额外的承担。然而，这承担并不针对任何人，相反，他针对的仅仅是他自己。在骨子里，这孩子却冷漠，很冷，尤其是和他亲近的人。"⑥ 傅睿在参加培训期间，向陌生人表现得非常冷漠，然而了解他的郭鼎荣说道："傅睿哪里是清高、傲慢、冷漠和害羞，这个人的水很深。傅睿精明。这么帅气、这么干净、这么儒雅的一个人，硬是在大清早起来拖地板。"⑦ 傅睿和郭栋两家去郊游，当他们看到受伤的小羊时，郭栋想到的是怎样吃掉它，而傅睿充满了对小羊的怜悯和

---

① 　毕飞宇：《欢迎来到人间》，《收获》2023 年第 3 期。
② 　同上。
③ 　同上。
④ 　同上。
⑤ 　同上。
⑥ 　同上。
⑦ 　同上。

同情,他甚至想要大声疾呼救护车。当哥白尼的雕塑被灰尘遮蔽了面孔,傅睿主动为它清洗,等等。这一系列的行为,都可以看出傅睿发自内心的善良和仁心。在傅睿身上我们看到,在他力所能及对他人的拯救和奉献中,可以实现自我和他人以及这个世界的充分和解。但可惜的是,这无法做到他和所有人的和解,这使他无时无刻不陷入巨大的焦虑之中,也就无法和自己和解。因为他是追求完美的人,当无法和所有人和解的时候,自我和解就崩塌了,伴随而来的就是身体的失眠、自我精神世界的焦虑、压抑等。但傅睿始终没有放弃对这种和解的努力,只能通过更多的奉献来予以补偿,甚至有时候是以极端的方式来呈现。从这一意义而言,傅睿的诸多行径,与其说是一种救他的行为,毋宁说是一种对自我灵魂和精神世界的拯救。

从叙事逻辑来看,傅睿就是这样在救他与自救的过程中,将复杂的自我形象和精神性格特征展现了出来。这也是为什么我们在傅睿这样一位近乎绝对正面的人物形象中,没有感受到人物的虚假和单调,反而看到了当下知识分子精神世界的复杂。作者正是在对傅睿拯救——焦虑——再拯救的人物行动中,让我们看到了大时代知识分子性格和形象生成的过程。更是在这种复杂过程中,作者将当下知识分子的创伤体验层层揭露出来。创伤往往是"由灾难性事件导致的、在心理发展过程中造成持续和深远影响甚至可能导致精神失常的心理伤害"[①]。创伤是多样的,知识分子的创伤往往是隐忧的,更多地体现在心灵深处,体现在个体精神层面,往往需要自我疗愈才能得以实现。作者以抽丝剥茧的方式将当下知识分子的创伤展现出来,体现了作者的叙事功力。作者对主人公傅睿不断地受到创伤再进行自我疗愈的书写,构成了一个个叙事的闭环。最终也在这些闭环的螺旋式上升中,达成了对当下知识分子精神世界的深度挖掘。

三、意识流与当下知识分子的精神反思

今天的大时代是一个急速发展和变迁的时代。这一剧变体现在社会发展的方方面面,但是社会在急速发展进程中,也存在这样那样的问题,诸如物质和经济的发展速度过快,文化和精神层面无法跟上,就是其中一个极为重要的问题。有良知的知识分子作为社会文化和精神发展的重要推动者,往往在这样的大时代扮演着极为重要的角色。他们在扮演好这一角色的同时,也难免与这个时代及其时代中的他者产生矛盾与冲突,创伤就是在这一矛盾和冲突中彰显出来的。在《欢迎来到人间》中,傅睿

① 林庆新:《创伤叙事与"不及物写作"》,《国外文学》2008年第4期。

与其他知识分子以及身边的人物之间显在的或隐匿的冲突就是一个很好的例子。那么从叙事手法来看,作者是怎样一步步揭示了大时代知识分子的创伤呢?笔者认为,对于知识分子内在的、隐匿的心理和精神层面的创伤,往往还是要从知识分子心理层面入手。若主要通过作者或叙述者等他者视角展开,则某种层面上其真实性、生动性就大打折扣。这种既对主人公的心理予以呈现,又要推动叙事的进展,最好的方式之一莫过于意识流手法的使用。在《欢迎来到人间》中,毕飞宇就是以意识流的方式实现了对当下知识分子心路历程的探索和解剖。这种解剖既是对作品中的知识分子的解剖,实际上某种层面又是对作者的自我解剖,更是作者对当下社会和知识分子群体的精神反思。

意识流是一种常见的叙事手法,但怎么使用,在什么地方使用,用在什么样的主人公身上,用得准不准确则是对作家的考验。意识流不是放之四海而皆准的,对它的使用要与作品的主旨内容、审美和思想表达相契合。"准确"是毕飞宇创作的一大优势,这种准确既体现在文学语言的使用上,也体现在叙事手法的采用上。如果说意识是人物精神和心理层面的,那么意识流则与人物精神和心理的变迁有关。毕飞宇是一位对意识流手法运用纯熟的作家,他在《小说课》里对诸多作品的分析中,曾多次对意识流手法进行解读。在《欢迎来到人间》中,作者就通过人物的内心独白、象征手法、多视角叙事和梦境书写等方式,达成了对傅睿意识流的呈现。更重要的是,这种呈现又与作品情节的推进、故事的发展和思想的传递融合在一起,最终达成了意识流语篇意义的建构。

内心独白的使用是表现意识流最常见的方法之一。作品中,傅睿因患者的逝去而陷入无穷的压力、焦虑和失眠之中,由于性格的原因,他又不善于从外在释放这种压力,进而作者以大量内心独白的方式将傅睿意识与潜意识中的观念和想法表达出来。每次手术完成后,傅睿都会想起吸烟,在吞云吐雾间,他一方面释放了自己的压力,一方面也可以"利用吸烟的功夫把自己做过的手术再'做'一遍"①。实际上,这再"做"一遍就是他深层的内心独白,是无声的心理语言在流淌。作品中有相当篇幅写到了傅睿的失眠,当他彻夜未眠之时,也是他内心独白最为旺盛的时候,这种内心独白既有着主人公对现实的沉思,又有对未来天马行空的想象,还对人生意义等富有哲学意味的思考。当小蔡嫁给老胡,傅睿认为小蔡彻底堕落了,他想拯救小蔡却见不到她。在他失眠和百感交集的时候,作者进行了大量的意识流书写。作者通过对傅睿意识流动的呈现,将傅睿极其强烈想要拯救小蔡的欲望揭示出来。这是当下知识

---

① 毕飞宇:《欢迎来到人间》,《收获》2023 年第 3 期。

分子深层次内心独白的展现。象征手法往往会在意识流小说中经常出现。傅睿在参加农家乐时看到受伤的小羊，想大声疾呼救护车，是傅睿内心善良的象征；当傅睿想到要给受到污染的哥白尼雕塑清洗时，象征的则是傅睿对于真理的追寻。为了更好地塑造傅睿这一形象，作者还通过他者视角，以他者看待傅睿的方式，将傅睿的内心世界呈现出来。除了上文中提到的他的母亲、妻子等外，他的患者老赵则将他的英勇事迹发表在报纸上。但面对于此傅睿关机了，傅睿不愿成为这样的英雄。此外，作者还写到了傅睿梦游的场景，以梦的方式呈现傅睿的精神和心理世界。按照弗洛伊德的说法，梦本就是人的意识的一种呈现方式，梦游则是人实现自我意识的一种途径，是人潜在的意识流动的一种表现。

"意识流语篇意义构建的关键是以'人同此心、心同此理'的姿态去体验意识，感受纷杂的意识流动所折射出的独特的世界观、人生观和审美观。读者可以从各色人物对世界形成概念化表征的过程中，感受心灵的震撼，领悟人生的真谛。"[1] 作者通过意识流书写建构和揭示了知识分子主人公的创伤。主人公作为衣食无忧和他者羡慕的对象，为什么在这样一个大时代却遭遇如此的隐痛与创伤，这不得不引起我们的反思。也许有人会认为这是主人公的自我呻吟，是一种"身在福中不知福"或自讨苦吃的表现。但是我们不得不反思，是谁让傅睿背负了这样的创伤？当然这里不排除傅睿本性的因素，傅睿本性中确实存在着这样那样的问题，比如过于追求完美，有时候处理事情未免太过极端等，但我们同样要反思社会剧变的现实给傅睿造成的影响。同时我们要反思的是，在今天这样一个急剧变迁的时代，我们确实需要更多傅睿这样的知识分子出现。在日益个体化、原子化的时代，傅睿这样"以天下为己任"以及发自内心想要拯救他人、奉献他人的诉求，不得不说是我们当下社会中最为稀缺的，也是当下知识分子最该践行的行为。

作者将作品题目叫作"欢迎来到人间"，某种层面上可以看出作者对傅睿这样的知识分子的认同，这彰显着作者的叙事伦理和价值取向。我们这个时代需要什么样的知识分子呢？作者正是借助傅睿这一人物的塑造，展开对我们这样的大时代的反思，是呼吁我们这样的大时代，需要更多诸如傅睿这样的人物出现。我们这样的时代，不需要像傅博那样的精致的利己主义者，不需要郭栋那样的粗俗的利己主义者，我们需要的是像傅睿那样富有良知、仁心和奉献精神的利他主义的知识分子。虽然傅睿在拯救他人身体和灵魂的过程中，自我也受到了创伤和折磨，但在当下社会快速

---

[1] 赵秀凤：《意识的隐喻表征和合成——意识流小说〈到灯塔去〉的认知文体学分析》，《外国语文》2009年第2期。

发展的进程中,就是需要更多像傅睿这样的人出现,只有这样才能更好地推动人类从身体到灵魂健康的成长。傅睿身上是有光的,他乐于将这种光传递下去。当老赵在傅睿的帮助下,确保能够活下去的时候,老赵眼眶里也闪烁着泪光,"这是一种奇特的光,只有被拯救的人才会有光,是大幸福和大解放"①。笔者认为,虽然在追求光的道路上可能有着各种挫折和挑战,但"为了做到这一点,我们需要冷静的头脑、钢铁般的意志和巨大的勇气;最重要的是,我们需要真正长远的视野——以及足够的耐心"②。这也许就是毕飞宇15年思考和创作过程中,无论经历怎样的痛苦也要坚持把这部作品写出来最大的理由和动力吧。

［本文系国家社科基金重大招标项目"百年中国乡土文学与农村建设运动关系研究"(项目批准号:21&ZD261)、江苏省社科基金项目"新世纪江苏长篇小说的'新现实主义'审美书写研究"(项目批准号:22ZWC003)的阶段性成果、江苏省社科应用研究精品工程地方志专项课题"中国式现代化背景下江苏长篇小说的乡村志书写研究"(23-SFZC-10)］

(作者单位:江苏师范大学文学院)

---

① 毕飞宇:《欢迎来到人间》,《收获》2023年第3期。
② ［德］海因里希·盖瑟尔伯格编:《我们时代的精神状况》,孙柏等译,上海人民出版社2018年版,第46页。

抒情传统中的自我成长与时代沉思
——关于熊育群长篇小说《连尔居》

王雨静

内容摘要：关于"抒情传统"，虽然有着不同的观察角度和理解命名，但海外学人王德威与批评家孙郁都敏锐地发现了中国现当代文学史上这一非主流文学传统的存在。这一文学传统留存于客观条件相对严酷的 20 世纪中期，并一直传延到了当下时代。作家熊育群的长篇小说《连尔居》便是一部具有突出抒情传统表现的文学作品，在弥漫着一种巫性十足的楚地文化气氛的渲染中，作者进行了独属于自己的成长叙事与时代沉思，展现了现代性对原本淳朴自然的连尔居所形成的强烈冲击，以及畸形政治时代对正常人性的压抑与袭扰。整部《连尔居》的成功书写，是一种建立在人道主义之上的悲悯情怀的突出表达。

关键词：抒情传统 《连尔居》 成长叙事 时代沉思

应该注意到，晚近一个时期，中国现当代文学研究界一大引人注目的亮点，就是海外学人王德威关于抒情传统的倡明与论述。他曾在《史诗时代的抒情声音》这部著作的引言部分强调了抒情传统在 20 世纪中期的重要性："然而本书强调，正是由于二十世纪的中国经历如此剧烈转折，文学、文化抒情性的张力反而以空前之姿降临。中国文学传统中的抒情论述和实践从来关注自我与世界的互动，二十世纪中期天地玄黄，触发种种文学和美学实验，或见证国族的分裂离散，或铭记个人的艰难选择。'抒情'之为物，来自诗性自我与历史世变最惊心动魄的碰撞，中国现代性的独特维度亦因此而显现。"[1] 王德威不仅强调了抒情论述与实践在 20 世纪中国的客观实存，而且更进一步认识到，相较于世界范围内普遍的现代性，抒情性的具备甚至可以被看作独属于中国的一种特别维度。由此，"抒情"与此前一贯所谓的"启蒙"与"革命"传统构成了鼎立而三的关系："本书围绕两个主题展开。首先，通过抒情话语对中国现代性两大主导范式——'启蒙'与'革命'——重做检讨。我提议纳'抒情'为一种参数，将

---

① 王德威：《史诗时代的抒情声音》，生活·读书·新知三联书店 2019 年版，第 3 页。

原有二元论述三角化，亦即关注'革命''启蒙''抒情'三者的联动关系。"① 为了不至于引发理解上的歧义，王德威还专门针对此处的"情"，给出了更加精准深入的阐释："此处的'情'是感情，也是人情、世情；是人性内里的七情六欲，也是历史的情景状态。更进一步，'情'是本然真实的存在，也是审时度势的能力。"② 在历史悠久的中国古典文学传统之外，如果说已有百年历史的中国现当代文学也形成了自己的传统，那么，在既往的研究中，我们一般只强调"启蒙"与"革命"两种文学传统的存在。而现在，因为有了王德威他们的积极努力，现当代文学传统由此前"启蒙"与"革命"的"双峰并峙"变成了"启蒙"、"革命"与"抒情"的三足鼎立。以此为前提，王德威主要选取沈从文、冯至、何其芳、胡兰成、江文、林风眠、徐悲鸿、费穆、台静农等不同的个案，分别从文学创作、绘画、音乐、电影，乃至书法的角度，对抒情传统在 20 世纪中期的具体表现展开了相当深入的独到思考与论述。

正所谓英雄所见略同，虽未明确提出"抒情传统"这一概念，但孙郁在其早年创作的名为《革命时代的士大夫——汪曾祺闲录》的著作中便有过对文学传统的发现与倡扬："我在教书之余，陆续用了两年时间写作此书，总算告一段落了。编出目录后，才发现与预期的样子有别，然而，生出来的孩子也只能如此。这本书，是对自己年轻时期的记忆的一次回溯，自然也有内心的寄托在。但要说什么意义，却有些茫然，自己也理不清的。我只是想通过汪曾祺，来写一群人，沈从文、闻一多、朱自清、浦江清、朱德熙、李健吾、黄裳、黄永玉、赵树理、老舍、邵燕祥、林斤澜、贾平凹、张爱玲……在革命的时代，他们有着挫折的体验，不都那么冲动，还有士大夫的遗传在。这些文人数目不多，在五十年代已经溃不成军，但其余绪却奇迹般保留下来。我们的文化没有被无情的动荡完全摧毁，大概和他们的存在大有关系。"③ 孙郁将此种尽管隐然但的确存在的文学传统命名为"士大夫"。因是之故，这"士大夫"三个字，就既是对于汪曾祺这一作家个体的精神定位，更是对于漫延存在长达百年之久的一种文学传统的理解、概括与命名。到最后，可能是出于对中国现当代文学总体状况的失望，孙郁无奈感慨："在我看来，几千年来的中国，有一个士的传统，这个传统被各类革命基本荡涤后，优劣俱损，连闪光的一面也难见了。倘能还有六朝的清峻、唐人的放达与宋明的幽婉，也是好的吧？我幼时受到的教育是历史的虚无主义居多，那是一种偏执。现在已经没有前人那样俊美的神采了。因为已经读不懂古人，对历史也知之甚少。"④ 就

① 王德威：《史诗时代的抒情声音》，生活·读书·新知三联书店 2019 年版，第 4 页。
② 同上书，第 3 页。
③ 孙郁：《革命时代的士大夫》，生活·读书·新知三联书店 2014 年版，第 307 页。
④ 同上书，第 308 页。

这样,虽然观察角度与切入立场均有明显差异,虽然所关注的具体对象也并不相同,但王德威与孙郁不仅不无敏锐地发现了中国现当代文学史上一种非主流文学传统的存在,并且还给出了各自不同的理解命名,无论如何都是一种不争的事实。尽管孙郁"士大夫"的说法不能说其不成立,但相较而言,笔者认为王德威关于现代抒情传统的倡明与论述,尤其将其与"启蒙"和"革命"并举为三大现代文学传统的观点,有着更为突出的意义和价值。此处的关键问题在于,我们完全可以将孙郁指出的所谓"六朝的清峻、唐人的放达与宋明的幽婉"纳入王德威的抒情传统中加以理解。又或者说,前者很大程度上正可以被看作后者的主要内涵。

如果我们对王德威与孙郁的发现和论述持认可态度,亦承认抒情传统留存于客观条件相对严酷的 20 世纪中期,那么,也就应该承认,这种抒情传统一直传延到了当下时代。在当下很多作品中,我们都能够感受到抒情传统的突出表现。作家熊育群的长篇小说《连尔居》(北岳文艺出版社 2019 年版),就是其中极具代表性的一部。"湘北的汨罗江流域是一块神奇的土地。楚文化迥异于中原文化,它的气质绚烂、繁丽,巫气氤氲,富于梦幻,人们生性敏感,生命意识强烈。谭盾在他的音乐作品里已有出色表现,沈从文的文字、黄永玉的画都能看到这样的气象,诡异、空灵,这就是湖湘文化的神韵,天然地靠近艺术。我如果写不出这片土地的神韵,写不出它的民风土习,小说就谈不上成功。"① 在《连尔居》的序言中熊育群如是说,接着又将自己的这些思想认识进一步落实到具体的小说文本之中。

说到《连尔居》既诡异又空灵的巫气氤氲,一个突出的例证,就是作家借助于拥有一双阴阳眼的青华的眼睛,对夜间鬼影重重的别一个世界,进行了生动形象的描绘:"青华得意地笑了。他已经习惯了鬼,夜里起来屙尿,站在地坪里,往黑暗里四处观看,他有兴致看看今晚来的鬼比昨晚多还是少。在有月光的夜晚,他们飘来飘去,飘得像蒲公英,青布褂子的影子在穿插、叠合,像一场无声的游戏;雨天的时候,躲到屋檐下,他们又像蓑衣一样贴墙挂起来了,直到鸡叫才烟一样散去;冬天里,喜欢随着北风哀嚎,在结冰的水面上双脚并跳,青华认为他们也怕冷……他瞌睡大,总是咕噜几声就回房睡觉去了。"对于这种无法用科学解释的相关描写,被流行文学观念规训后的作家熊育群将其理解为对"魔幻"手法的一种运用。提及"魔幻",不由联想到所谓的拉美魔幻现实主义,联想到马尔克斯。但依笔者所见,与其将作家的如此描写看作"魔幻",倒不如在本土的层面将其理解为楚地巫文化的一种如实呈现更为合理。

事实上,也正是在弥漫着如此一种巫性十足的楚地文化气氛的渲染中,熊育群开

---

① 熊育群:《连尔居》,北岳文艺出版社 2019 年版,第 1—4 页。

始了独属于自己的成长叙事与时代沉思。如果说萧红的《呼兰河传》仅仅止步于对"我"童年时期生活状况的一种回忆,那么,熊育群在《连尔居》中,则以诗意盎然的文字描写展示了叙述者"我"在特定时代背景下的成长过程。小说开篇,初出场时的"我",是一位尚不知忧愁与苦恼为何物,整日只知道和几位小伙伴四处游荡的连尔居少年。或许与此前总是蜗居在连尔居一隅紧密相关,"我"生命意识的最初觉醒,是在那一年第一次远行的时候:"第一次远行也是发生在挖地洞的那一年。那年春天,我突然明白连尔居之外还有更大的世界。"大约正因为那次远行对"我"的成长太过重要,直到相隔半个世纪的现在,当时的情形依然历历在目。那一次,"我"和几个小伙伴,竟然从连尔居出发,一直走到了湘江洞庭湖的入口处:"我们到了小边山的西北。这里是湘江洞庭湖的入口。像被谁猛地扯了一下,天幕刹那间打开。我发现自己原来站得这么高,比大堤又要高出很多。这高度让人畏惧。我看到了异样的天地,脑子里出现的念头蜂窝似的,'嗡,嗡,嗡',不晓得是么里念头,或者不是念头,只是让人困惑。"只有到了小边山上,"我"才明白了山是很高的东西,"就像现在,脚下突然低下去了,低低的,让人晕眩。那里出现了一个大湖,烟波浩渺,无边无际,风是长风,浩然吹来,有一种空虚的气势把我震住了"。就在那个瞬间,"我有哭的冲动"。在我们的成长过程中,每每会有这样一种体验,即当我们无意间重返曾经居住或活动过的某一场所时,记忆中原本偌大的空间突然变小了许多。之所以如此,是因为我们早已长大。对于打小就没有离开过连尔居这个小村庄的"我"来说,第一次远行,不仅登上了高山,而且还看到了浩渺无际的洞庭湖,这一切都对"我"幼小的心灵世界产生了巨大的冲击。无论是不知道"被谁猛地扯了一下",还是突然间感到"晕眩",抑或还是"我有哭的冲动",所具体描写的,都是当外部一个阔大的世界突然展现在"我"面前时,"我"的精神世界所受到的强烈震撼。实际上,当"我"突然意识到外部世界竟然如此阔大时,也就意味着自我生命意识的一种生成与打开。

不容忽视的一点是,"我"和小伙伴们的第一次远行历程中有过场部购物的独特体验。在场部的商店里,孩子们大开眼界,发现了各种各样的日用品。也就是在这次行程中,孩子们有了自己第一次花钱购物的体验。然而,同样是第一次花钱购物,"我"的选择却与其他同伴形成了鲜明区别。他们购买食物,而"我"则选择了带有精神产品特征的小人书:"我发现了一角的图书柜台,一排排摆放着小人书,我去问获秋,我想买一本小人书。"就这样,"我"买到了带有鲜明时代特征的《智取威虎山》:"有本《智取威虎山》的小人书,一个身系披风、头戴棕色长毛帽的男人,右手握枪,左手撩衣,威风凛凛,身后是茫茫林海雪原。我迷上了它。它最贵最厚,要二毛四分。"对于作家熊育群这样出生于上世纪 60 年代的人来说,多数人最早的文学阅读都是从《智取威虎山》这种"革命样板戏"小人书开始的。具体到《连尔居》，中学时期的"我"表现出了突出的写作天赋，"在家里写了一本侦探小说"。如此，第一次远行时"我"与众不同地选择小人书的行为，也就有了不容忽视的文学启蒙意味。事实上，从最初购买小人书到后来勇敢尝试小说创作，这些经历毫无疑问成为"我"成长过程中非常重要的一部分。由于摔跤时一个也摔不过，"我"只能在热衷于模仿军事建制的少年玩伴中当一个小小的"排长"；由于"我"曾经让一只小黑狗含自己卵子的缘故，也曾经被人们喊"一队的总傻子"。"我"既是一个排长，又被人称作傻瓜，所以在同龄人中没有地位。但"我"在年龄较小的孩子们中间比较受欢迎，之所以如此，是因为"我"有一种特别的讲故事才能："他们跟我玩的原因是我会讲故事。我有那么多小人书，每本书上的故事我都记得。"尤其值得注意的是，"半年后，小人书上的故事他们听腻了，我只得自己编。他们经常找我，我就得经常编，逼得我张口就来。连尔居人因此又送了我一个绰号'嬲白佬'"。很显然，此时给小伙伴们编故事的"我"已经初步显示了一定的创作才能。

与此同时，我们还应注意到，少年的"我"竟然拥有一种可以打通过去、现在以及未来的神奇能力。"有时，一模一样的场景重复出现——当我经历一件事情，脑子里'咣当'一声，我突然感觉眼前的情景以前出现过了，我正在经历我已知晓的事情，或者是同样的事情又在重复。这个时候似梦非梦。我怔住，像触了电。""时间是在倒退的，我回到了曾经走神的那个时刻。曾经的恍惚不是预感，而是我早就来过了！我进入了从前那个神秘的瞬间。这既是过去，又是现在，我似乎明白了将要发生的事情。生活似在重复，让人看到命运偶尔露出的一鳞半爪。我开始相信自己能够看到未来了。"就这样，在"我"这里，现在与过去以及未来呈现为一种可以打通的状态。此种非同寻常的神奇能力，以及超强的记忆力，加上少年时就表现出的编故事能力，还有"敏感、自卑、脆弱、独立、多愁善感，却又倔强、自我、顽固、孤独、自尊"等性格特征的具备，这样的一个"我"，在未来的岁月里最终成长为一名作家，无论如何都是顺理成章的。

相较于文学写作能力的逐渐生成，更具生命成长意味的，应是"我"少年时期性意识的觉醒。"我"性意识的最初萌动，与邻居少女媛媛的"启蒙"紧密相关。那一次，"我"和媛媛赶着一群牛到了村外。媛媛忽然问"我"想不想看她的生殖器，"我"一时备觉难堪，但媛媛的态度是不管不顾，"我的脸像火在烧。我感觉到厌恶"。既害羞又厌恶，熊育群活脱脱写出了一个男孩初涉性禁区时的神态与感受。性意识萌动不已的"我"，第一个产生兴趣的女性，是邻居家一位名叫春芳的漂亮少女。一次，在春芳家，"我"偶然间听到她一个人在纵情唱歌。由于春芳不管不顾地把"我"拉到她身边一起唱，"我"第一次近距离地感受到她身体的气息。这从四面八方包围着"我"的气息，一时间令"我"陷入了某种从未体验过的狂想的精神状态中："我陷入了狂想，身体里有好多神奇的事物，它们变得如此美妙！泛滥的河流在我身体的各个部位冲刷，正在扬帆出港的不知是么里。她天使般圣洁，又魔鬼般失控。这力量摧毁我，把自己祭品一样献出。这力量让我无由地恐惧，全身颤抖……"就这样，性意识的觉醒使"我"的身体一时间陷入了失控的迷狂状态中。为了讨好春芳，在一位名叫刘三洲的成年男人的唆使下，"我"多次从家中偷米，转交刘三洲将其兑换后专门购物送于春芳。要知道，在那个物资匮乏的特殊时期，每家粮食都是定量供应。由此可见，在那种特定的时代背景下，被性意识牢牢锁定的"我"，已经陷入了怎样一种失控的迷狂状态。性意识的初萌是一个人成长过程中至关重要的阶段，熊育群能够以富有诗性的笔触，大胆细腻地将"我"性意识觉醒的过程展示出来，其实是对他艺术表现能力的一个严峻考验。

由于熊育群在《连尔居》中采用了一种散点透视的叙述方式，因此尽管文本中先后多人陆续登场，但包括叙述者"我"在内，没有一个人物可以被视为核心人物形象。就此而言，《连尔居》可以说是一部没有主人公的小说。但倘若依循小说学的规程，一定要有主人公的话，那么这主人公恐怕也只能是连尔居这个楚地小村庄本身了。唯其采用了散点透视的叙述方式，所以，当"我"再一次出现在读者面前时，已经是"文革"即将结束，一个不合理的畸形时代即将宣告终结的时候。此时，曾经停顿多年的高考再一次被提上了国家的议事日程。而一贯好学上进且拥有预知未来能力的"我"，也开始憧憬自己的未来："从时间的另一端我回望到了自己，我看到现在的我在说话，同学踩到的杂草，发出细小的簌簌声。他的话像受了某种旨意，专门来说给我听。那个远处的大学与现在的我瞬间连接成了一体。我已经到了那个模糊不明朗的远方，我看不清，像一团光，但我感觉到了它。"除了高考，还有关于作家的话题被提及："春芳说：'你当作家，要写写我哦。'我笑，'好，我把你写进小说。'她笑了，笑得很开心，很亲昵地看着我。"后来，在这部《连尔居》中，我们果然看到了春芳这一人物的出场。某种意义上，文本中的这几句对话，与小说《连尔居》构成了一种奇特的互文关系。此刻，伴随着一个时代的终结，熊育群关于"我"的成长叙事实际上得以最后完成。

上文曾提到，由于作者行文时采用散点透视的叙述方式，这个名叫连尔居的楚地小村庄可以被理解为小说的潜在主人公。需要注意的是，这个被视为潜在主人公的小村庄，其来历有着不容忽视的时代特征。首先，连尔居不仅是一个新出现的村庄，而且它的出现与形成还与1949年之后一度普遍实行的农垦制度紧密相关。由于农垦的需要，连尔居被建设在了一个荒洲上。"他们开始爱上荒洲上的连尔居了？要这个新家不要老家了？大人们说，房屋太小，要多建几排房。但我不觉得小。"这些叙事话语中透露出一些信息，即连尔居是一个新建的村庄，进一步说，这是一个与一般意义上的自然村不同的村庄，它隶属农垦系统。关于这一点，文中有相关的叙事话语为证："村里第一个篮球架是他自己用木头打出来的。他带着一帮人打篮球，打着打着，就比赛比到了农场职工医院，比到了场部，还比到了场部的汨罗纺织厂。"依照常理，一个普通意义上的自然村，其行政隶属关系在当时只能是所谓的人民公社。但与连尔居紧密相关的，是所谓的场部。由此我们可断定，连尔居这个小村庄在汨罗江畔的出现与形成，肯定与 1949 年之后方有可能实行的农垦制度之间存在着内在的紧密关联。我们所谓连尔居这个小村庄的来历有着不容忽视的时代特征，其具体所指也只能落实在这一点上。

对于上世纪六七十年代那个特定的历史时期，熊育群以连尔居为聚焦点，从以下两个方面进行了深刻的沉思与表达。首先，是现代性对原本淳朴、自然的连尔居所形成的强烈冲击。与此有关的细节，集中体现在惜天二爹这一人物身上。一个，是收音机的出现。一次，出了趟远门的惜天二爹神秘兮兮地从外面带回来一个神秘的宝贝东西："这匣子的确非同一般，有木有铁，还有玻璃。玻璃上刻了竖线、数字，竖线颜色有红有黑。做得几多精致！惜天二爹用手轻轻扭了一个圆坨，里面'嚓嚓嚓嚓'传出响声，众人吓得仰起了弯着的腰。突然一个女人在说话，打乡气，讲的不是农场的话，听不太懂。"面对着这个突然发出奇怪声音的小匣子，连尔居的人们一时震惊不已。受到惊吓的他们，或是将满满的一杯豆子茶倾斜后淋在了地上，或是把一脸的笑容猛然间僵在了那里。尽管惜天二爹后来明确告诉他们，这个奇怪的东西叫收音机，但他们不仅表示难以理解，而且还发出了一种预言式的感慨："有人说，又是世界奇迹！人总有一天会把自己变没了！"虽然此时的连尔居是一个远离现代性的偏远乡村，但无论如何都不能不承认，他们于本能出发无意间讲出的一些话语，实则体现了某种精准的预言色彩。联系迄今为止的人类文明发展过程，我们不难发现，伴随着现代科学技术所谓"突飞猛进"的演进，人的主体性越来越处于一种被剥夺的状态。如此令人担忧的状况，用连尔居人当年的话来说，自然就是"人总有一天会把自己变没了"。然而，因收音机的带回一时骄傲无比的惜天二爹，却没能料到，自己的骄傲最后竟被二娭毑的一碗水给浇没了："有一天，二娭毑看播音员讲了很长的话冇歇气，就喊她出来喝茶。她还在讲：'你口里不干的呀，来，来，喝碗茶。'说着，她走到收音机前，把一碗热茶倒了下去。收音机哑了。"收音机虽然被二娭毑无意间弄哑了，但由它的出现所携带来的现代性此后彻底改变了连尔居人的生活。

再一个，是手表的出现。手表在连尔居，同样最早出现在惜天二爹身上。尽管因为收音机的意外被浇成哑巴而丧魂失魄了很长一段时间,但因为手表的购买,惜天二爹又神气了起来:"正月里他又神气起来了,他过年买了一块手表,这是连尔居第一块手表。拜年时,他总是夸张地说:'时间,啊时间,你们见过时间没?你看它就在我表上走呢!'他给人看戴在手腕上的上海牌手表,还伸到二嬷驰的耳朵边,说这个时间走路还有声音的。"阅读这段叙事话语,首先令我们由衷感叹的,就是惜天二爹(实则是作家熊育群)那如同诗人一般的语言表达能力。无论是追问乡亲们"见过时间没",还是强调"它就在我表上走着呢",抑或告诉二嬷驰"这个时间走路还有声音的",诗性特质的具备显而易见。第一句话将时间比作了人,另外两句在拟人的前提下,强调了时间不仅会走路,而且还可以走出如同脚步一样的声音来。由此,我们不妨将惜天二爹看作一位乡村诗人。如同收音机的出现一般,手表的出现也令连尔居人备感惊奇:"连尔居的老班子没人说时间,他们说的是时辰。这时辰是由鸡的打鸣、太阳的升降来估算的。"毫无疑问,对时间如此不同的理解与称呼,凸显出的便是现代与传统的差异。更加值得注意的一点,是这只作为现代性象征的手表,竟然还在一段时间内与乡村权力的运用发生了关联。由于惜天二爹率先掌握了时间,所以他竟然可以凭此而与安排出工的组长相对抗:"时间一长,组长喊出工,大家先看惜天二爹有没有出门,有的人见他没出门,背了锄头又回去了。"就这样,由于拥有了连尔居第一块手表的缘故,惜天二爹竟成了一位拥有特权的人:"大家觉得惜天二爹想么里时候出工就么里时候出工,想么里时候收工就么里时候收工。他说几点钟就是几点钟,时间变成了他家里的了。"某种意义上,熊育群在这里所写出的,大约可以被看作现代性的神奇魔力。奇妙之处在于,明明是客观精准的时间,在连尔居人这里被理解成独属于惜天二爹家的东西。到最后,组长眼看没有什么办法,只好咬咬牙,"干脆把出工收工的权力交给惜天二爹,由他来喊"。但很快组长便敏感地意识到,自己交出去的实则是派工的权威:"首先是组长,他发现自己把喊出工收工的权力交出去后,他派工的权威也受到了挑战,大家更愿意听惜天二爹的,做事都找他商量。组长在亲戚家偷偷地凑钱,凑齐的那一天,他有重新获得解放的感觉。当上海牌手表戴到自己的手腕上,他不敢相信时间也可以由自己掌握!"更喜剧性的一幕则是在连尔居很多人都买了手表之后,有人竟为此感到后悔。之所以如此,是因为他们发现,正所谓"物以稀为贵",手表一旦普及,它那因神秘而表现出的权威感也就不复存在了:"因为很多人掌握了时间,他再也找不到惜天二爹那样的权威感了。他们的生活其实并不需要时间。日出而作,日落而息,有太阳就足够了。集体劳动,出工收工有组长来喊,不需要自己操心。他们戴着表就像戴手镯,都忘了要看时间。"由"戴手表"到"戴手镯"的心理变化,意味着手表在失去实用功能后只剩下了修饰作用。不知作家熊育群能否意识到,他此处借一块手表所写出的,实际上是现代性某种由"赋魅"到"去魅"的完整过程。

还有对乡间"飞行器"的执意发明。在一次烧火做饭时,惜天二爹突然有所发现:"他从柴堆里带出了一块塑料薄膜,火焰的气浪一下把它冲到了屋顶。他盯着这片飞舞的塑料发呆,心里一动:火焰这么大的威力,可以让塑料飞起来。如果火很大,又会怎样呢?"就这样,由于受到日常生活中火焰把塑料冲到屋顶这一现象的启示,总是对新生事物有着极大好奇心的惜天二爹,开始煞费苦心地琢磨如何才能借助火的力量把器物送上天的问题。几经周折后,惜天二爹硬是凭着自己不屈不挠的一番努力,把他设计的乡间"飞行器"送上了蓝天:"黄色的火让蚊帐一样张开的纸也发出柔和的黄色光亮,它通体透明,在上百双眼睛的注视下缓缓离开托着它的手掌,向着头上的天空升起来。"伴随着"飞行器"的冉冉升空,一位名副其实的乡村发明家就此应运而生。毫无疑问,这位乡村发明家的生成,与他总是对来自外部世界的现代性事物充满强烈的好奇心,与他因此而被触发的想象力之间,存在着无法否认的内在关联。从这个角度来说,惜天二爹这一人物形象可以被视为偏远乡村连尔居与现代性或者现代文明之间的一种连接通道。在充分肯定熊育群对人物的描摹刻画活灵活现的同时,我们更需要关注的,应该是惜天二爹这一形象背后所映射出的作家熊育群对乡村与现代性之间关系的理解与认知。一方面,未受到现代性影响的连尔居的淳朴与自然非常可贵,但在另一方面,我们应当承认,正是现代性的出现,在很多方面改变提升了连尔居的基本生活品质。无论现代性的品质如何,它的出现已从根本上改变了连尔居的生活状况,乃是一种无法被否认的事实存在。依笔者所见,熊育群的一大可贵之处在于,他在不预设立场的前提下,不动声色地描写展示了一种叫作现代性的东西是如何出现,并进一步改变了连尔居人生活状况的总体情形。尽管在当下看来,这种真正可谓言人人殊的现代性的出现,恐怕并非人类的福音。

其次,是畸形时代政治对正常人性的压抑与袭扰。这一方面,小姑娘媛媛与下放"右派"黄石安的遭遇可谓典型至极。媛媛是一个命运悲惨的小姑娘,她十三岁便长得像大人一般,尽管头脑略显迟钝,但有着擅长捕捉鳝鱼和泥鳅的特殊本领。无论如何都不曾料想,她的人生劫难竟与这捉鱼本领有关。明明是凭借自身本领从水里捕捉到一桶鳝鱼,但在那位简直是时代政治意识形态化身的支书潘德和面前,媛媛"摸鱼弄虾"的行为就属于应该被割掉的"资本主义尾巴"。也因此,潘支书专门召开了媛媛的一次批判会:"这是媛媛第一次开会啊,她把它当作一种认同,大家承认她是个成年人了。她出工可以拿成年人的工分了。她仔细地梳熨帖了辫子,穿上了没有补丁的衣服。"然而,兴冲冲的媛媛根本没有想到,"会议却是批判她的,她没办法想通"。由于自此对潘支书心怀怨恨,年龄尚小的媛媛竟想出了制造陷阱以陷害潘支书的主意。忽一日，在连尔居出现了反动标语。公安一番调查结果显示，作案者竟然是谁也不可能料想到的媛媛。"媛媛被办案人员找去了。黑洞洞的枪口对着她，锐利的目光逼视着她，几句话就把她吓哭了。她交代标语是她写的。反击右倾翻案风，要打倒邓小平，她就写'邓小平万岁'，'邓'字写成了'凳'。打倒刘少奇，她就写'刘少奇万岁'。被人喊万岁的中央领导她在名字前面写上'打倒'。""审问她的反革命动机，她交代，她恨潘德和，写反动标语就是想害他，让他去坐牢。"年幼无知的媛媛根本不知道，在那个政治凌驾于一切之上的畸形年代，胡乱写反动标语是要付出惨重代价的。果然，媛媛被抓去分场单独关了起来，再没能够在村里露面，到最后，她被判处了五年徒刑："媛媛五花大绑，胸前挂着一块牌，写着'打倒现行反革命分子祝媛媛'。她瘦得皮包骨，几个拿长枪的人把她推到台上，她仍然懵懵懂懂，不知道何解来了这么多人。"现场目睹了妹妹的惨剧后，哥哥谷清大受刺激："从那晚开始他就不说话了。连而居人见到他，刚刚还说着话，他一到就停了。"没过几天，对生活彻底绝望的谷清投水自尽了。明明只是一个未成年孩子带有恶作剧性质的报复行为，但在那个严重反人性的不合理时代，媛媛却被上纲上线到了"现行反革命分子"的地步。那个时代的畸形与历史的荒诞，由此得到了一种淋漓尽致的描摹与展示。

被下放到农场劳动改造的"右派分子"黄石安是一位资深的老革命，早在延安时期他就参加了革命："那时他追求自由民主，追求法治。他心里只有一个信念：为了一个公正的社会，做个民主法治的铺路人。他痛恨人治的社会，痛恨那些失去了良知的御用文人。"然而，在那个畸形时代的社会体制中，持有如此理念的知识分子注定不会有好结果。黄石安的实际情形正是如此。在延安"整风"期间的"抢救运动"中，他被怀疑为"红旗党"，在监狱一蹲三年。而在共和国成立后的1950年代中后期，黄石安又一次在劫难逃，以"极右分子"的身份被下放到黑龙江北大荒劳动改造。虽然此后随着社会形势的转变，他的处境曾一度略有好转，但等到1966年"文革"开始，他再次遭到强烈冲击。这一次，黄石安被流放到湖南的一家农场，而只有到了农场，他的命运才会与连尔居这个偏远的小村庄发生关联。也因此，在谈到黄石安时，我们的关注点并不仅仅是其在劫难逃的苦难命运，而是他遭难时连尔居人对他的态度。一位，是缘山老倌。他并不了解黄石安的具体情况，但此人精通周易八卦，仅通过对黄石安面相的观察，就认定他遭了冤屈："他还是不觉得他是个坏人。这个人的面相不该灭，说不定是冤枉的。"虽与黄石安素不相识，但想方设法对他施以援手。另一位，则是普通村妇腊梅。相较而言，腊梅的方式来得更为直接："黄石安太高，她给他戴草帽时够不着，他用力往下弯腰，弯得篮球架都在晃动。腊梅踮起脚尖给他扣上去了。大个子感谢地看着她，眼里溢出了泪花：'谢谢您！谢谢您！'他的话打乡气，腊梅听不懂，但她晓得他的意思。口里喃喃说着：'这是作孽啊！不晓得犯了么里罪。又冇杀人放火！'"毫无疑问，在腊梅这里，她的同情因其无条件而显得更加难能可贵。但不论缘山老倌，还是腊梅，熊育群想通过他们表达的，实则是作家自己一种建立在人道主义之上的悲悯情怀。质言之，整部《连尔居》的成功书写，也都是建立在这种难能可贵的悲悯情怀之上的。

刘勰在其《文心雕龙》"物色"篇里，曾有这样一段脍炙人口的言说："是以诗人感物，联类不穷。流连万象之际，沉吟视听之区；写气图貌，既随物以宛转；属采附声，亦与心而徘徊。"根本上而言，熊育群既是散文亦是抒情诗更是长篇小说的《连尔居》的书写，正属于刘勰所描述的这种状况。归根结底，正因为有了写作主体对表现对象如此沉迷于其中的精神投入状况，才会最终成就《连尔居》这样一部诗意盎然的"另类"长篇小说杰作。

（作者单位：西北大学文学院）

1930 年代中国电影"健美"表演观念的生成及其银幕实践

高殿银　冯　果

内容摘要:20 世纪 30 年代中国电影中的"健美"表演观念,诞生于彼时的社会文化语境,经历了以报刊为主的大众媒介的塑造,发展于"拒绝肉感"的电影批评中,并在 30 年代中国电影从对观众欲望的满足到与社会现实接轨的电影制作观念中逐渐成熟。在报刊与电影的跨媒介视野中,本文以演员裸露的身体表演为中心,以何为美的观念变化为线索,并以报刊图片中的演员身体、日常生活进入银幕表演、敞开的自然表演空间中演员动态的身体表现为关系网络,得以厘清电影人对"健美"这一在 30 年代新兴的电影表演观念的认识及银幕实践过程。

关键词:肉感　健美表演　本色　日常生活　自然

1933 年,《中华(上海)》杂志上刊登了一张王人美的近景人像摄影图片,介绍文字为"银幕新影:新女性健美的典型王人美女士"[1],图中王人美侧身而坐,脸部面向镜头言笑晏晏,可以看到图片突出她裸露的肩膀和甜美的笑容。同年,《商报画刊》刊出王人美的一张全身图片,从图片整体来看,不见其面容,重点是她的舞蹈动作,所配文字为"明星王人美女士之健美舞姿"[2]。而在《摄影画报》上,以"健美"为题的一页中,以占据页面半边的位置刊登出王人美的正面全身照片,突出表现的是其穿着紧身短裤的双腿,并不修长,却显得有力,并配文指出其"由歌舞而得到了健全的身体"[3]。令人难以忽略的是,在同年稍晚些(第 9 卷第 9 期)的《摄影画报》上,刊登了一张王人美舞蹈动作的摄影图片,配文中突出了"肉感"的关键词。[4] 但是在同年的《商报画刊》上,以"健美舞姿"为题名,[5]刊登了一组王人美、黎莉莉、白丽珠等影星的舞姿摄影图片,其中一张与此前《摄影画报》上的王人美图片十分相似,但被采用了不同的关键词配文,一为"肉感",另一为"健美"。为何会出现这样的情况? 或许我们可以将其视为

---

① 《银幕新影》,《中华(上海)》1933 年第 18 期。

② 《商报画刊》1933 年汇编。

③ 士:《健美》,《摄影画报》1933 年第 9 卷第 3 期。

④ 《摄影画报》1933 年第 9 卷第 9 期。

⑤ 《健美舞姿》,《商报画刊》,1933 年汇编。

彼时报刊依靠明星所进行的宣传策略的一种。但进一步值得追问的是,1930 年代新兴的以"健美"形象为代表的影星们相似的身体姿态为何会在同一时期出现"肉感"与"健美"的双重表述?事实上,诸如王人美、黎莉莉、徐来、黎灼灼等女性电影明星的身体,都曾既被指称为"肉感",又被视为"健美"的代表,这既与演员的银幕表演相关,又与 20 年代中后期直至 30 年代的社会文化语境有着不可分割的联系。从现实层面的"健美"浪潮,再到演员的银幕表演,伴随着对"肉感"表演的批判,"健美"表演观念在 30 年代兴起,那么这种转向是如何发生的,交织于演员身体的"健美"表演在这一时期以何种面貌出现在电影中并被观众接受?因此本文的重点在于,从这些问题出发,重探"健美"这一在 1930 年代新兴的电影表演观念的生成与银幕实践历程。

一、何为"美":从肉感到健美的表演语境生成

在 20 年代至 30 年代的报刊中,常常出现"肉感"一词,而"中国古代汉语中并没有'肉感'一词,作为完整词语,'肉感'的意义自近代以来方才获得"[1],虽在古代汉语中没有"肉感"的完整词汇,但可知"肉"的其中一个含义是"指人体的肌肉"[2],而"感"有"感应,感受"[3]之意。事实上,"肉感"频繁出现与这一时期的裸体绘画相关,作为新兴艺术,裸体艺术在 20 年代"随着现代的潮流"进入国内,倪贻德认为女性肉体之美,大半是因为"温柔的肉感"[4],陈抱一也曾说"肉体上有复杂的面(Plein),除色调及微妙的明暗美感之外,还有活跃着的人性的美、灵与肉相调和的神秘的美"[5]。及至 30 年代,"肉感"已经在社会文化语境与整体文艺发展观中呈现出"富于肉欲之感"[6]的含义,"肉"也不再是如古代汉语中指称的人体肌肉,而是代表着身体的裸露,尤其是指女性的大腿、胸部等地方的裸露,并和"淫"的行为相关,"肉感"一词从裸体绘画中期望追求的美感转为具有妩媚、淫秽、色情、诱惑涵义的词汇。

这一时期,中国电影中演员裸露的身体被指称为肉感,与当时的舆论环境密不可分,甚至可以说,正是在报刊与电影的双重形塑的过程中,演员的"肉感"表演得以逐渐成形,又逐渐式微。好莱坞影星是交织于这一过程中的重要主角,如被称为"好莱

① 马聪敏:《〈申报〉影评中的"肉感"女体修辞演进与早期电影(1925—1935)》,《妇女研究论丛》2018 年第 5 期。
② "肉",《古代汉语词典》第 2 版,商务印书馆 2014 年版,第 1246 页。
③ "感",《古代汉语词典》第 2 版,商务印书馆 2014 年版,第 413 页。
④ 倪贻德:《论裸体艺术》,《时事新报(上海)》1924 年 12 月 14 日。
⑤ 陈抱一:《女性肉体美的观察》,原载 1925 年 10 月 7 日《申报·艺术界》,引自素颐编《民国美术思潮论集》,上海书画出版社 2014 年版,第 111 页。
⑥ 邢墨卿编:《肉感的》,《新名词辞典》,新生命书局 1934 年版,第 50 页。

坞肉感明星之第一人"①的影星梅蕙丝,以及"热女郎"克莱拉宝等。在30年代的语境中,克莱拉宝被认为对上海女性的影响较大,有人撰文指出,"在暑天的时候,上海的女子们很多很多不穿袜子,显现着肉的鲜妍和小腿的美,便是克莱拉宝所开的风气",她"不止是美国的典型的女性了。她那动作与行为,性情和态度都是上海的中国女性认作导师"。②

　　一方面,"肉感"在报刊中频繁出现,作为电影公司尤其是电影院的宣传策略,这种情况已经被观众所熟知,"在我们每天翻开各大报本埠增刊的时候:随地都可以见到'极香艳''最肉感'消魂荡魄的影片广告"③,凤昔醉就曾指出,影片中并不需要肉感甚至并无肉感,而大量出现的肉感词汇实际是影院的噱头,"今日大声疾呼之所谓肉感影片。无非电影业之奸商希图借此以敛钱之虚伪的宣传。直接以欺骗观众。间接以污辱吾制片业之人格也"④。1932年,针对电影院常以肉感作广告宣传的情况,华北电影公司在各报刊登广告,指出"欲看肉感广告者,请勿看平安与光明之广告,欲看肉感电影者,请勿看平安与光明之电影",广告中不应以影片中袒胸露足的女性表演为炫耀或诱惑的宣传。⑤ 另一方面,以"拒绝肉感"为名在报刊上对这样的宣传进行批判的众多文章,认为香艳和肉感"是丑态暴露的无耻举动",电影中摄制的"赤身裸体的女人演出种种荡人心魄的淫态""断送了艺术的价值,昧减了电影的真旨——尤其是鼓动性欲——引诱意旨薄弱的青年男女堕落",⑥类似这样的抵抗影片中肉感表演的言论在30年代初的报刊中并不少见。在沪外电影的放映中,同样有观众对这样的宣传手段提出批判,就曾有文对广州影院宣传影片《续盘丝洞》(1929)时使用"肉感"二字而表示批评,呼吁"关心市中风气的检查员们"注意这种情况。⑦ 事实上,在1932年的《电影片检查暂行标准中》,电影检查委员会规定"妨害善良风俗或公共秩序"的电影"应即修剪,或全部禁止",包括电影中"描写淫秽及不贞操之情态"、"以不正当的方法表演妇女脱卸衣裳"的情形也被禁止表现。⑧ 因此,在社会需求、电影应负责任与电影检查的交织语境中,"肉感"表演实质在30年代的电影中已难以为继。

　　伴随对"肉感"表演的批判,"健美"表演观逐渐生成,最重要的原因在于社会文化

---

① 《梅蕙丝声誉益高》,《电声(上海)》1934年第3卷第39期国庆号。
② 罗拔高:《热女郎克莱拉宝》,《电影月刊》1930年第2期。
③ 鸷鹭:《香艳与肉感》,《电影三日刊》1931年第9期。
④ 凤昔醉:《肉感与电影》,《电影月报》1929年第11—12期。
⑤ 《华北电影公司打倒肉感》,《天津商报画刊》1932年第4卷第44期。
⑥ 鸷鹭:《香艳与肉感》,《电影三日刊》1931年第9期。
⑦ 柳絮:《续盘丝洞的"肉感"》,《五仙漫话》1930年第1卷第10期。
⑧ 《电影片检查暂行标准》,《电影检查委员会公报》1932年第1卷第11期。

语境中对于"健美"的追求,"健美"的提倡可以说是一次对"美"的观念的革新。什么是这一时期中国社会所需要的"美"? 一是区别于肉感的健美。有文章指出,"近来中国的女士们,已渐渐感悟到需要健美的体格;不过很多人误会健美就是'肉感'。往往因为要显示出她的健康美来,就特别考究她的曲线美,因此而流入于肉感一途",作者进一步强调"健美是真善美,肉感是淫荡态。健美是体格的健美,不是装束肉感了就是健美"。① 同年,有人认为现代女性"美"的"第一个先决条件,就是有没有'健'全的体格? 有'健'全的体格,便算'美'"②。二是反病态美的健美。从前被称为美的中国女性,"多数是体质薄弱,面孔雪白的",如林黛玉一样的美人,"然而时代的变迁这种林黛玉式的美人,在现时已被打倒——不讲瘦弱,专讲健美了。健美:这两个字,当然也是时代中的新名词,所谓健美者马上就可以成为时代的女性"③。具体到电影中,观众认为"中国在时代的演进下,银幕上发现许多的新女性,像王人美,黎莉莉,薛玲仙等等,这几位女士,未尝不可说健美的代表,她们有活泼的体态,健美的姿势,裸着两条大腿,简直使我们骨瘦如柴的人见了,自叹勿如,这凡是看见过联华她们主演的影片,都不会否认地"④。王人美在谈及她在《野玫瑰》(1932)中的表演时回忆,在 20 年代末 30 年代初,"当时有些影片的男女主角常常追求一种病态美。男的是张君瑞式的软弱书生,女的是捧心西子式的可怜虫"⑤,她并不想去模仿那些明星,在《野玫瑰》上映之后,"片中小凤健康活泼的形象在银幕出现后,使得当时那些'病态美'、'捧心西子'式的女主角们的宝座开始动摇了。广大的观众呼吁王人美这一新型的'中华女儿'演员"⑥。

提倡健美的观念,彼时的人们认为"要夺回我们的'美',我们要恢复我们的'健康'。提倡'健美'的运动,因为现在积弱的中国,是绝对必要的"⑦。健美首先需要有健美的体格和体态,"体格健而美,便是人生幸福"⑧。由此而诞生各样健美的方法,其中最主要的是需要运动,尤以游泳等体育运动最为突出,还有击剑一类的运动,被认为是男性"锻炼健美的最良善的门径",西方的一些影星如雷门伐诺罗、范朋克,都是"提倡男子由击剑而锻炼成健美的模范"⑨。其次舞蹈也能使身体健美,《玲珑》就多次

① 小娜:《健美与肉感》,《斗报》1932 年第 2 卷第 11 期。
② 李瑞云:《谈谈健美》,《妇女生活(上海 1932)》1932 年第 1 卷第 11 期。
③ 高寒梅:《健美与肉感》,《千秋(上海 1933)》1933 年第 6 期。
④ 同上。
⑤ 王人美口述,解波整理:《我的成名与不幸——王人美回忆录》,上海文艺出版社 1985 年版,第 108 页。
⑥ 孙瑜:《银海泛舟——回忆我的一生》,上海文艺出版社 1987 年版,第 91 页。
⑦ 《刊前语》,《健美画刊》1932 年第 1 期。
⑧ 《健美的练习法》,《甜心》1931 年第 7 期。
⑨ 《健美》,《玲珑》1931 年第 1 卷第 19 期。

刊登关于女性跳舞与健美之间具备必不可少的联系的内容,如将女性跳舞姿态的图片与"女子练习跳舞,能□身体健美"①的文字组合在一起,传递"欲使体格健美。须有相当之锻炼。舞蹈乃达到健美之唯一秘诀也"②的信息。"美的舞蹈完全要姿势的摆布才能达到完全形体的象形美。但是有了这样健康的身躯所以才能有这样健美的姿势"③,期以这样的文字使图片中女性裸露的身体祛除肉感的表达。同时,还通过"日常动作的健美机会"④一类文章的号召将健美融入大众的日常生活中。并且对健美的标准有身体、形体方面的规定,更进一步提出女性不仅要有健美的体格,还要有"健美的灵魂,健美的智慧与健美的德性"⑤。

从充满诱惑的、暴露的"肉感",到代表着健康、自然的"健美",社会文化语境中,大众对裸露的身体的审美已然发生变化,而电影中裸露的身体也不再被视为一种肉感的诱惑,而是凝聚着力量美、乡野美的健康和生机。但这种转变,无疑需要充足的条件,如黎莉莉曾在《火山情血》(1932)中对柳花人物形象的塑造,被当时的评论指责"表演太肉感了,超乎必要的范围以上"⑥,但众所周知的是,此后黎莉莉的银幕表演使其被称为健美明星的代表。因此,接下来的论述中,将从健美观念的银幕实践过程,一是日常生活进入演员的健美表演,二是演员在从舞台到自然的表演空间中的形体动作,来深入考察是何"条件"使得这一时期银幕表演祛除"肉感"达到"健美"。

二、本色抑或扮演:演员裸露的身体与日常生活的统一

王人美曾被指称为"中国最健美明星"⑦,所配的图片中,她裸露双腿,并张开双臂拉动运动器材,显示出其好运动的特性。不论是题为肉感抑或健美,裸露的身体始终是人像图片突出表现的重点。在报刊中被不断提及的"健美"明星除去王人美和黎莉莉,还有如"以健美著称之明星英茵"⑧、"健美的黎灼灼"⑨、白杨、徐来、白虹、薛玲仙、金焰等影星,大众媒体一方面指出徐来因有健美的体格因此能获得"标准美人"的称

---

① 《女子练习跳舞》,《玲珑》1932 年第 2 卷第 56 期。注:因期刊页面残缺,有个别字无法辨认。

② 《玲珑》1932 年第 2 卷第 62 期。

③ 《玲珑》1932 年第 1 卷第 42 期。

④ 孤峰:《日常动作的健美机会》,《生活(上海 1925A)》1929 年第 4 卷第 28 期。

⑤ 汪慧珍:《女性的健美》,《妇女生活(上海 1932)》1932 年第 1 卷第 11 期。

⑥ 席耐芳、黄子布等:《〈火山情血〉(评一)》,原载《晨报》"每日电影"1932 年 9 月 16 日,引自伊明选编《三十年代中国电影评论文选》,中国电影出版社 1993 年版,第 135 页。

⑦ 《玲珑》1933 年第 3 卷第 14 期。

⑧ 《银幕新影:以健美著称之明星英茵》,《中华(上海)》1936 年第 46 期。

⑨ 《娱乐(上海 1935,双周刊)》1935 年第 1 卷第 19 期。

号,①另一方面则又反复刊登其在影片《残春》(1933)中的"裸浴"镜头,直至 40 年代,还有观众指责徐来为"肉感镜头"的"始作俑者"。②综合考察一下当时的舆论环境,可知让大众接受健美的号召,离不开对电影明星银幕表演的塑形与评判。曾有杂志以整个平铺的页面对白杨运动的身体进行图片展示,辅以"观此图片当知伊于健身运动如何锻炼了"③的文字,向大众传达"美基于健,不健不美"的健美观念。在这样交织的舆论倾向中考察这一时期健美观念的银幕实践,不仅涉及电影中演员表演的内容,同时要将明星的身份构建纳入研究框架,一是电影制作者如何利用银幕形象统一健美明星和银幕表演,由此在"明星的独特性同她/他的社会规范性之间"④查找健美明星与银幕表演的关联点;二是当电影中演员裸露身体的表演与不断被指认的明星的身体特点相勾连时,如何使身体超越肉感而达到健美的表达。

(一)演自己

理查德·戴尔认为,"明星体现的某一种社会类型,同时也是本身'个别'的类型;明星体现的某一种特定的类型,却也是具有我们文化特征的个人"⑤,在健美表演观念的银幕实践过程中,一方面因电影导演根据演员个性来创作人物形象,演员从本色表演的方法出发,兼以大众媒体不断对演员个性的强调,塑造人物和演员本身的健美的个性,使演员在电影中实现"演自己",让作为明星的演员与健美的人物形象之间实现统一的效果。孙瑜就曾根据王人美、黎莉莉等演员健康、自然、野味的特点来创作和修改他作品中的人物形象。王人美"作为一个初上银幕的新手,扮演和自己性格、气质相近的角色"⑥,促使其在《野玫瑰》的表演中能够松弛自然并入戏。由于王人美与小凤这个人物贴近的气质与个性,她与其他演员不同的微黑的肤色成为其"野性"特点的一部分,而她健康的体格与活泼的个性,"具有与中国传统古美人相反的条件"⑦,这些都被变成其银幕上崭新的健美风格,使彼时观众"像住惯了上海连绿树也不见过一株的人,忽然到了青山绿水的乡邨"⑧,因她健美、活泼的乡野气息使其裸露的身体表现出社会需求的真美而对她充满好感。相似的是,作为健美明星代表的黎莉莉,孙

---

① 《银幕新影》,《中华(上海)》1934 年第 30 期。
② 文海犁:《肉感镜头》,《上海影坛》1944 年第 1 卷第 7 期。
③ 《健美运动:白杨女士表演》,《健康家庭》1937 年第 2 期。
④ 〔英〕理查德·戴尔:《明星》,严敏译,北京大学出版社 2010 年版,第 154 页。
⑤ 同上书。
⑥ 王人美口述,解波整理:《我的成名与不幸——王人美回忆录》,上海文艺出版社 1985 年版,第 105 页。
⑦ 《影人小史:王人美》,《青青电影》1939 年第 4 卷第 11 期。
⑧ 阿曼:《关于王人美》,《银画》1932 年第 3 期。

瑜为了适合其个性而创作的《体育皇后》(1934)、《小玩意》(1933)等影片,通过银幕中人物与她本身健美体格、活泼个性的契合,使她能够扮演自己,而被观众认为是"典型的'甜姐儿'",《火山情血》上映后,"尤其是一般学生层的青年观众们"将其看作"理想中的女星"。① 金焰在《大路》(1934)中的表演,由于其男性的力量美的展现,使表演超越"肉"的表现,而呈现出具备健康与力量的健美,由此受到观众的喜爱。

另一方面,在报刊上刊登的关于这些演员喜爱运动、参与比赛等的信息,与当时大众健美的风潮相交织,参与构建演员健美体格、真美灵魂的塑造。如在 1932 年的电影杂志《开麦拉》中,就曾在同一版面刊登多幅演员去游泳的照片,涉及演员有金焰、王元龙、殷明珠、陈燕燕等,认为这是"电影明星急迫的感觉到体格健美的需要"才涌向泳池,并且认为像金焰这样的影星,在游泳时可以展现其健美的体格,甚至比银幕上的表现还多。② 报纸杂志对黎莉莉的运动信息也有诸多关注,如将她出席上海市中学校春季运动会,获女子组五十米亚军③,"夙好运动,近日忽爱踢足球"④,"善乘自行车"⑤的日常运动置于观众视野,而她裸露的大腿,也因"一向爱运动"⑥这一类舆论的参与而呈现出发达、健美的效果,期以使观众相信她"健美者"的身份。当报刊媒介加强对影星日常中健美的生活、运动的宣传时,就将演员纳入大众的一部分并成为社会文化中"健美"观念的践行者,使其在电影中的表演与角色个性贴合的特点为观众们接受,从而创造出具有彼时文化特征的人物形象。

(二)日常生活进入演员表演

进一步需要注意的是,日常生活进入表演,统一银幕内外健美表演并参与构建观众审美的实践过程,是这一时期银幕健美表演得以被观众接受的重要原因之一。1934 年,但杜宇导演的《健美运动》一片上映,不同于《人间仙子》(1934)中的歌舞表演,《健美运动》被观众认为出乎意料并含有教育意义,是"把电影当作教育女性健康生活的工具",虽然无法看到这部影片,但《号外画报》、《图画时报》等都曾刊登过英茵在片中穿着体操服绷直腿做操的画面,还有杂志曾刊登其中的拔河表演画面。据当时的评论,但杜宇采用纪录片、新闻片的形式,"在画面连续地贡献了:游泳,体操,划船,田径运动,舞蹈,球战"等运动,因此虽然都有女性裸露的身体的表演画面,但由于

---

① 《影人小史:黎莉莉》,《青青电影》1939 年第 4 卷第 11 期。
② 《夏之尾巴》,《开麦拉》1932 年第 133 期。
③ 《黎莉莉赛跑第二》,《电声(上海)》1934 年第 3 卷第 21 期。
④ 《黎莉莉爱足球》,《娱乐(上海 1935,双周刊)》1936 年第 2 卷第 3 期。
⑤ 东风:《黎莉莉骑车热》,《盛京时报》1936 年 12 月 20 日。
⑥ 《大腿,黎莉莉最出名》,《娱乐(上海 1935,双周刊)》1936 年第 2 卷第 35 期。

将运动纳入表演中,体现出"为着民族的活力的延续,女性必须实行'健美运动'"的主题,使此片"比人间仙子高出几分"①。反观但杜宇《人间仙子》的创作,演员穿着暴露表演歌舞,虽受到一般观众欢迎,却被认为是畸形的歌舞片创作,这首先是演员裸露的身体在这一时期依旧能对观众产生号召,为着"生意眼"的考虑,片中会穿插类似的镜头;但另一方面,对肉感的批判与对健美的赞扬,无疑是期望以舆论环境与电影中健美的表演来共同形塑和转变大众的审美。作为当时大众日常生活中的一部分,健美的运动通过演员的表演得以呈现于银幕,既使演员的身体超越展示肉体的意味,又得以和社会文化语境中提倡健美的观念相契合。在《体育皇后》中,通过演员在体育场跑步、掷铅球、打篮球、跳高等练习和比赛的表演,在被人注视的目光中,这些活跃在操场的身体力图体现出健康的美。值得关注的是,学生在教室中对《体育原理》的理论学习这一场戏中,在学生的目光中伴以老师握拳鼓励大家的表演动作,字幕中强调"健全的身体和健全的精神",而黑板上书写"身体健美和精神活泼",在仰拍的视角中,与黎莉莉此前刷牙却浮现灿烂笑容的特写镜头相关联的是,通过对体格健康、卫生的强调,现实中对健美的倡导进入具体的电影表演中,"健美"这一类型的人物形象也通过演员与大众联系起来。从歌舞表演到健美运动,裸露的身体由于运动特性的强调,在与日常生活的统一过程中,中和了"肉感"的暴露、诱惑,而转向为健康美的承载体。

　　这一时期,服装的变化也成为日常生活进入演员表演的一个面向。在《体育皇后》《健美运动》《小玩意》《大路》《野玫瑰》等片中,运动服、布衣、短裤成为演员在表演具备健康体格人物时所穿着的主要服装。《野玫瑰》中,王人美穿着布衣和短裤,经常裸着双腿和光着双脚,片中多次呈现其腿脚的表演,伴以她跳绳、翻窗、拿着树枝赶鸭子的动作,使充满"野味"的人物形象跃上银幕,成为她演艺生涯的起点。在进入都市宴会的一场表演中,在所谓摩登女郎注视的目光中,王人美将腿伸在桌上绑丝袜带的动作是一场表演中的表演,通过前片布衣和短裤所呈现的自然的身体与被礼服、丝袜所捆绑的身体进行强烈对比,使在凝视的目光中其身体的"肉感"诱惑被打破,而将乡村女性健康、纯洁的真美状态表达出来。曾有文章指出,如小说中的"'接吻','拥抱','丝袜子'等,皆为肉感之形容"②,与丝袜相似的是,在《人间仙子》中,袁美云背部绑带设计的舞裙,殷明珠在《盘丝洞》(1927)中的挂脖珍珠吊带,都使演员的身体被形塑为"肉感"的表演。戴尔认为,"服饰通常被用于指明一般的社会秩序和所涉指

---

① 狄三:《评〈健美运动〉》,《电声(上海)》1934 年第 3 卷第 46 期。

② 水工:《论肉感》,《北洋画报》1934 年第 22 卷第 1068 期。

人物的习性","服装和服饰的其他方面诸如发型和饰物等都明显地编以文化码,并且广泛地被假定为人个性的标志物"。① 以此为观照,王人美在《野玫瑰》中的穿着,延续到黎莉莉在《小玩意》与《大路》中的布衣短裤,而《健美运动》、《体育皇后》中的运动服也具备了此类服装的相似性,与舞裙、肚兜的穿着形成鲜明的对比,甚至在《大路》中,金焰等男性演员敞开的布衣和挽起的裤腿,都是通过服装使演员在扮演健美的人物形象时,具备典型的个人标识,并与日常生活中解放身体、回归健康的观念形成呼应。

三、回到自然:敞开的空间与演员动态的身体表现

据报刊对王人美的描述,她本来面容较黑,但天真活泼,在寒冬时节也时常赤裸双腿,这大概是"习惯成自然"的缘故,②除对她身体的关注外,一般报刊也愿意展现王人美笑得甜美的面孔;银幕呈现上,王人美并没有如徐来、谈瑛一般的美人的相貌,但她在《野玫瑰》中"以活泼泼的乡野的气质"感动了观众,并且使观众"感到了原始人类的生气"。③ 王人美在 1935 年许幸之导演的《风云儿女》中扮演穷苦的女孩子阿凤,在电影中有一段关于歌舞的表演,回忆到此片的拍摄时,王人美提及由于她对这样单纯、善良、在生活的颠簸中逐渐成熟的女孩很熟悉,尤其是当表演《铁蹄下的歌女》时,她觉得这就是对明月社女孩们"生活的真实写照"④,因此演起来既亲切又能使情感充沛,她总结这是在"镜头面前就象日常生活那样去说话、去表演"⑤。实际上,在总结《野玫瑰》中的表演时,王人美也认为小凤的性格气质和她相近,因此她"很容易理解她的感情",并且在镜头前自然、真实,不装腔作势、忸怩作态,只把她"固有的天真、活泼、大胆都表现出来了"。⑥ 从《野玫瑰》中的小凤到《风云儿女》中的阿凤,王人美都使用在镜头前生活的方式来扮演她自己,但当观看影片时,《野玫瑰》生活在农村中的小凤无疑更具备"野性"、"健康"的美,而《风云儿女》中同是来自乡村的阿凤,站上舞台之后,失去了这种健美的特点。前文曾提及的黎莉莉也有与之相似的特点,事实上她在《火山情血》中在舞台上被认为还是有些肉感的表演,但当进入《天明》(1933)的荷塘、《体育皇后》的操场时,则成为健美的代表。因此本节关注的问题是,30 年代演员对健美的银幕表演,是否受到不同表演空间(室内和室外、舞台和自然)的影响;进一

---

① [英]理查德·戴尔:《明星》,严敏译,北京大学出版社 2010 年版,第 172 页。
② 子系:《影星我闻录:王人美》,《青青电影》1937 年第 3 卷第 6 期。
③ 阿曼:《关于王人美》,《银画》1932 年第 3 期。
④ 王人美口述,解波整理:《我的成名与不幸——王人美回忆录》,上海文艺出版社 1985 年版,第 161 页。
⑤ 同上书,第 162 页。
⑥ 同上书,第 109 页。

步来说,演员在敞开的空间中,如何通过造型、形体动作、姿态等具体的身体表现使得银幕表演显现出差异?

在 1934 年的《时代》杂志上,同一版面刊登了两张图片,一张为"《健美运动》中的农村景色",配以文字"最近开映的健美运动影片中有一段'农家乐'的歌舞场面由二十几个农村少女表现出收割时期的欢乐情绪,她们的装束,她们的容色她们的歌喉,组成了一个美丽的田野风趣的幻梦,在这崇尚物质美的热狂时代,乡村妇女的朴素天真恐怕不会有人注意的吧"。图片中可以看到女孩们戴着头巾,穿着布衣与短裤,挎着镰刀,处于右上角的女孩跷着腿,笑容甜美,布景所显示的空间中还有收割的稻草;与此相对应的上方位置,有一张题为"时装表演中的最新晚服"的图片,文字描述为"看了右面九位名媛所服的晚装,中国妇女的服饰正在向着洋化主义发展,这是上月二十七日晚百乐门舞厅举行时装表演的一幕……"图片中这几位女性都穿着洋装礼服,她们对着镜头展示出身体的曲线。[①] 将这两张图片与 30 年代提倡健美观念的社会语境相联系,不难发现银幕中健美女性还兼具着乡村妇女的特点,她们在农村的自然中,用朴素天真感染着观众。与此相似的是,高龙生在《妇女新生活月刊》上所作的漫画《实行健美运动者》中的主体也是一位农村妇女,她身上还挑着两大捆稻草,[②]这样的女性身体可以作为健美运动实践的代表,稻草恰好作为劳动的指涉物与乡村的自然而进入大众视野。

在 30 年代的健美观形成语境中,在自然中休闲如日光浴、运动如游泳等方式,以"回到自然"的倡导观念成为健美观形成的一部分重要内容。作为"裸体运动"的一面,回到自然不可避免受到批判,在自然中全裸的身体是否真的能使人健康,在社会风俗中是否会带来不好的影响? 另一面则是,回到自然中的人体,具备了"健康"和"美"的特点,他们"于郊野的日光和空气中"显得"健康愉快",[③]"老的精神饱满,女的背影曲线的美丽,孩子们个个都是笑嘻嘻的浴着玩着,把他们和她们健美的体格,闪在大自然中"[④]。但是 30 年代影片中的健美表演,无意将"回到自然"推向最为极端的裸体在自然中的运动,而是要将这种解放身体的束缚融于敞开的空间(如乡野)的特点中,演员在其中的形体动作还基于其本色表演与性格化设计的特征,构建出银幕内外对身体解放的强调关系,从而呈现出"野趣"的表演。以都涉及"肉感"和"健美"的裸浴镜头的表演为例,徐来在《残春》中表演了一个裸浴镜头,在这个镜头中,徐来坐

---

① 《时代》1934 年第 7 卷第 4 期。
② 高龙生:《实行健美运动者》,《妇女新生活月刊》1937 年第 7 期。
③ 《裸体生活回到自然》,《摄影画报》1934 第 10 卷第 16 期。
④ 《在大自然中》,《健美月刊》1935 年第 6 期。

在一个浴缸中,一手抱住膝盖,另一只手捂住胸部,面向镜头露出笑容,这一镜头伴随徐来的演艺生涯,直至 40 年代还有文章指出她以这样的"色情表演与肉感暴露来号召观众"①。反观在《大路》那一场郊外洗澡的表演中,以金焰为代表的男演员们在水中嬉戏打闹,与《良友》画报在 1930 年刊登的一张"回到自然去"的摄影图片极其相似,②男性的身体在水边表现着自然与力量美。而影片中在郊外水中的嬉戏,辅以黎莉莉的逗趣,将裸露的身体放置于"游戏"的表演中,取于演员身体表现出的具体游戏而呈现出了"自由活动",以此"作为精神状态得到自由解放的象征",③从而将这种肉体的表现纳入健美的视域中。封闭的浴缸与山水的自然,相对静态的展示与游戏的方式,使两部影片中"裸露"的身体表演践行着两种不同的表演观念。

这种游戏般的表演方式,与庄子所提出的"'逍遥游'获得的'天乐'"具有一定的相似性,需要演员以"排除所有这些耳目心意的感受、情绪为前提","忘怀得失,忘己忘物"④,在表演中解放束缚,"与万物一体而遨游天地",将自我变成表演的一部分,使表演呈现自然。王人美在《野玫瑰》中,要扮演一位充满野趣的乡村女孩,她在小路上跳绳的动作、她躲在屋外临水而立的姿态,以及在喂鸭子时用脚摩挲鸭子背的动作设计,都是以游戏的方式进行表演。在与金焰饰演的江波相遇时,她拿着树枝在赶鸭子,并通过调皮的戏弄使人物具有了乡野的自然与生机。在第一次被画的表演中,她临水躺在树上,同样也有鸭子在旁边。与《风云儿女》的舞台相比,虽然受所饰演人物形象不同的约束,但是舞台无疑增加了被凝视的目光,而裸露的双腿在这一过程中弱化了健美的色彩多出了肉感的表达。但在《野玫瑰》中,乡野的自然不只是观赏愉悦的对象,更是演员在当时"亲身生活于其中的住所",因此正如李泽厚所说的中国士大夫知识分子与自然山水相往来相亲近的传统,"自然不是诱惑人的魔鬼",⑤由于以乡野为敞开的表演空间,其中的水、野草、小路等都成为王人美表演过程中的整体自然,而在其中的游戏般的动作和一直游于乡村中的充满动感的身体,配以她自身面容微黑、笑容天真的面部特点,使其面容、身体都祛除修饰,也剔除了肉感的表现,表演出少女的健康和自然,从而使她成为与都市中的摩登女性所不同的,能代表乡野中妇女的"布衣荆钗朴素美"和"长于天然美"的健美演员。⑥

---

① 日月:《徐来出浴图》,《香海画报》1946 年第 9 期。
② 潘剑惟摄:《回到自然去》,《良友》1930 年第 47 期。
③ 徐复观:《中国艺术精神》,辽宁人民出版社 2019 年版,第 62 页。
④ 李泽厚:《华夏美学·美学四讲》,生活·读书·新知三联书店 2008 年版,第 87 页。
⑤ 同上书,第 103 页。
⑥ 霞华:《美和妇女》,《女声(上海 1942)》1944 年第 3 卷第 1 期。

结语

20 世纪 30 年代,中国电影中的"健美"表演观念的生成,诞生于彼时的社会文化语境,以报刊为主的大众媒介的塑造为开端,一方面在大量的"肉感"画面的影片广告语宣传中,"健美"作为电影批评的话语逐渐浮现;另一方面,电影为社会教育而服务的功能成为这一时期电影制作的主流话语,与舆论背景中提倡健美运动的社会现实相契合,从而使银幕中的"健美表演"成为构建观众审美转向的重要部分。

具体而言,在报刊与电影的跨媒介视野中,一是日常生活进入了电影表演,使现实中对健美的倡导融入具体的演员表演中,通过日常生活中的运动与银幕运动构成对应关系,从运动项目的表演、运动精神的发扬、人物服饰等造型的变化将演员裸露的身体从"肉感"的暴露转向运动的"健美",并将人物银幕的表演转化为"本色"的个性,使银幕上"健美"这一类型的人物形象与大众联系起来。二是,作为自然的敞开的表演空间,不仅代表着从歌舞到市民电影的电影类型的转向,也使演员的个性得以发挥。演员在敞开的自然空间中,通过"游"与"动"的形体表现加强了自身的特质显现,祛除修饰的面容与运动的、游戏的身体姿态,使演员表演与妖媚、诱惑形成距离,超越"肉感"的表达从而达到"健美"的表演效果。

[本文系 2019 年度国家社会科学基金艺术学重大项目"中国电影表演美学思潮史"(项目批准号:19ZD11)子课题阶段性成果]

(作者单位:上海大学 上海电影学院)

思想统制与文化消费:20世纪30年代教育电影在南京

张　楷

内容摘要:20世纪30年代,南京国民政府意欲通过电影宣传国家民族主义,动员国民参与到民族国家建设中。作为官方主导的电影活动,教育电影运动以南京为中心,逐渐向全国推广。教育电影运动在南京地区凭借电影放映内容政治化、电影放映方法多元化、电影放映程序规范化中获得较大发展,并对南京电影市场产生深远影响,不但丰富了南京电影消费的内涵,也增强了南京电影消费的民族主义气氛。

关键词:20世纪30年代　南京　教育电影　南京国民政府

20世纪30年代,南京国民政府在美国电影遭到抵制之际,以民族主义为口号获得广泛支持,逐渐具备统制电影界的力量。恰如博德里所言:"可以把电影看成是一种从事替代的精神机器。它与占统治地位的意识形态所规定的模型相辅相成。"[①] 国民党人意欲通过电影宣传国家民族主义,动员国民参与到民族国家建设之中。当南京国民政府具备主动出击的能力时,教育电影运动成为官方主导的主要电影活动,开始在全国各地大力推广。作为民族国家认同的精神纽带与符号标志的南京,自然成为推广教育电影运动的中心地区。基于此,本文着重考察两个问题:其一,南京国民政府是如何在南京地区推行教育电影运动的? 其二,教育电影运动对南京的电影消费产生何种影响?

一、作为统制手段的教育电影

"九一八"事变与"一·二八"事变相继爆发后,民族主义在中国逐渐高涨。国人迫切希望拥有一个强有力的中央政府,带领他们走出亡国灭种的危机。在某种程度上,民众诉求恰好符合包括蒋介石在内的诸多党政要员建立强权政府的期望。据供

---

① ［法］让-路易·博德里:《基本电影机器的意识形态效果》,李恒基、杨远婴主编《外国电影理论文选 下》(修订版),三联书店2006年版,第565页。

职于德国驻中国公使馆的恩斯特·鲍尔所述，蒋介石特别想了解党首如何"在众多追随者中维持最严格的纪律，怎样对可能出现的党的敌人或异己派采用严厉的制裁措施，从而使那些措施获得完全成功"①。然而，普通民众并不了解现代民族国家，"对于人生社会始终没有正确的认识，对于民族国家始终没有正确的观念"；同时，对普通民众具有极大影响的文艺，"大都关于神怪、迷信、封建思想，侠义的英雄崇拜主义，俚俗的个人享乐主义等"②。南京国民政府意识到，现有文艺对普通民众生活产生了极大的不良影响，完全有悖于他们所倡导的国家民族主义精神。故而，他们决议通过一场运动，来宣扬民族主义意识形态。

1932 年 8 月，国民党第四届中央执行委员会三十五次会议通过《通俗文艺运动计划书》，决议在中国开展"一个大规模的通俗文艺运动"。国民党人希望将国民培育成为一种具备热爱国家与忠于民族的"现代国民"。《通俗文艺运动计划书》清楚地阐述道，"激发民众应有之民族意识及民族自信力；灌输民众以牺牲个人自由及为民族及社会而工作之精神；指导民众以正确的反帝思想；激励民众使其有继续抗日之耐心"③。南京国民政府意欲通过国家民族主义来改造国民的思想，从而获得国民的认同与支持。

电影正是具备了教育的职能，在《通俗文艺运动计划书》中才被誉为"最适合通俗之艺术"。菅原庆乃指出，早期的中国观众并非仅将电影视为一项娱乐，而是基于"中体西用"的立场，尝试将电影纳入社会变革之中。④ 近代以来，中国知识分子的主要目标是"复兴中国"，立足于西方文明是先进的论断，期望通过学习西方事物，实现民族振兴与国家富强。"他们试图描画中国新景观的轮廓，并将之传达给他们的读者，即当时涌现的大量的报刊读者，以及新学校里的学生。"当书刊、报纸成为一种启蒙工具时，工具理性自然也会赋予电影以启智的新含义。⑤ 20 世纪 20 年代，中国知识分子开始关注电影的教育功能：强调电影的教育性；呼吁拍摄教育意义的电影。⑥ 他们希望通过电影来教育民众，将后者培育成具有现代启蒙精神的"新民"。但是，电影也是

---

① ［德］恩格斯·鲍尔：《鲍尔遗件》，［美］柯伟林《德国与中华民国》，陈谦平等译，江苏人民出版社 2008 年版，第 180 页。
② 《国民党中央宣传委员会制定之〈通俗文艺运动计划〉》，中国第二历史档案馆编：《中华民国史档案资料汇编》第五辑第一编 文化（一），江苏古籍出版社 1994 年版，第 321 页。
③ 同上书，第 322—323 页。
④ ［日］菅原庆乃：《"理解"的娱乐——电影说明完成史考》，郑炀译，《当代电影》2018 年第 1 期。
⑤ ［美］李欧梵：《上海摩登：一种新都市文化在中国（1930—1945）》，毛尖译，人民文学出版社 2010 年版，第 50—53 页。
⑥ 宫浩宇：《民国时期关于教育电影的讨论及其影响——以抗战前的舆论为中心的考察》，《电影艺术》2016 年第 1 期。

一种商品，会受到经济利益的驱使，尤其在起步阶段，很容易被市场所节制。一方面，中国商业电影中充斥着大量暴力与色情元素，其教育意义荡然无存；另一方面，中国电影市场尚不具备批量生产教育电影的条件。这一切同中国知识分子描绘的"中国新景观"完全背道而驰。因此，他们认为关于电影与教育的问题必须依托国家行政力量加以解决，并呼吁政府将此问题引导至应有规范中。

虽然南京国民政府在"新民"的理解上同知识分子存在较大分歧，却并不妨碍他们借助电影宣传民族主义意识形态，反而在民意的推动下，积极地介入民众的电影消费，取得电影的统制权。仅以南京"金大影片辱国案"为例，自该事件发生后，国民党人积极地运用行政权力策应金大学生、南京知识分子等群体，并建构起一个强大且拥有实际权力的电影大众联盟，最终迫使美使詹森致歉。在该事件中，南京国民政府借助民族主义获得南京市民的认同，并掌控起南京电影大众联盟。可以说，南京国民政府不仅成功地介入市民的日常生活，而且最大限度地掌握了社会精英阶层的思想与行为。恰如汪朝光所言，国民党人将民族主义作为意识形态表述方式，"较之于中国传统的'迷信邪说'和现代西方的'文化侵略'，似乎具有天然的'正义'性，起初并未引发一向多持自由主义立场的知识舆论界的反弹"[1]。因此，他们凭借具有天然"正义性"的民族主义，获得部分民众的支持与认可后，开始尝试运用既有的关于推动教育电影的民意，发起一场教育电影运动，力争最大限度动员民众认同中央政府。

在此之前，南京国民政府更多是以"防范性"为主，"旨在强调电检制度与电影之'恶'短兵相接，它不求电影有功于国家社会，只求电影能无害于人"。此刻，他们具备了主动出击的能力，在"防范性电影政策"基础上，另外实施"建构性电影政策"。"防范性电影政策"主要体现为南京国民政府在全国范围内实施电影检查；"建构性电影政策"则以开展教育电影运动为主体。[2] 南京作为民族想象共同体的空间象征，更是成为推广教育电影运动的中心城市。

二、南京地区的教育电影运动

教育电影获得南京国民政府的大力支持与推广，逐渐成为政府最主要的电影活动。虞吉指出："'三民主义'教育思想是国家政权教育意识形态的直观体现，也是教

---

① 汪朝光：《检查、控制与导向——上海市电影检查委员会研究》，《近代史研究》2004 年第 6 期。
② 宫浩宇：《电影政策与中国早期电影的历史进程：1927—1937》，中国电影出版社 2017 年版，第 5 页。

育电影运动教育思想层面投射最为广泛的构成。"① 南京国民政府意欲通过推行教育电影，将国民改造成符合国民政府所需要的"现代国民"。在南京地区，教育电影在具体实施过程中呈现出以下三个特点：电影放映内容政治化、电影放映方法多元化、电影放映程序规范化。

（一）教育电影放映内容政治化

南京作为南京国民政府的首都，"为全国文化荟萃之区，不能不藉此表现。一方以观外人之耳目，一方以策国民之兴奋也"，自然成为推广教育电影的核心地带。② 恰如中国教育电影协会总务组副主任鲁觉吾所言，"推行教育电影，应首先于京市做起"③。因此，教育电影在南京地区获得显著发展。金陵大学、中央电影摄影场（以下简称"中电"）等机构制作了大量的教育电影，从而使得南京成为中国的教育电影制作中心。

金陵大学摄制教育电影始自1923年，其出发点便与民族国家建设紧密相关。据孙明经所言："欧战期间国内纱厂事业蓬勃，有识之士认为这是反常的现象。一旦欧战停止，中国的纱厂会遭受意外的打击，救治预防之道在于建设国内的植棉事业。"鉴于此，金陵大学为推广中国棉花种植事业，于1923年"摄制棉花小麦等影片"，并在各地放映、讲解。④ 此后，金陵大学的教育电影事业便停滞不前，直至1934年，才再度获得发展。截至1937年1月，金陵大学摄制教育电影共计28部，其中不乏享誉国内的作品，诸如《防毒》、《蚕丝》等影片。"中电"于1935年7月15日举行落成典礼。"中电""自成立以来，对于新闻片之摄制，不遗余力"⑤。据《南京文化志》所载，"中电"在迁离南京之前，"摄有故事片《战士》、《密电码》、《桃源浩劫记》等4部，新闻片1—53号，《特号新闻》1—7号，史料片《国父奉安》等10部，抗战实录片《芦沟桥事变》等8部，教育纪录片《蚕丝改良》、《新南京》等9部，音乐歌唱卡通片7部，美术片《汪逆集》1部"⑥。可见，南京教育电影制作业颇为发达，有力地推动了中国教育电影的本土化发展。

教育电影肩负着塑造"新民"之职责。它不仅是一项娱乐，更是一种政治宣传，意

---

① 虞吉：《民国教育电影运动教育思想研究》，西南大学2008年博士论文。
② 国都设计技术专员办事处编：《首都计划》，南京出版社2006年版，第60页。
③ 《二十三年度中国教育电影协会会务报告》，总务组印1934年版，第1页。
④ 孙明经：《中国文化大革命中的一个小实验》，《影音》1947年第6卷第7—8期。
⑤ 《中央新闻片各地义务放映》，《电声》1935年第4卷第41期。
⑥ 徐耀新编：《南京文化志》，中国书籍出版社2003年版，第522页。

在培养民众的民族主义意识形态。显然,这对教育电影的内容也作出一定限制,即教育性占有绝对比重。恰如陈立夫所言,"教育的成分,应该居十分之七;而娱乐的成分,只能居十分之三"[①]。当然,这种教育性主要是围绕国家民族主义而展开。陈立夫为中国教育电影的发展制定了五个方向,即"发扬民族精神"、"鼓励生产建设"、"灌输科学知识"、"发扬革命精神"、"建立国民道德"。[②] 诸如《中国新闻·第2号》、《南京市民反日大会》等影片则着重弘扬民族意识;《底皮之制造》、《农人之春》等影片旨在鼓励国人进行生产建设;《防毒》、《日食》等影片重在向观众传授科学知识;《蒋公寿辰》、《中国新闻·第26号》等影片意在宣扬诸如奉献、奋斗等革命情绪;《南昌新生活运动》、《京市二届集团结婚》等影片则意欲恢复中国传统的道德观念。

或许,我们由此发现教育电影运动也具有启发民智的作用。诸如《底皮之制造》、《蚕丝》、《看图识字》等影片均是在宣传现代的知识和道德。然而,启发民智也是培养民众的国家民族意识的重要一步。李欧梵指出:"引介新知识无疑是受让中国跟上世界这种欲望的激励,而同时,它们也通过为国家和'国民'提供知识资源而支持了民族建构。"[③] 可以说,由于缺乏现代文明知识,国民不仅无法认同民族身份的"想象共同体",而且会阻碍现代民族国家建设。潘澄侯谈道:"国家许多政治、外交、实业、教育的事,因为人民知识太低,不能明瞭领导人的宗旨,及这一件事的重要,或不援助,或加反对。"[④] 因而,"灌输科学知识"一方面可以帮助国人明白事理,懂得何为人生的意义,"不仅是为着维持个人,满足个人,除个人以外,还有一个广大的人群,整个的社会的幸福,应该牺牲个人的自由和幸福,全力奔赴的";另一方面可以让群众了解生产方面的知识,提高劳动效率,从而实现富国强民的目的。[⑤]正因如此,科普电影也成为国民政府建构民族国家的利器之一。甚至,有的科普电影也会以间接的形式,参与国家民族主义的宣传中。《防毒》便是这样的一部科普电影。

1936年,《防毒》由"中电协会"与金陵大学理学院联合摄制而成。该部电影被分为五个部分,即"重要化学战剂"、"个人防毒"、"集团防毒"、"急救"、"消毒"。影片向

① 陈立夫:《中国电影事业的展望》,中国教育电影协会编《中国电影年鉴:1934》影印版,中国广播电视出版社2008年版,第101页。

② 陈立夫讲述、王平陵笔记:《中国电影事业的新路线》,中国教育电影协会编《中国电影年鉴:1934》影印版,中国广播电视出版社2008年版,第1019—1036页。

③ [美]李欧梵:《上海摩登——一种新都市文化在中国(1930—1945)》,毛尖译,人民文学出版社2010年版,第69页。

④ 潘澄侯:《教育电影与社会教育》,《科学教育》1937年第4卷第2期。

⑤ 陈立夫讲述、王平陵笔记:《中国电影事业的新路线》,中国教育电影协会编《中国电影年鉴:1934》影印版,中国广播电视出版社2008年版,第1027页。

国人传授现代科学知识,貌似一部普通的科普教育电影。但我们若将其同时代背景联系在一起,便会发现它所具有的独特意义,即影片并非着重启智,而是配合国家政策,动员民众参与国防建设。1934 年后,中日关系再度紧张起来。日本意欲谋求"华北自治",使该地区脱离南京国民政府的管辖,进而加以吞并。此刻,南京国民政府利用民族主义,动员"民众努力参加国防建设之工作"①。正如主创人员所言,"我们不忍坐视国家的危险继续演进下去,于是就力之能及,制作了一部防毒影片,我们希望这部影片能够提倡人民注意,唤起研究兴趣"。可见,他们之所以创作此部短片,完全是基于一种国家民族主义意识。"国人乎国人！其果甘心为列强之鱼肉而不知自救乎？不然,其速急起直追,以图自成可也！"②所以,此部教育电影与其说是介绍防毒知识,毋宁说是在激发国人的爱国意识与国防意识,提醒国人利用科学知识积极地进行自救。

(二)教育电影放映方法多元化

在宣传效果方面,教育电影比文字、话剧等宣传工具更胜一筹。"世界上举凡可见之事实及现象无不可以教育电影表现之,即抽象之事实能以事物代表者亦可以教育电影表演之。"③教育电影以逼真的视觉画面,如同消费者现身广告提供证言一般进行宣传。观众在进行消费与被消费的过程中,转而又被电影询唤为自觉臣民或是新动员者。④国民党人也意识到,放映教育电影不在于盈利,重在扩大受众群体。在南京地区,主要由江苏省立南京民众教育馆(以下简称"南京民教馆")、南京市社会局等机构负责组织与推动教育电影放映。他们采用固定施教、巡回施教以及寄居施教等三种施教方法,加以推广教育电影。

所谓固定施教,通常会在固定施教场所进行定期电影放映。在南京地区,定点施教场所较为繁多。诸如"南京民教馆"在馆内设置教育电影场,专门放映教育电影。⑤"中电协会"则固定在"首都民众教育电影台"放映教育影片。⑥所映影片主要是诸如《炼油》《皮肤》《军事》《煤矿》等教育电影,偶尔也会夹杂诸如《洪荒》等滑稽影片。⑦

---

① 《民教馆放映国防教育影片》,《中央日报》(南京)1936 年 12 月 18 日。
② 《〈防毒〉影片摄制经过及说明》,《科学教育》1936 年第 3 卷第 1—2 期。
③ 范谦衷:《教育电影之概观(待续)》,《科学教育》1935 年第 2 卷第 1 期。
④ ［日］岩田一弘:《上海大众的诞生与变貌:近代新兴中产阶级的消费、动员和活动》,葛涛、甘慧杰译,上海辞书出版社 2016 年版,第 63 页。
⑤ 《苏京民教馆举办京市巡回教育电影》,《中央日报》(南京)1934 年 3 月 1 日。
⑥ 《首都民教电台由四机关合作筹办》,《中央日报》(南京)1936 年 11 月 18 日。
⑦ 参见《教育影片〈皮肤〉与〈炼油〉》,《中央日报》(南京)1934 年 4 月 8 日;邱杰尔:《廿三年上学期教育电影施教概况》,《教育辅导》1935 年第 1 卷第 7 期。

当然，社教机关也会配合国家时政开展固定施教活动。1936 年 12 月间，"南京民教馆""为灌输民众国防常识，并唤起民众注意充实国防起见"，决议在 12 月 17—20 日间，"每日放映国防教育电影四场，每场观众，以六百人为限，均凭券入座"，与此同时，"该馆定下周起招待全市各小学生前往参观"。①

巡回施教区分为本地巡回与外地巡回两种。在开展巡回施教的过程中，"南京民教馆"扮演了主要的角色。该馆放映教育电影始自 1933 年 3 月。除了每个星期日在教育电影场放映电影，"南京民教馆"开展馆外巡回映放。② 在本地巡回方面，它主要是在南京市内的机关团体、学校、工厂等地放映教育影片。"其放映办法，分长期及临时两种。长期映放每月二次，由该馆排定日程，按时前往各处开映，每次收辅助费二元四角；临时映放，可以指定时间，事先向该馆接洽，每次收辅助费五元。"他们放映的电影除了《血液的循环》《棉花的生长》等影片外，也有《顽皮》之类的滑稽片。③ 在辅导区巡回中，"南京民教馆"放映的教育电影深受群众欢迎。施教人员主要是在句容、溧阳、江浦、六合等地区，开展巡回电影放映。在 1934 年 11 月至 1935 年 1 月，该馆共前往句容、江浦等共计九个地区，放映电影 29 场次，吸引观看群众 41600 余人。④ 1936 年 4—7 月间，"南京民教馆"又在句容、溧阳、江浦、六合等县镇，开展巡回电影放映。他们放映电影为《民族生存》，"并插入简短演词，以唤起民众之民族意识"。在此番巡回电影中，每场受教人数多则七千余人，少则约三千人。⑤ 正是凭借此种施教方法，教育电影开始将民族主义的宣传散布在城市、农村等各个生活空间之中。

除了上述两种施教方法以外，南京地区尚存有第三种施教方法，即寄居施教。所谓寄居施教，指的是教育电影寄居在各家电影院中进行放映。鲁觉吾在《南京市推行教育电影概况》介绍道，到了 1934 年，"中电协会"负责人决议扩大教育电影推广范围，"切实向社会推行教育影片之议，并决定先在总会所在地南京市实行，其办法由教电会对各影院按期供给教育影片，各影院于每次放映电影时附映一教育影片，俾入院观戏者皆有领略教育片之机会"。⑥同前两种方法相比，第三种方法带有一种强迫观看的性质。

① 《民教馆放映国防教育影片》，《中央日报》(南京)1936 年 12 月 18 日。
② 邱杰尔：《廿三年上学期教育电影施教概况》，《教育辅导》1935 年第 1 卷第 7 期。
③ 《苏京民教馆举办京市巡回教育电影》，《中央日报》(南京)1934 年 3 月 1 日。
④ 邱杰尔：《廿三年上学期教育电影施教概况》，《教育辅导》1935 年第 1 卷第 7 期。
⑤ 《教育电影之巡回》，《教育辅导》1936 年第 2 卷第 2—5 期。
⑥ 鲁觉吾：《南京市推行教育电影概况》，《中国教育电影协会第五届年会特刊》，中国教育电影协会编印 1936 年版，第 58 页。

（三）电影放映程序规范化

同其他地区相比，南京地区的电影施教更为规范化。国民党人虽然几经努力，将施教范围从市区扩展到周边乡镇。然而，他们很快发现儿童及下层民众智力较低，"若随意放映教育影片，每感不能领会教育意义"，因而他们"将每一影片，先行编就教学方案，配制讲词灯片，用资讲解提示，以收教学之效"。① 整个教学过程大致被划分为五大部分，即教者准备、引起动机、提示思路、开映影片、复习。1934 年，"南京民教馆"购买《牧羊》、《农场》等两部教育电影，并带往施教区进行放映。② 基于此，我们以《牧羊》为案例，做进一步分析。③

1. 教者准备。施教者首先对影片进行了解。他们会根据影片内容，将其划分为若干小节，且每一小节均有一个核心事件。《牧羊》被分为五个小节，分别为"第一节，序幕；第二节，春天牧羊应注意之事项；第三节，夏天牧羊应注意之事项；第四节，秋天牧羊应注意之事项；第五节，冬天牧羊应注意之事项"。

2. 引起动机。观众前往施教场观看教育电影，更多是为娱乐而来。因此，施教者必须在施教之前，先行改变观众的观念，并引起他们学习的兴趣。基于此，他们首先利用幻灯片告知大家，"教育电影场，不是戏院，而是教室；看过一场教育电影，等于读过一课书；今天开映《牧羊》的影片"。再次，施教者会利用观众所熟悉之事物，让他们对影片内容产生共鸣，从而生发出学习兴趣。诸如幻灯片 a："羊肉可食，其味鲜美，羊毛可制裘衣，也可织呢绒。"又如幻灯片 b："我们常见许多绵羊在草地上吃草，那就是放牧。"

3. 提示思路。在施教之前，施教者为引起观众求知的欲望，会提出几个问题。一方面，此举可令观众认识到自身不足，进而生发出求知欲望。"抚养小羊应当用什么方法？何时可以采取羊毛？"另一方面，施教者可以利用问题来暗示思路，以此限制观众的思想范围。"注意抚养小羊的办法。注意剪取羊毛的时间和办法。"

4. 开映影片。施教者为帮助观众理解剧情，准确把握影片主旨，他们会分步骤予以解说电影。首先，在放映之前，施教者会告知影片主题，让观众对电影有个整体把握。他们对《牧羊》介绍如下："本片是介绍美国人牧羊的方法，同时并告诉我们蓄羊的利益，以引起从事生产事业的动机。"其次，在开映每一小节之前，施教者会通过提

---

① 陈果夫：《江苏省政述要·教育》，沈云龙主编《近代中国史料丛刊续编 第 97 辑》，文海出版社 1971 年版，第 38—39 页。

② 顾仁铸：《教育电影教学方案举例》，《教育辅导》1934 年第 1 卷第 2 期。

③ 若无特别说明，此节所引用材料均来自《教育电影教学方案举例》一文。

出问题,提醒观众应当注意到的核心事物。如在放映第二节之前,施教者会解说道:"抚养小羊,应当用什么方法呢? 大家注意此片中抚养小羊的办法。"他们希望借此告知观众,抚养小羊是春天里最为重要的一项工作。最后,施教者会在电影放映过程中,针对施教难点、重点,分别予以说明。如在景二十中,工人用机器剪毛。稍后,施教者会如此解说:"中国牧者剪毛,均用手工,而外国有用机器者。机器剪毛,节省时间,光滑整洁,但须注意勿伤羊皮或羊乳。"

5. 复习。所谓复习,即在电影放映完毕之后,施教者利用幻灯片,以自问自答的形式,重新温习影片的重要内容。施教者在放映《牧羊》后,共提出四个问题,并分别予以回答。诸如"抚养小羊应当常用什么方法? 小羊初生后,不宜混置一处。无母小羊,可交无子之母羊抚养,或用人工哺乳。"施教者希望此番复习,增加观众对影片的印象,真正实现教育电影的"灌输知识"之功效。

三、教育电影运动丰富南京电影消费模式

在南京国民政府主导下,教育电影运动在南京获得较大发展。当然,无论制作教育电影、推广教育电影,抑或放映教育电影,均得益于国家权力机关的保障。尤其是在教育电影制作方面,南京国民政府更是起到举足轻重的作用。南京也一跃成为当时国内教育电影运动的中心。那么,教育电影运动对南京电影市场产生何种影响? 在回答这个问题之前,我们首先需要解决另外一个问题,即如何理解教育电影消费? 国民党人不惜投入巨资,或是支持金陵大学等非官方机构拍摄教育电影;抑或饬令"中电"独立拍摄教育电影。他们并未从教育电影运动中获得任何金钱收益,反而让诸如"南京民教馆"、南京社会局等官方机构以一种免费义务的形式,加以推广、放映教育电影。换言之,南京市民几乎是免费观看教育电影。[1] 难道教育电影不存在消费问题?

在以往的研究中,我们仅关注到电影消费的第一层次,即作为一种实现物品使用价值的具体行为,却忽视在金融经济中尚存有另外一个层次的电影消费。费斯克指出,商品具有"物质的"和"文化的"两种功能。商品的物质功能主要满足消费者的现

---

[1] 同商业电影的收费相比,施教单位收取的费用是较为廉价的。且该笔费用多由机关团体负担,少有由个人支付。此后,教育电影放映也多采用免费放映。诸如,1936 年 9 月间,"中电"在南京举行教育电影放映活动,"凡属附近居民,均可往观,绝不收费"。参见《中央电影场组电影巡回放映队》,《中央日报》(南京)1936 年 9 月 10 日。

实需求，而文化功能主要用于建构消费者的社会身份及社会关系的意义。① 因此，我们应当重新审视作为一种文化消费的电影消费，将其放置在金融经济内部的两个平行的子系统中予以考察。电影并非一种普通的商品，而是含有思想意义的文化商品，它可以影响到观众的思维认知。如此，市民在观影过程中被"诱惑"为一种商品，并被出售给广告商（南京国民政府）。对于多数观众而言，他们一旦观看教育电影，便成为一种"商品化的受众"②。因此，南京国民政府在教育电影消费中不再局限于管理者的身份，同样也是一个具有双重层次的电影消费者。

一方面，南京国民政府向诸如金陵大学等机构购买教育电影。在很大程度上，金陵大学等机构的订单几乎全是来自国民政府的。仅以金陵大学为例。金陵大学曾制作《蚕丝》、《防毒》等教育电影共计 10 部，并将其定价出售，"除去《开封》一片长二百尺，每本售价五十元外，其余各片每本均售一百元"，"截止二十六年三月共售出复片一四四本"。而收买单位均为教育部、广东省教育厅等政府机关单位。③ 如一则新闻报道所述，"并悉金大理学院自奉到教育部是项委托后，以事业激增，已决于所属电影教育委员会之下，增设教育电影部"④。正是来自国民政府的稳定"订单"，才使得金陵大学的教育电影活动日渐活跃。

另一方面，南京国民政府资助非官方机构拍摄教育电影，从而成为后者最主要的"广告商"。众所周知，拍摄一部教育电影需要雄厚的资金基础。据郭有守、吴研因等人向"中电协会"提交的教育电影摄制计划可知，拍摄一部教育电影的花费是从八百元到两万余元不等。⑤ 对于诸如金陵大学理学院、"中电协会"等非官方教育电影拍摄机构而言，这笔拍摄经费是难以独立负担的。仅以"中电协会"为例，该协会在初创之时，其全年支出预算仅为一千二百元。"本会开创伊始，经费支绌，欲求事业之推进，经费为先决之问题，自不待言。且本会所拟调查、统计、编制电影剧本，摄制教育影片等等工作，需费浩大"，"难资挹注"。⑥ 此后，他们自制影片费用由政府补贴，而与金陵大学合作拍摄教育电影的经费更是通过提留税款的方式予以解决。

由此可见，无论是从何种层次来讲，南京国民政府均是教育电影的最大消费者。

---

① ［美］约翰·费斯克：《理解大众文化》，王晓珏等译，中央编译出版社 2001 年版，第 18 页。
② 同上书，第 31—32 页。
③ 《中国教育电影协会会务报告——二十五年四月至二十六年三月》，转引自史兴庆《民国教育电影研究——以孙明经为个案》，中国传媒大学出版社 2014 年版，第 139 页。
④ 《金陵大学设教育电影部》，《中央日报》（南京）1936 年 9 月 16 日。
⑤ 《二十四年四月至二十五年三月中国教育电影协会会务报告》，总务组编印 1936 年版，第 25—27 页。
⑥ 《二十一年度中国教育电影协会会务报告》，总务组编印 1933 年版，第 3、20 页。

在第一轮的经济交换中,国民政府购买了金陵大学等机构拍摄的教育电影。而在第二轮的经济交换中,南京国民政府购入的产品则是认同国家民族主义的"商品化的受众"或"政治化的受众"。正如南京市社会局向金陵大学提出的合作规定,"影片之意义,不得违反本国教育宗旨或作任何宗教宣传"。为此,南京市政府向金陵大学提供二百元津贴。① 因此,教育电影制作机构按照政府机关的要求,将国家民族主义隐藏在教育电影中。诸如"中电协会"摄制的教育电影则完全遵照陈立夫所提出的"中国电影路线"。② 在此种情况下,作为生产者的电影会在影片放映过程中,将观众"诱惑"为一种商品,即"政治化的受众",出售给政府机关。而"诱惑"的媒介则是一种民族情感。此处需要说明一点,即南京国民政府制作的教育电影也会将观众塑造成为一种商品。"中电"由南京国民政府出资兴办与管理,是一家国家经营的电影制片公司。虽然,它与民营公司、非政府机关团体不同,无须刻意地讨好广告商与政府机关。但是,它仍然需要彻底地贯彻南京国民政府的国家民族主义,将观众"诱惑"为"商品化的受众",以此来换取政府的财政补贴。总之,教育电影消费也是一种电影消费,同商业电影消费最大不同之处在于,消费者的角色发生位移,即由普通观众、广告商演变为国民政府。正如褚民谊所言,"我们可以用电影的方法,团结中国,增进国人智识和技能"③。在整个教育电影运动中,南京国民政府完全是用经济资本换取政治资本,以此输送国家民族主义。

基于此,教育电影运动对南京电影市场的影响是较为深远的,不但丰富南京电影消费的内涵,也增强了电影消费中民族主义的气氛。电影施教主要是在南京的学校、工厂、机关单位中开展。在教育电影消费的过程中,"诱惑"的媒介是市民的民族情感;而市民则被"诱惑"成为一种"政治化的受众",即具有国家民族主义的受众。因此,南京国民政府在不断推进教育电影运动的过程中,既是扫除"那些充满着淫靡、妖艳、肉感等等宣传罪恶的片子"④,也是在南京电影市场中宣扬国家民族主义。1933年5月9日,南京特别市党部在半边街公共体育场放映《还我河山》、《国难》等教育电影。而在放映过程中,当镜头中展现出"我忠勇将士在战场杀敌情况",南京市民被将士之杀敌之精神而感动,"鼓掌之声雷动于耳"。⑤ 诚如潘澄侯所言,教育电影充分激

---

① 《市政府订定本市映放教育电影办法》,《中央日报》(南京)1934 年 3 月 7 日。
② 郭有守:《中国教育电影协会成立史》,中国教育电影协会编《中国电影年鉴:1934》(影印版),中国广播电视出版社 2008 年版,第 996—997 页。
③ 《主席褚民谊致词》,《二十三年度中国教育电影协会会务报告》,总务组编印 1934 年版,第 42 页。
④ 陈立夫讲述、王平笔记:《中国电影事业的新路线》,中国教育电影协会编《中国电影年鉴:1934》(影印版),中国广播电视出版社 2008 年版,第 1035 页。
⑤ 参见《首都各界昨举行国耻纪念》,《中央日报》(南京)1933 年 5 月 10 日;《前日公共体育场公映国难电影》,《中央日报》(南京)1933 年 5 月 11 日。

发民众的爱国之心，"用电影教育来表演其重要性，指示种种方法，收效的宏富谁也不能否认"[①]。市民身在放映现场，无不被国家民族主义精神所感染。从某种程度上说，教育电影运动确实促使民族主义消费氛围自社会下层逐步向上扩散，让南京民族主义消费氛围更为浓厚。

　　[本文系国家社科基金艺术学青年项目"中国电影解说的历史演变与现实意义研究（1896—2022）"（23CC180）、山东省高等学校青创科技支持计划（2022RW071）的阶段性成果]

（作者单位：山东艺术学院传媒学院）

---

① 　潘澄侯：《教育电影与社会教育》，《科学教育》1937 年第 4 卷第 2 期。

基于 IMDb 榜单的中国电影海外影响力研究

马立新　马宏阳

内容摘要:本文以 2012—2021 十年间 IMDb 全球票房前 200 中国上榜电影为主要研究对象,考察其类型特征、主题偏向、叙事风格等文本因素对中国电影的海外影响力。结果表明,动作片与"轻电影"这类商业电影更具全球市场影响力,其类型化的叙事风格,追求正义、爱国主义与个人爱情等圆满的主题偏向,覆盖大多数受众的兴趣和审美期待,是上榜中国电影表现出的一贯路径,但上榜中国电影缺少全球市场较为青睐的传记、文体类型和亲情、友情等主流叙事作品。同时,中式英雄主义叙事重新回归,也在重塑中国电影的类型特征,影响国产电影的全球市场发展。构建中国特色电影内容与风格体系、构建全球整合营销传播体系、构建中国电影差异化全球消费市场,是有效提升中国电影海外影响力的根本之策。

关键词:IMDb 榜单　中国电影　海外影响力　提升中国电影国际影响力对策

2012 至 2021 十年间,中国电影无论海外出口数量还是全球总票房呈现逐渐增长趋势。中国电影全球票房前 200 电影由 2012 年的 5 部总体上升至 37 部(受疫情影响,2020 年数量有明显下降)。① 2012 年《泰囧》创造了 1.98 亿美元票房,2021 年《长津湖》获得 9.03 亿美元票房。阐明这些上榜高票房影片的文本特征,无疑对更好地展现中国形象、传播中国声音、表达中国价值,对进一步提升中国电影全球市场竞争力和传播力具有重要的理论和实践意义。为此,本文以全球权威互联网电影数据库(即 Internet Movie Database,以下简称 IMDb)作为获得中国电影海外传播数据来源和分析依据。为避免各年份因样本容量过少而影响结果,本文重点考察 2012 年至 2021 年十年间全球电影总票房前 200 位的电影数据,共计 2000 部影片,其中中国影片共 245 部。鉴于票房之于电影全球影响力的密切关系,本文对中国电影影响力的讨论将以影片票房为基础。为确保数据分析更具准确性和参考意义,在上述 245 部影片中剔除低票房电影,筛选出海外票房超过 10 万美元的影片,共计 164 部,这些影片即是本文的重点研究对象。

---

① 数据来自 https://pro.imdb.com/。

一、上榜中国电影类型分析

类型电影是国内外电影工业生产的重要行业标准和成熟模式。全球票房领先的电影几乎全都是类型化生产的结果,因此这一指标也就自然成为我们考察中国电影海外影响力的首选文本参数。随着电影类型逐渐增多、细化,类型与类型之间、类型与非类型之间互相影响、借鉴、融合,不仅产生了如黑色电影等亚类型电影和复合类型电影,单个影片中的多个类型元素也不断杂糅,因而现在很难用某一单一类型来对一些电影进行概括。为避免类型考察上的主观性和片面性,我们放弃了自创一套电影类型分类范式的企图,直接采用 IMDb 多年来已经约定俗成的一套类型指标,即用以提示观众本片的类型、主题、内容的关键词,来对上述 164 部影片的类型进行考察。根据所有出现的标签进行分类,并统计其出现的次数、比例、年份如下表:

2012—2021 上榜中国电影类型频次统计表

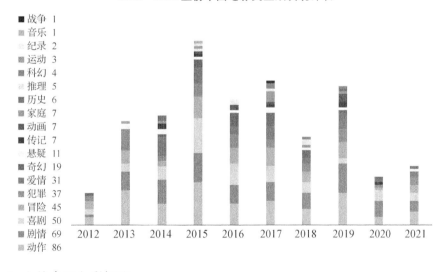

1. 上榜中国电影概述

从图表数据来看,除剧情(drama)这一因过于通用、模糊而有失比较意义的标签外,动作(action)标签出现 86 次,喜剧(comedy)50 次,冒险(adventure)45 次,犯罪(crime)34 次,爱情(romance)31 次。而冒险、犯罪两类标签出现频次过多与动作标签高频出现密不可分,所以实际较受偏爱的类型前三是动作片、喜剧片和爱情片,且三种类型之间存在杂糅,如《港囧》《美人鱼》虽算在喜剧类型下,但影片中仍包含着爱情元素,《十二生肖》亦是动作与喜剧融合。十年间,中国电影海外票房前十,无论是《战狼 2》《误杀》等诉诸暴力,《十二生肖》诉诸动作奇观,还是《妖猫传》《狼图腾》

呈现视觉奇景,十部影片无一不注重视觉感官刺激,且除纪录片《我们诞生在中国》外,其余九部均为商业片。因而总体上看,海外市场对中国电影类型的偏好基本集中在注重视觉感官刺激的动作片(武侠、武打、功夫)和喜剧、爱情一类的"轻电影"①两大类型上,对商业电影的偏好大于对艺术电影的偏好。

这种偏好也是全球电影市场偏好的一个缩影。放眼全球电影票房排行榜,《美国队长 3》、《神偷奶爸 3》等全球票房排名靠前的影片,基本都是这类视觉冲击力强、思想深度较弱、叙事结构较为简单的商业电影类型。一来,动作片本身受人关注的,或说吸引电影观众的,是武打动作、特技场景等有较强视觉感官刺激的画面,而非过于复杂曲折的故事情节;爱情作为普遍的人生经历和人类情感,往往不会因文化、种族等差异而产生较大偏差;喜剧依靠滑稽的肢体动作和夸张的表演也能代替语言达到喜剧效果,三者恰恰能够最大程度上弥合因语言、文化等造成的文化折扣和理解障碍。二来,动作片与"轻电影"往往不需要过于复杂的人物关系和情节线,叙事模式和主题内涵相对简单,依靠"开端—发展—高潮—结局"的线性叙事即可讲述一个完整的故事,更易于海外观众理解和接受。

其次,动作片是中国电影立足全球市场最重要的类型。得益于早期中国香港武打(侠)片打下的海外基础和中国功夫文化的文化溢价,动作片成为中国电影中具有较大海外市场和影响力的类型。《十二生肖》拿下 3189.5 万美元票房,《一代宗师》、《叶问》也表现不俗,甚至《战狼》等主旋律电影中亦不乏功夫元素,足可见中国功夫、武打元素对中国电影海外影响力和竞争力的提升,以及对电影品牌塑造的重大意义。但缺乏自身极具代表性的 IP 是国产动作片面临的一大困境。十年间,国产电影虽也产生了《叶问》这一较优质的 IP,但与《复仇者联盟》、《变形金刚》等美国 IP 相比,仍缺乏市场竞争力。

电影品牌的塑造离不开强大的电影工业支撑。依托强大的电影工业,美国高概念电影的影响力是其他类型难以企及的。高概念电影则以"动作＋科幻/奇幻"模式最受市场青睐。全球票房前十的影片中,仅 2015 年就有《星球大战 7》、《侏罗纪世界》等五部此模式影片,而中国电影这一模式仅在 2017 至 2019 年迎来一次小的创作高潮,只保持在每年两部的登榜频率。其余影片仍采取"动作＋剧情(古装/现代)"、"动作＋喜剧"的融合模式。可见中国电影工业基础薄弱,且对当下全球电影市场的需求

---

① 轻电影是注重电影的感官体验,弱化电影思想深度,具有明确市场定位和商业性的一类电影,例如《致我们终将逝去的青春》《小时代》等。其中小型的制作成本、类型化的题材选择、清新的影像风格,贴近观众的特质,最大限度地满足大众的审美需求。参见唐映雪:《中国电影的类型消费、演变及其前瞻——以 2001—2018 年北美市场为对象》,《文艺论坛》2019 年第 5 期。

反应不足。

同样,强大的电影工业支撑着动画电影的创作。仅 2012 年便有 20 部动画片登上全球票房前 200,包括《冰河世纪:大陆漂移》、《马达加斯加 3》、《精灵旅社》、《起风了》、《哆啦 A 梦》、《名侦探柯南》等,而十年间我国只上榜了《白蛇》、《大鱼海棠》等七部动画电影。除我国电影工业基础薄弱外,国外动画电影的定位不仅仅是青少年儿童,《名侦探柯南》、《起风了》实则更符合青年受众群体,如此一来其电影的受众影响、市场价值也随之提升。中国动画片多定位青少年儿童,消费群体决定了动画电影难以带来可观的经济效益。可喜的是《哪吒》、《大圣归来》等动画电影不仅国内外反响不错,其崛起也预示着动画电影的受众定位在逐渐摆脱低龄化,兼顾中青年观影群体。

惊悚、推理、传记、文体等小众的类型片虽占有部分全球电影市场,但这类创作周期长且市场反应难得保障的影片并不受制片青睐,近十年间唯有《唐人街探案》系列的三部电影可代表中国推理类电影走出国门。事实上,就海外票房占比而言,《唐人街探案》系列的三部电影的海外票房占比分别是 0.58%、0.51%、0.14%,海外票房影响力整体在下降。而鉴于国内的创作大环境,惊悚类影片一直不是我国电影市场产业链上受重视的一环。

2. 中国类型电影海外现状

首先,动作片虽然是中国电影最具海外影响力的一种类型,但其上榜频次忽高忽低,并不稳定。2013 年动作标签出现 14 次,2014 年 9 次,2015 年高至 16 次,2016 年则跌至 8 次,2018 年更是只有 6 次,2019 年又跃升至 12 次。这种过山车式的数据表明国产动作片在全球市场并非顺风顺水。自 2010 年《英雄》进入国际电影市场,中国的商业动作大片也越来越多地涌现,中国动作片进入市场红利期。2012 年《十二生肖》拿下 3189.5 万美元海外票房,2013 年《警察故事 2013》收获 771.4 万美元海外票房,2014 年《一个人的武林》尽管国内票房表现欠佳,但海外票房达 366.9 万美元。动作片的大批量涌入,奇幻武侠和功夫武打元素对观众审美的透支,复杂精巧的武打动作设计愈发困难,观众不再将武打动作作为单一的审美元素而更加追求剧情与武打动作的统一等,诸多因素使海外观众对动作片产生审美疲劳,也造成了动作片的阶段性低迷。也因此,当《流浪地球》、《中国机长》、《攀登者》等影片摆脱"罪恶都市"、"武林江湖"的背景,将故事搬上高山、天空甚至宇宙,展现平凡个体的超凡力量时,动作片又重新脱颖而出,海外票房均超 70 万美元。

喜剧题材近十年来基本处于中低态势发展。除 2015 年喜剧标签出现 15 次之外，其余年份多则出现八次，少则两次，而 2015 年的 13 部喜剧标签电影中，真正以喜剧作为主导类型的影片，只有《夏洛特烦恼》、《煎饼侠》、《恶棍天使》、《重返二十岁》、《咱们结婚吧》、《前任 2》六部。喜剧低态势发展很大程度上在于中式幽默多依靠语言且内敛多转折，习惯西式直白语言表达、夸张肢体动作的观众并不买账，加之汉语较凝练且语义多变，台词翻译障碍较大，更加压缩了国产喜剧的市场空间。近年来《泰囧》、《横冲直撞好莱坞》等影片尝试将故事发生地移至海外，却仅是增添了异域文化的外部包装，本质上仍是中国人独有的笑点。此外，喜剧片并非商业大片，是否有必要专门去院线观看也是观众要考量的问题。

奇幻、科幻类影片是值得关注的类型。奇幻科幻类一直备受市场青睐，因而中国电影在市场固有偏好影响下，再加上动作、神话、武侠等文化元素加持，《四大名捕》、《捉妖记》等奇幻电影往往能取得不错的票房成绩。但真正成为爆款的影片只有《流浪地球》一部，这是因为奇幻科幻类型在我国尚未形成成熟的美学理念和艺术风格，制作技术也不成熟，建模、3D 动画等视觉效果略显幼稚和粗糙，《狄仁杰之神都龙王》就曾在 IMDb 网站评论中被人诟病建模特效差。且如《超时空同居》、《重返二十岁》等许多影片的奇幻、科幻元素只为故事提供合理发生条件，并未创造视觉奇观，因而总体上中国奇幻科幻类型片难以与好莱坞大片形成有力的竞争。但《记忆大师》、《流浪地球》等影片的不俗表现以及近年国家政策的支持，或预示着奇幻、科幻类影片将是今后我国电影出口中较有潜力的类型。

同样值得关注的是推理片。推理标签虽只出现五次，但在《唐人街探案》、《使徒行者》、《记忆大师》、《唐人街探案 2》、《幕后玩家》五部电影中，海外票房最低的《幕后玩家》仍有 18.3 万美元的海外票房，已形成 IP 的《唐人街探案 2》更是达到了 277.9 万美元的海外票房。尽管这些影片仍与奇幻科幻、动作、喜剧标签密不可分，但不可否认我国推理类影片有很大的发展潜力。

历史、传记、体育这类影片在国外已较为成熟且有不错的市场的类型片，能够受到观众的青睐和共鸣。三类影片虽然上榜数量不多，但票房表现良好，《叶问》系列更是票房不俗。值得一提的还有纪录片。上榜 164 部影片中唯一——部纪录片《我们诞生在中国》，以独特的视角、朴实的镜头语言和充满魅力和多样性的中国生物，收获了 1520.1 万美元的海外票房，占其全球总票房的 60.61%，可谓现象级的一部影片。虽然本质上仍属于异质文化的吸引力，但也给我们的电影创作和出口提供了新的道路和思考。

二、上榜中国电影主题分析

尽管上榜影片的内容不尽相同,但偏爱类型决定了主题大都集中在中国传统伦理道德观念和社会主义核心价值观两大隐性文化框架中。上述 164 部影片中多数影片可大致划分为三大主题:一是正义战胜邪恶,二是个人与国家的关系,三是两性关系。

1. 上榜中国电影的三类主题偏好

十年间,上榜中国电影的主题基本稳定在上述三大主题之中,且三类主题基本对应着动作片、喜剧片、爱情片三类较受偏爱的中国电影类型。

正义主题以动作片中最为凸显,即正义、光明终将战胜邪恶、黑暗。动作片中"警匪破案"类影片是正义主题的典型代表,如《狄仁杰之神都龙王》狄仁杰一众人合力揪出危害洛阳的幕后主谋霍义,《一个人的武林》警队武术教练夏侯武打败因痴迷武术而行凶杀人的封于修,《解救吾先生》邢峰、曹刚等一众刑警解救人质"吾先生",将犯罪分子绳之以法等,无论古代题材或现代题材,均以代表正义的警方、衙门与危害社会和民众安全的反派对立为冲突核心,且最终以正义的胜利、民众安全得以保障、反派受到法律制裁为结局,凸显的是对公平正义的追求和对法律尊严的维护。

个人与国家的关系主要探讨的是以个人的努力、牺牲、奉献来维护国家利益与国家尊严的维护。此类主题仍多存在于动作类型片中,《叶问》中叶问引导小龙以武震慑整个唐人街,以德令华洋各路折服,《攀登者》中国登山队为国家荣耀二次登顶珠峰,《铁道飞虎》马原等铁路工人和平民百姓组成的铁道飞虎队击败日军等"家国大义"类动作片,其主题思想与人物行为的根源都在于爱国主义和天下兴亡匹夫有责的家国情怀。而《中国机长》中川航机组全力保障 119 名乘客人身财产安全,《紧急救援》特勤员用生命直面灾难挑战,《峰爆》基建人挺身而出对抗天灾,"抢险救灾"类上榜影片所展现的是普通人的爱国主义、团结奋进、奉献精神。

喜剧片、爱情片则多围绕个人与家庭关系展开叙事,多以两性关系为核心,以回归传统家庭伦理秩序和爱情的圆满为结局。如《夏洛特烦恼》以穿越的形式,通过"再活一回"模式对爱情和人生进行反思,进而肯定真实批判虚假;《撒娇女人最好命》以"女汉子"的直性和"撒娇女"的温柔对冲,使主人公和观众反思真性情与做作何者更适合恋爱和婚姻。二者的本质都是呼吁人性的真实、追求情感的美好,同时也是在现代社会冲击下,人的社会关系异化导致的冲突。《夏洛特烦恼》最终夏洛认识到了浮华,回归质朴的婚姻和家庭,《撒娇女人最好命》龚志强在与蓓蓓交往过后认识到真实的张慧才是自己爱情的最佳选择,冲突的结果均是主人公对传统家庭伦理秩序和婚姻观念的回归。

同影片的类型划分一样,许多影片并非单义,因而难以简单地将其划分为单一主题。但总体而言,无论是动作片、喜剧片、爱情片这类高频登榜的类型,还是推理、科幻类低频次类型,中国电影的海外主题偏好主要受两方面因素影响:一是主类型自身特征,如《幕后玩家》等推理类影片,最终必将以主人公揭开真相、正义得以伸张结尾,而《咱们结婚吧》等爱情片或迎来爱情的圆满或经受爱情的离散;二是受与其杂糅的类型影响,其主题往往兼具杂糅类型的特征,如《港囧》作为"动作＋爱情喜剧"类型,最终以罪犯伏法和主人公徐来告别初恋回归家庭告终,兼具动作类型的正义与喜剧爱情回归家庭的圆满结局。

而通过三大高频出现的主题不难看出,三种主题均是人类对圆满的追求。相应的,这种对传统完满结局的追求也导致中国电影缺乏现代意识等问题,使得许多影片中规中矩,缺乏创新。

2. 上榜中外电影主题比较

上榜的国外电影同中国电影一样,仍以动作片、喜剧片、爱情片为最重要的三种类型。同时,源于人类对于真、善、美、正义等普遍价值的共同追求,动作片与正义主题成为全球电影市场中最通用且最普遍的类型与主题,喜剧片、爱情片无论经历怎样的波折,基本都会迎来回归家庭、收获真爱、回归本心的团圆式结局。

而国际电影市场是一个多元的市场,对内容和类型的需求是多样的,因而有必要探求全球电影市场中有突出表现的类型和主题。在此之前需要说明的是,有些类型与主题中国电影并非没有涉及,只是就市场反响来说,影片并未获得较好的票房。

首先,缺少女性独立的展现。在两性关系上,中国电影中的女性或依附于男人,或依附于爱情。如《港囧》家境优渥的菠菜面对老公徐来的见异思迁只会以泪洗面,《夏洛特烦恼》中马冬梅一再地原谅夏洛的花心和不负责任且一味地付出,《撒娇女人最好命》中张慧为了龚志强放弃自己的理想。可见中国电影仍将女性置于两性关系中的次要或弱势地位。反而国外影片 *Frozen*、*Hidden Figures* 等影片均展现出女性在面对爱情或男性时的独立性地位,艾莎成为迪士尼第一位女王形象,不为爱情所困一心治理国家,凯瑟琳、多罗西和玛丽三位黑人女性在面对男性、白人和职场的层层不公下,仍依靠自己的才学奋起抗争,为自己赢得利益和尊重。

其次,历年上榜电影中均不乏以亲情、友情为表现对象,且票房、口碑收获佳绩的影片。仅 2012 年 200 部上榜电影中,以亲情为主题的影片有 10 部左右,其中 *We Are The Millers* 获得 26999.4 万美元总票房,位居当年排行榜第 31 位,排名 172 位的あなたへ仍有 2672.4 万美元票房。同年,*American Reunion*、*Ted*、*Last Vegas* 等友情题材影片也有不错的表现。展现人与陌生人之间温情的 *The Upside*、*The Lady in the Van* 等影片也能票房口碑双丰收。而在中国 164 部上榜电影中,只有《你好,李焕英》《滚蛋吧!肿瘤君》《小时代》等为数不多的电影将亲情与友情作为描述主线。此外,传达人与自然和谐相处的 *The Jungle Book*、*Moana* 亦表现不俗,票房均名列前茅。

再次,全球市场关注少数群体与弱势群体题材。如电影 *Love, Simon*、*Call Me By Your Name*,跨性别群体题材的 *The Danish Girl* 等影片,无论在票房、口碑还是社会影响层面都得到广泛好评,*Moonlight* 更是获得第 89 届奥斯卡金像奖最佳影片奖。而海外如反映未成年性侵案件的 *Spotlight*、反映女性反抗与励志的 *Secret Superstar*、反映社会矛盾的 *Parasite*,在历年榜单上均表现不俗。

此外,以真实人物经历、历史事件、赛场竞技等为蓝本创作的历史、传记、文体类尤其受西方国家的青睐,国产中国上榜电影这些类型极少。2012 年以来,改编自历史事件、反映历史问题的 *Dunkirk*、*Hacksaw Ridge*、*12 Years a Slave*,以真实人物事件改编的 *The Big Short*、*I, Tonya*,展现赛场竞技的《42》、*Creed II* 等优秀的历史、传记、体育类影片频繁登上大银幕。中国电影却未能在市场中占一席之地,十年间,三类影片仅上榜《夺冠》《破风》《太平轮》《八佰》等 15 部影片。

三、上榜中国电影叙事分析

类型化叙事是上榜中国电影最普遍的故事叙述模式。海外票房过 10 万美元的国产电影,大都以类型化的叙事模式、戏剧性的矛盾冲突来结构故事,这种模式故事节奏起伏紧凑,引人注目,以一种标准化、可复制性的方式生产。不过认真审视上榜电影会发现,在普遍遵循类型化叙事模式的前提下,中国电影仍呈现出某些独特的叙事特点。

首先,国产校园青春片在全球电影市场中独树一帜。国外校园青春片数量较少,国产校园青春片则很好地填补了市场空白。国外校园青春片的叙事路径多为"事件起因—过程的波折/美好—爱情圆满/自身成长",以 *Love, Simon* 为例,西蒙起初为保护自己的隐私而出卖朋友的信息,经过事情败露、朋友隔阂、隐私公开等一系列波折,西蒙最后勇敢面对问题,并最终收获爱情。而中国校园青春片的叙事路径除了"爱情圆满/自身成长"外,增加了一条"最终离散"的路径。尽管"最终离散"结局在爱情片中已属常见,但在校园青春片中仍显得独树一帜。这一叙事路径根源于国内青春文学中的"疼痛文学",尤以青春文学改编的电影为最常见。《匆匆那年》、《你的婚礼》、《同桌的你》等无一不是以校园爱情初时美好、暧昧、悸动,最终阴差阳错走向离散。

其次,中国动作电影呈现出明显的独特叙事。国产动作电影主要与古装、现代、战争三种元素相结合,其叙事逻辑多遵循儒家思想和现代法治,讲求通过功夫追求法度和正义,完善社会和自我的道德标准,内敛而不居功。如《十二生肖》、《四大名捕》、《叶问》等影片,主人公虽身怀绝技却不滥用武功,而是用自身的强大本领来服务国家和社会,且从不将功劳揽于自身。即使是《八佰》、《智取威虎山》、《战狼2》等战争片中,我方人员的复仇也非侵略扩张式的,而是一种自卫式反抗。相反,以美国好莱坞科幻大片为代表,其动作片多与科幻、未来、战争相结合,"世界警察"的自我定位往往使影片具有侵略扩张性质的普世性正义,超级英雄系列的"救世情节"即是这一正义的缩影。此外,由于中式动作片对人物的塑造更加追求完美,追求善恶有报,因此国产电影较少会出现《小丑》这种虽十恶不赦但能得以收场的故事情节。

再次,中式英雄主义叙事逐渐回归。上世纪香港动作电影更倾向于美国式英雄主义叙事,如《英雄本色》、《唐山大兄》等凸显个人能力和贡献。这一倾向一直延续至今,并影响了内地动作片的创作,《叶问3》、《叶问4》中只身海外而不惧强权的叶问形象,《战狼》中的冷锋等都更偏向个人英雄主义。而2015年之后,中国式英雄主义叙事强势回归,进入全球票房前200的行列。与美式个人英雄主义不同,中式英雄主义是一种集体主义,讲求团队之间的协作,注重在群体中完善自己的道德,而非美国式的以自我道德的完善推动群体道德的升华。中式英雄往往没有异常突出的个人能力、超能力以及强大的身份、家庭背景,只是普通的小人物,而其内在的英雄主义支撑则来自以爱国主义、集体主义为核心的中国精神和社会主义核心价值观。如《解救吾先生》没有警员只身查案犯险,只有团队通力合作,《红海行动》等亦是如此。《铁道飞虎》四人并非身怀绝技,也没有光荣的身份,但心系祖国的家国情怀让他们的英雄气概凸显出来,《峰爆》的主人公不同于灾难大片中的孤胆英雄,上天入地无所不能,主人公洪翼舟只是一个工程师,他之所以勇敢坚韧,是有着父辈老兵的传承。

中式英雄主义电影的强势回归让我们看到,中国电影主流价值观输出的式微根源并非在于这种价值观本身,而是多年来故事讲述方式出现了偏差。近年来的所谓中国新主流电影频频登上全球票房排行前列的现实昭示着,中国英雄叙事不必走好莱坞路径,中国英雄、中国价值观同样具有广阔的海外市场。

四、提升中国电影海外影响力策略

总体上看,中国电影海外影响力呈现逐年递增之势。但我们也应清醒地认识到,中国电影尚未在国际上树立起标志性的品牌;巨大的产业规模与相对较小的海外影响力和竞争力形成显著反差;中国现象、中国声音、中国价值、中国智慧的国际化表达路径与策略仍须深入探索。因此,我们认为提升中国电影全球影响力应着力于三层逻辑:

1. 构建中国特色电影内容与风格体系

中国特色电影内容与风格体系的构建,最终目的在于提升中国电影全球影响力,这要求以覆盖全球电影市场需求、把握全球电影市场动向为前提。以动作类型为例,尽管当下"动作＋古装/现代"、"动作＋喜剧"模式是中国电影最常用的类型融合模式且市场反应良好,但"动作＋科幻/奇幻"才是当下全球市场最为青睐的模式,所以动作类型电影的未来创作重心应更多探索"动作＋科幻/奇幻"模式。同时,历史、传记、文体、推理等具有市场潜力的类型也应受到重视,这是提升中国电影全球影响力的必然要求。

在把握市场需求的前提下,构建中国特色电影内容与风格体系,即是在"共同体美学"观念的指导下,讲好中国特色电影故事,依靠中国独特的文化底蕴和视觉奇观来吸引观众。动作片、神话/仙侠片是当下既能融合中国特色精神文化,又能取得良好海外票房的电影类型。无论是《中国机长》、《峰爆》等动作片,还是《哪吒》、《白蛇》等中国传统神话故事改编的影片,在呈现一个崇德向善的新时代中国形象,展现中国特色传统文化,提升中国电影国际影响力方面均发挥着重要作用。《我们诞生在中国》则提供了一条摒弃虚构与故事,以中国广阔的土地和生物多样性为切入点,展现中国特色的新路径。

在影片风格上,中国风格是内敛、包容、和谐的,正如《叶问4》、《八佰》、《战狼》等影片,虽以暴力营造奇观,但仍能看到其内核中寻求正义的"善"的一面。《铁道飞虎》等中式英雄主义叙事的回归也推动中国电影走一条不同于美式的道路。在内核之外,具象化的中国风格既包括《我们诞生在中国》等中国独特的都市、乡村、自然景观,也包括《雾山五行》等运用的中国独特的山水、剪纸等呈现形式,甚至影片中独特的中国色彩亦是中国电影独特风格的体现。

2. 构建全球整合营销传播体系

在市场化的大背景下,优质的内容同样需要好的传播策略。构建整合型全球营销体系有利于开拓最广阔的市场，使资源发挥最大的作用，提升中国电影的全球影响力。而电影既是盈利行为也是文化行为，因而整合型全球营销体系必须同时兼具企业和国家两方面的力量。

就企业而言，在上榜的 164 部中国影片中，大部分影片的海外发行由华谊兄弟和英皇娱乐两家公司完成，这种相对单一或垄断的营销体制很容易出于一己之私，而挤压其他优质中国影片的传播空间。一条更可行更现实的路径是充分挖掘利用国内外主流社交媒体平台的强大传播能力。TikTok、Netflix 等平台则展现出强大的传播力量。依托这类社交平台，中国电影可进行预告、花絮、主题曲、概念片等的投放宣传，甚至可以打造"移动影院"，实现流媒体终端的"电影 0 窗口期"。

另一方面，应整合国有主流传播平台，弥补企业"针对性"宣发的局限性，扩大中国电影的传播空间。目前，中央电视台隶属下有 CCTV-4（亚洲版、美洲版、欧洲版）、CMC（电影频道海外版）、中国国际电视台俄语频道、中国国际电视台阿拉伯语频道等多个海外频道。依托国外的频道分众化、专业化以及国内强大的政策支持、国家支持，开辟中国电影国际频道，在国际频道中开辟专门的电影专栏绝非难事，甚至可以说水到渠成。将中国电影产品纳入一带一路、G20、上海合作组织、CPTPP、亚洲基础设施投资银行等国际合作组织经贸框架，也能有效地提高中国电影的国际传播力。

3. 构建中国电影差异化全球消费市场

提升中国电影的全球影响力本身就包含市场影响力和文化影响力两个方面。但各国在经济、政治、文化等方面都存在差异，因此市场需求千差万别，不同的市场应有不同的策略，这要求构建差异化的全球消费市场。

欧洲电影市场大多被美国占据，中国电影在欧洲市场的占有率低。类型上，欧洲市场较偏向美国商业大片，英、德、意等国偏爱剧情片和喜剧片。此外，不少中国导演作品常登上各大欧洲电影节，但其创作题材大都游离于中国主流价值观之外，这类边缘题材的长期浸润不可避免地导致欧洲观众对中国的文化偏见。由此，喜剧片、展现当代中国整体风貌的影片以及商业大片更适合欧洲市场。

北美作为全球电影市场的龙头，其类型的多样性、主题的多元化、电影工业的雄厚程度在世界上都首屈一指。北美由于政治等因素的影响，对中国形象长期存在偏见和歧视，中国电影在这个市场甚至已形成文化正面、政治负面的叙事印象，一些美国影评中所"看见"的中国，"猎奇"远远高于"真实"。为此，中国电影在北美市场首先应坚定走优质路线，着力讲好中国特色的故事以改变形象偏见。北美市场习惯将外语片作为艺术片看待，因而艺术片、鲜明的文化异质性往往更容易引起北美市场"熟悉的陌生感",从而取得相对票房成功。

东亚市场毫无疑问以中日韩三国为主体,三国在地缘、文化和历史上有明显的亲近性,这也使得各方都能够迅速理解和转译影片内涵,最大程度地减小文化折扣。因而在不涉及中日韩三国历史问题的基础上,中国电影的各个类型基本都能在东亚市场得到良好传播。

除地区总体特征外,各国电影市场也存在差别,构建中国电影差异化全球消费市场,即是要根据各国的实际情况,做到影片有的放矢投放,通过中国电影影响力在不同地区的积累,共同构建起中国电影在全球范围内的强大影响力。

总的来说,提升中国电影全球影响力,需要生产、传播、消费多方面共同合力,需要整合各方、各渠道的力量。这也意味着提升中国电影全球影响力是一个循序渐进的过程,在不断扩大中国电影体量的同时,也应向优质电影方向转变。

［本文系国家社科基金艺术学项目"数字艺术非义行为及其对抗机理研究"（项目批准号：20BC043）阶段性成果之一］

（作者单位：山东师范大学数字艺术哲学研究中心）

中国幼儿文学语言观念中的权力关系

——以图画书为中心的学科史考察

梁　媛

内容摘要：一般文学文本的主要语言形式是文字，但在以幼儿为主要目标读者的图画书中，图画凭借其不断发展的叙事能力逐渐成为与文字平分秋色的特殊语言。回溯中国幼儿文学发展早期，也曾萌发出将图画视为一种特殊语言的观念。但20世纪80年代开始的幼儿文学学科化进程，仅将文字视为合法语言，中断了图画语言观念的发展进程。在学科言说中形成的"重文斥图"的"真理语言体制"很大程度上抑制了图画叙事能力和图画书文体形式的发展。究其实质，"真理语言体制"将"语言"完全等同于文字的思路，包含着成人离身认知而导致的唯我倾向和对幼儿的片面认识。还隐含着在现代童年观"二分法"和"线性发展模式"影响下，认为文字是理性、完全、主要符号形态，图画则是低级、待发展、次要符号形态的偏见。20世纪90年代以来，随着国外图画书文体理念影响的逐步深入，图画语言观念渐次在中国幼儿文学中回归，幼儿权力也即将迎来一次高涨的机会。

关键词：幼儿文学学科史　语言观念　权力关系　图画书

文字和图画是人类文化中两种最主要的表意符号。早在文字出现之前，图画就已广泛应用于人类早期的信息传递和交往活动中，从这个意义上来说，图画是人类"幼年期"的"书面"语言。随着"儿童的发现"，图画以易被幼儿接受的特点被更集中、专门地供给人类社会中的幼儿。人类学视角下儿童对种系进化的"复演"不仅体现在身心发展上，也体现在语言符号的使用上。而印刷技术的不断进步，图画本身叙事能力的不断发展，也为其成为继文字之外的第二大书面语言提供了极为重要的支撑。这些都为图画成为一种特殊的幼儿文学语言埋下了伏笔。从学科史和学术史的视角出发，梳理中国幼儿文学语言观念的发展，尤其是关注对图画的认识与定位，可以从侧面揭示中国幼儿文学学科对幼儿以及幼儿文学的认识经历了怎样的过程，到达了怎样的深度，并为中国幼儿文学史上图画书的归属争议提供另一个角度的思考。

一、中国幼儿文学自发阶段的语言实践与语言观念

（一）文字与图画在中国幼儿文学中的语言实践

幼儿文学起初是"听赏"的文学——幼儿不具备识字的能力，只能通过聆听成人的讲述来欣赏文学。文字先是担当了幼儿文学从口传文学转变为文本文学的重要媒介，又见证了其对民间文学的改编，最终成为成人从事幼儿文学专业化生产的主要工具。五四运动中，随着中国现代儿童文学创作实践的开展，为幼儿创作的儿歌、童话以及各种类型的故事也开始发展起来。新中国成立后的十七年期间，陈伯吹、严文井、鲁兵、金近、圣野、孙幼军、任溶溶等幼儿文学作家相继创作了大量优秀的文字作品。

相比之下，图画在幼儿文学中的语言实践则经历了一段渐进的发展过程。专门供给幼儿的图画始于明清时期的蒙学读物，晚清儿童期刊译述"滑稽画"的过程中，图画的儿童性、趣味性尤其是叙事性发生了明显增强。在儿童文学获得自觉以后，图画对于儿童尤其是幼儿的作用受到重视，五四时期，郑振铎在《儿童世界》上改"滑稽画"为"图画故事"，更注重文学性的示范。在吸收连环画以多幅图画连续叙事的基础上，图画故事的叙事能力进一步增强，并逐渐与书籍形式相结合，在上世纪30年代的课外补充读物《幼童文库》《小朋友文库》中得到进一步的推广。新中国成立后的十七年期间，独立成册的图画故事在幼儿文学出版实践中蔚为大观：《全国少年儿童图书综录(1949—1979)》[1]中整个"低幼读物"类别实际上大部分都是图画故事，所占体量高达140页，是"文学"分类下诗歌与儿歌数量的两倍。除了数量上的令人瞩目，在万籁鸣、严个凡、严折西、陈永镇、詹同、方轶群等众多创作者和编辑的努力下，图画叙事功能也获得了很大提高，涌现出一批"足以与世界经典图画书相媲美的经典之作"。[2]《小鸡到了外婆家》[3]、《小熊乘火车》[4]等无字图画书的诞生更意味着图画能与文字分离，独立承担叙事任务，是图画语言初步成熟的重要表征。

---

① 国家出版事业管理局版本图书馆编：《全国少年儿童图书综录(1949—1979)》，中国少年儿童出版社1980年版。
② 齐童巍：《记忆的修复——中国当代原创图画书的历史整理与阐释》，浙江师范大学2010年硕士学位论文。
③ 钟子芒/设计，田丁/绘图：《小鸡到了外婆家》，少年儿童出版社1957年版。
④ 江荸千/设计，严折西/绘图：《小熊乘火车》，少年儿童出版社1959年版。

（二）初步显现的图画语言观与幼儿文学语言观念的分歧

随着图画在幼儿文学中发展成为重要的语言形式，图画语言的观念也逐渐发展起来。在蒙学读物和早期幼儿读物中，图画最被重视的是再现功能，以及能够引起儿童兴趣的特征，因此多作为文字的"辅佐要件"使用，如"儿童心理，最爱图画；所以用图画来启发他的智识，是最为相宜"①。"因为儿童是喜欢图画，比之文字更甚些，往往可以由图画而引诱起要看文字的需要。"② 随后，图画的审美功能也引起有识之士的关注，比如王人路指明插图"而在美育上有很大的关系"③。30 年代，连环画风靡一时，这种以连续图画叙事的形式在幼儿文学领域也获得很大发展，并引起有关论者的注意：

但图画有时也能连续不断的构成一个故事，如连环故事图画，及电影图画等，就完全能与文字有同样的效用……另外为避免小儿童认识"方块"字的艰辛，即不妨在低年级儿童读物中，用简明的系统的图画来代替。所以图画故事也可说是一种儿童文学。④

这种观点不仅认识到图画与文字叙事功能的相当性，还认为对于幼儿而言图画的作用甚至较文字更为重要，虽然未直接提出"图画语言"的概念，但将图画与文字并置讨论比较，已深寓图画语言观念的萌芽。这种观点和主张在不同论者处都曾获得回音与发展，如教育家董任坚在编译《俄国图画故事全集》时也力倡："实则文字、图画都是一种传达意义的符号。在代表某种事物时，图画比文字更加具体，编辑一本书，图画、文字是同样的重要。"并主张"本书的主体是图画，不是文字，文字不过是图画的一种说明，一个补充，给父母和教师们的一点方便罢了"⑤。虽然从实际效果来看，这部作品的图画与当时许多译述的图画故事一样，因为翻印的缘故呈现得比较简陋粗糙，但此番观点可以视为 30 年代图画故事译述风潮的代言。画家邢舜田也在 1948 年出版的《儿童读物研究》中著文指出：

图画用于表达某种情意，或说明某种事物，或叙述某种过程，或描写某种意境……比较文字的更直接，更具体，更真实，更深刻；更富于含蓄，更富于想象；更便于

① 丁锡纶：《儿童读物的研究》，《妇女杂志》1920 年第 1 期。
② 郑振铎：《插图之话》，《小说月报》1927 年第 1 期。
③ 王人路：《儿童读物的分类与选择》，《教育杂志》1930 年第 12 期。
④ 黎正甫：《编制公教儿童文学读物的商榷》，《磐石》1934 年第 4 期。
⑤ ［俄］加立克：《俄国图画故事全集》，董任坚编译，商务印书馆 1937 年版，第 3—4 页。

渲染,更便于抒情……因为文字符号的本身就是抽象的,对于尚未能充分理解文字的孩子,图画不仅足以弥补或充实文字的不足,同时更可以突破文字的限制,扩大孩子们的想象的范畴。①

这意味着画家意识到图画在语言功能上有独胜于文字之处,比上一种观点又迈进了一步。在儿童图画的创作实操方面,邢舜田也着重提出在"语言上"的注意事项:

构成图画的每一根线条,都是代表语言的符号。一幅完美的图画,就是一篇完美的语言。这语言应该比较加以文字符号的说明更为丰富。处理一个画面,从每一根线条起,都应该注意语言的效果。②

除了明确提出"语言"的概念,还力图在实践中融入语言理论去指导和促进图画表情达意功能的发展,可见当时一些从业者对图画的语言属性已有较高程度的自觉,而不仅仅将其作为一种隐喻上的虚指。

在秉持直观图画对幼儿之重要性,推崇以图代文方面,教育者沈百英也有类似的观点:"一切儿童用书,应该以图为主,以文为副。"③ "辅佐要件"、"美育价值"到"与文同效"、"图主文副",在这些高瞻远瞩的有识之士的观念中,图画的语言属性突出、地位渐高,甚至有超越文字之势。

及至方轶群在 1957 年指出:"图画不应成为文字的附属,文字也不应成为图画的说明。两者犹如一件丝织品中的经和纬。"④ 陈伯吹 1962 年直指:"图画只是文学凭借它来作为一种表现的形式,正像凭借文字来作为表现的形式一样,它的实质是个有目的、有组织、有思想、有艺术、经过精心构思的文学故事……图画在幼童文学书籍中当然并不是'装点门面',也不是帮助'说明内容',而是作为主体来表达思想。"⑤ 皆是对图画初步成熟的叙事功能、独立的语言地位的高度概括,只是遗憾"图画语言"这一明确的概念在邢舜田之后未有更多的发展。图画在幼儿文学中蔚为大观的语言实践与越来越凸显的语言观念,一方面迫切期待更为明确的理论自觉,表现出理论在把握现实上的某些滞后;另一方面也已经作为幼儿文学区别于成人文学,以及儿童文学的另外两个分支(童年文学、少年文学)鲜明的特征显露出来。

20 世纪 80 年代以前,中国幼儿文学还未获得充分的理论自觉,但一些关注幼儿

---

① 邢舜田:《读物与图画》,仇重等编《儿童读物研究》,中华书局 1948 年版,第 172 页。
② 同上书,第 174 页。
③ 沈百英:《关于副课本》,《大公报(上海)》1948 年 4 月 1 日。
④ 方轶群:《谈谈图画故事》,《儿童文学研究》1957 年第 3 期。
⑤ 陈伯吹:《谈幼童文学必须繁荣发展起来》,《儿童文学研究》1962 年 12 月号。

文学发展的研究者开始初步涉足这一领域的理论建设,1962 年发表的《幼儿文学的语言》①是目前所见最早系统探讨幼儿文学语言的文献,其对幼儿文学文字语言的重要性和特殊性的见解鞭辟入里,难能可贵。但未将图画和文字并置讨论,意味其逻辑起点已将图画排除在"语言"之外,也就是上述图画语言的重要实践和初步显形的图画语言观念并未被纳入这篇文献的视野,成人研究者在幼儿文学语言问题上的观念分歧初现端倪。

二、幼儿文学的学科化进程与"真理语言体制"的建立

作为儿童文学的一个分支,中国的幼儿文学尽管在 20 世纪上半叶取得了不少创作实绩,但直至 80 年代才开始在理论上获得充分的自觉。1978 年 10 月,第一届"全国少年儿童读物出版工作座谈会"在庐山召开,提出少儿读物出版要适应不同年龄、入学后和入学前儿童的不同需要、年龄特征和阅读理解能力。会议上由鲁兵提议组编的《1949—1979 幼儿文学选》于 1981 年 4 月出版,"'幼儿文学'这一名目,由是独立出现于儿童文学之中"②。1986 年理论界明确提出"将儿童文学划分为三个层次,即:幼年文学、童年文学、少年文学"的"儿童文学层次说"③进一步强化了不同层次之间的相对独立性。伴随这股理论自觉,研究者们告别了前一个阶段零敲碎打的理论探讨,投入幼儿文学学科的集中建设中,致力于探索幼儿文学区别于童年文学与少年文学的特性。1980 年《儿童文学研究》第五辑辟为"幼儿文艺专辑",中国幼儿读物研究会于 1986 年创办了专门的研究刊物《幼儿读物研究》,1987 年编辑出版了论文集《幼儿文学探索》,分别于 1988 年和 1992 年召开了专门的幼儿文学研讨会。《幼儿文学ABC》(1988)④、《幼儿文学原理》(1995)⑤、《幼儿文学概论》(1996)⑥等基础性理论著作相继出版,幼儿文学正式进入学科化进程并迎来了首次理论繁荣。

作为儿童文学的分支之一,幼儿文学学科与一般的文学学科相比,在研究主体关系上具有显著的特殊性:学科研究的言说者是成人,儿童无法介入而作为沉默的被研究对象,二者在话语权上的差异存在明显的权力关系。成人研究者围绕幼儿文学特

---

①　蒋风:《幼儿文学的语言》,《儿童文学》1962 年第 7 期。

②　杜传坤:《20 世纪中国幼儿文学史论》,北京大学出版社 2020 年版,第 76 页。

③　王泉根:《论少年儿童年龄特征的差异性与多层次的儿童文学分类》,《浙江师范大学学报》1986 年增刊《儿童文学研究专辑》。

④　郑光中编著:《幼儿文学 ABC》,四川少年儿童出版社 1988 年版。

⑤　黄云生:《幼儿文学原理》,江苏教育出版社 1995 年版。

⑥　张美妮、巢扬:《幼儿文学概论》,重庆出版社 1996 年版。

殊性开展学术研究的过程，正是通过发表学术论文、出版学术专著等知识①生产体系建构幼儿文学真理体制②的过程，研究的共识和成果被固化下来形成幼儿文学学科真理体制的具体内容。

在学科建设热潮下，语言作为重要的研究课题首先受到了关注。上文提到的《幼儿文学的语言》在 80 年代获得了强烈的认同与回应，几乎所有研究都循着这篇先声式的文章理路进行。幼儿文学文字语言的特殊性被不断深化和细化，研究者们纷纷从幼儿思维、口语、接受方式的特殊性出发，确认幼儿文学的语言应"浅显、动作性强，讲究音响和音乐性、重视色彩描绘"③，"形象而有趣，浅显而美听"④，并依此总结出在语言运用中所涉及词类、句法和修辞的策略：

> 多应用摹状、比喻、比拟、夸张的修辞，词类上主要用实词，句式以简单句为主，少用被动句，不要用长长一串的状语或定语，避免介词和方位词的组合结构。⑤

> 1. 造句平易，句子短小简单……2. 避免艰深词汇和不常用的单字……3. 多用名词、动词、代词，也用一些形容词、副词，但少用连词，特别是搭配连词……4. 避免不适宜的描写、夸张和掉文。⑥

学术研究体系生产的知识就这样逐渐形成一套"道"与"术"密切呼应的幼儿文学语言的真理体制。其内涵的一面是强调被学科体系所认可的观点：供给幼儿的文字语言应具备特殊性，另一面则明确将图画语言区别为"不合法"的语言形式，将之排斥在文学的领域之外。这主要体现在对图画故事能否称为"幼儿文学"的指认上：

> "文学离开语言就不成立了，文学作品不能是无字碑……根据文学作品绘制，附以简单的文字说明的图画书，是不完全的文学读物，严格的说，不是文学读物。用线条、色彩构成形象的绘画艺术，自有其不容低估的审美价值，但它不是语言艺术，因而

---

① "知识"是福柯权力理论的一个关键词，在福柯看来，知识与权力是共生共谋关系："权力和知识是直接相互连带的；不相应的建构一种知识领域就不可能有权力关系，不同时预设和建构权力关系就不会有任何知识。"见［法］米歇尔·福柯：《规训与惩罚》，刘北成、杨远婴译，三联书店 1999 年版，第 29 页。

② "真理"是福柯权力理论的另一个重要概念，福柯认为，每个社会都拥有自己特有的真理体制，也就是都拥有"它接受并使之作为真实话语而起作用的话语类型；都拥有能够辨别真实陈述和虚假陈述的机制和机构，惩罚这样或那样一些陈述的方法；都拥有能获得真理而受到推崇的技术和方法；都拥有负有认可真实话语使命的人士及其身份。"转引自［法］朱迪特·勒薇尔：《福柯思想辞典》，潘培庆译，重庆大学出版社 2015 年版，第 149 页。

③ 樊发稼：《幼儿文学的教育性和语言》，中国出版工作者协会幼儿读物研究会《幼儿文学探索》，少年儿童出版社 1987 年版，第 95—106 页。

④ 朱庆坪：《形象而有趣，浅显而美听——试谈幼儿文学的语言特色》，《儿童文学研究》1980 年第 5 期。

⑤ 同上。

⑥ 方轶群：《怎样写得浅》，《儿童文学研究》1980 年第 3 期。

也不是文学。"①

"这类似连环画形式的图画故事书确实不是文学作品，因为在这类幼儿读物中文字仅是图画的附庸，离开图画，文字不能独立存在。这与幼儿文学无关，是另一种幼儿读物。"②

"离开语言艺术来谈文学性，无异于缘木求鱼。幼儿文学一旦让图画或其他什么艺术形式来取代语言形式，那么要讨论它的文学性也是叫人为难的。""判定文学性的前提条件只能是语言艺术，不然就把文学和绘画混为一谈了。"③

上述引文中，大部分研究者依据"文学是语言的艺术"的观点，通过指出图画不是"语言"而否认图画书有取得合法文学地位的可能，明确了对图画这一特殊语言形态的正面排斥。率先提出上述观点的鲁兵时任幼儿文学研究会会长，其观点所具有的引导性和示范性不言而喻。与这种排斥相对，关于文字语言特殊性的研究在学术界获得广泛的认同，90 年代出版的《儿童文学教程》(1991)④、《幼儿文学原理》(1995)⑤、《幼儿文学教程》(1998)⑥等几本有代表性的基础理论著作都将文字语言特殊性的"道"与"术"作为幼儿文学语言研究的重要成果进行了吸纳，进一步巩固了其真理地位，在幼儿文学中产生了十分深远的影响。

三、"真理语言体制"对图画叙事和图画书文体的压制

（一）图画叙事的相对停滞

在幼儿文学学科建设中，研究者们并非没有注意到图画的重要地位，有论者认识到："幼儿主要依靠直观表象来认识外界事物，因而幼儿读物才采用以图为主的形式。"⑦鲁兵在谈到幼儿读物时也指出，"这类读物的半壁江山是属于画家的"⑧，基于图画对于幼儿的重要性，幼儿读物研究会所编的会刊《幼儿读物研究》第二期便设为

---

① 鲁兵：《幼儿读物侧面谈》，《儿童文学研究》1987 年第 6 期。
② 方轶群：《这是一种乐趣》，《幼儿读物研究》1987 年第 5 期。
③ 黄云生：《一个被误解的文学现象——关于幼儿文学及其理论的思考》，《浙江师大学报（社会科学版）》1990 年第 4 期。
④ 浦漫汀主编、张美妮等编写：《儿童文学教程》，山东文艺出版社 1991 年版。
⑤ 黄云生：《幼儿文学原理》，江苏教育出版社 1995 年版。
⑥ 郑光中主编：《幼儿文学教程》，四川民族出版社 1998 年版。
⑦ 曾佑瑄：《做好幼儿读物的美术创作和编辑工作》，《幼儿读物研究》1986 年第 1 期。
⑧ 鲁兵：《为小娃娃写好书编好书出好书》，《幼儿读物研究》1986 年第 1 期。

美术研讨专辑,但在对图画的学科定位上,学界一直坚持做特殊的处理,将带图画的出版物称为"幼儿读物"或"幼儿文艺",而非"幼儿文学"。

在这样的"真理语言"体制之下,原来图画语言观念的发展进程被完全打断了,对图画的语言属性和语言功能的排斥,使得对图画的认识遗憾地退回到"辅助要件"和"审美欣赏"之上。如:

> "鲜明生动的形象为幼儿展现了由近及远的周围世界,帮助他们理解读物的内容,提高他们的阅读兴趣,同时给他们美的享受和熏陶。"①

> "我这样说,并非主张废弃那些插图漂亮、装帧精巧的'图画书'。我坚信,它们会让幼儿赏心悦目,会使他们扩大眼界,增长知识,提高审美的感受能力;尤其是那些确实优秀的'图文并茂'的幼儿文学读物,对幼儿接受文学肯定可以起到辅助作用。"②

这些观点无疑都是正确的,但上一阶段所酝酿的图画语言观念的失落也是明显的。与这一失落相适应,幼儿文学中的图画被限制在"安分守己"的绘画艺术圈子中,在文学叙事中独立探索的空间被大大收窄,突出表现在创作队伍与理论研究的窄化两个方面。上文曾提到,新中国成立初期图画故事曾有过一段发展的黄金时期,这期间图画书的绘画队伍人才济济,不仅张乐平等知名艺术家游弋其中,而且有众多漫画、连环画,尤其是动画电影(也称美术电影)的创作英才作为中坚力量,如连环画大师贺友直、杨永青,动画大师万籁鸣、詹同等。不少优秀的图画书作品构成同名动画电影的书面总结,如詹同 1957 年在《猪八戒吃西瓜》中负责美术设计,署名"詹同刻纸"的图画书《猪八戒吃西瓜》1962 年由少年儿童出版社出版。其他作品虽然没有直接的关联,但在创作者不拘一格的画笔之下,其他图画叙事艺术,尤其是彼时蓬勃发展的动画电影的创作经验在图画书中得到融合,从丰富版面样式、灵活构图方式、塑造人物形象、增强画面表现力等多个方面极大地促进了图画语言叙事能力的发展。80 年代以后,"曾经在五十年代对插图创作起到示范作用的油画家、版画家、国画家迅速退出插图创作",图画书的创作队伍逐渐转向以儿童美术编辑为主,"纵观整个 20 世纪 80 至 90 年代前期,中国几乎没有职业插图画家"③,这种由美术编辑"兼任"的队伍构成,正是窄化的鲜明体现。彼时动画、电影等动态图画语言的发展日益迅猛,图画书则圈地独立,与其他图画叙事艺术的互动交流虽然有局部的保留,但远不复上一

---

① 鲁兵:《为小娃娃写好书编好书出好书》,《幼儿读物研究》1986 年第 1 期。
② 黄云生:《一个被误解的文学现象——关于幼儿文学及其理论的思考》,《浙江师范大学报(社会科学版)》1990 年第 4 期。
③ 王晓明:《中国插画与图画书的回望与当下》,健文主编《插画的高度:世界优秀儿童插画绘本作品》,中国美术学院出版社 2018 年版,第 152 页。

阶段热烈纷呈，埋伏着封闭发展的危险。因此，尽管《幼儿读物探索》中增加了许多关于图画的探讨文章，但或是关注图画夸张、变形的尺度，或是讨论图画的美育和教育价值，图画语言叙事性和主体价值并未受到重视。有论者这样评价："画家们，好像比文学家们要谨慎得多，总不敢谈及幼儿读物的全部，反反复复地只在涉及到美术的那一部分兜圈子，将美术部分从整个读物中分离开来，只谈'幼儿读物插图'或'儿童图书画'，强调插图对于文学的独立性。"[1] 在这样的环境下，图画语言至多只能在上一发展阶段的水平上原地踏步，甚至退步——一些作品中图画的装饰性渐强，而叙事性渐弱，还出现了将十来张图画压缩在一页上呈现的形式，其图画语言的粗陋可想而知。一面多幅的"经济型"图画书的确适合当时的国情，但其弊端在于对画质要求不高，插画家的整体水准因此迅速跌落，有的几乎到了不能画大尺寸插图的地步。[2] 无外乎有论者指出"相比较与建国初的 17 年，1980 年后的图画书……有了明显的推进，只是这种进步是在五六十年代发展基础上的延续，并没有获得突破性的进展"[3]。十七年时期图画语言的突破和创新在 80 年代没有得到延续，很难说与上述真理语言体制的强盛没有关系。

（二）图画书文体探索受限

作为需要协调图画和文字两种语言的特殊文体，编辑在图画书的发展中扮演着举足轻重的作用，编辑对两种语言的认知，对它们关系的处理方式，将直接关系到图画书的呈现方式和发展可能。如美国图画书史上的传奇编辑梅·马西、厄苏拉·诺德斯特姆，前者与《一百万只猫》、《让路给小鸭子》、《爱花的牛》等名作紧密相连，后者挖掘和培育了莫里斯·桑达克、汤米·温格尔、谢尔·希尔弗斯坦等一大批划时代的图画书作家。在日本，松居直发掘了赤羽末吉、安野光雅等人的才华，他本人及他所领导下的福音馆为日本图画书的发展做出了极大的贡献，被称为"图画书之父"。虽然时代与文化的语境不尽相同，中国图画书的发展历程无法与国外的情况简单类比，但考察中国图画书编辑的观念，能以管窥豹地见出这一文类发展的境况。这其中颇为有代表性的人物是方轶群，他曾任职于中华书局、少年儿童出版社，既是著作颇丰的作家，也是资深的幼儿图书编辑，更是中国图画书发展中重要的参与者和见证人，从他的经历可以窥见"真理语言"体制对中国幼儿文学编辑的深刻影响，继而对图画

---

① 郑绪梁：《图画书的品格特征》，张美妮、巢扬主编《中国新时期幼儿文学大系理论卷》，未来出版社 1998 年版，第 225 页。
② 王晓明：《中国插画与图画书的回望与当下》，健文主编《插画的高度：世界优秀儿童插画绘本作品》，中国美术学院出版社 2018 年版，第 152 页。
③ 王黎君：《艺术形式的发展和文学内容的固化——建国 40 年中国图画书的发展研究》，《绍兴文理学院学报》2015 年第 5 期。

书文体产生的极大影响。

在 1957 年所发表的文章①中,方轶群不仅清晰地指认出图画故事的文体特点和身份归属,并如上文所提对图文关系有过极精到的论述。但在 80 年代以后,在"文学是语言的艺术"真理大旗之下,他完全推翻了自己之前的看法。并将自己对幼儿文学的关注重点完全转移到文字上,发表《如何写得浅》《这是一种乐趣》等文章加入建设真理语言体制的队伍。直至 90 年代,依然能看到这种观念震荡的余波:

一九五三年以前,我在中华书局编辑所儿童读物部门当编辑,初次接触到了以小学低年级和幼儿园孩子为读者对象的低幼读物——图画故事。因为见不多识不广,误认为图画故事即是幼儿文学读物。那一时期,我写了不少图画故事。这些图画故事,这个集子里没有收进一篇。因为图画故事只是一种"图画为主、文字为辅"的图画书,不是文学作品。图画故事中的文字只起到说明图画的作用。②

其前后态度的转变之大,"自我反省"的意味之深,无不令人喟叹。如果说方轶群观念的转变,导致其作品集未收录图画故事的失落尚是微观层面的,那么导致编创方式的改变则可能是整个行业性的。发表于 1984 年的《编辑工作的回忆》中,方轶群记录下了幼儿图书编辑工作方式的极大改变。他首先反思了"大约三十年"以前以图为主的编创方式,认为这种方式"把作者来稿,斩块切段",造成"光读文字,上下文不贯串,故事内容读不懂",并招致"幼儿读物不是文学作品"的指责。改革以后以文字叙事为主,待文字整体完成后,再灵活插入图画,认为"真正做到了以文为主,文图并茂。低幼读物的文字不再居于次要地位,这才有可能创作出幼儿文学作品来"③。其立足于文字完整性的论述也不无道理,但关键问题在于,幼儿文学并非只能容纳一种形式。理论上来说,若文字与图画都十分重要,则可以有文为主,图画辅佐点缀的形式,也可以有以图为主,文字补充说明的形式,还可以有图文相互丰富的形式。只将文字视为合法的语言,就只能导向文主图辅的单一模式,大大限制了图文关系的探索,也使后面两种图文关系成为泡影,而后面两种图文形式正是国外图画书在近百年来不断丰富、拓展的形式。概言之,"真理语言"体制之下,编辑恪守图画与文字的"真理"分野,自然难以出现现代图画书为人所称道的图文合作,中国图画书进一步发展的可能就被压制了。

---

① 方轶群:《谈谈图画故事》,《儿童文学研究》1957 年第 3 期。
② 方轶群:《方轶群作品选》,少年儿童出版社 1991 年版,第 458 页。
③ 方轶群:《编辑工作的回忆》,《儿童文学研究》1984 年第 16 期。

四、"真理语言体制"的逻辑及其局限

（一）成人对儿童的离身认知

"真理语言"体制将"语言"完全等同于文字的思路，包含着成人离身认知而导致的唯我倾向和对幼儿认识的片面化。具体来说，主要表现为对幼儿的认识以成人的理性世界为标准，忽视或贬低幼儿的身体和心灵体验，[①]这在语言观念上主要体现为成人以自己的认知方式和认知能力为导向，忽视了图画语言对于幼儿的特殊性和重要性。

一方面，成人能熟练地理解、运用文字，在文字为主要语言形式的世界中，并不会感到困难。但对于幼儿而言，"观看"是他们最主要的生存方式之一，图画的直观性对幼儿来说更容易理解，"能指与所指任意相结合"的文字则是需要克服的难关。尽管佩里·诺德曼根据图画的文化属性指出，图像认知是一种后天习得的能力，但在行文中也时常流露出对幼儿读图能力的惊讶，这使他的论述中不断出现类似矛盾的表达：1. 某种情况表明图画书的复杂，2. 幼儿却能够明白/理解/掌握，3. 能掌握这种复杂情况的是部分幼儿，不是全部。[②] 这一渐进反复的过程与幼儿对文字语言的习得非常相似，但与文字阅读相比，图画毕竟提供了一条容易得多的道路。就如加拿大儿童文学研究者莉莉安·H·史密斯所举的例子。一个男孩和他的弟弟坐在一起，他翻开威廉·尼尔科森的《聪明的彼尔》说："你看，蒂姆，你不需要会认字，只要一页一页地翻下去，图画就会把故事讲给你听。"[③]

另一方面，大部分成人忽视了幼儿有限的文字阅读能力和旺盛的阅读需求之间存在着巨大的矛盾。早在 30 年代赵景深就曾注意到这一现象：新文化运动后终于有了专门的儿童文学，但对于不识字和识字不多的七八岁的小孩来说依旧无书可读，"可是他们的欲望又自然地与日俱增，无法可想，只得租些街头的连环图画来看"，因此他盛赞专门出版给幼儿阅读的图画故事是"儿童的福音"。[④] 60 年代，任溶溶也敏锐地指出，低年级孩子阅读（文字）的能力低，但理解能力并不低。作为文字作家，他

---

① 杨颖慧、黄进：《成人对儿童的离身认知及其教育困境》，《学前教育研究》2022 年第 3 期。

② ［加］佩里·诺德曼：《说说图画 儿童图画书的叙事艺术》，陈中美译，贵州人民出版社 2018 年版，第 56—70 页。

③ ［加］李利安·H.史密斯：《欢欣岁月》，梅思繁译，北京联合出版公司 2022 年版，第 161 页。

④ 赵景深：《儿童图画故事论》，赵景深《民间文学丛谈》，湖南人民出版社 1982 年版，第 221 页。

提出的解决办法"善于用不多的字来讲字数不少和内容不过分简单的事情"①无疑十分有道理,但只要抛开真理语言体制对"语言"必须是文字的限制,充分将图画语言解放出来,便能为幼儿提供更为广阔的文学世界。

将"语言"等同于"文字语言",其实质是将成人文学的语言体系直接移植到幼儿文学中(彼时成人文学中的图像叙事还未获得正统的文学地位),而忽视了幼儿文学在语言上的特殊性。学科建设中幼儿文学语言的知识生产,也是在成人文学语言的范式中进行的。因此,关于文字语言特征的研究进行得越专业、越深入,对图画这一语言形态的排斥就越直接、越强烈。

(二)现代童年观的"二分法"与"线性发展模式"

有些研究者即便意识到图画语言对于幼儿的重要性,也不愿将图画视为合法的语言形式,另一方面还与现代童年观念有密切关系。中国儿童文学童年观念的诞生和发展,深受西方现代童年观的影响。二分法与线性发展模式作为现代童年观形成发展过程中的两条重要理路,也被中国儿童界内化并吸收了,成为成人理解和言说儿童的依据。"二分法"意味着将儿童、成人视为具有本质性区隔的对象,与成人的"成熟、完满"相对应,儿童是"发展中的、欠缺的"。以生物进化论为基础的儿童心理学发展起来之后,进一步巩固了从儿童到成人的成长过程就从"不成熟"到"成熟"的"固定线性发展模式"。② 也就是"将儿童随时间变化的种种方式,定义为一个朝着预定目标前进的目的论式的发展过程……其认知发展遵循着一种合乎逻辑的'年龄与阶段'发展顺序,逐渐达到成人所具有的成熟与理性"③。

这在幼儿文学领域有特别明显的体现,幼儿文学理论自觉便是建立在发展心理学基础之上的。《论少年儿童年龄特征的差异性与多层次的儿童文学分类》一文被视为首次将儿童文学层次进行了深入划分,在立论前就介绍了其理论来源于儿童心理学。在以儿童心理学为依据介绍三个层次的差异时,可以见出明显的线性发展模式,如在语言与逻辑能力方面,幼年期的特点为"语言水平低、第二信号系统不够发达,因而主要是以直观表象的形式来认识外界事物",童年期"大脑机能(……第一和第二语言信号系统的相互关系)发展迅速……逐步掌握书面语言,从具体形象思维逐步向抽

---

① 任溶溶:《低年级儿童读物的字数问题》,《儿童文学研究》1962年第8期。
② 林兰:《论现代童年概念的内涵、缘起与局限》,《华东师范大学学报(教育科学版)》2015年第4期。
③ [英]大卫·帕金翰:《童年之死》,张建中译,华夏出版社2005年版,第13页。

象逻辑思维过渡",少年期"抽象逻辑思维发展迅速"。[①] 所言的儿童三层次的线性发展正是现代童年观儿童到成人的成长过程的微缩。幼儿作为"儿童"中的"低幼"者，无疑位于这条线性发展链条的最底端。

因此，尽管许多论者都意识到图画对于幼儿的不可或缺，但潜意识中是将图画视为幼儿处于"不成熟"阶段不得不倚仗的过渡性工具，而将文字能力视为幼儿"发展成熟"需要掌握的最终目标，这种能力指向尼尔·波兹曼在《童年的消逝》中所说的只有通过阅读文字才能发展起来的理性、有序、具有逻辑性的思维和话语能力。[②] 如：

> 这种"小画书"之所以必要，是因为小娃娃在很大程度上凭借视觉形象来认识外界事物……但是小娃娃们还需要文学……这些故事要有……这是不待说的。还有一点十分重要，那就是要有简洁、流畅、优美的语言……这样，孩子的词汇丰富起来，语句渐趋正确，口齿清楚了，表达的能力有了显著的提高。[③]

这一观念与中国传统的蒙学教育极为相似，识字是蒙学教育的主要任务之一，称为"开蒙"：从不识字到识字，意味着从蒙昧状态进入智识世界。虽然在此过程中也会附带提供一些图画，但只不过是为吸引幼儿、帮助理解。随着儿童年龄的增大，识字的能力增强，儿童书籍中的图画便越来越少，文字越来越多，直至图画完全从书籍中驱逐出去。从图画到文字的线性发展模式，与从儿童到成人的成长模式形成了同构。就这样，在现代童年观"二分法"和"固定线性发展模式"的基础上，文字与图画在成人研究者的观念中形成对立，被置于线性发展模式的两端：文字被认为是理性的、完全的、主要的符号形态，图画则是低级的、待发展的、次要的符号形态，"重文斥图"体制的形成也就不难理解了。不过，在此需要特别说明的是，对图画语言的强调，并不意味着对文字语言的批评，文字无可置疑的是人类文明的重要语言形式，也是幼儿需要学习、掌握的重要语言，只是文字与图画需要打破非此即彼的截然对立，在幼儿文学中二者可以和谐共存。

令人费解的是，在幼儿文学自发发展阶段，图画语言观念和语言实践尚有相对自由的发展环境，幼儿文学的学科化进程反而对其造成了较严重的破坏。也就是说，随着幼儿文学研究的深入，一方面"发现了"更多的幼儿特质，一方面也遮蔽了另一部分的幼儿特点。这足以引起我们对现代童年观念的反思。

---

① 王泉根：《论少年儿童年龄特征的差异性与多层次的儿童文学分类》，《浙江师范大学学报》1986 年增刊《儿童文学研究专辑》。
② ［美］尼尔·波兹曼：《娱乐至死》，章艳译，中信出版社 2015 年版，第 88—90 页。
③ 鲁兵：《〈365〉夜编辑札记》，鲁兵《教育儿童的文学》，少年儿童出版社 1982 版，第 72 页。

五、"真理语言体制"的松动与图画语言观念的回归

（一）图画语言观念曲折的抗争与回归之路

上述对图画语言的区分与歧视在 20 世纪 90 年代逐渐发生松动，一个主要的原因是中外交流的深入使国内从业者更新了对图画书的认识。在少年儿童出版社 1991 年组织举办的"'91 年上海儿童美术研讨会"上，不少讨论涉及加强图画叙事能力的问题，"图画语言"的称谓被重新拾起，更有论文将"绘画语言"直接写进标题。① 湖南少年儿童出版社编辑季颖在日本交流学习期间，对大量世界优秀图画书进行调研后指出："在图画书中，画本身就是语言"，"我们这些图画书的制作者，还没有充分意识到绘画在图画书中的主导作用"，②正面点出图画的语言特性和独立地位。柯南也发出"图画书中的图画……它本身就是语言，是绘画语言"、"图画书是幼儿文学的现代形式"③的呼声，为图画书正名。

但长期将图画排斥在"语言"之外的思维惯性并不能一下就得到扭转，图画语言观念的回归，亦经历了一段曲折的进程。90 年代的幼儿文学的专著中保留了学界面对真理体制动摇时的不适应痕迹：在 1995 年出版的《幼儿文学原理》④中，论者在前半部分坚持几年前的观点，但在国外图画书理论的影响下又称"图画书中的图画则是主体，是具有和语言艺术相当功能的主体手段"，观点的游移甚至在前后形成矛盾，预示着旧的学科体制已不能采用部分妥协的方式兼容新观点，需要一次彻底地变革才能完成相应的调整。新世纪以来，国外图画书的大规模引进引发了国内阅读推广、批评鉴赏和学习研究的大潮，90 年代末动摇真理语言体制的观点开始突破对小范围专业人士的影响，获得大众层面的普及，尤其是优秀图画书作品中图文的互动交融，以极富魅力的方式革新了图画只能作为文字图解的旧有认知。在 2012 年出版的《幼儿文学教程》中，图画的合法语言地位得到了首次正面的强调：

"与面向儿童和少年期孩子的文学作品相比，在幼儿文学中，图像作为一个意义传达的媒介，常常占据着与文字同等重要的位置。"

"也就是说，图像本身变成了一种可以独立传达意义的特殊的'语言'"。

---

① 《编织五彩的梦——1991 上海儿童美术研讨会论文集》，少年儿童出版社 1993 年版。
② 季颖：《图画书——作为一种艺术》，《幼儿读物研究》1991 年第 12 期。
③ 柯南：《图画书：幼儿文学的现代形式》，《浙江师范大学学报（社会科学版）》1994 年第 6 期。
④ 黄云生：《幼儿文学原理》，江苏教育出版社 1995 年版。

"在这里，幼儿文学的文本跳过了对一般文学作品来说必不可少的语音层，而以另一种方式实现了语象层的任务。对主要以语言文字为载体的文学作品来说，幼儿文学的上述尝试解放了图像的叙事能力，也在一定程度上将幼儿文学的创作从文字的'独裁'下解放了出来"。[①]

这番令人期待已久的论述标志着图画语言观念的正式回归和发展，相应的，图画书在幼儿文学学科中的文体地位也终于获得了名正言顺的支撑。

（二）幼儿权力的深入：从语言的特殊性到特殊的语言

与之前混沌于儿童文学整体之中的状态相比，幼儿文学的理论自觉伴随着成人对幼儿文学特殊性的言说，其学科化进程亦是以建构的方式生产幼儿权力的过程。从图画与文字不同的学科认知与学科地位，可以见出这种幼儿权力生产所到达的不同深度。

上述真理语言体制对文字语言的重视，无疑在促进幼儿文学发展上起到过积极作用，为幼儿文学理论建设做出了宝贵贡献。基于幼儿具有特殊心理特点的文字语言研究，代表了成人为寻求与幼儿对话而进行的努力。尤其是其学科化进程与新时期大致同步，也首先面临着扫清思想负担、明确价值取向的艰巨任务，与幼儿文学意义、作用的讨论相比，对语言问题的关注是为数不多触碰到其艺术本体的角度。作为距离成人最遥远的文学领域，幼儿文学虽然看起来简单，但自有其难度，方轶群曾直言："没有为幼儿写过东西的同志……等到动笔之后，又觉得并不是这么回事。因为短些，简单些，似乎都好办，就是这'浅些'并不容易。于是，这'浅些'又变得很神秘，漫无标准，不可捉摸了。"[②] 围绕文字语言特征的学科言说，提供了一份清晰可见的语言地图，为其发展提供了具体的创作研究指南，促进了幼儿文字文学的繁荣。

但对文字的重视，是以中断图画语言观念发展、失落图画语言的重要性为代价的，也不得不令人感到遗憾。停留在文字语言特殊性的层次，没有注意到图画这一特殊的幼儿文学语言，意味着这种权力生产还未抵达更深层次。强调文字的重要性，或坚持"幼儿接受文学的主要渠道只能是听觉"[③]，没有注意到"听赏"模式是成人对幼儿的单向输出，幼儿处于被动的接受状态。对此蒋风在 90 年代末有过精当的论述："他们还不识字，面对着这些陌生的'文字'，要么还听别人的讲述，但这就失去了欣赏的

① 方卫平主编：《幼儿文学教程》，高等教育出版社 2012 年版，第 25 页。
② 方轶群：《测浅探易》，《儿童文学研究》1962 年第 8 期。
③ 黄云生：《一个被误解的文学现象——关于幼儿文学及其理论的思考》，《浙江师大学报（社会科学版）》1990 年第 4 期。

主动权,一切得依赖他人的安排。"①相比之下,图画赋予了幼儿随时、随地、随意阅读的自主权。忽视这一语言形式和阅读方式的合理性,或是构建幼儿文学独立王国过程中的重要遗漏,是对幼儿文学语言特殊性的低估,也是对幼儿多元阅读权力的忽视。

因此,对图画这一特殊语言形式的识别与认可,意味着幼儿文学语言与一般文学,以及童年文学、少年文学的语言差异不只体现在"浅语、乐音、形美"之上,还格外体现在图画与文字具有同等重要的语言价值上。正如方卫平所指出的,无论是幼儿文学理论还是整个儿童文学理论,从研究对象的特性中去寻找自身独特的理论课题,都是自身走向成熟过程中不可忽视的一环。② 重拾图画语言观念,并给予它与文字语言同等的地位,是幼儿文学理论突破成人唯我认知所取得的一项重要进步。樊发稼曾谈到新世纪以来图画书观念转变的意义,"我曾认为图画书艺术的成分比较大,不能算是纯粹的儿童文学,因此不主张纳入历届优秀儿童文学评奖。现在看来,图画书是儿童文学的一个新型品种而且是特别适于亲子共读的低幼文学读物,统一到这个认识上,我以为是我们儿童文学观念的一个重大进步"③。从幼儿—成人权力关系等视角而言,这个进步之所以意义重大,不仅关系到幼儿文学形式的丰富,更重要的是开放了一条通往更深层次幼儿权力的道路。索性在中国图画书蓬勃发展的当下,我们将有机会再度踏上这条道路。

[本文系教育部哲学社会科学研究重大课题攻关项目"中国儿童文学跨学科拓展研究"(项目批准号:19JZD036)的阶段性研究成果]

(作者单位:南京师范大学文学院)

---

① 蒋风主编:《幼儿文学教程》,东南大学出版社 1999 年版,第 55 页。
② 方卫平:《幼儿文学的理论自觉——评〈幼儿文学 ABC〉》,《文艺报》1989 年 9 月 11 日。
③ 樊发稼:《也说原创图画书——兼谈保冬妮〈中国娃娃〉系列》,《文艺报》2017 年 7 月 5 日。

努力在审美领域实现成人与儿童的生命交流

——浅论新世纪江苏儿童文学创作的艺术探索

武善增

内容摘要:新世纪江苏儿童文学创作,聚焦于如何在审美领域中实现成人与儿童的生命交流,在交流平台打造、交流目标定位、交流通道构建三个领域进行了深入的艺术探索。这种艺术探索表明,儿童文学创作作为一项系统性工程,有着与成人文学创作不一样的复杂性。艺术探索出现的成果和触及的许多问题,需要今后的儿童文学创作认真借鉴和深入反思。

关键词:新世纪　江苏儿童文学　艺术探索　生命交流

进入新世纪以来,江苏儿童文学创作从儿童文学的本质特征出发,聚焦于如何在审美领域中实现成人与儿童的生命交流,在交流平台打造、交流目标定位、交流通道构建三个领域进行了深入的艺术探索。本文以"成人—儿童"双逻辑支点为理论出发点,以成人与儿童两种审美意识的相互协调、相互交流为观察视角,以儿童文学是人学为价值立场,以文本中双重美学性格建构的鲜明性、成人与儿童生命交流的成效性为评判标准,尝试对新世纪以来江苏儿童文学创作的这种艺术探索,作出初步的分析与评价,以期从中找寻今后创作可资借鉴的价值与启示。

一、交流平台打造:童年情态意象系统的审美景观呈现

儿童文学与成人文学的不同,在于它具有双重美学性格。这种双重美学性格,体现于成人与儿童两种不同的审美意识同时存在于作品中,并且二者处于相互协调与相互交流的状态。在审美领域进行成人与儿童的生命交流,既是儿童文学双重美学性格的体现,也是儿童文学本质特征的反映。而要实现成人与儿童在审美领域的生命交流,成人就必须在儿童文学中打造一个双方共有的对话平台,这个对话平台本身,也属于儿童文学审美领域的一个构成部分,那就是成人在儿童文学创作中所建构的童年情态意象系统呈现出的审美景观,即童年情态审美景观。所谓童年情态意象

系统,是成人在创作过程中,从自身的生命视野与审美趣味出发,在童年情结的激发下,将自身的最能反映童年精神内核的童年记忆予以复演与再造,创化为一个个具体可感的形象、景象、状态、氛围等意象,这些具体可感的意象又按照一定的组合方式形成了一个个意象群,意象群与意象群之间最终构成了整体的意象系统。加拿大著名儿童文学理论家佩里·诺德曼在他的杰作《隐藏的成人:定义儿童文学》中提到儿童文学创作的特殊性:"向儿童说话的企图经常涉及表演童年","正是这种悖谬的情形——叙述者同时以儿童和成人的身份说话——最清楚地强化了儿童文学的童年的虚构性"。① 这里的"表演童年"、"强化了儿童文学的童年的虚构性",指的就是上述童年情态意象系统的建构问题,或是童年情态审美景观的呈现问题;"表演童年"的过程,就是童年情态审美景观的呈现过程,也是成人与儿童在对童年情态审美景观的同赏共享中,进行生命交流的过程,即"叙述者同时以儿童和成人的身份说话"、实现"向儿童说话的企图"的过程。

进入新世纪以来,江苏儿童文学创作,对童年情态审美景观这一成人与儿童生命交流平台的打造,即对童年情态意象系统的构建,进行了不懈的艺术探索,这种探索,分别体现在现实主义儿童文学创作、童话文学创作、幻想儿童文学创作几个方面。其中,现实主义儿童文学创作的成就最大,这种成就又体现于乡村题材类、城市题材类、校园题材类、留学生题材类四个题材领域。赵菱的长篇小说《父亲变成星星的日子》、祈智的长篇小说《小水的除夕》、胡继风的短篇小说集《鸟背上的故乡》,作为乡村题材类的优秀作品,其童年情态意象系统的创设,都彰显出了自身的艺术特色。

与美国作家弗朗西丝·霍奇森·伯内特的长篇小说《秘密花园》写了一座神秘的花园一样,《父亲变成星星的日子》也写到了一座花园,那就是烂漫天然、生机勃勃、美景如画的龙骨溪。龙骨溪作为儿童生活场景,作为龙川、小豹子等小伙伴们的家园,当然是童年情态的一种构成;它其实又是一个象征,象征着人的内心应该有的那样一块没有被污染的纯真澄明之地。小说将龙骨溪这座美丽的内心花园,用一套童年情态意象系统建构出来:第一,山水草木花鸟虫鱼意象群。例如:"森林旁边有一条清澈的小溪,溪里有很多彩色的鱼,像钥匙那样大小,有的浑身碧绿,有的浑身桃红,有的像盛开的紫色玫瑰,还有一种金灿灿的,每到夜晚,通体散发出明亮的金光。""它们自由自在地在水里荡漾,宛如一条条流动的彩虹,把溪水也染成光彩夺目的了。我叫它们'彩虹鱼'。"②"漫山遍野的油茶树开花了。……每一朵茶花都像碗口那么大,花瓣

---

① [加]佩里·诺德曼:《隐藏的成人:定义儿童文学》,徐文丽译,中国社会科学出版社 2014 年版,第 223 页。
② 赵菱:《父亲变成星星的日子》,天天出版社 2015 年版,第 15 页。

层层叠叠，像晶莹的雪，像甜蜜的糖，像天上流走的云。茶花们洁白、柔软、馨香，像用上好的纯白绸缎一点点妙手剪成的，精心地护卫着花朵深处的嫩黄色花蕊。"① 以上这些意象，将大自然的美丽与生气勃勃，表露无遗。第二，表现人与自然和谐共处、人性美与自然美相互交融的意象群。例如："我在溪边长大。我家屋后是一座环形的野山，像半轮温暖的绿月亮一样，轻轻地把我家的红房子抱在怀里。山上有红土，挖出来的红土清香结实，富有韧性。用这样的红木烧成的砖，红彤彤的，就像刚盛开的蔷薇花。一年一年，月亮般的野山总是那样绿，蔷薇花般的房子也总是温柔地在雨中红着。"② 这样的意象，将一幅人与自然和谐共处的诗意栖居图展现在了我们面前。第三，表现与渲染神秘气氛的神话、传说、奇幻景象、奇异人物的意象群。龙骨溪中"龙"的神话，"山猫"、"山妖"、"狐精"、"树精"、"旅葵精"等的传说，占卜婆婆童话般的先知异能，阿杉哥哥的编织异能，雏菊姐姐的绘画异能，小豹子的生命力异能，占卜婆婆与养女小豹子的身世之谜，龙川爸爸死后变成了天上星辰的想象，等等，这一切意象的设置，都为龙骨溪的勃勃生机营造出了一种神秘、神奇的氛围。显然，以上意象系统的构建所显现出的鲜明的象征性、理想性、夸张性、神奇性、情感性，使《父亲变成星星的日子》整部作品，呈现出了一种浓郁的浪漫主义色彩，这是与《小水的除夕》、《鸟背上的故乡》彰显出的强烈的现实主义写实性明显不同的。至于《小水的除夕》、《鸟背上的故乡》童年情态意象系统建构的现实主义写实性，却又各有各的艺术风格和个性，我们将在后文结合其他论题予以论及。

　　在城市题材类现实主义儿童文学作品中，邹抒阳的长篇小说《游泳去看北极光》在童年情态意象系统的建构上，取得了非凡的艺术成就。《游泳去看北极光》写的是童年期的胡桃和小伙伴周星、南南、卓尔在筒子楼起居、在游泳池游泳、假期外出补课等生活场景的故事片段。小说的成功之处在于，作家敏锐而精准地捕捉到了具有浓烈人间烟火气的城市生活场景中的某一细节，如某种特定情景，某种特定肢体动作、语态表情，并把这些细节构建为一个个具有强烈生活质感的童年情态意象。例如小说写胡桃面对爸爸胡豆提问时贪婪喝汤的神态："'好吃吗，鲜不鲜？'胡豆问胡桃的时候，胡桃正吸溜吸溜地喝着汤，恨不得整个脑袋都钻进小瓷碗里去，只能鸡啄米似的点头：'嗯！嗯！'胡豆托着碗，目光从碗沿上炯炯地看着她：'知道为什么要做鲫鱼给你吃吗？''为什么？'胡桃抬起头，脸颊上沾着一星芫荽叶子。"③ 筒子楼生活场景中这样逼真又诙谐的细节意象，与游泳池生活场景、假期补课生活场景中的大量细节意象

① 赵菱：《父亲变成星星的日子》，天天出版社 2015 年版，第 42 页。
② 同上书，第 1—2 页。
③ 邹抒阳：《游泳去看北极光》，浙江少年儿童出版社 2019 年版，第 149 页。

一起,构成了作品中一个完整的浑然一体的童年情态意象系统。

《游泳去看北极光》中童年情态意象对浓郁生活气息与人间烟火气的出色渲染,是语言的夸张化、陌生化、通感化、幽默化等艺术手法成功运用的结果。例如胡桃眼中的小宇哥哥的外貌描写:"他很白,白得就像新刷过的墙;也很瘦,瘦得身上那件旧衬衫就像挂在衣架上,走起路来四肢像牵线木偶一样晃荡。"① 再如,当胡桃不愿穿妈妈大学时代的游泳衣,嫌弃说那是古代游泳衣,于是遭到了爸爸的一顿质问,"他一扬手,古代游泳衣就和这一大堆严厉的反问句一起砸到了胡桃脸上。胡桃哭丧着脸,慢吞吞地换上了它。一点也不合身。胡桃还是个小不点儿,古代游泳衣却是成年人的型号,她就像一只蚂蚁钻进了知了壳里"②。这两个例子中,"走起路来四肢像牵线木偶一样晃荡"形容人的瘦,"就像一只蚂蚁钻进了知了壳里"形容衣服的不合身,这样的意象,显然是语言艺术上的夸张化、幽默化手法的共用;"他一扬手,古代游泳衣就和这一大堆严厉的反问句一起砸到了胡桃脸上",这一意象,则又是语言艺术上的陌生化、通感化手法的共用。

新世纪江苏现实主义儿童文学创作,除了乡村题材类、城市题材类之外,还有校园题材类的优秀作品,如章红的短篇小说《白杨树成片地飞过》、王旭的短篇小说《纯真年代》、赵菱的长篇小说《少年周小舟的月亮》,以及留学生题材类的优秀作品,如程玮的长篇小说《少女的红围巾》。这些校园题材类、留学生题材类现实主义作品,在童年情态意象系统的构建上也非常成功,后文我们将结合其他论题一并予以论析。

除了以上现实主义儿童文学创作,童话文学作为一门对现实生活进行巧妙模拟的艺术,也存在着童年情态意象系统的建构问题。在这方面,王一梅的《鼹鼠的月亮河》无疑是佼佼者。《鼹鼠的月亮河》中的童年情态意象系统以米加的故事线索的两次转折为分界线,划分为"月亮河故乡生活"、"跟咕哩咕学魔法"、"参与了乌鸦群体生活"三个局部意象系统;又用"蹩脚的咕哩咕魔法"和"神奇的月亮石"为叙事道具,将这三个部分串连为一个整体。因为没有"蹩脚的咕哩咕魔法",就没有米加被误变为乌鸦的荒唐后果;同时没有"神奇的月亮石",就没有离家出走的米加对月亮河故乡的时常联络与最终回归。童年情态意象系统的这种整体布局与设计,颇具艺术匠心。当然,《鼹鼠的月亮河》出色的艺术贡献,更表现在具体意象创设的独特方式以及童年诗意的独特表达上。

首先,通过自然物象的简单组合来构建意象群,营造出一种安静、淡雅、朦胧、美

---

① 邹抒阳:《游泳去看北极光》,浙江少年儿童出版社 2019 年版,第 90 页。

② 同上书,第 37 页。

丽、恬适的乡野风情意境;或通过对场所和场景中的自然、物体、动物等多个物象的精心选择与搭配,在对比和互相烘托中营构意象,传达活泼跃动的生命朝气和热气腾腾的生活气息。请看如下描写:"月光还是很温和地照在河上,像是给夜晚的月亮河披上了一件金黄色的外套。河水很清很清,脚下光滑的卵石在水和月光的映照下显得很有光泽。在洗衣服的时候,尼里发现了一块很特别的卵石,圆圆的,淡青色的,就像那只夹住她脚的小螃蟹。"① "东方的太阳刚刚升起,照在平静的河面上,河面闪着光。河边的卵石也在太阳光下发出光彩。尼里穿着绿花裙子站在卵石上,她正绞干衣服。她的身影在早晨柔和的阳光里晃动着。"② 第一组自然物象月亮、月光、河流、云彩、卵石、小螃蟹,第二组自然物象太阳、阳光、河面、卵石,分别被作者艺术地组合在一起,形成意境悠远的意象,流溢出一种缠绵的故乡情和淡淡的乡愁。再看下面的句子:"这是一个阳光明媚的上午,狗尾巴草在风中轻轻摇晃着,鼹鼠兄弟们扛着小铁锹在狗尾巴草丛里走着,嘴里哼着歌。米加落在后边。"③ 阳光、狗尾巴草、风、鼹鼠、小铁锹、歌声等意象群组合在一起,在米加掉队的滑稽情趣的渲染中,一种"风吹狗尾巴草见鼹鼠"的意境宛在眼前。

其次,根据儿童心理与思维特点,努力创造一种戏剧化情境,挖掘戏剧化细节中的游戏性、幽默性特征,让这些细节成为传达童年情趣的生动意象;或将人物、物件、行为方式的一些奇异特征或奇异功能凸显出来,使作品呈现一种怪异、滑稽、神秘、浪漫的诗意氛围。例如魔法师咕哩咕用魔法把麻雀窝变成了礼帽,引起了麻雀的愤怒,又只好把自己的礼帽变成了鸟窝。再如,"月亮总是很圆,有时候还会躲进云里;云总是很轻,有时候也会遮住月亮,但是风一吹,云就飘走了。云和月亮,他们是在捉迷藏吗?"④这些游戏化的情节和细节意象,是与儿童读者的游戏心态相契合的。再如,米加的大哥喜欢在钢琴上跳来跳去,二哥喜欢在烟囱里爬上爬下;喷嚏女巫只要醒着,就一直打喷嚏,已经烦恼了几百年了;尼里送米加的月亮石是螃蟹变的,上面能现出思念之人的人影……这些奇异意象群的建构,为作品添加了一种玄幻的浪漫主义情调和诗意氛围。

值得一提的是,新世纪以来江苏的幻想儿童文学创作,虽然成就不如现实主义类和童话类创作,但在童年情态意象系统建构方面也出现了一些好的作品,孙玉虎的短篇小说《遇到空空如也》就是其中的佼佼者。《遇到空空如也》写儿童"我"在爸爸死后

---

① 　王一梅:《鼹鼠的月亮河》,中国少年儿童出版社 2014 年版,第 26 页。

② 　同上书,第 91 页。

③ 　同上书,第 16 页。

④ 　同上书,第 14 页。

神思恍惚,非常痛苦。一天,"我"听到身后有"呼哧呼哧"的声音,好像有怪物在追逐,但回头看时什么也没有。"我"撒腿快跑,没想到被一座奇怪的房子吸入其中,却怎么也走不出来。后来爸爸突然在黑暗的房内出现,他变成了一粒闪亮的石子,将墙壁砸开一个豁口,帮助"我"破壁而出,"那颗闪亮的石子也飞了出来,但它没有停下脚步,继续向前飞去。它深情地划过黑曜石般的夜空,宛如一颗反向而驶的流星"①。小说用"囚房"意象来象征失去亲人的痛苦,"困在囚房"与"冲出囚房"的"我"的遭遇、心理活动与行动,被小说成功建构为一套亦真亦幻的童年情态意象系统,这套意象系统对失去亲情的痛苦还需亲情来疗救的象征化艺术表达,力透纸背,发人深省。

二、交流目标定位:成人"成长回顾"与儿童"成长体验"的同振共鸣

成人与儿童作为儿童文学的两个内在主体,他们的生命交流,是在"童年"与"成长"这两个共同的界域中进行的。童年的真正生命精神是成长,童年的成长问题是儿童文学中成人与儿童进行生命交流的基本内容。儿童文学中成人与儿童的生命交流是否取得了成功,是看成人作家在童年情态意象系统中展现的"成长回顾"与儿童读者相应的"成长体验"之间,是否取得了某种同振共鸣。这是交流平台打造好之后,成人作家在创作中对交流目标进行精确定位的重要问题。

作为生命交流基本内容的童年的"成长",有两种表现形式,第一种体现于童年情态的细小动态变化之中,第二种体现于儿童心灵事件的完成过程之中。

在新世纪江苏儿童文学创作中,祁智的长篇小说《小水的除夕》与胡继风的短篇小说集《鸟背上的故乡》,在对童年"成长"第一种表现形式的艺术呈现上,是出色而富有启发性的。《小水的除夕》的背景是一个水乡——上一世纪八十年代的江苏省靖江市西来镇。在这个水乡背景上,小说呈现了小水、小麦、孙定远、刘锦辉、郭敏珍、熊一菲等小伙伴们交往的一个个生活碎片与零散故事:表演节目、爬树、玩水、抓鱼、放风筝、看露天电影、看爆米花、放鞭炮、推铁环、排演节目参加校外演出、偷改分数欺骗家长、到派出所亲眼证实有没有藏枪、到镇上饭店品尝葱花面美食、怕羊被大人卖掉偷偷藏之于树上,如此等等。这里没有大起大落的故事情节,只有生机勃勃的水乡景色中一个个顽童游玩躁动的生活片段。半梦半醒的童年心态与懵懂混沌的少男情感,更使童年情态微妙的动态变化与摇曳多姿,增添了一种含蓄、内敛、若即若离的意境之美。胡继风的短篇小说集《鸟背上的故乡》,在童年"成长"第一种表现形式的艺术

---

① 孙玉虎:《遇见空空如也》,连环画出版社 2017 年版,第 86 页。

呈现上，与《小水的除夕》一样，都能将童年情态微妙的动态变化与摇曳多姿，展现得真实而生动；明显的不同，是《鸟背上的故乡》将《小水的除夕》善于呈现儿童微妙动感心态的优长，在另一个维度上进行了发扬与提升，这个新的维度，就是留守儿童与迁徙儿童特有的心理与情感的特殊表现。如下面的描写："所有的妈妈都是几天前，也就是水稻该收的时候回来的，可独独小棉的妈妈是例外，早在一个月之前就回来了！而且回来时只露半张脸。另外那半张脸呢？让雪白的纱布包裹着！关于小棉的妈妈为什么要用纱布包着脸，小米也曾经听奶奶和庄子上其他的奶奶唠叨过。可是奶奶们在一起唠叨的声音太小了，还东张西望地提防着人，好像不是在唠叨脸，而是在唠叨去做贼一样。好像是替一个人家做保姆时，被一个什么女人用一瓶什么酸水浇着了。不对，不是什么女人，也不是什么酸水，而是被一个男人用一把刀子割坏了。好像还不是，好像是……总之，小米不明白。总之，小棉的妈妈是个谜。"① 这段文字，将留守儿童特有的复杂心理世界——期冀、敏感、懵懂、好奇、猜测、冥想、恐惧，表现得淋漓尽致。

虽然《小水的除夕》《鸟背上的故乡》中的故事碎片，一定程度上呈现了儿童的内在的微妙心理与情感，但总体而言，对儿童外在形象与外在的生活世界的现实主义摹写仍是主体内容。与《小水的除夕》《鸟背上的故乡》关于童年"成长"第一种表现形式的现实主义摹写不同，章红的短篇小说《白杨树成片地飞过》中以故事碎片的方式对儿童内在精神世界的挖掘，属于童年"成长"第二种表现形式的艺术呈现。作品通过高三女生"我"的心灵独白与情感倾诉，串连起一个个零散的生活记忆片段，将生命成长中惨烈的精神之痛，揭示得淋漓尽致。学习竞争中对"安"的嫉妒带来的怨恨心理，朦胧初恋中对"宏"向自己表达爱意的轻慢带来的虚荣与自责心理，对"愫"争风吃醋的报复心理，对班主任由信赖到怀疑的对抗心理，对自己撒谎、考试作弊、自造阴影、自做囚笼的自我宽慰、自我指责、自我否定的心理，这种种的心理集合在了一起，使得"我"的高中生活过得极其辛苦和疲惫。"你可能不相信一个十七八岁的中学生会体味到精神崩溃的绝望滋味，可千真万确，那时候我差不多要疯了。"② 另外，"白杨树成片地飞过"这一童年生活场景意象，作为匆匆而来又匆匆而去的中学时光的象征，也不断在文本中重复出现，对表现生命成长中的急迫、无奈、焦虑、怨恨、惆怅、悲哀、希望的复杂情绪和精神世界，起到了强调、咏叹、烘托的艺术作用。通过"我"这个复杂的人物意象的不断建构以及"白杨树成片地飞过"这一童年生活场景意象的不断

---

① 胡继风：《跟小满姐姐学尿床》，《鸟背上的故乡》，黑龙江少年儿童出版社 2011 年版，第 98—99 页。
② 章红：《白杨树成片地飞过》，《少年文艺》2003 年第 9 期。

复现,文本叙述人作为成人对"成长回顾"表现出来的痛悔、反思与自省,与儿童读者相应的"成长体验"中的谛听、探询与感悟,实现了对接同振、合奏共鸣。

以上作品,都是以故事碎片的方式来表现"成长"母题的。但是,呈现故事的完整性、曲折性乃至惊险性,毕竟也是成人作家为了激发儿童的阅读兴趣、深入挖掘"成长"母题的内涵、深刻表达自身生命成长思悟的重要艺术追求。王旭的小说《青春》虽然是一部短篇,但其完整性、曲折性故事情节的设置,真实而含蓄地展现了两位中学生心灵事件的动人历程。小说以林子与小综"邂逅、相伴、分离、牵挂"的故事,串连起了一套诗意盎然的童年情态意象系统,正是这套意象系统,将林子与小综的心灵成长之痛,揭示与表现得如此深切、迷离、美丽、动人。这套童年情态意象系统主要由童年人物意象群、童年生活场景意象群、绿植意象群三个类别构成。林子是一位有自闭倾向的中学生,同学田妮是她唯一的朋友。小综是林子搬家后新认识的一位邻居男孩,是另一所中学的尖子生。值得注意的是,以林子家阳台上的"小绿"为核心的绿植意象群的创设,运思极深。"小绿"和"美人"分别是林子和作为邻居的小综各自家里阳台上的一盆绿植。初次交往中,林子从"小绿"中分出了一小部分,戏称之为"小小绿",赠送给了小综带回家,"第二天'美人'的旁边便多了一个小花盆。大小花盆紧挨在一起,像两个好朋友。他们在说什么悄悄话呢"①。后来小林、田妮与小综经常来校外一个叫"秘密花园"的地方聚会。后来小综失踪,原因是他误入不良少年团伙被学校开除。但林子认定"钟爱绿植的孩子不是个坏孩子","总有一天,他会回来的。'美人'和'小小绿'还等着他照顾呢"②。当有一天林子突然看到失踪已久的小综现身于一个电视选秀节目,并在用一首歌深情地表达着对林子、田妮友情的怀念后,她立即电话邀约田妮来她家,一起来观赏"小绿"。"小绿"意象不仅在小说叙事中起到了结构上的穿针引线的作用,更重要的是这一意象以及以它为核心的绿植意象群,对刻画林子敏感、柔弱、含蓄、善良、细腻的内心世界发挥了重要作用,对揭示林子与小综的友谊与感情的微妙变化,也起到了某种暗示与象征的重要作用。正是因为结识了小综,有了在"秘密花园"里小综对林子、田妮的相伴相助,林子与田妮的学习成绩才突飞猛进;更重要的是,林子原本自闭、冷寂的内心世界,开始吹进了友情的春风,她在主动走出孤僻世界的樊篱,热情拥抱外面美好的世界。在这一过程中,不良少年小综,也因为小林与田妮的友谊的影响,走出了人生误区,以积极的心态直面人生,实现了心灵与生命的成长。

---

① 王旭:《青春》,《纯真年代》,江西高校出版社 2012 年版,第 20 页。
② 同上书,第 24 页。

如果说《青春》对童年成长的艺术观照,因故事情节串连的童年情态意象系统的象征性、情感性,而具有一种明显的浪漫主义色彩,那么《小证人》对童年成长的艺术表现,则因故事情节串连的童年情态意象系统对真实生活揭露的客观性与深刻性,而彰显出了一种严格的现实主义精神。在"为王筛子死因作证"事件发生之前,小说用大量充满乡野风情的意象,来表现主人公冬青快乐的童年生活情态,例如:"骑芦苇是冬青发明的。她把一丛芦苇整整齐齐地压弯了,当马骑上去,在水面上晃悠。那种滋味比爬树有意思。树上有蚂蚁和木屑,脏兮兮的。芦苇多干净啊,伏在上面还闻见香。"[①] 但是,"为王筛子死因作证"事件发生后,冬青这样快乐的童年生活一去不复返了,指责、委屈与心灵的折磨一次次向她袭来。她经常以班主任文老师的话——"活着,就要证明生命的力量",来一次次激励自己挺住。她在一次次哭泣中渐渐变得坚强起来:"她在向阳的河坝上发现了一丛新草,错综复杂的芦根下面,居然钻出了几瓣绿叶。冬青看着看着获得了一股力量,她像进入了一个才结缘的新世界。她起早贪黑努力着,奋斗着,自己给自己加油,像夜幕下的拓荒者,像石缝中的小草,像妈妈一个人种八亩地。"[②] 小说故事情节的曲折跌宕,串连起了一个个摇曳多姿的童年情态意象,这些童年情态意象所展现的成人作家关于劫难、坚强、奋斗的"成长回顾",与儿童读者通过这些童年情态意象感受到的关于磨难、毅力、精神力量的"成长体验",形成了强烈的同振共鸣。

三、交流通道构建:成人叙述语态与儿童叙述语态之间的关系状态设计

所谓叙述语态,是指文学作品中词汇、句式、语法、修辞等具体语言要素,通过一定的组织与整合显示出的状态和效果。现实事物在文学中出现的方式和情态,都是由某种叙述语态决定的,也就是说,叙述语态是文学中事物出场方式与情态的特殊标记。儿童叙述语态与成人叙述语态相比,表现为词汇量的相对不多、句式的相对简单、修辞手段的相对不够丰富、语言节奏的相对明快这些语言特点所展现出的单纯、明快、稚气、天真、勃勃生气的一面。儿童叙述语态是童年情态的特殊标记。相反,句式冗长、逻辑严谨、修饰繁复、节奏舒缓表现出的条理、理性、沉着、深沉、稳重的一面,则成了成人叙述语态的重要特征。成人叙述语态又分两种情况:一种情况是文本叙述人的叙述语态。"儿童文学文本中最典型隐含的那个叙述者是某个非常像真实作

---

① 韩青辰:《小证人》,浙江少年儿童出版社 2014 年版,第 59 页。
② 同上书,第 257—258 页。

者的人：一个成年人，更具体地说，一个对儿童说话的成年人。"① 另一种情况是文本中关于成人角色的叙述语态。成人叙述语态固然也有呈现成人生存状态的作用，但它更大的作用是通过对儿童叙述语态的激发、控制与调适，形成一种最佳角度、路线、方位，让儿童叙述语态呈现的童年情态审美景观所预设和表达的成人思悟，能获得儿童读者在审美体验过程中的关注、感染和共鸣，从而实现成人与儿童的生命交流。所以，成人叙述语态与儿童叙述语态二者之间相互关系状态的艺术设计，是成人与儿童生命交流通道的构建方式和表现形式。

新世纪以来，江苏儿童文学创作在成人与儿童生命交流通道的构建方面，进行了多方面的艺术探求，出现了诸如现实主义小说《游泳去看北极光》、《小水的除夕》、《小证人》、《白杨树成片地飞过》、《青春》、《少年周小舟的月亮》、《父亲变成星星的日子》、《鸟背上的故乡》，童话《鼹鼠的月亮河》，幻想小说《遇见空空如也》等不少优秀作品。

成人叙述语态与儿童叙述语态二者之间"相连互融"的关系状态设计，是成人作家为成人与儿童的生命交流打造的第一个通道。"相连互融"关系状态中的成人叙事语态，一般为文本叙述人的语态。这里的"相连"，指的是成人叙述语态与儿童叙述语态的和谐关联；这里的"互融"，指的是成人叙述语态与儿童叙述语态的互为说明、互为支持、互为确证、互为调适、互为补充。这种"相连互融"通道设计包含着三个内容层级：第一个层级是成人叙述语态与儿童叙述语态二者的并列互融。这里的"并列"是指，成人叙述语态与儿童叙述语态二者之间在行文空间上有可能是紧邻的，也有可能是隔离的，甚至隔离得很远，但这种隔离并不影响二者的共同在场与和谐关联。请看《青春》结尾处的描写："他们曾经彼此温暖，彼此蕴藉，共同挨过了最黯淡的青春岁月。'朋友'这两个字，多么珍贵。他离开了，幸好林子还有另一个。她拨通了田妮家的电话，深呼吸一口，用轻快的声音说：'田妮，你愿意来我家看小绿吗？'"②前边几句描写显示的是成人叙述语态，"他们曾经彼此温暖，彼此蕴藉，共同挨过了最黯淡的青春岁月。'朋友'这两个字，多么珍贵"，文本叙述人的这种总结性、肯定性的慨叹，作为一种成人叙述语态，为后边的儿童叙述语态起到了题旨引领的作用；"他离开了，幸好林子还有另一个"，虽然仍是一种成人叙述语态，但其语态过渡的作用非常明显；接下来的林子打电话所呈现的儿童叙述语态，其激动、兴奋、轻松的神情氛围，明显是对前边成人叙述语态题旨引领的应和与认同。我们再看《游泳去看北极光》的一个简短描写："大家一人一碗，埋头喝绿豆汤。两个小孩更是喝得唏哩呼噜，真甜啊，真清凉

---

① ［加］佩里·诺德曼：《隐藏的成人：定义儿童文学》，徐文丽译，中国社会科学出版社 2014 年版，第 220 页。
② 王旭：《青春》，《纯真年代》，江西高校出版社 2012 年版，第 25 页。

啊。"① 前一句"大家一人一碗，埋头喝绿豆汤"属于成人叙述语态，是文本叙述人的正常叙述，其作用是为后边的儿童叙述语态的呈现起到一种场景说明的铺垫作用；"两个小孩更是喝得唏哩呼噜，真甜啊，真清凉啊"，这种描述中极简的词汇、明快的语速以及象声词、感叹词的运用，呈现出的是一种贪婪享受美食有些忘乎所以的儿童叙述语态，这种儿童叙述语态是对前边成人叙述语态的一种呼应、推进、具体化。

　　除了以上第一个层级形式设计，"相连互融"通道设计还有第二个层级形式：交叉互融。我们先来看《游泳去看北极光》中的描写："太阳当空照，花儿对我笑。今天是公益活动日。南楼的孩子们要去市中心做交通安全宣传。'集合！集合啦！'胡桃一听到这嚷嚷声，赶紧把小半只肉包统统填进嘴里，鼓着油光光的腮帮子跑出去，哇，伙伴们都到齐了，家长们也在忙活，有的分发矿泉水，有的给孩子们斜挎上红彤彤的印着宣传标语的绶带。"② 在这段描写中，如果我们把具有儿童叙述语态的语言去掉，剩下的内容就是一段条理、通俗、顺畅、沉稳的成人化叙述："今天是公益活动日。南楼的孩子们要去市中心做交通安全宣传。胡桃跑出去，伙伴们都到齐了，家长们也在忙活，有的分发矿泉水，有的给孩子们斜挎上红彤彤的印着宣传标语的绶带。"这段成人化的叙述，将学生公益活动的时间、内容、出发地点、出发前学生的状况、家长的状况介绍得清清楚楚，有次序感和逻辑性，虽然没有什么突出的艺术特点，但也没有什么臃肿、缺漏、拖沓等语言毛病。但当这段成人化叙述插入了"太阳当空照，花儿对我笑"的儿歌歌词，插入了"胡桃一听到这嚷嚷声，赶紧把小半只肉包统统填进嘴里，鼓着油光光的腮帮子跑出去"这样的滑稽儿童口语表达，插入了"集合！集合啦！"的呼喊句式与"哇"的惊叹语气词，一切都变得不一样了，整段描写立即就显得活泼、热闹、灵动起来，场景也变得生气勃勃、情趣盎然。这就是成人叙述语态与儿童叙述语态进行交叉互融后出现的艺术效果。这种"交叉互融"的设计，不惟在《游泳去看北极光》中大量出现，《小证人》中亦有大量应用。例如："文老师来到小米村小学，像早春的燕子来到冬青家，像桃红家的蔷薇花开满栅栏，像月巧家的石榴树第一次结果，像村里来了电影，像宣传队在晒场上敲锣打鼓，像在东河钓到一条大花鱼，像爸爸从城里回来了，口袋里揣满巧克力——所有这些都顶不上城里下来了一个文老师。"③ "文老师来到小米村小学"，是文本叙述人的一个叙述句，之后加上一连七个"像"，这样一个冗长句式显然是成人叙述语态的一种特征呈现；但每个"像"后边的语言，都是以简捷的短句从不同角度呈现了小伙伴们生动丰富的童年情态，具有一种欢呼雀跃的明快节

---

① 邹抒阳：《游泳去看北极光》，浙江少年儿童出版社 2019 年版，第 45 页。
② 同上书，第 131 页。
③ 韩青辰：《小证人》，浙江少年儿童出版社 2014 年版，第 19 页。

奏感与惊喜躁动的勃勃生气感,这种语言特征显然又是典型的儿童叙述语态特征的表现。这两种叙述语态的交叉互融,既显示了成人作家对叙述方向、叙述节奏的沉稳控制,点明了"文老师来到小米村小学"这一事实带来的影响,又充分展现了童年情态审美景观的生动性与丰富性,让儿童读者沉迷陶醉其中。

在上述的"并列互融"、"交叉互融"两个层级的设计中,成人叙述语态都是可见的;"相连互融"通道设计还有一个第三层级的情况:成人叙述语态深藏于儿童叙述语态的深层,在表层上却不见踪影。我们看胡继风短篇小说《和冰冰一起私奔》中的一段描写:"可是香香是属麻雀的,嘴巴碎,叽叽喳喳的,守不住秘密。比如,不久前的一天,桥桥和她还有其他几个小伙伴一起到玉米地里去割草,发现里面长着一棵野西瓜,还结了两个拳头大小的西瓜蛋子呢。大家说好外人谁也不告诉的,彼此还拉了钩、打了赌,要等到西瓜长大熟了呢。可是刚过了两天,这两个西瓜蛋子就不见了。不仅不见了,连瓜秧也让人给踩坏了!肯定有人说出去了,因为那瓜秧在玉米地里藏得很深,不可能这么巧也让别人给发现的!一追查,果然!是香香!香香说,她已经憋了两天了,她实在憋不下去了……"①在这里,显在的成人叙述语态几乎不见踪影,但在这段绘声绘色的儿童叙述语态的深层,我们依然能感受到成人作家对孩子稚气言行的嗔怪与疼爱、对趣味童年的忍俊不禁、对纯真童年的欣赏与怀念。

我们接下来看第二个交流通道的构建:成人叙述语态与儿童叙述语态二者之间"冲突激荡"的关系状态设计。所谓"冲突激荡"关系状态,指的是成人叙述语态与儿童叙述语态二者之间因为价值态度、感情心迹、生命氛围等的不同,而存在的相互矛盾相互斗争的状态。"冲突激荡"关系状态设计中的成人叙述语态,一般是文本中关于成人角色的叙述语态。如赵菱长篇小说《少年周小舟的月亮》中"我"与"妈妈"的争辩:"我把书包狠狠地往地上一摔,面红耳赤地嚷:'你干吗说那么难听?我做什么了?我们就是朋友而已!你瞎想成什么了?思想真肮脏!''我思想肮脏?在你们这个年纪,有正常的男女生朋友吗?'妈妈嗤之以鼻地大声嚷,'这是女孩子最危险的年纪!我千怕万怕,你还是和男生交往了,而且还是这样一个小混混!'"②在这里,成人叙述语态与儿童叙述语态的尖锐对立与剑拔弩张,是显而易见的。这种设计,是成人作家在引导读者对"中学生交异性朋友"问题进行深入的思考。

在新世纪江苏儿童文学创作中,程玮的长篇小说《少女的红围巾》对成人与儿童生命交流通道的构建,表现出了独特的艺术个性。

① 胡继风:《和冰冰一起私奔》,《鸟背上的故乡》,黑龙江少年儿童出版社2011年版,第25页。
② 赵菱:《父亲变成星星的日子》,天天出版社2015年版,第110页。

　　作品写的是于阡到德国留学,至死深爱着小学恩师江老师的情感故事。我们来看少女于阡出国前告别江老师情景的一段描写:"于阡站起来,她仰起头,看着老师宽边眼镜后面温和的眼睛。她有一个冲动,她想抓住老师的手,她想告诉他,她去云亭庄中学的寻找;她想告诉他,她在他小土屋里的寻找;她想告诉他,其实在她的心里,他还是像那个时候一样,一点也没有变。老师突然很迅速地避开了她的目光,他把脸转到路边的树上,'于阡,别忘了你的母校。你看,校园多美,桂花开了,真香啊。'一阵桂花香气悄然袭来,于阡浑身一颤,她心灵的深处猛然又一次被利刃深深地划开。她的视线模糊起来,她低下头,拼命压抑着自己的哭泣。"①"相连互融"与"冲突激荡"的两种艺术设计,在这一段描写中是被叠加运用的。首先是"相连互融"艺术设计第三层级的运用:"站起来"、"仰起头"、"看着"、"有一个冲动"、"想抓住老师的手"、"她想告诉他"、"浑身一颤"、"低下头"、"拼命压抑着自己的哭泣"这些一连串展现身体动作与心理活动的动词连用,生动地呈现出了少女于阡急骤的心理潮汐、狂暴的感情巨澜的瞬息转换过程——由激动、兴奋,到伤心、绝望;但这只是儿童叙述语态的表层结构,在这种表层结构之下,还有一个成人叙述语态的深层结构,那就是作家此时的所思所想:"看,这个女孩以前是多么喜欢江老师,现在依然这么深情地爱着江老师,这份持久的真情是多么令人感动! 可惜,这份深情受到了冷遇! 这个女孩的伤心与绝望多么让人心疼与伤感!"显然,这种隐藏起来的成人叙述语态,展现的是作家复杂的心理活动:对少女于阡,有同情、认同、赞叹,亦有担忧、劝解、抚慰。除了这种"相连互融"的艺术设计,这段描写同时还有一个"冲突激荡的"的艺术设计,这个设计中的成人叙述形态,不再是那个看不见的关于作家所思所想的叙述语态,而是看得见的关于江老师言行的叙述语态:"老师突然很迅速地避开了她的目光,他把脸转到路边的树上,'于阡,别忘了你的母校。你看,校园多美,桂花开了,真香啊。'"这段叙述表现出的语调与语言节奏上的沉缓、顿挫,是与成人的理智、冷静、沉稳、成熟的心理状态相对应的。显然,前面所说的儿童叙述语态的"激动"、"深情",与这种成人叙述语态显示出的"冷静"、"无情",形成了一种"冲突激荡"的关系态势。"冲突激荡"关系态势的结果,是儿童叙述语态由原来的"站起来"、"仰起头"、"看着"、"有一个冲动"的"激动、深情",转变为"浑身一颤"、"低下头"、"拼命压抑着自己的哭泣"的"伤心、绝望"。成人叙述语态与儿童叙述语态的这种画面流动感极强、寓意深沉的"冲突激荡"艺术设计,是作家为了引导儿童读者进一步思考:江老师为何如此"无情"与"冷静"? 少女于阡在江老师的"冷静"面前为何如此"绝望"? 其实,结合后来的同类设计,作家是在引

---

① 程玮:《少女的红围巾》,江苏少年儿童出版社 2008 年版,第 271 页。

导读者做出如下的解读认定："于阡对江老师的感恩之情和爱情，是多么深沉!"这种感恩之情和爱情，后来通过一件事得到了彻底的释放，那就是于阡在患不治之症后到拉萨旅游，遇到并慷慨资助了一位与自己当年命运相似的失学儿童。有评论认为"于阡遗嘱将其一半遗产捐赠西藏贫困女孩央金这个情节，有点不自然，显得有些牵强"①，事实上是这位评论者没有领会作家如上"相连互融"与"冲突激荡"系列艺术设计的真正用意，没有读懂少女于阡对江老师的感恩、爱恋形成的情结之深，这种情结，会使一个人拥有高尚的精神境界，愿意为值得的事情付出自己的拥有。

以上"相连互融"与"冲突激荡"艺术设计，在《少女的红围巾》中屡屡被成功运用，不仅使成人与儿童的生命交流获得了充分的实现，而且使作品具有了一种简静隽永、蕴藉悠远的审美品格。

结　语

佩里·诺德曼说："儿童文学是这样一项事业：它总是超乎一切地试图成为非成人的，但总是不可避免地失败。""这意味着儿童文学文本能够且经常像成人文本那么复杂——但是其复杂性属于一种非常特定、完全不同的种类。"② 诚然，新世纪江苏儿童文学创作在交流平台打造、交流目标定位、交流通道构建三个领域所进行的艺术探索，证明了儿童文学有着与成人文学不一样的复杂性，这种特殊的复杂性表现在，儿童文学创作是一项审美领域中实现成人与儿童生命交流的系统性工程，这项系统性工程的任何一个环节出了问题，都会导致成人与儿童生命交流的失败，这也就意味着整部儿童文学创作的失败。

新世纪江苏儿童文学创作在交流通道建构的艺术探索方面所取得的成果，尤其具有启示意义。上世纪 80 年代中后期，中国第四代儿童文学作家在文体实验浪潮中关于叙述语态的创新运用，经过 90 年代的沉淀、调整与消化，进入新世纪后被江苏儿童文学作家继承和充实，并进行了再一次的创新推进。不同于上一次叙述语态的创新尝试只针对少年文学范畴，新世纪江苏儿童文学创作这一次对叙述语态的探索，涉及了幼儿文学、童年期文学、少儿文学各个文学范畴。如童话《鼹鼠的月亮河》属于幼儿文学，小说《小水的除夕》、《小证人》、《游泳去看北极光》、《鸟背上的故乡》属于童年

① 樊发稼：《从"红发卡"到"红围巾"——评程玮和她的新作〈少女的红围巾〉》，《追求儿童文学的永恒》，北京时代华文书局 2017 年版，第 356 页。
② ［加］佩里·诺德曼：《隐藏的成人：定义儿童文学》，徐文丽译，中国社会科学出版社 2014 年版，第 360—361 页。

期文学,小说《白杨树成片地飞过》、《青春》、《少年周小舟的月亮》、《少女的红围巾》属于少年文学。成人叙述语态与儿童叙述语态之间的"相连互融"、"冲突激荡"艺术设计,使读者在这些作品中能时时感受到成人与儿童两种人生、两种价值取向、两种生命氛围、两种情感心迹的对话与交流。成人与儿童两个平等的对话主体在文本中的共同在场以及鲜明的双重美学性格在文本中的彰显,证明新世纪以来江苏作家对儿童文学文体本位上的艺术自觉,已经达到了相当的高度。这对今后江苏乃至全国的儿童文学创作而言,有着重要的借鉴与启示价值。

（作者单位:南京晓庄学院新闻传播学院）

"当代文学期刊文献整理"笔谈

重返新时期文学的路线图
——《中国新时期文学期刊目录汇编》简评

黄发有

收到光芒兄寄来的五大卷《中国新时期文学期刊目录汇编》,拆开邮包后将书摆在案头,沉甸甸的,很有分量! 由衷地为光芒兄感到高兴,他和他的团队经过多年的努力,大功告成,可喜可贺! 与此同时,内心中也生出惭愧之意! 我在南京大学工作期间,中国新文学研究中心设立"中国当代文学期刊目录汇编"项目,光芒兄主持1976年至1989年部分,我负责1949年至1975年部分。现在光芒兄已经得胜收军,我应该奋起直追。

文学期刊对中国现当代文学的发展产生了重要的影响,有些学者甚至把上世纪八九十年代的文学史定位为"期刊文学史",著名出版人黄育海认为读者可以从《收获》杂志中读到"至少半部中国当代文学史"。研究中国现当代文学史,无法忽略文学期刊。文学期刊及其编辑实践,不仅是塑造文学生态、文学思潮、文体风尚的力量,而且是选择、沟通作者与编者的互动平台,在培养作者、引导作者方面发挥作用。有不少中国现当代文学流派,都是围绕着文学期刊发展起来的,譬如"新青年派"、"甲寅派"、"学衡派"、"礼拜六派"、"语丝派"、"七月派"等。文学期刊还是第一手的文学史料,在网络文学出现之前,一大半现当代文学作品的初版本都刊发于文学期刊。当然,面对期刊史料,研究者横看成岭侧成峰,可以各显其能,从不同角度运用不同学科的理论与方法进行阐释。

不必避讳的是,随着媒介格局的转换,纸质媒介的影响力确实处于逐渐衰弱的通道,我个人认为这一趋势难以逆转。但是,我也不像一些人那么激进或悲观,认为文学期刊即使不死也已经日渐僵硬,逐渐丧失其内在活力。曾经对当代文学发挥过关键性的塑造作用的文学期刊,在融媒介时代依然有其顽强的生命力,对当代文学发展依然能够做出不可替代的贡献,不同时期文学期刊对文学发展的影响力度和影响方式都有所不同。随着大型数据库譬如中国知网、万方数据库、维普数据库、龙源期刊网等的建立,年轻的研究者对文学期刊越来越陌生。最近几年,我在跟研究生交流时,不止一位中国现当代文学专业的硕士研究生承认自己在读本科时没翻阅过文学期刊,写课程论文或毕业论文时就从中国知网搜索跟自己的研究对象直接相关的论文。直奔主题的搜索,使得年轻的研究者习惯性地忽略跟自己研究对象不直接相关的材料,其视野必然显得褊狭,对一个时代的文学很难形成多层次的、全景式的把握。有个别研究者甚至误以为他看不到的、不愿意接触的就不曾存在过,对于历史的理解就难免陷入盲人摸象的尴尬境地。而且,以中国知网为代表的期刊数据库收录的期刊种类有限,文学创作类期刊缺损的品种较多,一些引领风尚的文学期刊譬如《收获》拒绝授权,凡是已经停刊的期刊都没有收录。正因如此,《中国新时期文学期刊目录汇编》的出版适逢其时,具有很高的史料价值和学术价值。正如光芒兄在"前言"中所言:"在中国学术传统中,史料学及其相关的文献学、版本学、目录学等,历来居于正宗地位。中国现当代文学这一学科稍有不同,一方面,它距离较近、嬗变频仍;另一方面,它注重社会性、思想性与现实意义。因此,史料学的建设既不显得那么迫切,也没被赋予应有的学术地位。但是,自上世纪末本世纪初以来,随着学术生态的变化和学科自身发展的内在需求的剧增,中国现当代文学学科的史料学的地位日益凸显,甚至有现代文学'史料学转向'、'文献学转向'的说法。将史料学作为主攻方向的学者较前增加不少,目录学的重要性也随之引起重视。"

《中国新时期文学期刊目录汇编》立体地绘制了中国新时期文学期刊地图。该书以刊名首字的音序编排,又编制了"区域目录索引",使得读者可以一目了然地掌握当时文学期刊地域分布的总体情况。应当肯定的是,编者对当时文学期刊的变更情况,譬如创刊、复刊、试刊、改刊、刊名变更、停刊等情况都作出必要的标注或简要的说明,对同名刊物都标明其出版城市,譬如《希望》有合肥刊、广州刊,《春风》有沈阳刊、长春刊、鹤岗刊,《绿洲》有乌鲁木齐刊、石河子刊,至于以《群众文艺》、《工人文艺》为刊名的刊物,当时大大小小有数百种。该书通过细致的编排,可以帮助读者了解当时文学期刊的动态图景。尤其值得称道的是,该书收录了一些现在已经不易获取的刊物,譬如《今天》、《非非》等民间刊物,还有产生过广泛影响的地市级刊物《青春》、《广州文艺》、《花溪》、《江城》、《山丹》等刊物。事实上,民间刊物对于当代诗歌发展发挥过积极作用,地方性刊物在青年作家成长过程中功不可没,莫言的处女作《春夜雨霏霏》就发表于1981年第5期的《莲池》,该刊是河北保定市文联主办的文学双月刊。也就是说,收录刊物的多样性有助于读者认识当时文学发展的丰富性与复杂性。大多数当代文学史研究著作倾向于删繁就简,概括性地描述并透视当代文学的主流,忽略乃至遮蔽了文学发展的支流,而该书对地方性文学刊物的重视,体现出一种开放的、开阔的文学史视野。纵览现存的当代文学史研究成果,我们不难发现绝大多数学者都重视中心区域的文学,漠视边缘区域的文学发展。平等看待不同区域的刊物,这是该书一个鲜明的特色,书中收录的新疆、内蒙古、吉林、黑龙江、贵州等地的刊物种类都居于前列。

从上世纪 70 年代末期到 80 年代中期,这一阶段是文学期刊的黄金时代,《中国新时期文学期刊目录汇编》为研究这一阶段的文学绘制了一张路线图,可以引导研究者发现有价值的问题,按图索骥地寻找相关材料。在新时期文学的发展历程中,文学期刊是发挥了关键作用的主流媒介。当时居于前列的地市级文学期刊的发行量都有几十万份,一个陌生作者在大刊上发表一篇小说就有可能名动天下。卢新华的《伤痕》发表于《文汇报》,刘心武的《班主任》首发于《人民文学》,文学期刊与报纸副刊在伤痕文学潮流中相互呼应。此后反思文学、改革文学、寻根文学、先锋文学、新写实小说的发展,我们当然不应该忽略报纸副刊、图书出版的贡献。但必须承认的是,文学期刊逐渐成为文学新潮的策源地,并且引领着文学向前推进。除此以外,如果用心翻阅这套书,还可以让我们发现当代文学的常态,那就是文学创作和文学期刊的同质化,能够办出特色的刊物毕竟只是少数。正因如此,创新不仅是文学创作的生命,也是文学期刊的灵魂。

高质量的、特定领域的、特定阶段的目录书一套就够了,我希望光芒兄和他的团队持续挖掘,为抢救正在湮灭的文学期刊做出更大的贡献,为学术同行提供高标准的史料支持。或许是鉴于篇幅已经足够庞大,该书没有收录专门性的儿童文学刊物。考虑到中国知网已经收录该时期大部分文学理论评论刊物的数据,也没有选编该类刊物。作为新时期文学期刊目录的开山之作,我期待光芒兄和他的团队在修订时能够增收部分期刊,尤其是具有代表性的地方文学期刊和民间刊物。由于《文艺报》1985 年 7 月从期刊改版为报纸,中国知网和其他数据库都没有收录在当代文学史上曾经呼风唤雨的《文艺报》,也期待该书在修订时增收《文艺报》的期刊目录和部分散文期刊的目录。

（作者单位:山东大学文学院）

被打开的问题域和被佐证的方法论

——以《中国新时期文学期刊目录汇编》为例

钟世华　师　飞

在数码时代，文献信息资源的获取存在着"便捷和琐碎"这一结构性悖论，这使得文献信息资源加工这一基础性工作显得尤为迫切。而旨在对文献信息进行整合、提取、揭示、报导与传递的目录工作，更是重中之重，所谓"目录之学，学中第一紧要事"①，此言诚矣。

最近，张光芒教授主编的《中国新时期文学期刊目录汇编》（以下简称"汇编"）一书由南京大学出版社发行。作为国内外首部以中国新时期文学期刊目录索引为内容的工具书，该"汇编"具有凿空补白之功。全书收录从 1976 年至 1989 年间国家级、省级、地市级，以及行业类、民刊类等文学期刊目录共 112 种，合计 5 卷 1250 多万字；其编撰立意深厚长远、视野开阔细致、体例新颖明晰，既详实反映了新时期以来国内文学期刊的分布、流变之历史样貌，也有效化解了文献增殖与研究澄清之当下矛盾。

被"汇编"打开的问题域

作为当代文学史料学研究领域内一项具有示范性的成果，"汇编"本身的开创性和奠基性毋庸置疑；其对读者提供的不只是大致线索，更是具体信息；不只是整体布局，更是单元细部。质言之，这份"汇编"不只是一份实用性指南，更是无数反思性导引，由之打开的是无数问题域。

就史料学拓进而言，本书按照期刊名称、期刊封面、期刊简介、发刊词（复刊词、编者的话）和期刊目录的顺序加以编排，并创造性地设置了"音序目录"和"区域目录"，这些开拓性工作不仅为后续的史料学拓进提供了现成方案，也提供了更为独异的新思路。譬如，为完善信息，是否可增设主编、编辑等相关信息？或为方便索引，是否还可酌情加设"作者索引"和"作品索引"？甚至，"文学期刊"本身的外延是否可以进一步拓展，进而囊括通俗文学、类型文学乃至于一切文学领域？另，编撰视野是否可以进一步拓展，使得更多遗珠——譬如创办于 1985 年、至今充满活力的《散文诗》——被打捞？

如此言说并非对张光芒教授所作的"汇编"工作求全责备，而是对当代文学史料学抛出更多期待。相比于"汇编"本身所展示的史料学方案而言，被"汇编"这一回溯

① ［清］王鸣盛著，黄曙辉点校：《十七史商榷》，上海书店出版社 2005 年版，第 45 页。

性的谱系结构所打开的问题域似乎更具有启示性。

对于当代文学研究而言,"汇编"将"新时期"限定于 1976 年至 1989 年间,这意味着"新时期"本身就有时限上的商榷余地,进一步讲,"汇编"究竟在何种意义上使得作为历史现场的"新时期"卸除历史面纱,从而具备生动的现场感? 又或者,经由"汇编",当历时性的"新时期"作为一种共时性的文学地图而展开时,其发生学层面会与文学史叙事发生何种张力? 对于同一个作者而言,其不同作品先后呈现出何种变化或揭示出何种心态转换? 对于同一份刊物(譬如 1985 年 1 月,《长安》更名为《文学时代》,《边疆文艺》更名为《大西南文学》)而言,其编辑思路和栏目设计又有何种风格变化? 对于同一件作品(譬如毛泽东的《念奴娇·鸟儿问答》)而言,其扩散路径又揭示了何种"传播—接受"氛围? 另,"新时期"文学期刊中普遍容留的"美术"板块究竟有何意味? 而作为新时期文学的构成性因素,"民间文学刊物"("汇编"共收录了《非非》、《火花》、《今天》、《秋实》、《生活》、《这一代》六种,其中《火花》和《这一代》更是创刊即终刊)究竟在何种意义上影响了"新时期文学"的精神质地和表达形态? 如此等等,无一不是当代文学研究的新问题域。

如上,"汇编"提供给我们的不只是单纯的历史文献遗迹,更是一系列有待于进一步拓展的问题域,这些问题域的打开反过来可以促进"汇编"的进一步展开。另值一提的是,"汇编"本身作为一项文献成果无意中恢复了"文献"之古义;从汉代到清代,"文献"都兼具"典籍"和"贤才"之意,但现代以来的"文献"一词只留"典籍"而忘却"贤才",而在"汇编"中,作品与作者同时得以标记——就此而言,"汇编"既是"典籍"之集大成,也是"贤才"之备忘录。

"汇编"本身的方法论自觉

在"汇编"前言中,张光芒教授申言:"史料学的建设是否全面、完善和系统化,是一个学科是否走向成熟的重要标志之一,而目录学是否发达和完备,又是史料学建设的显要标志。"[1] 无疑,"现当代文学"作为一门学科的合法性与自足性,要想在漫长的中国学术传统中获得注册,就必须拥有史料学自觉。客观而言,在历史语境的迁徙和研究范式的转换中,史料能为文学研究留下最堪信赖的土壤;如果说范式为学术提供了直接方法的话,那么史料则为学术提供了有力抓手,正是在史料和范式的不断接洽与调整中,学术作为一种历史性的活动才得以赢获自身的景深和前途。

伴随着持续的史料爬梳、存证活动,文学研究显示出对"历史化"的高度信赖。在

---

① 张光芒:"前言",张光芒主编《中国新时期文学期刊目录汇编》,南京大学出版社 2023 年版,第 1 页。

现代文学研究领域不断朝着"史料学转向"和"文献学转向"高歌猛进时,①"汇编"的出版意味着这一转向已延伸至当代文学研究领域。在此意义上,与其说"汇编"是一份单纯的工具书意义上的目录学索引,毋宁说它是一份关于当代文学获得史料学自觉的档案——这既是对当代文学研究知识谱系的完善,也是当代文学研究发生方法论转捩的一个佐证。

然而,在此难以回避的是"历史"和"当代"之间无法调和的根本性僵局。简言之,尽管"汇编"以限定边界时限为形式保证了自身的理据性,但其所援恃并期许的以历史化为指归的方法论依然面临危机。一方面,"汇编"借助方法论自觉将当代文学期刊筛选、封存,使其成为"遗迹";另一方面,"汇编"又不得不舍弃自身的周全性来应对当代文学本身的未完成性。与业已获得历史化沉积的"现代"相比,"当代"因具有切身性和变动性而显得面目不明、结构未定,某种意义上,"当代"甚至作为历史的盲点而困扰着一切学术的历史化行动。

也正是在这一由"汇编"揭橥的僵局中,"汇编"行为本身获得了自明性;质言之,"汇编"恰好就是对僵局本身的揭示和回应。"学术盛衰,当于百年前后论升降焉。"② 在文学史这一传统的阴影中,历史化被普遍指认为是一种盖棺论定的叙事冲动,但"汇编"提请我们注意,历史化同时也是一种存而不论的"悬置"活动。也即,考虑到当代的不明性和未完成性,压抑将其定格的冲动并不意味着否认将其封存以待后人的决心。或许,"当代"完全不必因自身未被分类、命名而羞于出现在古典、现代的序列中,因为"当代"的自我悬搁——恰如"汇编"所显示的——本身就已经预示了自身成为古典的潜能。

归根结底,当代的历史化自觉背后潜藏着历史的当代化这一冲动。如果我们信赖"一切历史都是当代史"的说法,那么其教益便不止于从当代这一视点出发来回溯性地重构历史遗迹,它甚至包含着将当代抛入历史来寻求自我锚定、修正的吁求;很大程度上,"汇编"所呈现的史料化自觉正是这一吁求的学术性表达。如果定格化的叙事时机尚未到来,不妨暂且遵循现象学的"悬搁"方案——它要求我们回到"当代文学"本身,如其所是地封存"当代文学"包括期刊在内的诸多位面,以备时机成熟,进而修正业已僵化甚至腐化的文学成见或偏见。

行文至此,笔者不得不提到自己的一个心结,在对"现代汉诗"进行概念史爬梳时曾涉及相关出版文献征引,关于唐晓渡所编《现代汉诗年鉴·1998 卷》(中国文联出版社

---

① 单就期刊而言,相关成果就有:唐沅、韩之友、封世辉等编《中国现代文学期刊目录汇编》(全 3 册),天津人民出版社 2018 年版。刘增人《中国现代文学期刊史论》,新华出版社 2005 年版。吴俊、李今、刘晓丽主编《中国现代文学期刊目录新编》(共 3 册),上海人民出版社 2010 年版。

② 阮元:《十驾斋养新录序》,《嘉定钱大昕全集》第 7 册,陈文和主编,江苏古籍出版社 1997 年版,第 1 页。

1999 年版)一书竟找不到一处可完全信赖的文献。在笔者所见论述中,该书名称极为混乱,有"1998:现代汉诗年鉴"之说、"1998 年现代汉诗年鉴"之说、"1998 现代汉诗年鉴"之说、"现代汉诗年鉴·1998"之说、"现代汉诗年鉴"之说,等等,这些细微的差异固然反映出相关研究者在文献处理上的随意心态,也提醒我们当代文献的史料化迫在眉睫。如果一本 1999 年公开出版的书籍名称无法在当下的研究者那里获得统一指称,那么我们如何能保证"当代"在一百年乃至一千年后能完整保鲜而不至于失散变质呢!

［本文系广西高校人文社会科学重点研究基地"广西民族文化保护与传承研究中心"特别委托项目(编号:2021TBWT01)阶段性成果］

（钟世华　南宁师范大学旅游与文化学院

师飞　首都师范大学文学院）

中国新时期文学期刊研究的问题与路径

——从《中国新时期文学期刊目录汇编》谈起

金　钢

在中国文学研究学科体系中,古代文学部分对文献史料重视度最高,近现代文学部分次之。而在当代文学部分,不少学者持有隔代修史的观念,因而对文献史料重视度相对要低一些。不过,随着中国现当代文学研究学科体系的日渐成熟,学者们也在不断强化学科的文献史料建设。在唐沅先生等主编的《中国现代文学期刊目录汇编》、吴俊教授等主编的《中国现代文学期刊目录新编》等现代文学史料成果出版之后,张光芒教授主编的《中国新时期文学期刊目录汇编》(下文简称《汇编》)2023 年 8 月在南京大学出版社出版,这部《汇编》的编辑出版是中国当代文学研究的一个大工程,也是一件大善事。

中华人民共和国的成立,标志着中国历史进入了新纪元,当代中国文学也进入了多姿多彩的繁荣期。文学期刊作为文学史料的重要部分,在新中国成立后种类繁多,而且存在诸多变化,要准确、全面地把握当代文学期刊的作品呈现与发展线索,具有很高的学术难度。特别是新时期的十余年,那一时段"文学刊物的创刊、复刊、试刊、改刊、并刊、停刊等现象频频发生,不深入其中难以想象文学期刊流布的复杂程度"[1]。中国当代文学史上一般把新时期界定为 1978 年改革开放后到 1980 年代末,《汇编》把时限划定为

---

① 张光芒:"前言",张光芒主编《中国新时期文学期刊目录汇编》,南京大学出版社 2023 年版,第 1 页。

1976 年至 1989 年,虽然只是向前推了两年,但可以帮助我们更充分地了解部分文学期刊的复刊或创刊情况。"文革"结束之初,中国文学创作、文学思潮的发展多元而又迅猛,文学期刊作为前互联网时代的重要媒介,在这一过程中发挥了非常重要的作用。

一

对新时期文学期刊的考察,首先要具有清晰的历史意识。文学的发展总是与历史长河中的各种事件紧密相关,笔者在参与编辑《1945—1949 年东北解放区文学大系》时便注意到,东北解放区文学展现了土改斗争、工业发展、解放战争等重大历史事件的景象,"在土改文学、工业文学、战争文学等方面代表了 20 世纪 40 年代解放区文学的成就,是对《在延安文艺座谈会上的讲话》所确立的文艺观念的全面实践"①。新时期与东北解放区时期的相似之处在于,都处于历史的变革期,改革开放的大潮推动了思想界、文学界的繁荣和解放。《当代》编者认为:"《当代》是在党的十一届三中全会精神的鼓舞下办起来的,是思想解放的一个成果。"② 这样的观点很有代表性,新时期的很多文学期刊都是在改革开放、思想解放的大潮中创刊或复刊的。在 1980 年代,电视还没有广泛普及,互联网时代还没有到来,读者们主要通过期刊和报纸来阅读文学作品,一些有特色的文学期刊发行量甚至能达到几十万册。而到了 20 世纪末期以后,随着网络媒介的崛起和市场经济的发展,文学期刊的黄金时代逐渐变为过去,一些文学期刊转型为通俗大众期刊,还有一些曾经风光的文学期刊甚至被迫停刊。《汇编》中收入的 1982 年创刊的《昆仑》杂志,是解放军文艺出版社主办的大型文学期刊,主要发表军事题材作品和相关评论文章,是军旅作家和批评家的一个重要精神家园,1997 年《昆仑》杂志停刊,这对军旅文学来说是个莫大的损失。

《汇编》中收入的《黑龙江文艺》(《北方文学》)是 1950 年创刊的老牌文学期刊,1978 年 7 月更名为《北方文学》,曾培养了梁晓声、张抗抗、肖复兴等知名作家,迟子建的处女作《沉睡的大固其固》也是在这里发表。新世纪以来,《北方文学》的日子也不好过,2006 年,该刊由双月刊改为月刊发行,2016 年该刊短暂地改为双月刊,2017 年又由双月刊改为旬刊,通过上旬刊发表文学作品,中旬刊和下旬刊发表各类论文来维持刊物运行。直到近期黑龙江省加强了对文学期刊的资助,《北方文学》脱离黑龙江省作协,纳入中共黑龙江省委《奋斗》杂志社管理后,刊物质量才有了明显的改善,重新恢复月刊发行,发表作品的引用率和转载率都有了很大的提升。

---

① 张福贵:《1945—1949 年东北解放区文学大系·总序》,丛坤主编《1945—1949 年东北解放区文学大系》,黑龙江大学出版社 2021 年版,第 1 页。
② 《编者的话》,《当代》1982 年第 3 期。

从《北方文学》的例子可以看出,对当代文学期刊发展轨迹的探寻,应该具有历史的视野,从新时期的辉煌到新世纪初的低落,再到而今迈步从头越,整体把握期刊发展的脉络,才能充分认识新时期文学期刊与文学创作的丰富性。

二

对新时期文学期刊的考察,应该注意对期刊构成结构的分析。《汇编》将收录期刊分为四种类型,即全国性文学期刊、省(自治区、直辖市)级文学期刊、地市级文学期刊,以及由出版社、各类协会、文学团体等主办的文学期刊,行业性的文学期刊,民间文学刊物等。文学期刊大体呈现出金字塔结构,《汇编》收录的《人民文学》、《诗刊》、《中国作家》等国家级期刊处于塔尖,地市级刊物和一些民刊构成了塔基。国家级的刊物大多能及时传达政策变化和时代要求,对基层的刊物起到引领和导向作用,省级的综合性文学期刊基本以《人民文学》为样板。《人民文学》创刊于 1949 年,1976 年复刊,是"中华人民共和国成立以来的第一份文学期刊,代表了中国文学期刊水平的标杆"①。《汇编》收录了《人民文学》从 1976 年复刊第 1 期到 1989 年 12 期的目录情况,为研究《人民文学》的学者提供了很大的方便。《人民文学》作为典型个案,近年来已成为当代文学研究的重要关注点,据不完全统计,新世纪以来以《人民文学》为研究对象的博硕士学位论文便有四十余篇,包括郑纳新的《新时期(1976—1989)的〈人民文学〉与"人民文学"》(复旦大学博士学位论文 2009)、罗巧燕的《新时期(1976—1989年)〈人民文学〉头题作品分析研究》(东北师范大学硕士学位论文 2014)、吕智超的《转折与延伸——1985 年〈人民文学〉研究》(山东大学硕士学位论文 2016)等。

相对来说,出版社主办的期刊更加关注读者兴趣的变化,《当代》、《十月》、《小说月报》等期刊都比较贴近文学现场,积极推动期刊与作者、读者的互动。《汇编》收录的人民文学出版社主办的《当代》创刊于 1979 年,在《发刊的几句话》中,编者热情洋溢地指出,"哪个作家不愿自己的辛勤劳作早日问世? 哪个读者不希望多读到一些新作品?""我们最诚恳地希望得到广大作者和读者的支持,并热烈欢迎大家批评指导"②。北京出版社主办的《十月》创刊于 1978 年,注重关注热点题材,创刊号的《编者的话》写道,"《十月》文艺丛书,将紧密团结新、老专业和业余作者,努力培养工农兵业余创作队伍,调动一切积极因素,为贯彻党的十一大路线而奋斗。《十月》是在社会主义文化建设的高潮中诞生的文艺新花,它的日臻完美,有待于广大工农兵、革命干部

---

① 张光芒主编:《中国新时期文学期刊目录汇编》,南京大学出版社 2023 年版,第 2968 页。
② 同上书,第 452 页。

和革命知识分子的有力支持,我们热切希望不断得到读者对它的批评、指正"①。可以看出,《十月》在办刊宗旨上与《当代》有相似之处,书刊联动的运营模式,使得《当代》等出版社主办的文学期刊在可读性和传播性方面都有自身的优势。

在民刊方面,《汇编》收录的《非非》、《今天》等期刊,在诗歌方面影响较大,1980年代中后期,围绕《非非》的诗人群倡导的"非崇高"、"非文化"主张,在诗歌界影响深远。创刊于1978年12月23日的《今天》,由北岛和芒克主编,1980年被迫停刊,此后又以今天文学研究会《文学资料》的形式发行3期。《今天》主要发表诗歌、小说、评论,尤以诗歌影响巨大。北岛在《致读者》的发刊词中呼唤文学艺术的多样性,"成为点燃数十年中国现代诗热浪的第一缕火光"②。

如果没有对期刊结构的整体性分析,就难以对期刊做出准确的定位。每一份期刊在文坛都有自己的位置,研究者有了结构的分析,就能够发现一些期刊的个性与特色,也能发现一些期刊与主流期刊、名刊大刊的同质化。

三

对新时期文学期刊的考察,不能忽视文学期刊本身的特点。不少研究文学期刊的成果,关注的实际上是刊载的作品及其作者,是以作家作品为主,而没有涉及文学期刊的历史贡献、文化趣味、栏目设置以及编辑策略等方面。这种研究只是将文学期刊视为一种载体,没有发现其独立的地位。中国当代文学期刊史上的一些名刊都有自身独立的追求,从《人民文学》到《收获》,从《星星》到《小说林》,这些期刊都以自己的方式介入社会和时代,并对中国当代文学产生了各自的影响。创刊于1957年的《收获》在1979年复刊,其坚持纯文学立场,形成了自己的美学原则。很多当代著名作家,如王蒙、路遥、苏童、余华、莫言都在这里发表过代表性作品。"《收获》是几代人的文学图腾,《收获》是一根标杆,《收获》是中国当代文学的简装本。"③这样的评价并不为过。创刊于1957年的《星星》在1979年复刊,是新中国创刊最早的诗歌刊物之一,复刊后积极推动青年诗人的创作,同时着力推介外国诗歌,在当代诗坛上具有举足轻重的地位。

此外,文学期刊本身的特点还应包含其商品属性,期刊作为一种公开发行物,其定价、稿酬标准、发行渠道、广告等问题也很值得研究。比如,几十年来,各类商品的价格增长很大,但文学期刊的稿酬一直没有多少提升,这一点为许多写作者所抱怨,文学期刊稿酬的流变是值得研究者关注的角度;期刊的广告也对各个时段的社会经

---

① 张光芒主编:《中国新时期文学期刊目录汇编》,南京大学出版社2023年版,第3567页。
② 同上书,第2180页。
③ 同上书,第3597页。

济有诸多反映,从社会学、民俗学等角度研究文学期刊的广告也是饶有趣味的话题。

总体看来,中国当代文学期刊研究在学界的重视度越来越高,在新时代的当代文学期刊研究中,不少学者、研究团队以扎实的劳动,推动了当代文学期刊研究的发展,缩小了与近现代文学期刊研究的距离。《汇编》所做的新时期文学期刊的整理与发掘工作是卓有成效的,收录的112种期刊涵盖面广,可以满足大部分新时期文学期刊研究者的需要。当代文学期刊研究是一个充满活力与可能性的研究领域,从国家社科基金项目立项情况看,近年来就有黄发有的"中国当代文学期刊发展史"(2018年立项,重大项目)、杨庆祥的"中国当代文学期刊目录分类编纂与数据库建设"(2018年立项,一般项目)、武新军的"文学期刊与中国当代文学"(2013年立项,一般项目)等选题立项。长远看来,当代文学期刊研究的历史跨度和容纳空间会远远超过近现代,研究者在这一领域大有可为。《汇编》的出版无疑是当代文学期刊研究的重要成果,也为日后当代文学期刊研究的发展铺好了一块牢固的基石。

[本文系黑龙江省社科基金一般项目"东北老工业基地的城市文学研究"(项目批准号:22ZWB266)阶段性成果]

(作者单位:黑龙江省社会科学院文学研究所)

从"边缘"发现新时期文学的"总体性"
——以文学期刊嬗变为中心

史鸣威

新时期文学史著作在"伤痕文学"、"改革文学"等思潮史线索的梳理中,形成了某种文学史叙述的定式,已固化了对"总体性"的认知,而"对总体性的追求,表现的正是强烈的文学史意识"①。因此,持续研究文学史,就不能忽视更新"总体性"观念。笔者通过文学期刊所呈现的文学现场,选取《人民文学》、《收获》、《当代》、《花城》、《十月》、《钟山》、《北京文学》、《上海文学》、《延河》、《百花洲》、《安徽文学》这十一家文学期刊在1979—1989年发表的逾万部小说。② 经过筛选,留下文学史叙述所省略和遮蔽之小说,进行词频统计,大约分出近200个具有意义的双音节词,其中出现频率为10次

---
① 李杨:《文学史写作中的现代性问题》,北京大学出版社2018年版,第99页。
② 数据参见张光芒主编《中国新时期文学期刊目录汇编》,南京大学出版社2023年版。

以上的有 56 组如下表 1-1。通过分析目录词频统计结果,结合文学期刊嬗变过程,以此多维角度所呈现的"边缘"视野,考掘文学史的"总体性"图景。从文学期刊的原生态出发,触摸文学史空间边缘的旖旎风光,进而回转到文学史叙述的中心。

表 1-1　1979—1989 年小说题名词频统计表

词	频次	词	频次	词	频次	词	频次
故事	71	生命	16	这里	12	往事	10
没有	35	男人	15	之后	12	妻子	10
我们	27	夏天	15	时候	12	教授	10
太阳	27	星星	14	孩子	12	爱情	10
女人	27	风波	14	土地	12	日记	10
最后	26	童话	14	三个	11	小城	10
轶事	22	姑娘	13	山谷	11	森林	10
生活	22	儿子	13	妈妈	11	早晨	10
世界	22	春雨	13	绿色	11	黑色	10
纪事	19	人物	13	父亲	11	远方	10
小镇	19	风情	13	关于	11	母亲	10
月亮	18	之间	13	月光	11	归来	10
星儿	18	黄昏	12	日子	11	遥远	10
老人	17	朋友	12	长天	11	蓝色	10

图 1-1　1979—1989 年小说题名词云图

一、地方路径:新时期文学的生产方法

许多小说的命名透露出地方意识,其内容则展现地域影响的思维性情,折射了新时期文学的生产方法。词频统计中的"故事"(71)"轶事"(22)"纪事"(19)"小镇"(19)"人物"(13)"风情"(13)"土地"(12)"小城"(10)"森林"(10)等核心词都显示出了某种"地方体验"的偏好。例如,细究"小镇"这一词的相关作品,刘绍棠《大河小镇》、潘军《小镇皇后》、陈染《小镇的一段传说》、姜天民《失落在小镇上的童话》、张宝申《小镇棋圣》、李晓《小镇上的罗曼史》、李惠新《小镇三怪》等作品,大都描述一些"边缘"空间中的生死爱恨,进而呈现对这方风土人物的偏爱。对于写作者,"地方路径"可以是地域的自然风貌,山谷、森林、河流、草原,也可以是地方的人文景观,是小镇和小城,是风情与习俗,但更为重要的是人物身上凝结的地方思维和性情,是故事中偶然闪耀的人性光辉。因为,"文学的存在首先是一种个人路径,然后形成特定的地方路径,许许多多的地方路径不断充实和调整着作为民族生存共同体的'中国经验'"①。

从文体的"边缘性"来看,文学史叙述中较为边缘化的诗歌、散文创作,在文学期刊中具有庞大体量,也印证了"地方路径"对于文学生产的影响力。文学史叙述新时期诗歌,从朦胧诗潮开始,至"第三代"诗歌结束,不过为几十家诗人的组合,散文的情况也类似。② 平心而论,以往文学史的叙述方式凸显了经典作家作品的地位。然而必须指出这一事实——新时期文学数量最多、社会参与度最高的诗歌、散文创作的丰富性被无意地忽视了,例如诗歌散文创作的地方专栏,后者容纳了大量"地方性"的诗歌散文创作。如《北京文学》的"京华诗笺"③《滇池》的"云岭花束"④、"滇池新帆"⑤、"滇云诗卷"⑥、"我的红土高原"⑦、汪曾祺的"昆明忆旧"系列⑧、《福建文学》的"八闽诗囿"⑨,等等。对于常规文学史著作而言,这些创作自然无须赘述,但它们是活生生的文学边缘,并构成新时期文学"总体性"不应缺失的一角。相较于篇幅更长的小说,文学期刊编者在面对篇幅较短的诗歌、散文时,具有更大的自由空间,辅以大字黑体的

---

① 李怡:《"地方路径"如何通达"现代中国"——代主持人语》,《当代文坛》2020 年第 1 期。
② 参见董健、丁帆、王彬彬主编:《中国当代文学史新稿》,北京师范大学出版社 2017 年版。
③ 该栏目自《北京文学》1981 年第 6 期起开设,到 1980 年代末仍在延续。参见张光芒主编《中国新时期文学期刊目录汇编》第一卷,南京大学出版社 2023 年版,第 134—174 页。
④ 海抒、车恺、毛祖德等:《诗页》,《滇池》1981 年第 9 期。
⑤ 张锦堂、李建华、杨瑾屏等:《昆明地区诗坛新人专页之二》,《滇池》1983 年第 4 期。
⑥ 如《滇池》1984 年第 3 期。
⑦ 海南、陈中文、袁东苇等:《诗页》,《滇池》1984 年第 10 期。
⑧ 汪曾祺的《翠湖新影》、《泡茶馆》、《昆明的雨》,参见《滇池》1984 年第 8—10 期。
⑨ 参见《福建文学》1989 年第 6 期。

专栏名称,对读者和作者来说具有不小的视觉冲击力。

二、情感叙事:新时期文学生产的原动力

如果说地方路径构成了文学生产的方法,那么,情感叙事的勃发与兴盛则构成了文学生产的主要特征之一,情感叙事成为文学生发、成长与繁盛的原动力。同样是在表1－1以及相关词频统计结果中,"女人"(27)"男人"(15)"姑娘"(13)"儿子"(13)"朋友"(12)"孩子"(12)"妈妈＋母亲"(21)"父亲＋爸爸"(13)"妻子"(10)"爱情"(10)这10组词,是新时期文学用意于家庭婚恋叙事的一个例证。在文学史对情感叙事的叙述中,爱情占据主要对象,张洁《爱,是不能忘记的》、舒婷《致橡树》已是不可绕开的文学史经典,但新时期呈现"亲子之爱"的作品尚未得到更多重视。卢新华的《伤痕》虽然也涉及母女关系,但显然更侧重于政治对伦理的损害。词组里的"妈妈＋母亲""父亲＋爸爸"关涉34部小说,其中有梁晓声的《妈妈别难过》《父亲》、程乃珊的《妈妈教唱的歌》、哲中的《妈妈没有回来》、母国政的《父亲的叛逆》《爸爸的小说》等作品。在梁晓声的《父亲》里,父亲愚昧、粗暴,给子女造成了难以挽回的心灵和肉体创伤。但是年老的父亲身上那种质朴的人性和坚定的政治信仰令"我"陷入深深的思考:正是愚昧的父亲养育了这个家,正是他们"在创造着文明的千千万万,如同水层岩一样,一层一层地积压着,凝固着,坚实地奠定了我们的九百六十万平方公里土地! 而我们中华民族正在振兴的一切事业,还在靠他们的力气和汗水实现着! 愚昧和没有文化不是他们的罪过,是历史的罪过!"[①]在这种情感的抒发之中,小说从一种父子之间的和解转向了个体与集体的和解,进而完成了历史与现实的逻辑自洽。

就新时期文学期刊呈现的诗歌、散文生产状况来看,日常生活、家庭婚恋成为创作的重要题材。打开《诗刊》、《星星》、《散文选刊》等文学期刊,其中不乏男女情爱和亲子之爱的表达,更不乏认可政治与赞美祖国之作。这种审美判断和价值取向,与前述小说相呼应,共同形塑了新时期文学的情感叙事特征。在回归地域文化和思维性情的"地方路径"之外,新时期文学对于人的情感——尤其是家庭日常伦理——的开拓比此前三十年的文学更广。或许可以结合"地方路径"与"人的情感"这两大特征来思考其"总体性",有别于文学史经典急于回答一代人的追问所具有的历史属性,处于边缘的文本在情感与地方的语境交汇中建立起了某种"非历史性"。这种"非历史性"可以是政治的,也可以是私人的,可以是文学的,也可以是文本的,可以是典范的,也可以是日常的,与文学史经典存在着差异,却是考察"新时期文学"总体性所不容忽视

---

① 梁晓声:《父亲》,《人民文学》1984 年第 11 期。

的带有毛茸茸触感的边缘生态。

三、"趣味—政治"：新时期文学的美学模型

在文学史叙述中，许多作品回答的是当时社会所面临的问题，这些问题即使在当下也具有不可小觑的思想价值。而考察文学期刊呈现的边缘，许多文本则倾向于追求趣味美学。上述表内的几组词纷纷呈现了趣味美学的创作指向，如"故事"（71）"轶事"（22）等。高晓声《大山里的故事》、汪曾祺《晚饭后的故事》、李国文"没意思的故事"系列、叶蔚林"菇母山故事"系列、哲中《风的故事》、刘绍棠《水边人的哀乐故事》、莫应丰《难与人言的故事》等"故事体"小说行文明白晓畅，趣味十足，而且意蕴隽永，启人深思。与"陈奂生"系列、《李顺大造屋》这类主流文学史着意阐释的作品相比，《大山里的故事》的情节更为传奇，写出刘山洪这类"愚昧无知"的官僚只知"焚琴煮鹤"的丑陋嘴脸，他们"凡碰到好看的东西"，就"萌动起一个念头：好吃不好吃？真是一张铁嘴！"①黑色幽默令人莞尔之余，也不禁感叹生活的灰色。同样，李国文"没意思的故事"系列小说在"有趣"、"无趣"这两个范畴中游走，通过摹写生活中人物的丑态，达到一种审美上的"有趣"，进而引人深思。

通常理解下，"趣味性"并非文学经典评判标准的核心要素。新文学以现实主义为主潮，新文学家以批判"鸳鸯蝴蝶派"而登上历史舞台。梁启超所宣扬的"趣味主义"也较少被文学史叙述所征引，梁氏认为，"趣味是活动的源泉"，而且，与"趣味"相反的"颓唐落寞"等情绪，对于个体和社会来说却是可怕的"毒药"。② 新时期文学中的"边缘"文本与"鸳蝴体"不能画等号，但折射一个现象：在一般的文学史评判标准下，着意于趣味的作品被无情地筛掉了。如学者所言："我们的文学史，是一部没有笑声的文学史，充斥着D.C.米克所分析的'单一视镜'的文学。"③ 然而，细究相关文本可以发现，新时期文学的"趣味美学"也有与"意识形态"结合的现象，形成一种独特的"趣味＋政治"的文本模式。与梁氏所提倡的"无利害"相反，许多作品往往以"趣味"为手段，实行意识形态的教化，结果反倒葬送了趣味本身。在许多综合性的文学期刊的版面上，刊载了大量政治抒情诗与宣传小说，其内容趣味被意识形态所掌控，丧失了来自民间的活力。当然，自1970年代末以来，这类创作的地位一落千丈，但这并不意味着"趣味＋政治"的销声匿迹，它潜藏在"新时期"文学生产的深处，从侧面表明新时期文学实为"国家文学"的一种变体。其中折射的政治规训的嬗变，并非着意于精

---

① 高晓声：《大山里的故事》，《人民文学》1982年第10期。
② 梁启超：《中国现代美学名家文丛 梁启超卷》，浙江大学出版社2009年版，第17页。
③ 黄平：《没有笑声的文学史——以王朔为中心》，《文艺争鸣》2014年第4期。

英文化的主流文学史所能全然观照,却是以文学期刊嬗变为中心,从"边缘"发现新时期文学"总体性"的题中之义。

总而言之,"边缘"视野下的新时期文学以"地方路径"为"生产方法",以"情感叙事"为"原动力",以"趣味—政治"为基本美学模型,相较于一般文学史叙述,更能体现作为"国家文学"变体的新时期文学的生产历史。然而,考察新时期文学之"总体性",尚须爬梳其与政治、历史、文学写作者、文学出版者以及文学读者之间复杂微妙的关系网,以揭示新时期文学的入史逻辑与经典化路径。因此,从"边缘"发现新时期文学"总体性",必须借助更有效的理论方法,回归文学史叙述与被遮蔽文本之间的历史的断裂深处,从"被保留下来的不透明性中找到本质的深度",进而"揭示某种话语实践的规律性"。① 在这一过程之中,对于文学期刊历史现场的持续关注,对于新时期文学期刊目录的继续使用与揣摩考察,将是一个略显烦琐却又扎实可靠和无法绕开的实践路径。

[本文系教育部人文社会科学重点研究基地重大项目"中国百年长篇小说的现实关怀与文体变迁研究"(项目批准号:22JJD750027)阶段性研究成果]

(作者单位:南京大学中国新文学研究中心)

当代文学"文献学转向"中的"目录学"尝试
——《中国新时期文学期刊目录汇编》·前言

张光芒

史料学的建设是否全面、完善和系统化,是一个学科是否走向成熟的重要标志之一,而目录学的发达和完备,又是史料学建设的显要标志。在中国学术传统中,史料学及其相关的文献学、版本学、目录学等,历来居于正宗地位。中国现当代文学这一学科稍有不同,一方面,它距离较近、嬗变频仍;另一方面,它注重社会性、思想性与现实意义。因此,史料学的建设既不显得那么迫切,也未被赋予应有的学术地位。但是,自上世纪末本世纪初以来,随着学术生态的变化和学科自身发展的内在需求的剧增,中国现当代文学学科的史料学的地位日益凸显,甚至有现代文学"史料学转向"、"文献学转向"的说法。将史料学作为主攻方向的学者较前增加不少,目录学的重要性也随之引起重视。

---

① [法]米歇尔·福柯:《知识考古学》,谢强、马月译,生活·读书·新知三联书店1998年版,第177、185页。

尽管如此,在中国现当代文学研究领域,文学期刊目录汇编的搜集、整理、编撰与出版,尚集中在1949年之前的近现代时期。继上世纪80年代末唐沅先生等编的《中国现代文学期刊目录汇编》之后,刘增人教授主编的《中国现代文学期刊史论》于2005年出版。2010年,由吴俊教授等主编的《中国现代文学期刊目录新编》出版,该书系南京大学中国新文学研究中心重点资助的成果,逾700万字,收入自1919年至1949年期间中国现代文学及相关期刊657种,成为迄今规模最大、收录数量最多、编制也最全的一部中国现代文学期刊目录索引工具书。当代文学时期文学期刊目录汇编的工程起动则缓慢得多。近几年,也知悉有学者开始做这方面的工作,但进展有限。

实际上,1990年代之前的当代文学期刊,迄今已逾三十年以上,而且那时候也属于前互联网时代,资料的散佚、流失已经比较严重。再者,那时期文学刊物的创刊、复刊、试刊、改刊、并刊、停刊等现象频频发生,不深入其中难以想象文学期刊流布的复杂程度。这一点我在主持本书的编撰过程中有特别深的体会。从另一方面来说,当代以来,特别是改革开放以来,文学期刊的数量、发表作品的数量非常巨大,如果缺少这样一个庞大的基础工程和专业的资料整理,必然会极大地影响学科建设与学术发展。

南京大学中国新文学研究中心作为教育部人文社会科学重点研究基地,历来十分重视基础研究工作和资料库建设,从叶子铭先生、许志英先生、董健先生,到丁帆教授、王彬彬教授等,一直坚持组织国内外学界同仁,主持大型史料编撰工程,如《中国现代戏剧总目提要》、《中国现代文学期刊目录新编》、《中国当代戏剧总目提要》、《江苏当代作家研究资料丛书》、《二十世纪中国戏剧理论大系》、《学衡派谱系》、《铁凝文学年谱》、《十年论鲁迅——鲁迅研究论文选(2000—2010)》、《中国乡土小说研究丛书》等,这方面的成果颇丰。

本资料汇编的搜集整理工作,作为新文学研究中心重点资助项目,正式启动于2012年底,前后历时近十年。前半段时间主要跑各地图书馆与杂志社进行搜集整理工作,有的刊物则只能求助于朋友和私人关系才能收集到手。后半段时间集中于反复校对和查漏补缺。整体设计与统校统稿由主编负责,编撰组成员中,许永宁、杜璇、史鸣威、姜淼等承担了非常大的工作量。编撰过程中遇到过各种各样的困难和始料未及的周折,但选择了这一课题也就选择了担当和使命,个中甘苦自不足为道。

本书学术顾问丁帆教授和王彬彬教授始终支持和关心着本书的进展。王彬彬教授不但提供了收藏的资料,还提出了不少指导性建议。对民刊深有研究的傅元峰教授辗转托人提供了宝贵的民刊资料。南京大学出版社的施敏女士在四年多的编辑过程中,付出了大量的心血。还有许多师友从不同渠道提供了必要的帮助。如果没有这些宝贵的指导和鼓励、慷慨的支持和帮助,本书的完成和出版根本是不可想象的。

众所周知,1949 年以前的中国现代文学期刊与其后的文学期刊,在地域分布、编辑队伍、内容设计、出版周期诸方面完全遵循不同的规则,因此在文学期刊目录汇编的编撰上,自然有不同的特点和要求。因此,本书的内容编排、体例设计与期刊选择等方面,尚无可以参考的完整样本,只能说是一次严谨认真而小心翼翼的尝试。在当代文学期刊史料研究领域,这只是一个引起大家关注的开始,也是一次抛砖引玉的工作。编撰工作中的错误和遗漏、各地期刊选择中的疏忽和遗憾、编排体例上的不足和问题,都有待于大方之家与学界同仁不吝批评教正,以期将来能够不断弥补、改正和完善。

以下是关于本书的编撰说明。

本书收录文学期刊目录从 1976 年至 1989 年,共计 112 种,是国内外首部中国新时期文学期刊目录索引工具书,是第一部全面反映新时期十余年文学期刊分布、流变及发表文学作品全貌的资料汇编。中国当代文学史上所谓"新时期"一般指 1978 年至 1980 年代末,也有观点认为"新时期"指 1978 年至 1990 年代末。本书"新时期"的时段下限至 1989 年,因为文学期刊在整体上以上世纪八九十年代之交为界发生了明显的转型。而上限则推延至 1976 年,这主要是因为 1976 年"文革"结束至 1978 年的过渡阶段,小部分刊物已经开始复刊或创刊,将这两年纳入进来,可以更加完整地体现"文革"结束以后文学期刊的动向。文学期刊史与文学史的分期本来就有不同的规律和变化轨迹。

一、期刊来源说明

本书目录汇编的来源期刊主要有以下四种类型:

1. 全国性文学期刊

2. 省(自治区、直辖市)级文学期刊尽可能收录齐全。需要说明的有两点,其一,本目录汇编不包括台、港、澳等区域的文学期刊;其二,基本按 1980 年代的行政区划加以归类。比如,重庆于 1997 年才划为直辖市,所以重庆的文学期刊在本书的"区域目录索引"中仍然属于四川省;现在的海南省虽然于 1988 年才正式成立,但区划调整发生在 1989 年以前,因此在本书的"区域目录索引"中,海南的期刊归类于海南省。

3. 地市级文学期刊中收录了较有代表性或者影响较大或者特色鲜明的部分期刊。

4. 由出版社、各类协会、文学团体等主办的文学期刊,行业性的文学期刊,民间文学刊物等,其中较有影响力或者有特色的部分期刊亦收录。

二、编撰体例说明

1. 每种文学期刊按照刊名、封面照片、刊物简介、发刊词和目录五个方面的顺序加以编排。有的期刊在此时段内并没有发刊词刊出,此项省略。

2. 刊名。刊名以 1976 年第一次出刊的名称为准,同时收录各个刊物更名或者合并之后的名称,皆以括号形式附在第一次出刊的刊物名称后,比如:《北京文艺》(《北京文学》)。另外,也有期刊重名的现象,对于这样的情况,在期刊名称后面加注出版地,以示区分,比如:《希望》(广州市),《希望》(合肥市)。

3. 封面照片。封面照片主要以刊物本时段内的名称的封面照片为主,同时收录部分更名、复刊后的刊物封面照片作为参考。

4. 刊物简介。简介内容主要从刊物名称、刊物类型、主办或主管单位、主编及主要编辑、刊物的定位、主要的栏目和特色栏目以及影响力等方面进行介绍。1980 年代许多省的文学期刊主办单位标为"中国作家协会××分会",各地分会从 1980 年代末到 1990 年代初纷纷改为某地作家协会,为统一表述,本简介中一律使用后者。

5. 发刊词。发刊词的形式不一,有以"发刊词"为题的,也有以"复刊词"或"编者的话"等形式出现的,为更好地了解刊物办刊特色或办刊宗旨,一并收录,保持原貌。

6. 目录。首先,尽可能保持目录原始的风貌。其次,小部分刊期目录由于电子文献传递的原因,缺少栏目说明。再次,小部分刊期的目录有缺失现象,除了资料搜集所限外,有的是因为刊物试运行、内部发行,有的是由于改刊、合并、停刊,情况不一。另外,1989 年创刊的文学期刊因在此时段内过于短暂,未作收录。

三、本书目录说明

1. 本书设有两种形式的目录,即"目录"(音序目录)和"区域目录索引"两种。

2. "目录"系按音序方式进行排列。音序目录以 1976—1989 年时间段内第一次出刊的刊物名称的首字母音序排列。此后因更名或复刊出现名称变动的刊名,皆以括号形式附在第一次出刊的刊物名称后。

3. "区域目录索引"附在"目录"之后。区域目录主要以各省(自治区、直辖市)为分类单位,另有全国性文学期刊和民间文学期刊两种单独归类。各区域中的刊物仍按音序方式进行排列。在该目录中,因更名或复刊出现名称变动的刊名,单独列为一个条目,这样可以最大程度地方便读者检索。另一方面,区域目录的排列,可以直观地展现出新时期文学期刊的分布格局、地理特色,以及地域文化与文学之间的互动关系。因此,"区域目录索引"的设立也是十分必要的。

(作者单位:南京大学中国新文学研究中心)

"当代文学期刊文献整理"研讨会暨《中国新时期文学期刊目录汇编》新书发布会会议综述

汪韵霏

一、会议概况

2023 年 11 月 2 日,由南京大学中国新文学研究中心、南京大学出版社主办的"当代文学期刊文献整理研讨会暨《中国新时期文学期刊目录汇编》新书发布会"在南京召开,四十余位在宁专家、学者参与了本次研讨。《中国新时期文学期刊目录汇编》(全五卷)于 2023 年 8 月由南京大学出版社出版。该套资料丛编系教育部人文社会科学重点研究基地南京大学新文学研究中心重点资助项目,由丁帆教授、王彬彬教授担任学术顾问。该书收录从 1976 年至 1989 年的文学期刊目录共计 112 种,是国内外首部中国新时期文学期刊目录索引工具书,是第一部全面反映新时期十余年文学期刊分布、流变及发表文学作品全貌的资料汇编。

南京大学中国新文学研究中心沈卫威教授主持了开幕式。南京大学文学院董晓院长在致辞中高度评价了中国新文学研究中心在南京大学文学院学科发展中的重要地位,祝愿中心拥有更加美好的未来。南京大学中国新文学研究中心王彬彬教授总结了中国新文学研究中心在史料整理与研究方面的显著成果,邀请与会的专家学者就《中国新时期文学期刊目录汇编》的出版提出意见,以便书稿未来修订时做得更加完善。南京大学出版社祁林副总编辑称赞该著的编纂"是一件非常有功德的事情",指出对文学期刊目录的搜集和整理既有利于了解文学流变,又能够为后期研究工作和学科建设提供必要的文献史料基础。随后,在赠书仪式上,南京大学中国新文学研究中心丁帆教授、南京大学中国新文学研究中心王彬彬教授、南京大学出版社祁林副总编辑分别向南京大学图书馆、南京市文学之都促进会、南京大学文学院赠书。南京大学图书馆黄贤金馆长回赠了捐赠证书。

在专家研讨环节,主持人沈卫威教授联系当下文学研究领域的历史化转向,简述了南京大学中国新文学研究中心近年整体情况,诚邀与会的专家、学者就"当代文学期刊文献整理"发表高见。他说："版本、目录、手稿、档案、谱牒等文献学的基本类化路径,是 1977 以后新时期文学的当下研究,从义理、辞章,即从批评、鉴赏走向历史化的必由之路,也是通过学术研究的规范化策略,将新时期文学入史的基本方法。这既如同古典文学的大文学史观,也是对新时期文学研究者职业行为的规范。这套书是南京大学新文学研究中心新时期文学领域目录学的研究成果,体现出这个学术团队的整体追求与学术个性。由此,我想表达自己对中国新文学研究中心近年整体情况的感知。即研究中心在整体启蒙、批判立场坚守中个性的进一步彰显,丁帆老师、王彬彬老师及我本人的散文写作转向。傅元峰老师、李章斌老师、李海鹏老师坚持写诗,都出版了诗集。这是辞章拓展,或研究与创作并重的体现,也是民国大学学术传统的延续。张光芒老师的研究一向重义理,近年来相继推出谱牒、目录学的成果,是向考据的拓展,即义理、考据并重。这正是中国新文学研究中心团队的活力。我先台上喝彩,再求教于诸位的批评!"各位专家、学者的发言高屋建瓴,一方面充分肯定了《中国新时期文学期刊目录汇编》在学术研究方面的引领作用,另一方面结合该著的编撰对当代文学期刊文献整理的未来发展提出了诸多富有建设性的观点。

二、填补当代文学期刊史料空白

《中国新时期文学期刊目录汇编》收录的新时期文学期刊目录包括四种:一是全国性文学期刊;二是省(自治区、直辖市)级文学期刊;三是较有代表性或者影响较大、特色鲜明的地市级文学期刊;四是由出版社、各类协会、文学团体等主办的文学期刊,行业性文学期刊,民间文学期刊等。专家们尤其肯定了该著对后两种期刊的收录。

朱晓进认为,《中国新时期文学期刊目录汇编》的重要意义在于它不光囊括了全国的、省里的期刊,还收录了行业性期刊和民间文学刊物。他回溯新文学以来的研究,指出过去关注较多的一般是全国发行的期刊或同人刊物。1979 年新文学史料研究恢复后,学界号召抓紧收集当代文献资料,尤其主张发掘活的资料,即那些从正式的期刊或其他的正式资料里难以找到的资料,包括活着的人的口述和回忆。他谈到,过去行业性期刊常会发表一些文学创作和文学批评来扩大自身影响力,这亦是研究新时期文学的重要资料。而以《今天》为代表的民间期刊所呈现的前沿思潮更是推动了文学思潮的发展。只是,现在的文学史基本上写不到这些部分。新时期距今已有四十余年,趁着现在还能够找到这些资料,应该赶紧去整理相关文献史料。他希望这套汇编未来能进一步扩展,把文学理论、文学批评相关的刊物也收录进去。

张王飞重点讨论了第三类地市级刊物。他联系日前莫言与苏童、余华的访谈,指出地方刊物是新时期许多名作家的文学起点,收录了众多重要作家的重要作品。他以江苏为例,细数了江苏九个地级市的代表性刊物:镇江的《金山》,淮安的《崛起》,南通的《三角洲》,南京的《青春》,苏州的《苏州杂志》,无锡的《太湖杂志》,常州的《翠苑》,扬州的《扬州文学》,连云港的《连云港文学》等。在他看来,这些刊物对新时期江苏乃至全国的文学建设都具有不可忽视的影响。

刘俊用"体大事精"概括《中国新时期文学期刊目录汇编》的编纂。他肯定了当下中国现当代文学研究的史料转向,认为中国现当代文学的研究需得回过头来从基本的史料做起。史料是优秀的成果的基础,如果史料不完整、不全面、不准确,那么在这个基础上搭建起来的一切研究成果都将因基础不牢靠而面临坍塌的风险。在他看来,该著不仅涉及全国的层面、官方的层面,还有地方的层面、民间的层面,是对当代文学领域的重新深耕。

杨洪承在发言中阐明了该著作在当代文学期刊目录资料整理方面的开拓性意义。一则,这一工作前面是没有的;二则,在当下这个数字化时代,该著以纸媒的形式彰显了文化工程的延续性。这种延续性同每一个研究者息息相关,每一个研究生,每一个老师都将从中受益。秦林芳将该著称作"开路先锋"。他指出,文学研究要走向成熟,必须以史料学的高质量建设为前提。较之现代文学界早在 1988 年就有唐沅主编的《中国现代文学期刊目录汇编》面世,当代文学在文学期刊资料的搜集和整理方面尚处于起步阶段。《中国新时期文学期刊目录汇编》的出版既回应了学界多年的期待,又为当代文学史料学的建设起了示范和推动作用。新时期文学看似离当下很近,实则距今已超过三十年。新时期的前十多年处于前互联网时期,不少地方刊物的发行和影响局限于一隅。对这些史料的及时打捞正是该著的学术价值所在。

李静以《人民文学》为例论述了期刊及期刊背后编辑组稿、文学评论、评奖制度对作家培养和文学思潮的影响。从呼吁"文学回归文学"到提倡"宽广的现实主义"到倡导"现代主义",期刊起到了引领文学创作方向的重大作用。学术研究的两翼,一翼在于资料,一翼在于思想。因此,该著的出版为进一步研究新时期作家创作、文学及文化等内容提供了相当大的助力。她提议,未来当代文学期刊文献整理可以增设一个时间索引,借此读者可以关注到文学期刊在一个时段内的涌现情况,进而更直观地感受历史的变迁。

童娣认为该著有两大亮点:一为区域目录索引。这一索引方便研究者更好地对文学期刊的分布格局、地理特色和地域文化展开研究,为研究者从空间角度认识中国新时期文学发展,提供了一个便捷有效的途径。二为收录与外国文学相关的译介刊物。该著对域外因素的关注提示了新时期当代中国文学和外国文学的互动关系。陈进武进一步阐述了该著在期刊信息著录方面的创新之处。他指出,《中国新时期文学期刊目录汇编》以原刊目录为基础,参照原刊正文,进行必要的校勘、补正和整理,扼要说明了期刊的基本面貌,并对于各文学期刊改刊、改名现象都进行了考证,完整地体现"文革"结束以后文学期刊的动向。该著新发现资源的丰富性与复杂性将为研究者修改、完善对新时期文学的既成共识提供新的依据。孔令云谈及当前文学期刊文献整理现状,称目前期刊文献资料库里晚清民国时期的资料是比较充分的,而新时期的资料很少,因此收集、整理当代文学期刊文献的价值就显得更大。赵娜、王冬梅结合自身学术经历,肯定了《中国新时期文学期刊目录汇编》对后辈学者进入当代文学期刊现场研究的引领作用,强调该著的学术价值和历史贡献必将惠及后学,在学术界留下浓墨重彩的一笔。

三、呈现当代文学史另一现场

在理论资源已经如此丰富和发达的今天,考据学派慎重求证的意识依然是支撑当下学术研究的一种价值立场。《新时期文学期刊目录汇编》实则为文学史研究提供了一个批判和反思的通道,呈现了"另一种文学史"的现场。

温潘亚由"百年文学史的编纂"这一学术热点切入,直言:100 多年,2000 多部中国文学史的写作,里面真正"通古今之变,成一家之言"的经典并不多见。当代文学期刊文献整理本身已构成一个研究对象。联系博士论文的写作经历,他感慨当年要是有一本这样的汇编写作将会顺利许多。针对文学史的编纂,他指出,文学史的写作首先需要文学史观的统领。每一位文学史家有他独特的文学史观后共同就形成了多元化的文学史观,多元化的文学史观才能形成丰富的文学史写作,进而才有可能涌现出真正的文学史经典。

李玮认为,《中国新时期文学期刊目录汇编》的意义远超于一套工具书。首先,长期以来研究者习惯从文集或是单行本中审视当代文学,缺乏将作家作品还原到期刊语境中审视的习惯和自觉。以《上海文学》1980 年第一期收录的小说《被爱情遗忘的角落》为例,如果仅把它作为单篇作品考察,它只能被视作一个讲述新时期爱情苏醒,昭示新题材诞生的文本。但是如果将它放置在期刊的语境中,将同期发表的另一篇理论文章《在革命现实主义的道路上》也纳入考察范围内,就能体会到它所具有的一种历史张力。其次,目录汇编呈现的文学史不再是一种静态的文本的陈列,而是一种动态的生成过程,展现了编辑、读者、作者之间复杂的动态交流过程。《上海文学》1981 年还在探讨革命现实主义道路。但到了 1982 年就转向了关于现代派的讨论,同时关注到了陆文夫和陈村两位作家。期刊目录汇编因此提供了文学史的生成线索，呈现了当代文学中的互动性和生成性。最后，这种目录汇编为文学史提供了一个文学的地图。不同于既有文学史连续、光滑的面貌，目录汇编将研究者带入立体的空间视野中审视当代文学的产生。1982 年在《上海文学》讨论"现代派"的过程中，同期的《山东文学》仍在主张"要以共产主义的思想指导文艺创作"的创作观。同时期陕西的《延河》则聚焦"新的现实如何生成"的问题，重点讨论了贾平凹和路遥的创作。可以说，在此种文学地图的勾勒下，当代文学期刊文献的整理实则启发了中国当代文学的再阐释和研究的再出发。

葛飞指出，目录汇编直观呈现了一段时期文学的发展面貌，因此基于文集的研究和基于期刊的研究产出的成果是不一样的。以文集为基础的研究大多是作家论的模式，而以期刊为原始资料的研究则能突显影响作家的外部因素，如政策性因素、理论性因素、外国文学的影响、作家间的相互影响等。目录汇编呈现出的历史感和时代氛围感是单本文集，甚至是单期电子化刊物都很难具备的。此外，当代文学期刊文献保存了作家作品的原始面貌，查阅原刊能发现文集中作家的删改之处，使治学更加严谨。王文胜站在一位中国现当代文学专业老师的角度，提到近些年学生毕业论文中期刊研究的选题越来越多。做期刊研究正如做作家研究，不能只去关注这一个作家，要关注同时期的作家。同理，做期刊研究的时候也不能只关注某一份期刊，要关注同时期的大量的同类的期刊和异质性的期刊。这一本工具书有助于以后做期刊研究的同学们更好地去关注期刊的整体面貌，因此具有非常大的资料价值。

刘霞云将文学期刊比喻成延续与彰显文学生命力的土壤。她从学术价值和学科价值两方面概述了当代文学期刊文献整理的重要意义。就学术价值而言，期刊为观察当代作家的成长变迁和各个地域的文学发展势头以及优势文体的特色提供了最详实的资料。期刊名称的变动、期刊栏目设置的变迁能体现出中国政治历史事件、文学与政治关系的微妙变化、与文艺思潮的互动关系、中国当代文学的走向等，从而勾勒出一部图文并茂、原汁原味的当代文学史。期刊栏目中附上的"简讯"、各种文学奖评比信息的插入和各种文学重大会议的召开则用直观的方式还原了中国当代文学活动现场。就学科建设意义而言，《新时期文学期刊目录汇编》为中国现当代文学建立"中国现代文献学"学科点提供了重要的成果支撑，为在"中国现代文献学"学科中设立重要的学科方向"中国当代文学文献的整理与研究"提供了可能性。借此，可以打破中国当代文学研究的困境，拓宽中国当代文学研究的视野与路径，使文学研究从内部研究逐步走向更开放的外部研究。

四、建设当代文学期刊文献资料库

该书责编施敏在会场展示了一张排版公司的流转单,引起了大家的关注。流转单清晰地显示,从 2017 年 10 月 28 日至 2023 年 8 月 14 日,该书共经历了九次校对。施敏介绍说,第九校样才是这套书的定稿样。当然,就学术建设来说,它只是建设当代文学期刊文献资料库的起点。

朱晓进就如何进一步发挥期刊目录汇编的作用发表了两点看法。一是要把它变成一个资料库。目前虽然提供了目录,但像那些民间期刊一般研究者如果要进行研究还是找不到原文。因此后续要加紧把原文充分地编到资料库里。二是在资料库后面要再设立一个索引,除了目前已有的音序索引和地域索引,最好加设一个作家索引,便于研究者查找一个作家在刊物上到底发表了哪些文章。再一个就是作品或者是批评文章的篇名目录索引。方便研究一个作家的时候查清他最初的作品是在哪个刊物上发表的。这两个渠道将推动整个资料库的进一步完善。

针对下一步的工作,葛飞建议联合图书馆等其他机构将包括这套书在内的当代期刊文献资料数据化、建成一个更方便查找的电子数据库。刘志权提议标明所收刊物的馆藏,方便后来学者查找引用。张王飞在肯定现有区域索引的同时,提出将全国范围内的地市级刊物都以存目的形式补充进这一资料库中。此外,《中国新时期文学期刊目录汇编》可以看作从当代这一时间范畴的中间突起。秦林芳据此提议,未来当代文学期刊文献整理可以以这本为基础,往两头延伸,尽可能把当代做全。还可以仿造赵家璧和良友图书公司出版一部大系,将平时不多见却意义非凡的文献资料按文体编入大系中,再配以精彩的导言。

初清华认为,新时期文学发展是从主流的意识形态创作到民间的知识分子的写作,再到人民大众的参与,它是一个自下而上的动态发展过程。她提议,除了收录严肃文学期刊,未来当代文学期刊文献整理可对包括传记文学、儿童文学、科幻文学、影视文学在内的类型文学和通俗文学期刊加以关注。刘俊则提出,当代文学期刊文献整理应具备一种空间上的"大中国"视野,增收港台符合相关政策的刊物,以期做出一个完整的中国当代文学期刊目录汇编。

王文胜指出,在建设当代文学期刊文献资料库的过程中,一些边缘化或是在某一个特殊的时期不能被纳入正史的文学期刊将有机会进入正史。这是一个定性的工作,背后彰显了研究者的文学立场。张勇同样谈到了汇编当代文学期刊文献过程中选择标准的问题。相较于现在的期刊在确定价值和地位的时候使用影响因子来作为评价标准,《中国新时期文学期刊目录汇编》使用了一套更加宽泛的也更具学术性的评价体系,这为当代文学期刊评价标准的建立做出了填补空白的贡献。

会议最后,《中国新时期文学期刊目录汇编》的主编张光芒教授表达了"感谢"和"感想"。他感叹这项复杂的工程固然需要大量财力、人力、智力、物力,但最终发现它最需要的是毅力;同时他表示对各位专家的诸多宝贵高明的学术见解,将会认真整理、深入体会和贯彻落实。

总体而言,此次研讨会聚焦《中国新时期文学期刊目录汇编》的出版,讨论了该著在专业史料文献收集整理方面的突出贡献,并就该著的简介、索引等细节构成提出了后续完善意见。与会专家、学者肯定了期刊文献之于中国当代文学研究的重要意义,积极为当代文学期刊文献资料库的建设献言献策,推进了中国当代文学史料学的发展。

（作者单位:南京大学中国新文学研究中心）

公器中的情怀与秘境

——读贾振勇《印证心灵 传承不朽——现代文学的诗、史、哲学品格》

周维东

内容摘要:贾振勇的《印证心灵 传承不朽——现代文学的诗、史、哲学品格》是"奔流·中国现代文学研究丛书"之一。该书呼应了丛书"学术乃天下之公器"的学术理想,体现了作者作为"70后"学人的"启蒙创新"情怀。贾振勇从中国现代文学研究的"整体视野"入手,展开对文学史自身及其范式的持续关注,在历史个案中传承不朽的理想和激情。同时,作者更加重视对于"心灵"的关注,深入剖析文学存在中心理因素对现实世界的影响和再现,这是对"学术秘境"的大胆探索,带有强烈的个人兴趣和学术创见。

关键词:《印证心灵 传承不朽》 启蒙创新 整体视野 心灵

在近年来出版的学术丛书中,"奔流·中国现代文学研究丛书"无论在整体创意还是学术水准,都是有鲜明特点的佳作。丛书中的学人群,皆出生在 1970 年左右,如果以代际来概括这个群体,可以称为"70 后"学人。在丛书出版的 2020 年,"70 后"学人开始陆续步入 50 岁,对于人文学者来说,这是学术成熟期又是壮年期,这些学人已经取得非凡成就,但未来依然可期,所以"奔流"丛书对中国现代文学界来说,是一道风景,又是一个路标,它是过去若干年中国现代文学的一个小结,又预示新的方向和可能性。对于丛书中的"70 后"学人,"奔流"是他们整体亮相的一次契机,尽管这批学人很多已经非常知名,但他们的学术印象更多停留在成名作时代,实际上他们的学术视野远远超过于此,通过他们自选成果,他们的学术眼界、治学特点和学术理想都得到了很好呈现。这是我阅读贾振勇《印证心灵 传承不朽——现代文学的诗、史、哲学品格》(后简称《印证心灵》)的第一印象。"奔流"丛书是贾振勇策划的结果,丛书的选题和编纂方式包含了他的学术理想,这种想法自然也体现在他的著作中。

贾振勇是我的学兄,多次聆听他的演讲,常听到"学术乃天下之公器"的言语,深为之震动,但总觉得这是学者的性情,而读了这本书后,才能明白它在"学人贾振勇"心目中的分量和意义。"学术乃天下之公器"出自《李氏〈焚书〉跋》:"夫学术者,天下之公器,王者徇一己之好恶,乃欲以权力遏之,天下固不怵也。"这句话后被若干学者广泛引用,因为其中包含了知识分子的理想和情怀,事实也证明,这种精神也的确激发了知识分子群体,对中国社会进步产生过积极影响。不过,这种理想在不同世代的知识分子心目中,所表现出具体内容并不相同,对于"70后"学人群来说,贾振勇将之概括为"有启蒙创新之情怀"。

众所周知,"启蒙"并不是"70后"学人的显著标签,因为相对于活跃在上世纪80年代"40后"、"50后"和"60后"学人来说,"启蒙"才是他们学术创造的专利。但正如贾振勇所言:"1970年前后产生的一批中国现代文学研究者,大多受过严格的学术训练,成长于改革开放年代,有启蒙创新之情怀。"因为受教也受益于前一代学者,启蒙的精神在他们的身上沿留了下来,而因为多出自科班,故思想和学说多集中在学院以内,如此说来,将"启蒙创新"视为这一代学人的整体特征并不虚言,在《印证心灵》中表现得尤为明显。

"启蒙创新"在《印证心灵》中的首要表现,是作者对于整体推动学术范式更新的抱负和自信。中国现代文学研究的"整体视野"在上世纪90年代以前并不陌生,只是随着学术界对现代性宏大叙事的反思,研究者开始从整体转入局部,即使一些带有整体性的学术话语,具体所指也往往各不相同,由此"整体视野"开始走向边缘。就学术研究而言,整体视野成败得失自有公论,但伴随这种学术范式的落潮,学术作为"天下公器"的公共性也受到破坏,研究者常常陷入自说自话,彼此之间难以形成有效的交流,更遑论通过学术可以触及的公共话题。从这个角度来说,中国现代文学研究的"整体视野"可以视为上几代学人留下的宝贵遗产,它在解决具体学术问题上可能存在若干缺陷,但是学人精神在方法论上的沿留,有了这个精神,学者的视野和抱负自然有所不同。

在《印证心灵》中,"整体视野"表现为两个方面:一是对文学史自身及其范式的持续关注,如"文学史的限度、挑战和理想"、"民国文学史:新的研究范式在崛起"等篇章;一是在历史个案中"传承不朽"的理想和激情,如"从虚妄返归真实:鲁迅生命尽处的'怒与梦'"、"日月不出,爝火何熄:《狂人日记》百年祭"等篇章。两者在学术创造中的表现形式不同,但内核精神都具有一致性,那便是从不醉心研究个案,而希望通过研究烛照中国现代文学研究的整体或一个局部。上世纪80年代学术转型所释放出来的活力有目共睹,即使到了今天,当年产生的一系列学术话语,如"重写文学史"、"二十世纪中国文学"、"现代性"等,仍然在学术界发挥它们的影响力。在"启蒙创新"的整体视野下,受益于新时期学人成果的新一代的学人,对于学术范式的转型必然有强烈的渴望,并会将之融化到具体研究当中,如书中的部分章节的标题:"'重写文学史'的二次革命"、"既有研究范式创新乏力",就可以看到作者对于学术创新的焦渴。

挖掘中国现代文学中"不朽"的品格，在《印证心灵》里既包含作家生命中宝贵的精神遗产，也包含现代文学立身之本的思想文化，要打捞这些思想内容，研究者如果没有整体宏阔的视野，那么不仅难以实现，而且也提不出类似的问题。

始终以高屋建瓴的姿态审视现代文学研究，《印证心灵》的行文表现出"指点江山"的激情和自信，针对一个研究论题，文章总是遍数中外学者的相关言论，提炼其精髓、针砭其不足，洋洋洒洒。这种行文中的激情，是作者的性情，也是他的理想使然。但我还想说的是，仅仅依靠情怀还不足以推动学术范式的更新，真正推动将学术推动进步的还是学者对于历史和现实的思考，在如"捕捉诗性地理的光与影"、"理性越位与中国左翼文学的观念建构"等篇章中，很明显感受到这些宏观的结论，建立在扎实个案研究的基础上。关于地域文学和现代文学、中国左翼文学研究，贾振勇都有相关专著出版，是他经营多年的领域，由此关于历史诗性和哲学品格的把握，自然有更强的说服力。

"启蒙创新"在《印证心灵》中的第二个表现，是作者探索学术秘境的兴趣和努力。所谓"学术秘境"，并非学术禁区，而是相对那些一般化、套路化的学术命题，带有强烈个人兴趣和学术创见的话题和领域。在《印证心灵》中，"学术秘境"体现为作者对于"心灵"的关注和兴趣。在历史研究中，"心灵"是最难把握的现象，因为它摇曳不定，难以定论，但它是文学存在的最核心要素，如果没有心灵对现实世界的影响和再现，文学根本找不到存在的依据。文学研究中有文学心理学，也形成一些研究的方法和范式，但《印证心灵》并不拘泥于此，它采用的是"印证"的方式，即以作者之心去感受研究对象之心，规避固定研究范式的繁文缛节，进而实现一语中的的"直达"效果。这种研究方式给我留下的深刻印象，是作者对鲁迅"生命尽处"思想的把握，他认为鲁迅临终思想转变的动力源是"天真"。这个结论足以让人跌破眼镜，但作者"印证"式的分析让人觉得言之成理。作者依据的证据是沈从文对于鲁迅的认同和评论，在文学史上鲁迅和沈从文始终保持着距离，研究者也很少征引沈从文的评论来定位鲁迅，但在"印证"式的心灵考察中，距离恰恰成为值得信赖的依据，因为排除了情感因素，彼此的心灵认同才显得真挚而可信。不得不说，"天真"是个极其感性的概念，用以解释一个文学史现象似乎显得不够慎重，但如果看了书中的分析，会觉得比之若干讨论鲁迅晚年思想的结论，有一语中的的快感。一个人思想转变可能有很多理性的因素，但让一个作家卓尔不群的因素，往往来自某些基本的品质，"天真"不仅同时照亮了鲁迅和沈从文，也足以令当下的学人深思。

同样令人印象深刻的地方还包括作者对茅盾"创伤体验"和萧红"诗性智慧"的把握，这两个概念都与"心灵"有关，也是不易把握的内容，但作者能言之成理，我觉得与作者写作如《郭沫若的最后 29 年》这样评传式作品的学术经验有关。在读这些篇章时,我能感觉到作者拥有"传记作家"的天分,那是对于文学和人的良好直觉,能在纷繁复杂的人情世故中瞬间把握人性中的某些值得注意的瞬间。

　　说到这里,就不得不说说《印证心灵》体现出的文学史观。对一个研究者来说,文学史观是其对自身研究整体而根本性的认识,即我的研究最终要点亮那一块领域。《印证心灵》的标题已经十分明确地表达了作者的想法:印证心灵、传承不朽,这是个很有高度且有抱负的想法。王瑶先生对于文学史研究曾经表达过一些忧思:"经常注视历史的人容易形成一些习惯,即把事物和现象都看作是某一过程的组成部分;这同专门探讨理论的人的习惯有所不同,在理论家那里,往往重视带有永恒价值的东西,或如爱情是永恒的主题,或如上层建筑决定于经济基础之类。研究历史当然也需要理论的指导或修养,但他往往容易把极重要的事物也只当作是历史发展过程中出现的一种现象;这是否有所遮蔽呢?"[1]这种担忧也曾经引起我的反思,回顾若干年的中国现代文学史研究的成果,出现了若干新视野和新成果,但何为这段历史具有"永恒价值"的东西,常常难以回答,这几乎也成为中国现代文学学科存在合法性的"难言之隐"。《印证心灵》的整体立意,正是要回应这个问题,以我目前的学识,尚不能判断书中所打捞的"现代文学的诗、史、哲学品格"是否属于中国现代文学最"不朽"的品质,但我认同它的立足点和方向,它可以为中国现代文学研究带来新的可能性,因为其出发点足够高远、态度足够积极。

　　　　　　　　　　　　　　　　　　　　　　（作者单位:四川大学文学与新闻学院）

---

① 　"后记",《王瑶全集(第五卷):中国现代文学史论集》,河北教育出版社 1999 年版。

以"史"的思维建构中国当代小说理论发展史

——周新民《中国当代小说理论发展史研究》评说

沈思涵

内容摘要：《中国当代小说理论发展史研究》运用"史"的思维，系统梳理了中国当代小说理论发展的历史进程，厘清了中国当代小说理论发展的阶段性特征，深刻揭示了中国当代小说理论发展的内生动力。这种"史"的思维首先体现在作者的整体性视域上，其次体现在对中国当代小说理论的内在本质的求真把握上。该书是作者长期批评实践和理论思考的结晶，昭示了一位有情怀学者的自觉的文化担当。

关键词："史"的思维　整体性视域　求真精神　文化担当

周新民教授的《中国当代小说理论发展史研究》（以下简称《研究》），是一部系统地研究中国当代小说理论发展史的厚重著作。[①] 此前，南京大学出版社出版了美籍学者顾明栋著述、文逸闻翻译的《中国小说理论：一个非西方的叙事体系》（2022 年版），该书采用跨国别、跨文化视角，对中国文学和中国传统批评进行比较研究，并未关注到中国当代小说理论及其流变进程。吕玉华的《中国古代小说理论发展研究》（山东教育出版社 2016 年版），谢昭新的《中国现代小说理论发展史》（人民出版社 2009 年版）则分别就中国古代和中国现代小说理论进行梳理和分析，各有侧重。此外，还有荣文仿、罗爱华等的《20 世纪中国小说理论研究》（湖南文艺出版社 2002 年版），张羽、王汝梅的《中国小说理论通史》（北京师范大学出版社 2016 年版）等相关著作，前者着眼于 20 世纪整体，后者实际上是中国古代小说文论论析（止于五四）。程光炜教授的《当代中国小说批评史》（中国社会科学出版社 2019 年版）致力于具体的作家作品现象思潮批评，以体现文学批评对文学史构建的多维性努力。其他还有涂昊《20 世纪末中国小说创作理论和创作实践关系研究》（中国社会科学出版社 2008 年版）这样的"专项"研究和古远清《中国当代文学理论批评史》（山东文艺出版社 2005 年版）这样的"专章"研究。而周新民教授的《研究》作为由国家社科基金支持出版的新著，填补

---

① 周新民：《中国当代小说理论发展史研究》，人民出版社 2022 年版。

了中国当代小说理论发展史系统研究的空白。作者运用"史"的思维，在整体把握的基础上系统梳理了中国当代小说理论发展的历史进程和阶段性特征，深刻揭示了中国当代小说理论发展的整体趋势及其内生动力，是一部颇具新见、值得关注的理论著作。

一

《研究》一书既然以"中国当代小说理论发展史"为构建宗旨，首先就要系统而科学地建立起中国当代小说理论发展史"时间轴"。《研究》第一编第一章即以"中国当代小说理论发展进程"对此进行梳理。一般来说，中国当代小说理论发展的起点是与中国当代文学史划分相契合的，也就是说，作为中国当代文学史中的重要组成部分，中国当代小说理论被纳入了这个大"史"的框架之中。尽管有的学者认为，中国当代文学的"本质属性"是从1942年毛泽东在延安文艺座谈会上的讲话之后开启，但诸多的中国当代文学史教程还是按照社会历史划分法，将新中国成立当作中国当代文学（当然包括中国当代小说理论）的起点。周新民的《研究》以1949年7月召开的中华全国文学艺术工作者代表大会为中国当代文学史的时间节点，从而也就厘定了中国当代小说理论发展史的逻辑起点。中国当代小说理论发展史划分成三个阶段，即：1949年7月至20世纪70年代末为第一个阶段，现实主义小说理论是这个阶段的"唯一的小说理论形态"；20世纪80年代初到90年代中期是第二个阶段，"形成了多元形态的小说理论共存的历史格局"；20世纪90年代中期以来，"开始构建具有中华民族特色的小说叙事学是这个阶段小说理论的重要表现"。周新民总体判断，中国当代小说理论的历时性发展，逐次呈现出了"现实主义、抒情主义、形式主义、文化综合四种基本理论形态"。

显而易见，《研究》有机运用了唯物辩证史观将中国当代小说理论的发展进程与中国社会历史的发展进程关联起来，同时发掘出了中国当代小说理论发展的内在逻辑。一方面，中国当代小说理论发展依托中国当代社会政治、经济、文化等多方面的建设实践，从而呈现出了独特的历史性和历时性；另一方面，中国当代小说理论发展，并不是简单依附即时的政治经济和文化实践，不能简单地将中国小说理论发展完全同步于中国社会发展。这样，《研究》一书就有序、有效、有为地建构起了中国当代小说理论自身发展的逻辑曲线。

《研究》一书"史"的思维还体现在作者的发展眼光上。尽管一个时代有一个时代的文学，一个时代有一个时代的理论和批评特征，但构建中国当代小说理论发展史，就必然要运用关联的、发展的眼光来对待中国当代小说理论,将之看作动态的、累积的生成过程。在周新民看来,"要揭示中国当代小说理论的历史演进路径和基本特征,就应该回到近现代以来小说理论发展历程中去"①。为此,《研究》第一章专设"中国当代小说的理论发展进程",首先梳理中国古代小说理论的"两大系统",力图将当代小说理论接续到中国古代小说理论的源头上来。接着,作者论述了晚清之际梁启超等人对小说的倚重——出于新文化运动之需要,在《论小说与群治之关系》中,梁启超将"新小说"当作一切之"新"(新政治、新经济、新文化等)的前提和基础。而到了五四时期,"小说理论家们(更是)把小说从历史中拉了出来",宣称小说本身就是一门艺术,不是历史的附庸。这样,作者成功勾勒出了中国小说的演进路径,清晰地呈现出了中国当代小说理论的"前身"。

小说理论应包含哪些内容?於可训先生认为"理论研究、创作评论和作家反思"构成了小说理论范畴。周新民则进一步归纳为"学者的小说理论研究成果"、"被翻译过来的小说理论"、"小说批评家的批评实践成果"以及"小说家关于小说的理论探讨"这四个方面。② 这样,《研究》一书用一种"史"的全域性思维,观照当代小说理论的"整体",为《研究》获得整体性科学论断奠定了厚实基础。

既然是"史",当然先得有史料意识。据笔者初步统计,《研究》一书引用著作和论文达 630 种(已经剔除重复引用)。《研究》之"附录:当代重要小说理论著作编年(含再版)"也列出了 350 种中外参考著作。作者从海量的文献中选取最富有代表性、先进性的观点加以评说,凸显了《研究》作者的宽阔视野和精品意识。具体行文过程中,为了方便读者阅读和理解,《研究》一书采用了"总—分"这种结构模式,就是说先是对中国当代小说理论发展进行"综合论述",让读者有个整体印象,然后再各阶段分章论说,相互印证,相互支撑;即便在每一章每一节中,作者也先提要介绍,再具体分析,最后进行照应,以此形成"史"的完整结构。

二

《研究》的"史"的思维还体现在作者的求真精神上。

最直接也是最为大众接受的观点是,由于 20 世纪相当长的时间内中国处于民族独立与解放、受西方列强围堵压制这样一种状态,因此,文学在 20 世纪被自然而然地

---

① 周新民:《中国当代小说理论发展史研究》,人民出版社 2022 年版,第 371 页。以下引用未注明出处的,皆源自该书。

② 周新民:《中国当代小说理论发展史研究琐谈》,《中国当代文学研究》2021 年第 1 期。

打上了政治社会化烙印。朱德发等《20世纪中国文学理性精神》、朱晓进等《非文学的世纪:20世纪中国文学与政治文化关系史论》对此作了中肯的阐述。在《研究》一书中,周新民开宗明义地谈到中国当代小说理论的"基本特征"时,基于现实,依然强调了"鲜明的社会功利性",譬如"人民文艺的构建"、"启蒙文化的呼唤"、"价值伦理的塑造"等。值得肯定的是,《研究》进一步探究了中国当代小说理论,认定其还具有"鲜明的民族性"和"自我发展的独立性"。譬如"对外来小说理论,更多地是以化用的方式来吸收。例如,对于意识流小说理论,甚至是形式主义小说理论,则分别以抒情传统和现实主义理论传统来化用和接受"。实际上,也正是这种民族性和自我发展的独立性,才可能建构起新时代的"中国小说叙事学"。

再如,周新民认为,中国古代文论、西方现代小说理论和政治意识形态共同"催生"了中国当代小说理论。不过,在这"三种要素"中,到底哪种要素是中国当代小说理论"质的规定性"要素呢?《研究》一书认定,是中国古代小说理论而不是西方现代小说理论起到了更加重要的作用。《研究》始终将中国古代文学(小说)传统作为当代小说的根本要素和精神资源,加以高度重视。譬如在第二章"当代小说理论的基本特征"中,第二节专门论述"自觉地面向文学传统"。这一节的小标题分别是"白话小说传统的继承"、"文言小说传统的继承"和"古代叙事传统的发掘"——由此可见一斑;而在第二、三、四编中,在对中国当代小说理论进行条分缕析时,也始终坚持寻找中国当代小说理论的历史进路和与传统的内在关联。用周新民教授的话说就是:"虽然从表层上看,中国当代小说理论深受社会现实的政治、文化的影响,但从深层次上看,中国古代文学传统的影响才是当代小说理论发展的根本性动力。"这样的论述,精准切合了中国当代小说理论的内在精神。

再如现实主义。这是一个不容回避的话题。《研究》一书坚持,中国文学传统、社会现实诉求等使得现实主义创作、思潮、流派等成为"主潮",自然,现实主义小说理论也就成为"主导"。《研究》第一编"总论"中,第一章讲的就是"中国当代小说理论发展进程",现实主义规范一直在"曲折探索";第二编"独尊时期"从题材理论、现实性、倾向性等八个方面具体论述"现实主义规范的建构";第三编"多元共存时期"从现实主义传统的恢复、小说主题理论、小说情节论等方面论说"现实主义的新变",同时又以开放的视野接纳了形式主义小说理论;第四编"综合"中,论说的是现实主义的回归,也就是"重构现实主义"。具体到十七年文学,研究者们多认为其与政治高度同化,意识形态属性分明。周新民通过对具体现象、具体文本的梳理(茅盾、邵荃麟、侯金镜等提倡题材"横断面"、赵树理对"叙述"技巧的看重、周立波对风景描写的偏爱等),发现此时呈现"两种现实主义理念",即抽象的"现实"和感性的"现实","虽然,抽象观念的现实主义占据着主导地位。但是,与之相对的、偏于感性经验的现实主义并未消遁",而这,正是进入第二个阶段现实主义得以"回归"的弥足珍贵的历史资源。换言之,十七年文学历史与1980年代的现实主义"回归"之间并不是熔断状态,恰恰是建构了一条虽不明显但真实存在的逻辑通道。

三

周新民教授《研究》一书中所体现出来的"史"的特征,得益于他长期的理论思考和实践积累。

周新民教授不仅关注到了中国历时性的小说方面的论著和西方文学理论著述,更是亲自作了基础性的资料工作——早在2013年就由武汉大学出版社出版了由他主编的《中国新时期小说理论资料汇编》,该书"不仅包括新时期以来小说理论的特性、文体、小说理论的译介等方面的史料,还包括阶段性小说史料整理,是当代小说理论研究的基础工程"。该书编辑收录了1981—2007年间(1991、1993、1997、1999、2004、2005年阙如)的中国小说理论资源,"向学界展示了其重构批评话语的'史家情怀'以及与之匹配的学术胆识与实证精神","这种对理论批评有效的清理与汲取激发着周教授以历史、全局的眼光提出更富建设性的命题:建构独具民族特色的中国式理论批评话语体系"。① 正是这扎实的资料梳理工作,才使得周新民教授在浩如烟海的材料中,匠心独运,披沙拣金,卓有成效。

作为有文化情怀的学者,周新民教授无怨无悔,倾力实践。一是在《芳草》杂志上开辟持续性的与作家对话(访谈)栏目,东西、许春樵、艾伟、王跃文、李少君、邱华栋、马竹、韩永明、葛水平、姚鄂梅、欧阳黔森、叶舟、晓苏等一线实力作家尽在彀中,然后结集成《中国"60后"作家访谈录》一书。"从访谈的广度和深度上看,《访谈录》是目前学界出版的唯一一部专门论述'60后'作家的学术著作,为国内外研究者和读者展现了一幅全面而个性的'60后'作家画廊,弥补了'60后'作家研究的空白,其意义独到而深远。"② 此评判并不为过,可谓实事求是。"从具体操作层面上看,周新民教授从当下文学研究所关心的重要现象、热点课题出发,结合作家个人创作的特性,以作家最具闪光点的特质作为访谈起点,循循善诱、步步深入,引出作家对自我创造的独

---

① 王彪:《批评的力度与温度——周新民的文学批评素描》,《文学教育(上)》2020年第7期。

② 李雨庭:《对话与超越——评周新民著〈中国"60后"作家访谈录〉》,《社会科学动态》2018年第9期。

特认知以及对当下文坛的整体性把握。"① 二是积极进行小说理论研究。比较有代表性的学术论文有《"十七年"时期短篇小说理论探析》(《中国现代文学研究丛刊》2022年第3期)、《古典小说文体传统的重释与"十七年"小说文体理论的建构》(《中南民族大学学报》2022年第2期)、《建构具有民族文化特色的小说理论——中国当代小说理论发展进程论略》(《湖北大学学报》2019年第5期)、《论新时期初期现代小说技巧合法性建构》(《江汉论坛》2019年第11期)、《西方形式主义文学理论的"内化"——以1980年代以来中国小说理论为考察对象》(《山东师范大学学报》2020年第2期)、《中国当代小说理论的多维社会功利性价值》(《武汉理工大学学报》2019年第4期)、《中国当代小说理论发展史研究琐谈》(《中国当代文学研究》2021年第1期)等。三是出版了理论专著《中国当代小说批评的维度》(中国社会科学出版社2016年版)和《对话批评:诗·史·思之维》(北京联合公司2021年版)等。所有这一切,都为周新民教授研究中国当代小说理论发展史、努力建构中国特色小说学理论提供了充足准备。

习近平总书记《在文艺工作座谈会上的讲话》(2014年10月15日)中明确指出:"文艺批评是文艺创作的一面镜子、一剂良药,是引导创作、多出精品、提高审美、引领风尚的重要力量。""要以马克思主义文艺理论为指导,继承创新中国古代文艺批评理论优秀遗产,批判借鉴现代西方文艺理论,打磨好批评这把'利器'。"周新民教授深刻领会时代要求——在他看来,"当代文学时期,文学批评不再仅仅是简单的文学鉴赏,还具有自觉引领文学发展的重要功能,也具有'浇花''锄草'的社会功能"。尤其是学院批评的积极介入,"表明文学批评不再是简单的文学鉴赏行为,而是一种职业行为,还是国家力量的再现"②。作为当代学者,周新民教授身体力行,自觉担当新时代文学批评与理论建设主体的责任,努力建构中国特色之当代小说理论发展史,体现了一位有理想、有情怀学者的自觉的文化担当。

[本文系国家社科基金重大项目"《中国现当代小说理论编年史》(1895—2020)编撰暨古典资源重释重构研究"(项目批准号:22&ZD278)、湖北省教育厅哲学社会科学重点研究项目"'三种文化'视角下的茅盾文学奖获奖作家研究"(项目批准号:21D109)阶段性成果]

(作者单位:武汉工程大学外语学院)

---

① 张光芒、余凡:《对话·还原·建构——读周新民〈中国"60后"作家访谈录〉》,《长江文艺评论》2017年第4期。

② 朱旭、周新民:《文学批评的六棱镜——周新民访谈录》,《芳草》2022年第2期。

图书在版编目(CIP)数据

中国现代文学论丛/张光芒主编.—南京：南京
大学出版社，2024.3
ISBN 978 - 7 - 305 - 27784 - 9

Ⅰ.①中…　Ⅱ.①张…　Ⅲ.①中国文学－现代文学－
文学研究－文集　Ⅳ.①I206.6－53

中国国家版本馆 CIP 数据核字(2024)第 076008 号

出版发行　南京大学出版社
社　　址　南京市汉口路 22 号　　　邮　　编　210093

书　　名　**中国现代文学论丛**
　　　　　ZHONGGUO XIANDAI WENXUE LUNCONG
主　　编　张光芒
责任编辑　郭艳娟

照　　排　南京开卷文化传媒有限公司
印　　刷　江苏凤凰数码印务有限公司
开　　本　787 毫米×1092 毫米　1/16　印张 18　字数 332 千
版　　次　2024 年 3 月第 1 版
印　　次　2024 年 3 月第 1 次印刷
ISBN　978 - 7 - 305 - 27784 - 9
定　　价　72.00 元

网　　址　http://www.njupco.com
官方微博　http://weibo.com/njupco
官方微信　njupress
销售热线　025 - 83594756